D1725751

Александра МАРИНИНА

Седьмая жертва

ЭКСМО-ПРЕСС

Москва, 2000

УДК 882
ББК 84(2 Рос-Рус)6-4
М26

Разработка серийного оформления
художников *А. Старикова, С. Курбатова* («ДГЖ»),
М. Левыкина

Маринина А. Б.

М 26   Седьмая жертва: Роман. — М.: Изд-во ЭКСМО-Пресс,
2000. — 416 с.

ISBN 5-04-004478-X
ISBN 5-04-004273-6
ISBN 5-04-005448-3

Ни сотрудник уголовного розыска Настя Каменская, ни следователь Татьяна Образцова не могли предполагать, что их согласие участвовать в телемосте «Женщины необычной профессии» приведет к трагедии. После прямого эфира один за другим начинают гибнуть одинокие малообеспеченные люди, а рядом с трупами таинственный убийца оставляет послания, которые не удается ни понять, ни расшифровать. Кому адресованы эти послания, Насте или Татьяне? И кто будет следующей жертвой?

УДК 882
ББК 84(2 Рос-Рус)6-4

ISBN 5-04-004478-X
ISBN 5-04-004273-6
ISBN 5-04-005448-3

ДЕТЕКТИВ С ПРИВИДЕНИЯМИ

Смена числа 19 на 20 в начале номера года вызвала в мире необычайный всплеск интереса к оккультизму, магии, колдовству, парапсихологии и прочим «зеленым человечкам». С недавнего времени все со дня на день ждут Конца Света, видя признаки его несомненного приближения то в комете Галлея, то в землетрясении в Турции, и бегут к экстрасенсам, магам, астрологам и специалистам по НЛО за авторитетным мнением. Впрочем, то же самое творилось и сто лет назад — только тогда еще не было «зеленых человечков», и люди беседовали с духами, безмерно увлекаясь спиритизмом.

Литература же очень чутко реагирует на умонастроения в обществе, — собственно, идет у них на поводу. Массовая литература в большей степени, элитарная — в меньшей, но и та и другая зависят от готовности и желания людей говорить на ту или другую тему. Поэтому совершенно неудивительно, что с недавнего времени входят в моду детективы с «мистическим» уклоном.

А для мистики нужна и соответствующая атрибутика. Желательно, чтобы действие происходило в старинном замке или монастыре, чтобы раскрываемая тайна уходила корнями в века и жертвы умирали одна за другой не от банального пистолетного выстрела, а от таинственного яда или вообще непонятно от чего.

Самый, пожалуй, известный из «мистических» детективов — «Имя Розы» Умберто Эко.

Но в литературе все новое — лишь хорошо забытое старое. Когда-то, два века назад, Анна Радклиф потрясла читающую Европу «готическими» романами: романами «ужасов и тайн», замешенными на философии «мирового зла». Герои «готического» романа непременно отмечены печатью рока, а сюжет сплетен из страшных, необъяснимых и кровавых преступлений. Чем не мистический детектив?

И Умберто Эко в своей книге ничего нового не придумал — лишь спел старую песенку на новый лад, приобрел множество почитателей и вошел с «Именем Розы» в историю мирового постмодернизма.

Но Умберто Эко — почти гений. Его роман сделан изящно,

тонко, красиво, с очень точным соблюдением чувства меры. К сожалению, чаще случается так, что атрибуты «готического» романа для рядового писателя становятся камнями на шее, затягивающими в болото пошлости. Особенно много пошлостей рождает заманчивое желание порассуждать на тему «мирового зла» и власти Князя тьмы — будь то Сатана или буддистский божок Чойжал (хозяин ада).

Постмодернисты (а мистикой сейчас увлекаются как раз постмодернисты) вообще любят играть с религиями, любят делать малопочтенный винегрет из, например, буддизма и христианства. И преступления замешивать на религиозных воззрениях. И вводить еще один очень модный мотив, тесно связанный с религиями и загробной жизнью, — отношение персонажей к смерти. Злодей часто проповедует культ смерти, считает, что, убивая, приносит своим жертвам благо, освобождает их от ненужных и бессмысленных жизненных оков.

На «мистическую» приманку Александра Маринина не поддалась — мистики в ее книгах вы не найдете, и это правильно: в хорошем детективе все должно объясняться рационально, преступление должно быть психологически мотивировано и оправдано обстоятельствами. А если после нагромождения всяческих таинственностей пойманный злодей машет ручкой и вылетает в трубу — дескать, привидение я и спроса с меня никакого, — то что это за детектив?

А вот злодея с культом смерти Маринина на сцену таки вывела. Но опять сделала это не так, как поклонники мистики, не стала обставлять этот культ всякими загадочными и страшными явлениями — никакой тайной секты, пыток в подземельях, фамильных ценностей, убийств в замках и роскошных красавиц в вечерних платьях с посиневшими лицами. Впрочем, фамильные ценности у Марининой есть, но принадлежат они жадной и малосимпатичной старухе, да и к преступлению никакого отношения не имеют.

Злодей Марининой — сугубый рационалист-одиночка, и так же умен, трезвомыслящ и логичен, как ее любимая героиня Настя Каменская. Не случайно именно Каменскую преступник и выбирает своим единственным оппонентом. Его должна поймать либо она, либо никто. Все жертвы на алтарь смерти словно бы приносятся в ее честь. И Настя, умирая от страха, вынуждена идти вслед за злодеем, разгадывая его жуткие ребусы.

Чем все это окончится? А вот догадайтесь...

Глава 1

КАМЕНСКАЯ

— Не знаю, как вы, уважаемые, а я книги Гоголя еще со школьной скамьи не люблю. Не понимаю, что в них интересного!

Андрей Тимофеевич оглушительно расхохотался и ловко отправил в рот очередной кусок упоительной телятины Ирочкиного изготовления. Настя искоса глянула на Татьяну и сдержала улыбку. До чего забавный этот их сосед! Немолодой уже мужчина, пенсионер, а держится с ними, как мальчишка с одноклассницами. Хохочет, бородатые анекдоты рассказывает, нимало не смущаясь их несвежестью, и даже не стесняется признаваться в том, что не почитает одного из классиков отечественной литературы. Обычно люди его возраста держатся с теми, кому еще нет сорока, более солидно, с усталой многозначительностью изрекая непреложные, по их представлениям, истины. Не таков, однако, был Андрей Тимофеевич, живущий на одной лестничной площадке со Стасовым и его семейством.

— Ну, вообще-то, школьное изучение литературы к любому писателю может любовь отбить, — заметил Стасов. — Может быть, сейчас детей учат по-другому, а в наше время заставляли, например, наизусть зубрить размышления князя Андрея под небом Аустерлица. Какой пятнадцатилетний пацан это выдержит? Конечно, у него возникает стойкое отвращение и к отрывку, и к роману, и ко всему, что написал Толстой. Кстати, а как вы к Толстому относитесь?

— Я, уважаемый, к писателям никак не отношусь, — с неожиданной серьезностью ответствовал сосед, — у меня есть отношение только к конкретным произведениям. «Войну и мир» люблю, «Кавказского пленника» люблю, «Севастопольские рассказы» тоже, а «Анну Каренину», к примеру, терпеть не могу.

— Значит, вы и к нашей Тане никак не относитесь? — обиделась Ирочка. — Она ведь тоже писатель.

Андрей Тимофеевич снова расхохотался. Делал это он так самозабвенно и вкусно, что невозможно было не улыбнуться в ответ.

— Ира, прекрати, — попыталась одернуть ее Татьяна. — Это называется выклянчивать комплименты.

— Так я же не себе комплименты... — стала оправдываться Ира, но Андрей Тимофеевич прервал ее:

— Дорогие мои, не ссорьтесь. Во-первых, у нас абстрактное обсуждение русских классиков, а не присутствующих за столом прелестных дам. Во-вторых, насколько я знаю, вы, Татьяна Григорьевна, пишете детективы, а я их не читаю и читать не буду даже из уважения к вам, вы уж меня простите. А посему отношения к вашему творчеству у меня нет и быть не может. Ну а в-третьих, лично к вам, Татьяна Григорьевна, я отношусь с глубочайшим почтением и восхищением, равно как и к вашей гостье Анастасии Павловне, ибо молодые, умные, красивые женщины, занимающиеся тяжелой и грязной работой, вместо того чтобы блистать в свете, неизменно вызывают трепет в моей мужской душе.

Выдав сию тяжеловесную, но изысканную тираду, сосед поднялся из-за стола, аккуратно сложив при этом лежавшую на его коленях накрахмаленную салфетку.

— Засим позвольте откланяться.

— Куда же вы, Андрей Тимофеевич, — всполошилась Ирочка. — У нас еще пироги...

— Нет-нет, дорогая, не могу, извините. Сын обещал подъехать, я должен быть дома. Сегодня, видите ли, вторая годовщина смерти жены, мы собираемся съездить на кладбище.

Ира проводила соседа до двери и вернулась в комнату. На лице ее проступила грусть, словно печальная дата в этот день была не у Андрея Тимофеевича, а именно у нее.

— Все-таки он славный... Простой такой, веселый... — вздохнула она, ни к кому конкретно не обращаясь, и начала освобождать на столе место для блюда с пирогами.

— Ага, — ехидно поддакнула Настя, — и галантный. Не знаю как ты, Танюша, а я уже давно таких комплиментов

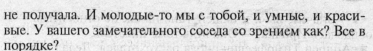
не получала. И молодые-то мы с тобой, и умные, и красивые. У вашего замечательного соседа со зрением как? Все в порядке?

— Не волнуйся, — засмеялась Татьяна, — у него все в порядке. Это у тебя перебор в части самокритики. Запомни, подруга, твой вкус вовсе не эталон, я даже не исключаю, что он у тебя просто отсутствует. И тот факт, что ты сама себе не нравишься, совершенно не означает, что ты не должна нравиться всем остальным людям на этой планете. Допускаю, что нашему Тимофеичу-Котофеичу ты кажешься неземной красавицей. Ладно, коль наш сосед нас покинул, вернемся к делам.

Настя поскучнела. Дело, к которому призывала вернуться Татьяна, ей было совсем не по душе, но она опрометчиво дала обещание поучаствовать и теперь не могла отступить назад. То есть могла, конечно, мир не рухнул бы, но совесть не позволяла. Суть же состояла в том, что Татьяне позвонили с телевидения и пригласили принять участие в передаче, посвященной женщинам, занимающимся традиционно мужским делом. Программа так и называлась — «Женщины необычной профессии». Татьяна стала отнекиваться, объясняя, что женщина-следователь — явление вполне обычное, что среди следователей почти половина женщин, и лучше бы им поискать для своей передачи женщину — сотрудницу уголовного розыска, поскольку в розыске женщин действительно раз, два и обчелся. На вопрос, не может ли следователь Образцова в таком случае порекомендовать кого-нибудь, Татьяна ответила не задумываясь. Настя Каменская была единственной женщиной-оперативником из угрозыска, которую она знала. Кончилось дело тем, что Настя позволила себя уговорить только в обмен на обещание Татьяны тоже участвовать в передаче. Ни той, ни другой ехать на прямой эфир не хотелось, они придумывали разные замысловатые отговорки, стараясь не обидеть людей с телевидения прямым отказом, но администратор программы проявила недюжинное упорство в сочетании с невиданной проницательностью и нашла-таки способ их уломать.

Согласие их было получено, время прямого эфира на-

значено, увильнуть уже некуда, посему Татьяна пригласила Настю на воскресный обед, чтобы договориться о главном.

— Раз уж мы с тобой позволили себя втянуть в это мероприятие, — сказала она, — давай разработаем стратегию нашего поведения. Это прямой эфир, хуже того — это телемост, и если у нас с тобой не будет общей идеи, за которую мы станем изо всех сил цепляться, вся передача провалится. Только время зря потеряем.

— Да-а-а, — озадаченно протянула Настя, — телемост — это круто. Если бы просто прямой эфир, тогда еще ничего, сейчас, насколько я знаю, почти всегда звонки телезрителей фильтруют, чтобы не уходило время на явные глупости. А телемост практически неконтролируем.

Обед подошел к концу, Ира убрала со стола и отправилась гулять с годовалым сыном Татьяны Гришенькой, Стасов, выразительно шелестя газетами, прошествовал в спальню, а две будущие героини телевизионной передачи «Женщины необычной профессии», забравшись с ногами на диван, принялись строить коварные планы противостояния неожиданным, а возможно и глупым, вопросам. Обе они были убеждены, что не существует женских и мужских профессий, а есть природные наклонности, способности и особенности характера, позволяющие успешно заниматься одними видами деятельности и мешающие добиваться успеха в других сферах. Причем природа эти наклонности и способности раздает людям без учета их половой принадлежности. Главное — донести эту мысль до телезрителей и не позволить тратить время на обсуждение тем вроде «Как ваш муж смотрит на то, что вас могут ночью вызвать на работу».

— На все подобные вопросы отвечаем по единой формуле, — предложила Настя. — Например: мой муж смотрит на это точно так же, как смотрела бы жена, если бы ее мужа... И так далее.

— Согласна, — кивнула Татьяна и поправила теплый плед, которым прикрывала ноги, — надо уходить от обсуждения нашей личной жизни и переводить все в обобщения, чтобы люди понимали, что нет конкретной Насти-сыщика и Тани-следователя, есть люди, приспособленные для этой работы, независимо от их пола.

Ирочка давно вернулась с прогулки, доносившийся из спальни храп Стасова уже с полчаса как сменился шелестом газетных страниц, а Настя с Татьяной все совещались. Их разговор перестал быть предметно нацеленным на предстоящее выступление по телевидению, они быстро превратились в тех, кем были на самом деле: в оперативника и следователя, разрабатывающих план сложного допроса, когда нужно предвосхитить все возможные варианты поведения подозреваемого и продумать соответствующие этим вариантам контрудары. Работа эта была профессионально знакомой и увлекательной, и обе не замечали, как сгущались сумерки и загорались фонари за окнами. Прерваться пришлось, только когда позвонил Чистяков.

— Жена, тебя домой ждать или как? — спокойно спросил он.

— Смотря что подразумевать под «или как», — тут же отпарировала Настя.

— Два варианта, — методично ответил профессор математики, — или ты остаешься там ночевать, или я за тобой приеду.

— А тебе как больше нравится?

— Ехать за тобой, конечно, не хочется, бензин опять же переводить и двигатель амортизировать. Кроме того, у нас в квартире жуткий холод и горячую воду отключили...

— Тогда я остаюсь.

— Договорились, я выезжаю.

Настя положила трубку и посмотрела на часы.

— Ируськин, у меня есть сорок минут. Я могу рассчитывать на чашку кофе с остатками пирога?

ЧИСТЯКОВ

Оказывается, жить с чувством вины хоть и неприятно, но вполне можно. В конце концов, разве он виноват в том, что случилось? Ремонт в квартире Насти давно пора было делать, и единственное, в чем он может себя упрекнуть, так это в том, что раньше не проявил должной настойчивости. Тогда все было бы уже сделано. Уговорить жену зажмуриться и перетерпеть пару месяцев ему удалось только этим летом. Нашли мастеров, закупили часть необходимых материалов, работа закипела... А потом «ахнуло» 17 августа. И уже через неделю стало понятно, что отложенных на ремонт денег хватит разве что на окончание работ в кухне. Самое обидное, что деньги у Чистякова были, он как честный налогоплательщик открыл счет в Инкомбанке, куда ему и переводили гонорары за издаваемые за рубежом учебники и монографии. Ну а толку-то? Счета заморожены, с них ни доллара, ни цента, ни даже рубля не снять.

И тут, словно на счастье, подвернулось приглашение в Германию на три недели читать лекции. Заплатить пообещали наличными, и после краткого семейного обсуждения было решено случай не упускать. Государственной зарплаты жены-милиционера и мужа-ученого может не хватить даже на безремонтную жизнь, ибо к началу сентября потерявшие чувство реальности цены окончательно зарвались, совсем забыв о том, что должны хотя бы минимально соответствовать покупательной способности населения. Выплаченный наличными гонорар за лекции помог бы им продержаться несколько месяцев, а там, глядишь, и ситуация как-то утрясется.

Но государство снова подкинуло очередную подлянку. Стоило только Чистякову отбыть в Германию и выйти в аудиторию со своей первой лекцией, как было объявлено о том, что все желающие могут перевести свои вклады из частных банков в Государственный сбербанк. И якобы это позволит им получить свои денежки, пусть не сразу и не в полном объеме, но хоть в каком-нибудь. Для осуществления этой процедуры необходимо лично явиться и написать соответствующее заявление. Вопрос, таким образом, закрылся сам собой, не успев открыться. Виза у Чистякова была не многократная, если бы он попытался вырваться на два дня в Москву, чтобы попробовать спасти свои деньги, то назад в Германию вернуться уже не смог бы, на получение новой визы потребуется две-три недели. Расписание лекций составлено, со всего мира на этот курс съехались математики, и попросить их уехать домой и вернуться через месяц, когда профессор Чистяков получит еще одну визу, было невозможно. Время шло, срок, отведенный нашим любимым государством на решение личных финансо-

вых проблем, истекал, а Алексей Михайлович стоял за кафедрой и на хорошем английском языке... К моменту его возвращения в Москву лично являться и составлять заявления было поздно.

Короче, судьба вкладов оставалась более чем неопределенной, ясно было одно: денег нет и в ближайшее время не предвидится. Квартира, больше напоминающая разоренное гнездо, нежели жилое помещение, в таком состоянии законсервируется надолго, а вот что будет после Нового года — даже подумать страшно. Судя по всему, страшно было не только ему, но и Насте. Они оба не обсуждали эту тему, но сейчас, по дороге домой, она впервые задала вопрос, и Чистяков понимал, что последует дальше.

— Леш, а тебе много денег перевели из-за границы в этот чертов Инкомбанк? — осторожно спросила Настя, хотя она прежде никогда не позволяла себе влезать в финансовые дела мужа.

— В общей сложности сорок две тысячи, если считать в долларах.

— И ты в январе пойдешь в налоговую инспекцию и все задекларируешь?

— Ну а как же, — усмехнулся Чистяков. — Я хочу спать спокойно.

— И нужно будет заплатить примерно тридцать процентов от суммы гонораров?

— Примерно.

— Леш, а где мы возьмем деньги на налог? Это же четырнадцать тысяч долларов. Мне даже подумать страшно.

Краем глаза он увидел, как Настя поежилась. Целый день шел дождь, дорога мокрая, и он смог повернуться к жене, только остановившись на красный свет.

— Ты что, сильно переживаешь из-за этого? — серьезно спросил он.

Настя молча кивнула и достала сигарету.

— Брось, Асенька, это ведь еще не скоро. В январе я задекларирую доход, а выплатить налоги с него нужно будет до середины июля. Кроме того, по опыту прошлого года могу сказать, что, когда сумма большая, гражданам разрешается выплачивать ее частями.

— Ты думаешь, до лета вклады разблокируют? Что-то

слабо верится, — покачала головой Настя. — Леш, неужели там, наверху, не понимают, что происходит? Воспользоваться деньгами не дают, а налоги платить заставляют. Как же их платить? С чего?

— Одно из двух. Или введут какой-то механизм для такого случая, или нам с тобой придется продавать имущество. Машину, к примеру.

— За нее много не дадут, она старая, — возразила Настя. — Есть еще твои подарки — серьги, колье, браслет с изумрудами. Но это же подарки, это ты мне дарил на дни рождения, на свадьбу... Как их продавать? Рука не поднимется.

— Не думай о плохом, Асенька, до следующего лета еще дожить надо. В правительстве не дураки сидят, они не могут этого не понимать.

— Может, они и не дураки, но сволочи! — в сердцах бросила она.

Чувство вины в очередной раз кольнуло Чистякова. Отложенных на ремонт и покупку новой мебели наличных как раз хватило бы на уплату этого чертова налога, и Аська не переживала бы сейчас и не морочила себе голову черными мыслями. Господи, жила она в этой рассыпавшейся квартире больше десяти лет, ну еще год-два пожила бы. Но кто же мог знать?

И до, и после свадьбы они не жили постоянно вдвоем. Институт, где работал Чистяков, находился в Подмосковье, там же жили его родители, и обычно Алексей оставался в Москве только тогда, когда не нужно было ходить на работу. Конечно, бывали и исключения, и он по две-три недели подряд жил с Настей в Москве, ежедневно мотаясь в Жуковский и обратно, но то были именно исключения. Теперь же он чувствовал себя обязанным находиться вместе с женой там, где жить было практически невозможно, иначе это выглядело бы так, будто он втравил ее в этот ремонт, а когда возникли трудности, убежал в теплую уютную квартиру к маме с папой. На предложение временно пожить у родителей Чистякова Настя ответила мгновенным, но вполне ожидаемым отказом: «временное» будет тянуться неизвестно сколько, а ездить далеко, особенно учитывая, что возвращается она с работы обычно поздно.

Теперь дома им приходилось ходить, высоко поднимая ноги и переступая через рулоны обоев, мешки с цементом, банки с краской, упаковки шпаклевки и коробки с кафелем. Обои и кафель со всех стен ободраны, и зрелище это глаз отнюдь не радовало. Единственное место, где можно было находиться, не впадая ежеминутно в ужас, это кухня, которую все-таки смогли закончить и оборудовать новой встроенной мебелью. На кухне они и находились все время, только на ночь перебираясь в комнату и совершая при этом каждый раз «переход Суворова через Альпы». Худенькой Насте довольно ловко удавалось маневрировать, протискиваясь между уложенными штабелями стройматериалами, более крупный Чистяков эти Альпы преодолевал с трудом, и несколько раз штабеля рушились, производя душераздирающий грохот. Хуже того: 12 августа, когда ничто, как говорится, не предвещало, а Президент уверенным тоном сообщал, что держит руку на пульсе и катастрофы не допустит, так вот, в середине августа Чистяков умудрился заказать и оплатить итальянскую мягкую мебель со сроком изготовления два месяца. Два месяца как раз прошли, и сейчас, в середине октября, со дня на день могла случиться очередная неприятность в виде доставки мебели. Скромные Альпы грозили превратиться в Джомолунгму в сочетании с непроходимыми джунглями. И во всем этом Алексей Чистяков, тридцати восьми лет от роду, чувствовал себя ужасно виноватым.

ОБРАЗЦОВА

Для Татьяны выступления по телевидению были делом привычным, у нее неоднократно брали интервью и как у писателя, автора популярных детективов, и как у следователя, когда нужно было давать комментарии по какому-нибудь громкому делу, в расследовании которого она участвовала. Насте же предстояло оказаться перед камерами впервые, и она здорово нервничала.

В гримерной над ними хорошо поработали, и выглядела Настя просто замечательно.

— Вас прямо не узнать! — всплеснула руками администратор программы, увидев Каменскую, вставшую из-за гримерного стола. — Если бы я сама вас сюда не посадила, я бы решила, что это не вы.

— Вот и славно, — улыбнулась Настя. — Женщин в розыске не так много, и совсем не нужно, чтобы вся страна знала их в лицо.

Администратор замерла на мгновение, потом понимающе кивнула и рассмеялась.

Их усадили в студии на жесткие неудобные стулья, стоящие вокруг такого же неудобного круглого стола, на котором красовалась бутылка какого-то безалкогольного напитка и три высоких стакана с рисунком-рекламой спонсоров передачи. Ловкие ассистенты быстро навесили на Татьяну и Настю микрофоны и попросили не делать резких движений, чтобы конструкция не сдвинулась. Зрителей в студии было около сотни, и все они беззастенчиво таращились на двух героинь передачи. Слева висел огромный экран, на котором после включения будет отражаться то, что происходит на другой стороне телемоста, на Новом Арбате.

— Настя, расслабься, — негромко произнесла Татьяна, — это не больно.

— Тебе легко говорить, — пробормотала Настя. — Я боюсь какую-нибудь глупость сморозить, а вся страна услышит. Позора не оберешься. На работе потом заклюют. И зачем только я согласилась! Вот дура! Сидела бы сейчас дома и смотрела на тебя по телевизору. Тихо и спокойно.

— Вот и сиди тихо и спокойно, — посоветовала более опытная Татьяна. — Никто тебя не съест и не обидит.

Ведущий программы подсел к ним за стол, послышался голос ассистента, выкрикнувший: «Тридцать секунд!», и Татьяна весело подмигнула Насте.

— Все в порядке? — деловито осведомился ведущий. — Настроение боевое?

— Да нет, обычное, — вяло пожала плечами Татьяна. — С кем тут воевать-то? Мы же не на работе.

— Это правильно, Татьяна Григорьевна, — согласился он. — Здесь у вас врагов нет. А как ваше самочувствие, Анастасия Павловна?

— Нормальное, спасибо.

— Ну все, через десять секунд эфир. Готовы?

Ровно через десять секунд на мониторах показалась заставка.

— Здравствуйте, дорогие друзья, — бодрым голосом заговорил ведущий. — Вас приветствует программа «Женщины необычных профессий» и я, ведущий Олег Малахов. В этот солнечный субботний день мы с вами собрались здесь, в студии, чтобы поговорить, разумеется, о солнечном и радостном. Что самое радостное и светлое в нашей жизни? Ну конечно же, женщины. Ибо женщины несут в себе любовь и материнство. Но сегодня мы с вами будем говорить о тех женщинах, которые посвятили себя традиционно мужским профессиям. Вместе с теми, кто собрался в студии, эту проблему будут обсуждать москвичи и гости столицы, проходящие в эти минуты по Новому Арбату. Именно там сегодня установлены телекамеры, и там находится наш второй ведущий Дмитрий Корзун. Вы готовы, Дмитрий?

На большом экране появилось симпатичное лицо второго ведущего.

— Здравствуйте. Да, мы готовы.

Чуть вдали за спиной Корзуна Татьяна увидела знакомую вывеску «Елки-палки». Раньше здесь было кафе «Валдай», потом китайский ресторан «Пальма». Самое начало Нового Арбата. Вокруг ведущего собралась приличная толпа, но это вовсе не означало, что все кинутся задавать вопросы. Одно дело — постоять рядом и поглазеть, и совсем другое — активно поучаствовать.

— Итак, — продолжал ведущий в студии, — сегодня у нас в гостях женщины необычных профессий. Старший следователь майор милиции Татьяна Григорьевна Образцова и старший оперуполномоченный уголовного розыска подполковник милиции Анастасия Павловна Каменская.

Татьяна коротко кивнула и с удивлением увидела, как ослепительно улыбнулась Настя. «Умница, — одобрительно подумала она, — взяла себя в руки».

Первые десять минут эфира прошли спокойно, вопросы задавал в основном Малахов, зал был еще не разогрет и интереса к беседе не проявлял. Настя и Татьяна отвечали

по очереди, все эти вопросы они предвидели. Главное — не уходить в обсуждение собственной личности, а всячески подчеркивать, что между мужчинами и женщинами нет никаких различий, кроме чисто биологических.

— Как вам пришло в голову пойти работать в милицию?

— Точно так же, как это приходит в голову юношам и мужчинам. Существует мысль, и в один прекрасный день она посещает тебя.

— И как к этому отнеслись ваши родители?

— Вы знаете, в те годы, когда я выбирала профессию, трудно было найти родителей, которые были бы против такого выбора. В конце семидесятых — начале восьмидесятых годов работать в милиции было почетно и престижно.

— А вы не боялись?

— Кого? — Татьяна наивно округлила глаза.

— Как кого? Преступников.

— Преступников боятся все люди во всем мире. Это нормально. Иначе просто не может быть.

— Значит, вы боялись преступников, но все-таки выбрали свою профессию...

— Олег, страх такого рода имеет мало общего с выбором профессии. Каждый человек знает, что если на машине врезаться в бетонную стену, то наверняка умрешь. Иными словами, автокатастрофа почти всегда ведет к увечью или гибели, и нет человека, который этого не понимал бы. И тем не менее огромное число людей работают водителями. Вы думаете, они не боятся смерти? Боятся. Точно так же врачи знают, что есть болезни, которые сегодня не излечиваются. От этих болезней может умереть любой, в том числе и сам врач, никто не застрахован. В конце концов, мы все знаем, что рано или поздно умрем. Так что ж теперь, вообще не жить?

Ведущий Малахов подрастерялся, такого логического построения он никак не ожидал и не мог сообразить, как отреагировать на него, посему обратил свой взор в спасительный зал. На его счастье, откуда-то из середины проглянула поднятая рука.

— Вот я вижу, у нас есть вопрос из зала. Пожалуйста, возьмите микрофон.

— А вы владеете единоборствами? — задал свой вопрос широкоплечий накачанный юноша, подозрительно похожий на борца.

— Я — нет, — откликнулась Татьяна, тут же поймав на себе укоризненный взгляд Насти. Все верно, они же договорились не сводить разговор к обсуждению личностей. Надо исправляться. — Единоборствами нужно владеть тем, кто непосредственно проводит задержания преступников, а следователь — это совсем другая профессия.

— А вы, Анастасия Павловна? — спросил ведущий. — Ведь вы-то как раз и проводите задержания, если я не ошибаюсь?

— Вы ошибаетесь, — лучезарно улыбнулась Настя. — Задержание — это уже последний этап, самый легкий. Сначала преступника нужно вычислить, понять, кто он, потом найти его. Вот этим я и занимаюсь.

Зал оживился. Народ в студии сидел далеко не глупый, и все поняли, какой фокус только что проделали на их глазах. Был задан вопрос, одна из гостей программы на него ответила, другая — нет, при этом вместо ответа на вопрос они услышали нечто неожиданное, такое, что и в голову раньше не приходило. А ведь в самом деле... В головах присутствующих зароились мысли: что бы еще такое спросить, чтобы услышать в ответ не банальную отговорку, а что-то новенькое, интересное?

— У меня вопрос к подполковнику Каменской. Вот вы сказали, что знаете пять иностранных языков. А вам часто приходится иметь дело с преступниками-иностранцами?

— Крайне редко.

— Зачем тогда вам знание пяти языков?

— Для умственной гимнастики. Оперативник не имеет права быть тупым. Или вы считаете иначе?

Вопросы посыпались один за другим. В обсуждение включились и зрители с Нового Арбата, передача заиграла красками, заискрилась. Насте с Татьяной удалось несколько раз остроумно пошутить, вызвав взрывы смеха и в студии, и на улице. За три минуты до конца эфира зритель с Нового Арбата сошелся в смертельной схватке со зрителем из студии, обвиняя его в мужском шовинизме и антиконституционном подавлении индивидуальности женщины.

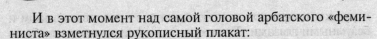

И в этот момент над самой головой арбатского «феминиста» взметнулся рукописный плакат:

«ЕСЛИ ТЫ ТАКАЯ УМНАЯ, УГАДАЙ, ГДЕ ТЫ ВСТРЕТИШЬ СМЕРТЬ».

Ведущий Малахов замер с открытым ртом. Первой пришла в себя Настя. Она взметнула вверх руку и громко крикнула:

— Корзун! Милицию зовите! Быстро! Задержите его!

Татьяна оцепенела, мертвенный холод разливался по всему телу. Кому адресованы эти слова? Насте? Или ей, Татьяне? Что это, дурацкая шутка или серьезное предупреждение? Ей показалось, что она оглохла от страха, потому что не слышала, как истерически зашумела студия, хотя явственно видела открывающиеся рты и бурно жестикулирующие руки.

Малахов наконец очнулся, до конца эфира оставалось чуть меньше двух минут, и он попытался спасти положение.

— Сейчас, уважаемые телезрители, мы с вами имеем уникальную возможность увидеть, как опытные работники милиции, столкнувшись с неожиданной выходкой злоумышленника, прямо отсюда, из нашей студии, будут руководить задержанием. Я прошу тишины в зале! Прошу всех участников передачи занять свои места и не шуметь! Дима! Корзун! Что у вас там происходит?

Изображение на большом экране раскачивалось в разные стороны, видимо, камера попала в водоворот толпы. Татьяна молча смотрела на экран и отстраненно думала: «Опытные работники милиции... Растерялась, испугалась, даже соображать связно не могу, не то что команды отдавать и руководить кем-то. Молодец, Настя, лица не потеряла. Зачем они продолжают этот балаган? Чего хотят дождаться? Надо прерывать передачу».

Картинка на большом экране стала устойчивой, вероятно, оператор сумел-таки отвоевать свою камеру. Появилось лицо ведущего Корзуна.

— Нам удалось задержать человека с плакатом, сейчас оператор покажет его крупным планом...

Камера скользнула в сторону и выхватила фигуры крепких мужчин, в руках которых болтался, как тряпичная игрушка, подросток лет пятнадцати с прыщавым лицом и безумными глазами. Татьяну начал душить хохот, это было похоже на начало истерики. «Господи, мальчишка... Конечно, это дурацкая шутка. Детская шалость. А я испугалась, поверила. У страха глаза велики, вот уж воистину».

Корзун подсунул мальчишке микрофон.

— Это ты стоял с плакатом? — нервно спросил он.

— Ну чего привязались... — плаксиво протянул пацан.

Оставалась минута, секундная стрелка на висящем в студии циферблате отправилась по кругу в последний раз.

— Он, он стоял, мы видели! — послышались голоса из толпы.

— Скажи, зачем ты это сделал? — снова задал вопрос Корзун. — Зачем ты написал этот плакат?

— Не писал я...

— Но ты его показывал?

— Ну... отпустите...

Он сделал безуспешную попытку вырваться и тут же получил подзатыльник от одного из державших его мужчин.

— Зачем ты показывал плакат?

— Попросили...

— Кто тебя попросил?

Тридцать секунд. Двадцать девять. Двадцать восемь. Татьяне вдруг захотелось, чтобы стрелка остановилась. В ней проснулся профессионал. Уникальная ситуация, ведущий был прав. Уникальность состояла в том, что человек, пойманный за руку на месте проступка, вынужден давать показания перед огромной толпой и перед телекамерами, на всю страну. Окажет ли это какое-то действие на механизм вранья? Станет ли он упираться и «гнать порожняк» до конечной станции, придумывая самое невероятное объяснение своим поступкам, подстегиваемый внезапно свалившейся на него всенародной известностью, или, наоборот, мгновенно сломается и скажет правду?

Двадцать пять секунд.

— Кто тебя попросил поднять этот плакат? Кто тебе его дал? — повторил вопрос Корзун.

— Баба одна. Тетка в смысле...

— Кто она такая?

— А я знаю? Отпустите... Она денег дала, сказала, покажи плакат, а то мне неудобно, я болею, мне в толпу не пробраться.

Десять секунд.

— Дорогие телезрители, время нашего эфира подходит к концу, но мы обязательно расскажем вам, чем закончилась эта история. Наша следующая встреча в субботу, двадцать четвертого октября, смотрите нас в это же время. Всего вам доброго.

Большой экран погас, на мониторах снова показалась заставка. Зрители в студии сидели как пришитые, никто не встал. Только ассистенты подскочили к столу на подиуме и сняли с Насти и Татьяны микрофоны.

— Это что, розыгрыш? — спросила Татьяна Малахова. — Подставка?

— Да бог с вами! — возмутился ведущий. — Кому бы в голову пришло разыграть такую идиотскую шутку?

— Значит, парень настоящий? — уточнила Настя. — И плакат тоже?

— Клянусь вам, Анастасия Павловна, Татьяна Григорьевна, это непредвиденная случайность. Вы же понимаете, телемост, проспект, там, конечно, есть охрана, но за всем ведь не углядишь...

— У вас есть связь с Корзуном?

— Есть. Что ему сказать?

— Пусть найдет хоть каких-нибудь милиционеров. И пусть объяснит им ситуацию и попросит помощи. Парня надо доставить сюда. Немедленно. Вы меня поняли, Олег?

Голос у Татьяны стал жестким, она злилась, потому что не могла простить себе своего внезапного одуряющего страха.

— Да, я понял, Татьяна Григорьевна, сейчас я свяжусь с ним.

Малахов отбежал в сторону, Татьяна с Настей остались наедине. На них никто не обращал внимания, зрители потихоньку выходили из студии, бросая на героинь передачи взгляды не то сочувственные, не то насмешливые. «Они увидели, как я испугалась, — подумала Татьяна. — Они все

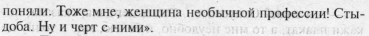

поняли. Тоже мне, женщина необычной профессии! Стыдоба. Ну и черт с ними».

— Ты как? — спросила она у Насти.

— С трудом. — Настя попыталась улыбнуться, но губы не слушались ее.

— Испугалась?

— Ну неужели! До смерти.

— Я тоже, — призналась Татьяна. — Вот мразь малолетняя! Как ты думаешь, он врет насчет женщины?

— Не знаю... Дурной он для такой выходки. Ее ведь придумать надо. И текст...

— А что текст?

— Ни одной ошибки. Сегодня среди подростков днем с огнем не найдешь такого, который пишет без ошибок. И орфография в порядке, и запятые на месте. И почерк, Таня. Это не его почерк.

Татьяна согласно кивнула. Плакат был написан от руки черным фломастером на большом куске картона, оторванном от упаковочного ящика. Прыщавый, сопливый пацан, дрожащий от возбуждения и восторга перед собственной наглостью, вряд ли смог бы так аккуратно и четко вывести все буквы.

Малахов вскоре вернулся, лицо его было озабоченным.

— Я связался с Корзуном, из ближайшего отделения милиции люди уже приехали.

— Оперативно, — усмехнулась Татьяна. — Хоть здесь повезло.

— Они, оказывается, передачу смотрели в дежурке, — пояснил ведущий, — поэтому, как только заварушка началась, сразу помчались на место. Мальчишку привезут сюда, я сослался на вас, Татьяна Григорьевна, сказал, что вы просили.

— А они что, сопротивлялись?

— Они хотели его к себе в отделение доставить.

— Это они правильно хотели, по закону так и должно быть. Мальчишку в отделение, а мы с Анастасией Павловной — к ним в гости. А не наоборот.

— Да-да, они тоже так говорили, но я сказал, что если мальчишка будет отпираться, то здесь, в «Останкино», мы

сможем показать запись, на пленке видно, что это именно он держал плакат.

— А что, действительно видно? — удивилась Настя. — Я, честно говоря, лица не видела, видела только руки и кусок картона.

— Да я тоже не видел, — рассмеялся Малахов, — но сказать-то можно.

— Вы сообразительный, — скупо похвалила его Татьяна. — У вас есть помещение, где мы с Анастасией Павловной сможем подождать, пока привезут пацана, а потом побеседовать с ним?

— Найдем, — пообещал Малахов. — Пойдемте со мной.

Через пятнадцать минут они нашли такое помещение. Татьяна уселась в кресло и вытянула ноги, Настя примостилась у стола и пододвинула к себе пепельницу. Пальцы, державшие сигарету, подрагивали, и, глядя на них, Татьяна снова вспомнила свой страх.

— Никогда не думала, что меня так легко вывести из равновесия, — задумчиво сказала она. — Раньше я такой не была. Старею, наверное.

— Да нет, — мягко возразила Настя, — просто ты стала более уязвимой. Раньше у тебя не было ребенка, и ты могла позволить себе роскошь не бояться никого и ничего. А теперь ты должна бояться и за него, и за себя, потому что ребенок не должен расти без матери.

— Если ты права, то мне надо уходить с работы. Не предполагала я, что материнство сделает меня профессионально непригодной, — с горькой усмешкой проговорила Татьяна.

— Не говори глупости, Таня. Ты прекрасный следователь, ты только вспомни, каких акул ты в угол загоняла, у тебя голова светлая, мозги четко работают, ты упорная, дотошная, ты...

— Я слабая. Я больше не гожусь для этой работы. Хорошо, что я поняла это сегодня, пока еще ничего страшного не случилось. Всегда лучше уйти вовремя.

— Ну и что?! — почти закричала Настя. — Ну и что такого случилось сегодня? Тебя напугали, ты испугалась. Точно так же напугали меня, и я тоже испугалась. Страх —

это нормальная человеческая реакция, люди с нормальной психикой обязательно должны испытывать страх в определенных случаях. Что ты себе напридумывала?

Татьяна помолчала. Она вдруг вспомнила, что после эфира не включила лежавший в сумке мобильный телефон, который сегодня в виде исключения дал ей муж. Ирка, наверное, смотрела передачу и теперь трясется от страха, за нее переживает. Да и Стасов, вероятно, тоже. Она о них даже не вспомнила, до такой степени страх все мозги отшиб. Вот о чем она пытается сказать Насте. Вот что главное. Она достала телефон, включила его, старательно всматриваясь в маленькие кнопки, чтобы правильно набрать код.

— Страх — это нормально, тут ты права, — тихо сказала она Насте. — Но ты с ним справилась практически мгновенно. А я — нет. Вот в этом все дело. Если страх мобилизует человека, то все в порядке. Если от страха нарушается мышление, если от него наступает паралич мозгов — такому человеку нечего делать на следственной работе.

Настя погасила сигарету, подошла к подруге, присела перед ней на корточки и погладила пальцами мягкие пухлые ручки Татьяны с безупречным маникюром.

— Таня, а ты не преувеличиваешь? Прошло всего полчаса, а ты уже рассуждаешь вполне здраво. Ты же справилась с этим. Разве нет?

Татьяна крепко сжала Настины пальцы в знак благодарности за участие.

— Полчаса — это много, Настюша, это катастрофически много. Следователь не имеет права на полчаса страха. Полминуты — этот тот максимум, который я могла бы себе позволить. И то много. Секунд пять-десять, не больше. Да что я тебе объясняю, ты сама прекрасно понимаешь. Не будем больше об этом. Сейчас мальчишку привезут, давай подумаем, что с ним делать.

— По морде бить, — рассмеялась Настя. — Большего он пока не заслужил, а...

Она не успела договорить, как дверь распахнулась. Первым вошел Дмитрий Корзун, следом за ним появился оперативник из Центрального округа Сергей Зарубин.

Всего три месяца назад они с Настей вместе работали по убийству крутой бизнес-леди.

— Здрасьте, — радостно заявил Зарубин. — Не прошло и года, Настя Пална.

— Привет, Сережик, — Настя чмокнула его в щеку, для чего ей пришлось немного нагнуть голову, так как оперативник был ниже ее ростом на добрых полголовы. — Никак ты мне мальчика привез?

— А то. Вообще-то зря я его пер к тебе через пол-Москвы, толку с него как с козла молока.

— Что так?

— Да ревел он всю дорогу, сопли на кулак наматывал и слезами подвязывал. Слабенький и глупенький. Думал сто баксов влет слупить, обрадовался, а как в «клоповник» его засунули, наручником ко мне пристегнули, чтоб не сбег ненароком, да повезли незнамо куда, так он и поплыл. От страха имени своего вспомнить не может, не то что бабу, которая ему якобы плакат дала и деньги. Его еще часа два надо в чувство приводить.

— Приведем. Знакомься, Сережа, это Татьяна Григорьевна Образцова, старший следователь.

Татьяна слушала их разговор, не вставая с кресла. И не оттого, что была невежливой или высокомерной. Она честно хотела встать. И не смогла. Ноги отчего-то не слушались, и голова кружилась. Да, она права, надо уходить, пока не поздно. Она больше не годится для этой работы...

— Таня, это Сергей Зарубин, хороший опер, если тебя интересуют мои рекомендации.

Она сделала над собой почти нечеловеческое усилие, одним рывком подняла себя с кресла, постаралась не пошатнуться от сильного головокружения и протянула руку Зарубину.

— Очень рада. Давайте начнем. Заводите этого мерзавца.

Что бы она ни решила, но все дела всегда нужно доводить до конца. Она сама велела привезти парня сюда. Она не должна терять лицо. И в конце концов, она пока еще следователь. Пока еще...

Глава 2

КАМЕНСКАЯ

— Итак, прорыв в телезвезды успехом не увенчался, — мрачно констатировал Чистяков, открывая ей дверь. — Вы выяснили, что это за фокусы?

— И да, и нет, — вздохнула Настя. — Если дашь поесть, расскажу.

Но рассказывать она начала, не дожидаясь ужина. Ей необходим был трезвый взгляд на ситуацию, взгляд, не замутненный внезапным испугом и последовавшей за ним яростью и ненавистью к собляку, захотевшему за три минуты заработать сто долларов.

Собляк с литературным именем Ваня Жуков поведал историю, в которую верилось с трудом, но никаких других правдоподобных объяснений в голову не приходило. Он гулял по Новому Арбату, а проще говоря — шлялся от нечего делать, убивал время. Суббота, в школе занятий нет, а уроки можно и завтра сделать. Как ни странно, уроки Ваня Жуков старался делать исправно и в школе числился отнюдь не отстающим, так, во всяким случае, утверждали его родители. Так вот, гулял он, гулял, мороженое съел, потом позволил себе бутылочку пивка с гамбургером на свежем воздухе под октябрьским холодным солнышком, а тут к нему тетка подходит неопределенного вида и возраста. И предлагает заработать сто баксов за нечего делать. Во-о-он там толпа, видишь? Это телевидение. Нужно взять вот эту вот картоночку, протиснуться в толпу поближе к камерам и поднять ее над головой, чтобы всем по телевизору было видно. Больше ничего не требуется.

Представляете, что такое для пятнадцатилетнего пацаненка сто долларов? По нынешнему курсу это месячная Настина зарплата. Полторы тысячи, ежели в рублях считать. Она, подполковник милиции с высшим образованием и стажем работы шестнадцать лет, старший опер, столько получает за месяц службы, связанной, между прочим, с риском для жизни. А тут за пять минут — и никакого риска. Конечно, Ваня согласился, а вы найдите в Москве, да и во всей России, мальчишку, который не согласится. Слова страшные на картонке написаны? Так это ж только слова, это ж не взрывчатку на вокзале подкладывать. Мало ли кто кому что скажет или напишет. А сто долларов — вот они, в теткиных пальцах, на ветру шевелятся, их можно потрогать, их можно сделать своими и положить в свой собственный карман.

— А почему ты сказала, что тетка была неопределенного вида и возраста? — спросил внимательно слушавший ее Алексей.

— Потому что Ванятка наш маленький еще, чтобы правильно определять возраст женщины. Судя по тому, как он описывал ее одежду, дама не из благополучных, грязненькая и рваненькая. С зубами, опять же, не все в порядке, многие отсутствуют. А коль так, то она скорее всего бродяжка или пьянчужка. Такая и в двадцать восемь может выглядеть на пятьдесят, — объяснила Настя.

— Откуда же у нее сто долларов? — изумился Леша.

— От верблюда. Либо Ванька, паразит, все наврал, либо это не ее деньги, она только передаточное звено. За этим плакатиком стоит кто-то третий. И вот это меня больше всего пугает. Лучше бы оказалось, что Жуков врет. Понимаешь, Леша, у него в кармане действительно лежало сто долларов. Где он их взял? Родители уверяли, что у него никогда не было таких денег, они сыну давали, конечно, на карманные расходы, но не столько. Если не было никакой тетки, то нужно узнать, откуда у парня деньги. Леш, я, наверное, абсолютно аморальное существо, но пусть окажется, что он их украл, или выиграл в какую-нибудь лотерею, или получил за криминальную услугу. Тогда я буду точно знать, что никакой женщины не было, и усну спокойно. Потому что, если женщина была и дала Ваньке сто долларов, это означает, что тот, третий, — человек серьезный. Сто баксов мальчику, еще сколько-то — тетке за посредничество, и все ради чего? Ради того, чтобы напугать двух женщин, работающих в милиции. Просто напугать. Пошутить, так сказать. Стоимость выделки в данном случае многократно превышает стоимость самой овчинки. И выводы, которые из этого следуют, меня отнюдь не радуют.

— Хорошо, давай рассмотрим выводы, — с готовнос-

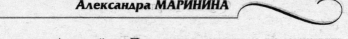
тью кивнул Алексей. — Первое: этот шутник — сумасшедший миллионер. Он любит пошутить, впрочем, юмор у него черноватый, но без последствий. А денег у него много, и он их не считает. Такой вывод тебя устраивает?

— Такой устраивает, — согласилась Настя. — Можно мне добавки?

— Валяй.

Она положила себе еще цветной капусты, немного подумала, глядя задумчиво на одиноко лежащую на сковороде котлету, потом аккуратно отломила вилкой ровно половинку и тут же засунула себе в рот.

— По-братски, — отчиталась она, усаживаясь на место. — Я не какая-нибудь там, я честная, а могла бы, между прочим, всю котлету съесть, пока ты не видишь.

Чистяков усмехнулся, протянул руку к плите, снял сковороду и положил жене на тарелку оставшиеся полкотлеты.

— Ешь, честная ты моя, в холодильнике полная миска фарша, можно еще пожарить. Второй вывод мне и так ясен. Стоимость овчинки, по-видимому, значительно выше, чем вы с Татьяной себе представляете. У тебя есть третий вывод?

— Третьего нет. Дальше второй вывод раздваивается на вопросы: кто из нас двоих эта овчинка, Таня или я?

— А тебе как хотелось бы?

Настя вздохнула. Как ей хотелось бы? Хотелось бы, чтобы все это оказалось шуткой психованного идиота-миллионера. Но если нет... Кого именно он хотел испугать?

Она молча вымыла посуду, пододвинула стул к окну и села, опершись локтями о подоконник. Уже совсем темно, и на улице словно глухая ночь, а не субботний вечер, даже машин отчего-то мало. Такое ощущение, что Москва замерла, затаилась и чего-то испуганно ждет. Впрочем, что ж удивляться, при нынешней ситуации неизвестно что будет не только завтра, но и через час. Включая телевизор, никто не может быть сегодня уверен, что не услышит какую-нибудь оглушительную новость вроде запрещения хождения твердой валюты или поднятия курса доллара на новую невиданную высоту. Или беда какая с Президентом. Говорят, в последнее время он сильно болеет. Если сегодня будут объявлены выборы нового Президента, то такое начнется, что про несчастную экономику все вообще забудут. При чем тут какой-то кризис, когда надо власть хватать? А людям жить надо, надо свой скудный бюджет как-то рассчитывать, чтобы до зарплаты протянуть, надо какие-то решения, жизненно важные, принимать, а как их принимать, когда неизвестно, что будет через час? Все затаились, в норки свои попрятались и ждут.

И она, Настя Каменская, тоже ждет. Потому что угадать, где же она встретит смерть, ей пока не удается.

ПЕРВАЯ ЖЕРТВА

Ну чума! Чистая чума, а не мужик. И чего ему надо от меня? Ладно, спасибо ему, денег дал. Я хоть и выпиваю, но не алкоголичка законченная, мозги еще не совсем проспиртовала, потому и понимаю, что он мне не заработать дал, а просто подарил эти деньги. Деньжищи! Да разве ж это работа? Найти пацана и всунуть ему сто «зеленых» вместе с картонкой. Я б такую работу по тыщу раз в день делала просто за стакан, а он мне столько отвалил — аж страшно! Я ж говорю — чума.

И ладно бы, если б только долларами одарил. Мало ли какие у людей причуды бывают. Когда я на железной дороге работала, так был у нас там один, тоже чумовой. Припадочный, в смысле. Как найдет на него припадок, так он на все деньги водку покупал и за просто так раздаривал. На, говорил, Михална, выпей за мое здоровье. И бутылку мне целую совал. Да и не только мне. Сколько бутылок купит, стольким и подарит, себе ничего не оставлял. Непьющий он был, представляете? Вообще в рот не брал, ну ни граммулечки, а нам покупал. Во какие бывают...

Но этот-то, чумовой-то нынешний, вообще без крыши, похоже. Я пацаненка нашла, на «задание» его наладила, вернулась и говорю, так, мол, и так, поручение твое, мил человек, выполнила. А он меня хвать под ручку, навроде как дамочку, и переулками в сторону Старого Арбата потащил. Разговор, говорит, у меня к тебе есть, Михална. Доставь мне, несчастному и горем убитому, радость нечаянную. Поужинай со мной сегодня. Только я человек приличный, по подъездам, подворотням и вокзалам отираться не приучен, кушать я изволю исключительно хорошую еду и в хороших условиях. Так что ты, Михална, давай-ка ноги в руки и беги мыться. Или ты бездомная? Я прямо даже обиделась. Как это такое — я бездомная? Я не какая-нибудь там бомжиха, у меня квартира есть, однокомнатная. В ней и живу. И ванная с горячей водой имеется. С мылом, правда, напряженка...

Он будто мысли мои прочитал, усмехнулся так и говорит: «Не сердись, Михална, это я так спросил, ради красного словца. Вот тебе деньги, купи мыла нормального и помойся как следует, чтоб кожа скрипела. Как помоешься — приходи снова сюда, я пока тебе одежду прикуплю, а то в твоих нарядах за стол садиться нельзя — кусок в горло не полезет, стошнить может». Я было опять обидеться собралась. Чего это ему моя одежа не нравится? Я лично в ней уж пятый год хожу не снимая — и ничего. Но потом сообразила, что гордость проявлять сейчас не ко времени, а то насчет ужина передумает. Пусть одежду новую покупает, я ее надену сегодня разочек, а завтра толкну, опять же на выпивку будет. Ой, что это я? У меня же денег теперь целая куча, мне столько за год не пропить, тем более что я ж не пьющая какая-нибудь, не алкоголичка конченая, а так, выпиваю для души и поднятия бодрости духа.

Ну, может, меня кто и дурой считает, а только соображаловку-то я не потеряла. Ты, говорю, мил человек, одежку-то мне сразу прикупи, я ее домой снесу, там помоюсь и сразу в новое наряжусь. А то что ж мне на чистое тело это старье напяливать. Опять же переодеваться здесь негде, разве что в платном сортире, но там грязно. Говорю, а про себя думаю: как ты есть чумовой, то веры тебе никакой нет. Я, как послушная овца, попрусь домой мыться, вернусь, а тебя и след простыл. Чего ради тогда я, спрашивается, надрывалась, воду переводила, ноги терла, пока туда-сюда моталась? Нет уж, ты давай денежки выкладывай на мою новую одежу, ежели тебе приспичило, а я с ней уйду. И если ты смоешься, то у меня хоть тряпки останутся. Нет,

как говорится, дура-дура — а умная. Меня не проведешь, на кривой козе не объедешь.

Он, видать, тоже не дурак, чумовой-то этот. И не жадный. Ладно, говорит, Михална, пойду в магазин, куплю тебе что поприличней, в новом и вернешься. Только ты в магазин со мной не ходи, а то продавцы все от страха под прилавки попрячутся. Я уж сам как-нибудь справлюсь, на глазок. Я снова обидеться надумала, но быстро отошла. Чумовой — чего с него взять.

Сказано — сделано. Пошел он в магазин, вернулся минут через тридцать с большими пакетами. Я, пока его ждала, в округе пошастала, несколько бутылок нашла и в сумку спрятала. Пригодятся. Венька Бритый там же ошивался, насчет вечера спрашивал, говорил, у Тамарки день рождения, она сегодня наливает. Я на всякий случай сказала, что забреду. А то получится, что нахвастаюсь ему про ужин с чумовым, а тот меня продинамит. С голоду, конечно, не помру, но лучше у Тамарки на халяву кусок сцапать. Хотя какой там кусок, у Тамарки этой, сама еле-еле концы с концами сводит, только на выпивку и хватает, так что на именинах ейных если на что и можно рассчитывать, так на полстакана. Но и то хлеб.

Короче, схватила я пакет, буквально из рук у чумового выдернула, и бегом домой. Благо живу рядом совсем, в Малом Власьевском переулке. Прискакала к себе, пакеты раскрыла и давай тряпки разглядывать. Да-а-а, доложу я вам, не ожидала я такого. Можно подумать, он меня в валютный ресторан вести собрался. Чумовой — он и есть чумовой. Нет, ну вы подумайте, даже трусы купил и лифчик. Каково, а? И колготки. В общем, до конца я все рассматривать не стала, мне и так с первого взгляда стал понятен этот... как его... ну в газетах-то часто про него пишут... Во, вспомнила! Уровень притязаний. А чего вы удивляетесь? Что я газеты читаю? Так я ж их подбираю, где кто бросит, и на пол стелю или там на ящик, или на стол, где стакан ставлю. Глоток выпьешь — и смотришь перед собой, ждешь, как пойдет да где уляжется. А перед тобой-то как раз и газетные статьи. Поневоле глаза в текст утыкаются.

В общем, отправилась я в ванную, прихватила с собой мыло и шампунь, которые тоже в пакете лежали. Намы-

лась в полное удовольствие. Все ж таки куда лучше себя ощущаешь, когда тело чистое, это точно. Волосы прямо пучками из головы лезут, лохмотья в руках остаются. Когда я голову-то мыла в последний раз? Месяц назад, кажется, а то и больше. Вы не думайте, что я неряха, я ее специально редко мою, потому как волос сильно лезет, особенно когда моешь. А так, если его совсем не трогать и даже не расчесывать, он еще держится.

Вышла я из ванной, стала тряпки на себя натягивать. Вроде все впору, даже белье. Жаль, посмотреться некуда, зеркала нету. Почему нету? Так разбили. Венька Бритый и разбил в прошлом году, напился, сволочь, драку с Тамаркиным хахалем затеял, они зеркало и уронили. А новое покупать — денег жалко. Если лишняя копейка завелась, так ее лучше пропить... То есть, я хотела сказать, купить выпивку и друзей позвать, посидеть в теплой обстановке. Вы не думайте, я не пропойца какая-нибудь, я бы даже еще работать смогла, только зачем? Пенсию мне назначили по полному моему праву, а что я еще не старая — так это ничего не значит, я на вредном производстве с восемнадцати лет. Ну, насчет вредного производства — это я так, в переносном смысле, хотя, если вдуматься, работа в театральном коллективе как есть вредная. Целый день репетиции, по вечерам спектакли, и все время впроголодь. Этим-то, примам-балеринам, куда легче, они дай бог один спектакль в неделю танцуют, а нам, кордебалету, каждый день пахать приходится. Прим-то много, а кордебалет один. Нам, балетным, в тридцати три года пенсия полагается, пусть спасибо скажут, что я до тридцати пяти на ихней сцене ногами махала. Так что моя пенсия хоть и небольшая, но кровью и потом выстраданная и вполне заслуженная. И то сказать, я поперврости после балета на железную дорогу пошла работать, диспетчером. Хорошенькая была — ужас, мужики так и вились. Маленькая, стройненькая, походочка легонькая. За мной тогда один большой начальник из Управления железной дороги ухаживал, он меня в диспетчеры и пристроил. Говорил, хочу, чтобы ты, Наденька, ко мне поближе была, чтобы от моего кабинета до твоей кабинки можно было за десять минут добежать. Управление дороги на Краснопрудной улице находилось, а меня он на Казанский вокзал определил, рукой подать. Я тогда сильно на все это дело понадеялась, ведь тридцать пять уже, профессии, кроме балета, никакой, образования, сами понимаете, тоже немного, а семью завести хочется, и чтобы не бедствовать при этом, а жить прилично и ни в чем себе не отказывать. О том, что начальник этот меня обманул, и рассказывать не надо, и без того понятно. Так мне хотелось замуж выйти, пока не поздно, и ребеночка родить! А он все «завтраками» кормил, обещал вот-вот развестись, я и верила. И чем все кончилось? Выпить он любил, и обязательно чтоб не одному, а в компании. Компанией его, естественно, я и была. С самого утра как начнет в кабинете «принимать», так до двенадцати ночи и выпивает, а жене вкручивает, что, дескать, работы у него много, совещания да собрания замучили. И я с ним пила, понравиться хотела. Я ведь как рассуждала? Лучше пусть со мной пьет, потому что, если я откажусь, он другую компанию найдет, а где гарантия, что в этой компании не окажется женщина, красивая да свободная? Нету таких гарантий, никто их дать не может. Потому выбор у меня был простой, как арифметика для нулевого класса: или отпускать его с другими пить, или самой с ним «принимать». Да что греха таить, он, когда выпьет, слова такие хорошие говорит, что слушала бы и слушала до самой смерти. И самая-то я лучшая на свете, и самая красивая, и самая любимая, и обязательно он на мне женится, как только детишки в законном браке подрастут чуток, и жить он без меня не может не то что одного дня, а и одной минуточки. Мне слушать такие слова — как бальзам на душу, и я, конечно, не возражала, когда он напивался. Но и сама вместе с ним... Ему, борову вонючему, как с гуся вода, а со мной все быстро кончилось. Говорят, женщины на это дело слабее мужиков. В общем, припечатали мне клеймо алкоголизма и с работы выперли. Тут и любовь наша закончилась. Он так мне и сказал, гнида жирная: не может, говорит, у такого заметного начальника, как он, быть жена-алкоголичка. А какая я алкоголичка, вот вы мне ответьте? Какая я алкоголичка? Алкоголики — это которые себя не помнят и мать родную за полстакана продадут. А я

вполне в сознании. Ну ладно, что это я старое вспоминать кинулась.

Оделась я во все новое, и на самом дне одного пакета еще сверточек заметила. Развернула — а там парик. Самый настоящий. Я сперва расхохоталась, а потом сообразила, что чумовой-то мой, верно, заметил, какие у меня волосы. Правильно он сообразил, с такими тряпочками нужна хорошая прическа, а из моих лохмушек уже ничего не соорудишь подходящего. Да, жалко, что зеркала нет, вот пригодилось бы сейчас! Достала пудреницу, лицо подканифолила, заодно в маленькое зеркальце, вделанное в крышку, постаралась рассмотреть хоть что-нибудь. Много, конечно, не увидела, но хоть подкраситься смогла. Ресницы погуще намазала.

Что-то мне тревожно стало, будто я — это не я, а кто-то чужой. Словно душа моя в другое тело переехала. Кожа чужая, одежда незнакомая, на голове парик. Хватанула я стакан отравы, в шкафу бутылка стояла, да и пошла обратно, где чумовой мне встречу назначил. По дороге все у витрин останавливалась, хотела себя разглядеть. Деталей, конечно, не рассмотрела, но общий вид меня порадовал. Вроде как тело даже походку прежнюю вспомнило. А в общем там, в витрине, была, конечно, не я. Или я? Черт их разберет, чумовых этих, совсем голову заморочили.

Иду я в сторону Николопесковских переулков, а сама боюсь: вдруг обманул, вдруг ушел и не вернется? Так мне сильно в этот момент захотелось в ресторан пойти, в приличный, чтоб все как у людей, чтоб меня кавалер под ручку в зал провел, чтоб стул правильно пододвинул. Чтоб официанты вокруг сновали, музыка играла, люди нарядные, а не Венька Бритый с Тамаркой. А вдруг чумовой этот во мне прежнюю красоту разглядел? Я ведь не старая еще совсем, всего-то сорок два. Бывают же случаи, когда несчастные неудачливые бабы вроде меня встречают нормальных богатых мужиков. Каждому судьба дает свой шанс, но только не каждый его увидеть и понять может. Я-то в свое время начальника своего железнодорожного за такой шанс приняла, а может, это вовсе и не он был? Может, мой шанс — этот чумовой с карманами, набитыми долларами? Значит, судьба меня правильно от того начальника

2*

отвела, пусть и ценой увольнения с работы, позора и слез, но отвела, сохранила меня для чумового. А то ведь если бы я своего добилась тогда и вышла замуж за борова, я б чумового сегодня не встретила. Вот оно как!

Подхожу к назначенному месту, гляжу — стоит. Стоит мой родненький, по сторонам не оглядывается, задумался о чем-то. Увидел меня и говорит:

— Молодец, Михална, хорошо выглядишь. Поехали.

Повернулся и пошел. Я растерялась в первый момент, но за ним двинула. Он идет, не оборачивается, словно забыл про меня. Быстро так идет, я прямо еле-еле поспеваю за ним. Батюшки, да он на машине, оказывается! Во праздник-то у меня будет сегодня! На тачке в ресторан. Все как у порядочных.

Едем мы с ним, значит. Он за рулем, я рядом. Молчит всю дорогу. Я уж беспокоиться начала. Город кончился, Кольцевую дорогу пересекли, а он дальше куда-то пилит. Ладно, думаю, за городом тоже рестораны есть, даже покруче, чем в Москве. Правда, Венька говорил, что в таких кабаках все больше мафия гуляет, а не простые смертные, поэтому там и перестрелки случаются, разборки всякие. Что же получается, мой чумовой — мафиози? Во смеху-то! А мне без разницы, хоть он там кто, лишь бы человек был хороший.

Остановил он машину вовсе не рядом с рестораном. Дачи какие-то, темень кругом непроглядная, фонарей нет. Ну, думаю, вляпалась ты, Надежда Михална, по самое некуда. Сейчас как заведет куда-нибудь да... И самой смешно стало. Чего мне бояться-то? Что я, красна девица, мужика голого не видела? Тоже мне, нашла чего испугаться.

Чумовой машину запер и молча повел меня к дому. Дверь ключом открыл, свет зажег. Ничего домик, я в таких бывала, когда в балете отплясывала. Тогда модно было кордебалетных девочек целыми кучками на такие дачи привозить, здесь советское и комсомольско-партийное руководство «оттягивалось», расслаблялось после непосильных трудов по руководству нашей страной и великим советским народом. Не самое высшее руководство, конечно, а такое, средней паршивости. Эти дачки — нынешним не чета. Не фанерный сарайчик на шести сотках, а добротный двухэтажный дом с огромной верандой, комнат штук семь-восемь, да участок не меньше гектара. Тут по телику кино как-то показывали, называется «Утомленные солнцем», там дело происходит после революции на даче у красного командира. Так вот, та дачка, которая в кино, ну просто один в один эта. Как раз на такие нас после спектаклей возили, на такой же в точности я и сегодня оказалась. Может, и вправду судьба?

Чумовой куртку скинул и говорит:

— Устраивайся, Михална, поудобнее, сейчас на стол накрою и ужинать будем.

Наверное, рожа у меня была все-таки испуганная, потому что он посмотрел на меня внимательно и хмыкнул, но не сказал ничего. Ладно, стало быть, дачка... Не ресторан. Жалко. А я уж губенки раскатала.

И снова тревожная мысль в голове пронеслась, будто током дернуло: если не в ресторане ужинаем, а на дачке, тогда зачем маскарад? Зачем, я вас спрашиваю, все эти тряпочки, мытье с мылом и приличная прическа? Ну хорошо, насчет мытья с мылом — еще куда ни шло, сказал же чумовой, что его стошнить может от меня. А одеваться зачем? Когда за столом сидишь, то запахи — они, конечно, на аппетит влияют, а внешний вид тут совершенно ни при чем. Но я быстро успокоилась, потому что вспомнила, с кем дело имею. С чумовым. У него своя правда, а я все пытаюсь его поступки своей правдой измерить. Он ведь тоже на эту дачу не в рванье приехал, а в хорошем костюме. Я, конечно, в связи с мизерностью пенсионного обеспечения от новейших веяний моды малость подотстала, но когда по арбатским переулкам гуляю, то в витрины заглядываю. Там сейчас много дорогих магазинов, у них даже название специальное есть, заграничное. Бутики. Чего эти бутики-шмутики означают, не знаю, но шмотки там красивые. И что самое обидное — только на меня и годятся. Например, платье для приема. Для молоденьких девочек с хорошими фигурками это слишком солидно, они на приемы еще не ходят, а много вы видели дам в возрасте, которые влезут в сорок второй размер? Да еще рост первый. Таких, как я, нынче поискать, вот и висят эти платья в витринах, никем не купленные. А я на них смотрю каждый день и радуюсь тому, что не нашлась еще баба, равная мне по комплекции. Девочки тринадцати лет есть такие, а баб — нету.

Опять я отвлеклась, мыслями куда-то уехала... В общем, на этих витринах мужские костюмы тоже висят, поэтому я какое-никакое представление имею. Чумовой хорошо одет, дорого и со вкусом. Пока я про витрины вспоминала, он на стол накрыл. Тарелки расставил, фужеры, приборы положил с салфетками, еду принес из кухни. Не хуже чем в ресторане получилось.

Открыл он бутылку водки, мне налил, а себе воды минеральной плеснул.

— Пей, Михална, — говорит, — на меня внимания не обращай. Я за рулем, мне тебя еще обратно везти, на Арбат, потом самому домой возвращаться. Не хочу рисковать, гаишники нынче совсем озверели, доллар растет, а зарплата у них прежняя, вот они и компенсируют на рабочих местах с утроенной резвостью. Поняла?

Я выпила, закусила немножко. И вдруг сообразила, что даже не знаю, как его зовут. Он ко мне обращается по имени, а мне как его называть? Гражданин Чумовой? Или товарищ? Да хрен с ним, можно никак не называть.

Я еще водочкой подкрепилась и повеселела. Надоело в молчанку играть. И потом, что это за застолье, когда еда есть, выпивка есть, а разговора нету? Непорядочек.

— Слушай, — говорю, — а зачем ты меня сюда привез?

Чумовой внимательно так на меня глянул и улыбнулся.

— А сама ты как думаешь?

Вот этого я не люблю. Ну просто терпеть не могу. Разговор — он и есть разговор, один спрашивает — другой отвечает или рассказывает что-нибудь. Был у нас в театре помощник режиссера, который тоже так делал; его спросишь чего-нибудь, а он в ответ: «А вы сами как думаете? Должно же у вас быть свое мнение». Задолбал он нас всех этим мнением. Я как про этого помрежа вспомнила, так разозлилась моментально.

— Никак я не думаю, — говорю, и грубо так, резко. — Если б я что-нибудь думала, я б у тебя не спрашивала.

А внутри все словно силой наливается, так и хочется заорать на него, да погромче. Сейчас, думаю, меня понесет. И точно.

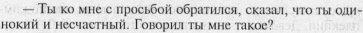

— Ты ко мне с просьбой обратился, сказал, что ты одинокий и несчастный. Говорил ты мне такое?

— Говорил, — спокойно согласился чумовой и снова улыбнулся.

— И я тебя пожалела, потому как ты одинокий и несчастный. Пошла, можно сказать, тебе навстречу, отменила все свои дела, переоделась в твои тряпки, которые мне абсолютно не нравятся и вообще мне не подходят. Ладно, я сделала, как ты просил, потому что я человек жалостливый и добрый. Ты меня завез черт знает куда, держишь меня здесь, молчишь, разговаривать не хочешь. Ну и где твое одиночество? Ежели ты от одиночества страдаешь, так ты должен сейчас без остановки говорить, жизнь свою мне рассказывать, жаловаться, сочувствия искать. Тебе собеседник нужен. Это я так думала, пока ты меня сюда вез. А ты молчишь. И на хрена я время свое на тебя трачу? Оно у меня что, бесплатное? Казенное? Я бы этот вечер в сто раз лучше провела...

Леплю я всю эту чернуху и сама начинаю в нее верить. Еще в хореографическом училище нас учили: каждый артист должен быть историком, он должен выдумать историю и сам в нее поверить, только тогда в нее поверит зритель. Ну, с этим у меня проблем не было, я какую хочешь историю выдумаю и уже через две минуты буду рыдать от горя и верить, что все это именно со мной и случилось. Очень помогало деньги выклянчивать, даже свои на эту удочку попадались, не только чужие. Нет, в самом деле, ради чего я к Тамарке на день рождения не пошла? Ради него, чумового этого. Пожалела несчастного. Лучше бы сидела сейчас в теплой компании, Венька Бритый анекдоты рассказывает, Тамарка песни поет и хахаля своего поддразнивает, за ширинку дергает, Калоша всякие байки из своей прошлой жизни вспоминает, он когда-то шофером был у больших начальников, насмотрелся и наслушался всякого. Там, у Тамарки-то, такой еды, конечно, нету, а что мне еда? Я всю жизнь жила впроголодь, фигуру берегла, а в последние годы, как на пенсии осела, так тем более, на эти жалкие рублишки не зажируешь. А выпивки у Тамарки на всех хватает, у нее родственники есть, которые по случаю праздника всегда подкидывают деньжат. И зачем я тут сижу?

А чумовой будто мысли мои прочитал и спрашивает:

— Тогда зачем ты здесь сидишь? Я — ладно, я тебя попросил со мной поужинать, у меня на то свои причины есть. Но ты ведь могла отказаться. Сказала бы, что не можешь, что у тебя много дел, вот и к подруге на день рождения идти надо. А ты не сказала ничего такого. Ты согласилась и поехала со мной. Вот я тебя и спрашиваю: почему ты согласилась? Зачем поехала, если ты такая занятая?

— Так я ж говорю — жалко мне тебя стало, добрая я, меня разжалобить легко. Вот ты и разжалобил, а теперь вопросы задаешь. Думаешь, раз ты богатый, так других людей унижать можно? Думаешь, тряпки мне купил и теперь можешь ноги об меня вытирать? Не выйдет! У нас, бедняков, тоже своя гордость есть!..

В общем, я снова завелась, и вполне искренне. Кричу и в каждое слово верю. Чумовой меня выслушал, не перебил ни разу. Ел и слушал, ел и слушал. Даже не сердился, кажется. Мне пришлось остановиться, чтобы горло промочить. Пока рюмку пила, запал вроде остыл. Глупая какая-то ситуация. Я ведь как привыкла? Один орет, в смысле выступает, остальные перебивают, вмешиваются, то есть новое направление разговору дают, беседа и не иссякает. А тут по-другому. Я говорю — он молчит. Я вроде все уже сказала, не повторять же по новой, как попугай. Короче, выпила я и заткнулась. Временно. Сидим. Тишина. Часы где-то тикают. Мысли у меня опять в сторону отъехали, стала про Тамарку думать. Вот бывают же невезучие бабы, их по-честному жалко. Как я, к примеру. А бывают бабы откровенно глупые, и вся их жизнь наперекосяк идет из-за их же собственной дурости. Таких не жалко. Вот взять Тамарку...

Но Тамарку я «взять» не успела, потому что чумовой решил рот раскрыть. Ну слава богу!

— Ты, Михална, семью иметь хотела бы? — спросил он.

— А то нет. Конечно, хотела бы.

— Сколько ж тебе лет, подруга?

— Тридцать восемь, — соврала я.

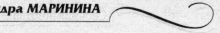

— И ребенка могла бы родить?

— Запросто! Я знаешь как влетаю? Со мной брюки можно рядом положить — через месяц на аборт побегу.

Вру и не краснею, а у самой сердце аж зашлось. Про семью спрашивает, про ребеночка. Может, действительно это тот самый шанс? Чего в жизни не бывает... Ребенка я, естественно, родить уже не смогу, но зачем сейчас об этом говорить? Пусть сначала женится, вытащит меня из грязи, а там разберемся. Может, он так просто спрашивает, в его возрасте заводить маленьких детей обычно не стремятся. Хотя если он совсем бездетный...

— А у тебя есть дети? — на всякий случай спрашиваю.

— Есть, — отвечает. — Сын, он уже взрослый.

Тут я малость скисла. Но свою линию держу, не отступаю.

— И жена есть?

— Нет, жены нет. Так скажи ты мне, Надежда Михална, если б тебе сейчас предложили ребенка родить, как бы ты к этому отнеслась?

Вот хреновина! Прямо сейчас и родить. Ну ладно, была не была, главное — ввязаться. Уцепиться за этого чумового мужика с деньгами, машиной и дачей, вылезти хоть немножко, а там — будь что будет.

— Родила бы, — отвечаю. — А что? Кто предложит-то? Ты, что ли?

— Погоди, не о том речь. Говоришь, родила бы ребенка. А зачем?

Я прямо оторопела. Сам же говорит, а потом сам же спрашивает. Ну как есть чумовой!

— То есть как зачем? Зачем все рожают?

— Мы не про всех говорим, а конкретно про тебя. Врешь ты все насчет возраста, не тридцать восемь тебе, а больше, но, допустим, ты еще можешь родить. Так вот зачем нужен ребенок лично тебе в твои годы и при твоей жизни? Что ты с ним будешь делать?

Зачем нужен? Да, на кой черт он мне нужен сейчас, ребенок этот? Но если бы рядом был муж, и он захотел бы ребенка, я бы расстаралась, чтоб покрепче к себе мужика привязать. Если уж ему приспичило, то я завсегда навстречу пойду. Мало ли чего мне пять лет назад сказали врачи, с

тех пор медицина далеко вперед ушла, а у чумового-то денег видимо-невидимо, он меня и за границу лечиться может отправить. Но так ему говорить нельзя. Надо что-то благообразное выдать.

— Я бы его воспитывала, — забормотала я, — растила, любила.

Вот черт, как назло, все слова из головы вылетели. Ведь у Тамарки-то есть дочка, какие-то слова она про нее говорила же, что-то такое насчет смысла жизни или еще фигня какая... Ничего вспомнить не могу. А, вот, про старость. Про старость все говорят.

— Чтобы в старости рядом со мной был родной человек, который стакан воды подаст, когда я буду больная и немощная, — выпалила я, мысленно похвалив себя за складную длинную фразу. Нет, что ни говори, а я не алкоголичка и даже не пьяница, мозги еще работают — будь здоровчик. И память не подводит.

— Ну ты даешь, Михална, — рассмеялся чумовой. — Ты что же, надеешься до старости дожить? При твоей-то жизни? Да ты в любой день концы отдать можешь, ты же пьешь с утра до ночи и не закусываешь. Или сама помрешь, или пришьют тебя твои собутыльники. Не боишься?

Тут я совсем затосковала. Что-то разговор повернулся не в ту сторону. Не больно-то похож этот чумовой на мужика, который меня вытащить хочет и руку с зажатым в ней шансом мне протянуть. Ну, коль так...

— А ты моих собутыльников не трогай! И не тебе о моей жизни судить...

В общем, я снова погнала порожняк до конечной станции. Гоню, но прихлебывать из рюмки и доливать в нее не забываю. Чумовой слушает вроде даже внимательно, глаз с меня не сводит, и такая странная улыбка у него на губах играет, что мне в некоторые моменты страшно делается. А потом, когда все, что надо, куда надо всосалось и меня забрало, мне вдруг безразлично стало, чего он там обо мне думает. Злость прошла, стало весело и легко. Да, не жениться на мне он собрался, это факт, не для того он меня сюда привез. Наверное, ему просто интересно стало с такой, как я, пообщаться, мою жизненную философию послушать. Может быть, он писатель какой или журналист.

И может быть, даже очень известный. Вот поговорим мы с ним, а там, глядишь, по телевизору кино покажут про разбитую жизнь такой же несчастной невезучей бабы, как я. И может быть, где-нибудь в титрах будет написано: «Выражаю особую благодарность Старостенко Надежде Михайловне». Во Тамарка-то утрется! А то она своими родичами кичится: дескать, мы с Венькой и Калошей всеми брошенные и забытые, никому не нужные, а у нее родня есть, которая дочку ее воспитывает и на каждый праздник денег дает, то есть не забывает и уважает.

— Послушай, Михална, — внезапно перебил меня чумовой, — а как бы ты хотела умереть?

— Еще чего, — фыркнула я, — я не собираюсь пока.

— И не собирайся. Допустим, ты еще сто лет проживешь, но через сто лет как бы ты хотела, чтобы это выглядело?

Я задумалась. Как бы хотела умереть? Да черт его знает! Разве ж об этом думаешь? Самое милое дело — уснуть вечером и больше не проснуться. Или враз упасть замертво, только чтобы перед этим никаких болячек и приступов не было. Жить себе весело и радостно, с друзьями общаться, в гости ходить, пить-есть в свое удовольствие, а потом раз — и все. И никаких страданий. Примерно так я чумовому и объяснила.

— На это ты вряд ли можешь рассчитывать, — сообщил он мне отчего-то весело. — Твой образ жизни к здоровой и счастливой старости не располагает. Скорее всего знаешь как это будет? Ты хлебнешь какой-нибудь отравы, посинеешь вся, начнешь задыхаться, твои собутыльники перепугаются, бросят тебя одну и убегут. А ты будешь валяться где-нибудь в скверике или в подъезде, в своих лохмотьях, вонючая и немытая, с испитой рожей, и все прохожие, которые это увидят, будут брезгливо шарахаться от тебя, как от прокаженной. Тебе даже «Скорую» не вызовут. А если и вызовут, то врачи на тебя только глянут разочек, развернутся и уедут. Им об тебя мараться не захочется, в больницах и так мест нет и лекарств не хватает, тем более в бесплатных. И будешь ты лежать на земле, как старый ненужный хлам, пока дух не испустишь. Тогда тебя заберут в морг. В морге ты еще какое-то время в холодильнике по-

живешь, а потом встанет вопрос: что с тобой делать? Родственников у тебя нет, друзей тоже, хоронить тебя некому и не на что. Твои Веньки и Тамарки ведь на гроб и могилу не раскошелятся, сами копейки считают и бутылки по помойкам собирают. Стало быть, что? Стало быть, отправят тебя в анатомический театр, чтобы студенты на тебе тренировались вскрытие делать и внутренние органы изучать. Дадут тебе специальное имя, например, Дуська, и будут говорить: «Кто последний в очередь на Дуську? Мне строение черепа изучать надо». Радует тебя такая перспектива?

Ой, батюшки, что это он такое говорит? Как это я буду валяться в подъезде, потом в морге, потом в анатомичке? Почему это? Кто это сказал? Я даже дар речи на какое-то время потеряла. А он смотрит на меня и смеется.

— Что, Михална, нечего ответить? Правильно. Это все оттого, что ты о своей смерти как таковой никогда не думала. Мозги-то у тебя куриные, ты ж дальше ближайшего стакана дешевого портвейна не смотришь. А смерть — она всегда дальше, чем этот стакан. Вот если бы ты хоть раз о своей смерти задумалась, ты бы поняла, что все так и будет, как я тебе только что рассказал. И пока еще в твоей власти это изменить, если тебе такая картина не понравилась. Или понравилась?

И хитро так на меня смотрит. Вот чумовой, ну чумовой же, ей-богу. Как же такое может понравиться? Я ему так и ответила: мол, никакому нормальному человеку такое понравиться не может, и спрашивать нечего. Только не про меня это все, не может такого быть, чтобы со мной такое случилось. Я же не какая-нибудь там, не алкоголичка и не запойная. Да, я выпиваю, но я честная пенсионерка.

— Значит, не понравилось, — задумчиво говорит чумовой. — Ну что ж, самое время тебе, Михална, подумать над тем, что я сказал. Пока еще все в твоей власти, пока еще ты можешь это изменить и сделать так, что ТАКОЙ смертью ты не умрешь. Хочешь изменить?

— Хочу, — кивнула я послушно.

Ну наконец-то! Это ж сколько издевательств мне пришлось от него вытерпеть, чтобы он к главному подошел! Сейчас будет мне предлагать изменить свою жизнь, скажет, что хочет мне помочь и вытащить меня из того бедственного положения, в котором я оказалась. А я что? Я всегда пожалуйста, я всегда знала, что если мне кто-то поможет, кто-то мне даст шанс, то я еще ого-го! Ладно, пусть не замуж, но, может, работу какую-то чистую, несложную и высокооплачиваемую мне даст. Бывает, таким работникам фирма даже квартиру покупает. А если квартира и так есть, то на мебель средства выделят.

— Точно хочешь? — зачем-то переспросил он.

— Точно, точно, — заверила я его.

От выпитого в голове такая ясность вдруг сделалась, что почудилось: с любой работой справлюсь, за любое дело возьмусь, даже самое сложное, пусть только в меня поверят и дадут возможность попробовать, я всем докажу, что Наденька Старостенко еще не кончилась.

— На все согласна?

— А то! И не сомневайся.

— Не передумаешь?

— Да ни в жизнь!

Ничего, Михална, сказала я себе, не трусь, сорок два года — это самый расцвет жизни. Может, все еще так переменится... У каждого свой шанс, и у таких, как я, он тоже бывает.

Чумовой как-то тепло на меня посмотрел и вдруг говорит:

— Знаешь, Надя, а тебе идет этот парик.

Глава 3

ЗАРУБИН

Оперативник Сергей Зарубин свою работу любил, и этим был похож на Настю Каменскую. Но в отличие от Насти он терпеть не мог сидеть в кабинете за столом и думать или, что еще хуже, сочинять бумажки. К сожалению, составление разного рода отчетов, справок и рапортов является неотъемлемой и весьма существенной частью оперативной работы, и эта часть Сергея всегда раздражала. Самое удивительное, что стиль и слог у него были превосходными, недаром он в детстве сочинял стихи, рассказы и на протяжении всех лет обучения в школе был бессменным редактором классной стенгазеты, читать которую бегали не только ребята из других классов, но даже и учителя. Но стенгазета — это стенгазета, ее сущность в том, что она должна быть «написана», а оперативная работа — это раскрытие преступления, и Сережа никак не мог взять в толк, почему поиски преступников должны быть неразрывно связаны с писаниной. Он не видел в этом здравого смысла и логики, а потому старался по мере возможности бумажной работы избегать. Он вообще легко делал любую работу, если понимал ее смысл и соглашался с ним. В противном же случае на него как будто стопор какой-то наваливался, мозги отказывались думать, а пальцы забывали, где какая буква расположена на клавиатуре пишущей машинки.

Поиск женщины «неопределенного вида и возраста», которая якобы передала Ваньке Жукову картонный плакатик вместе со стодолларовой бумажкой, был как раз той работой, которую Сережа Зарубин делать умел и любил. Сам факт «неопределенности» вида и возраста этой дамы с высокой степенью вероятности говорил о том, что искать ее надо среди арбатских алкашей. Весь вечер субботы и до обеда в воскресенье он шатался по узким кривым переулкам, не уставая поражаться тому, какая нищета, грязь и запустение царят в самом центре столицы, непосредственно соседствуя с элитными домами и многочисленными посольствами. «Свой» контингент Зарубин опознавал на глазок, но безошибочно, а некоторых знал в лицо и даже по именам. Милицейскую карьеру он начинал именно здесь, в отделении милиции, обслуживающем район Арбата. Поэтому вступать в разговоры и собирать информацию ему было нетрудно.

Но с информацией в первое время не везло. Зарубин узнал много нового и интересного о характерах и привычках тех, кто «держит» здесь магазины, лотки и лотереи, однако ничего существенного о женщине, на которую внезапно свалилось приключение с долларами, он пока не услышал. Это было странно. Сергей неплохо знал нравы и обычаи алкогольной среды и не мог поверить, что сильно пьющая особа не рассказала о таком приключении своим собутыльникам в тот же день и в тот же час. Если все рассказанное Жуковым было правдой, если действительно деньги и плакат ему дала неизвестная женщина, которая, судя по ее виду, никак не может быть ни автором текста на плакате, ни обладателем «лишних» ста долларов, то, стало быть, ее наняли. А найм рабочей силы подразумевает его оплату. Более того, учитывая особенности самой женщины, работодатель должен был быть уверен в том, что она задание выполнит, а не смоется в следующую же секунду, унося в кармане заветную зеленую купюру. А это непременно произошло бы, если бы за услуги он предложил женщине сумму меньшую, нежели та, которая полагалась Ваньке. Нет, ей он должен был заплатить больше, иначе она наверняка сбежала бы с деньгами. Выходит, вчера в среде арбатских алкашей обязательно должна была мелькнуть эта огромная сумма. Даже если женщина-пьянчужка проявила невиданную для алкоголички осторожность и прижимистость, даже если она и не рассказала, какие у нее теперь есть деньги, то уж угощение-то обязательно выставила для ближайшего окружения. Это ведь непременная и неизменная характерная черта таких людей: как только заводятся деньги, они начинают угощать друзей, а иногда и всех подряд, ибо для них роль угощающего хозяина символична и означает возвышение, пусть и временное. У вас ничего нет, а у меня есть, потому что со мной еще не все кончено, потому что я еще что-то могу, мне улыбается удача, мне подвалил шанс, меня одного судьба из всех вас выбрала и своим благословением отметила.

Но о том, что кто-то из местных в субботу угощал на неизвестно откуда взявшиеся бабки, Зарубин не услышал ни слова. И вывода отсюда могло быть только два. Либо женщина была не из арбатских, либо ее уже нет в живых. Думать так не хотелось, потому что тогда вся ситуация сразу усложнялась. Что значит «не из арбатских»? Вряд ли она приехала сюда из другого района Москвы, алкаши путешествовать не любят. За проезд нужно платить, а это дорого. Можно не платить, но есть опасность нарваться на штраф, и тогда выйдет еще дороже. Пешком идти — сил нет. Да и стимула тоже. Зачем ей было приезжать сюда из своего района? Медом тут не намазано, а количество пустых бутылок не больше, чем всюду. Если только в гости к кому-то приезжала. И тогда мало шансов ее найти, для этого нужно поголовно опрашивать все население от Пречистенки до Большой Никитской, не приходила ли к ним в гости в субботу некая дама и не рассказывала ли она о неожиданно свалившихся на нее деньгах. Или не рассказывала (что вполне вероятно), но вела себя необычно, была радостно возбуждена или, наоборот, чем-то озабочена, взволнована. Работы на год.

Есть еще один вариант, объясняющий, каким образом на Новом Арбате могла оказаться «залетная» пьянчужка. Но этот вариант, при том, что был вполне логичным, не выдерживал никакой критики. Загадочный работодатель (или даже работодательница) мог привезти ее с собой, заранее подумав о том, что ему (или все-таки ей?) будет нужно подставное лицо для контакта с тем, кто поднимет плакат. Но это уже выходило за рамки нормального, доступного человеку планирования: выходило, что работодатель знал, какая будет передача, с какого места Москвы будет идти прямая трансляция и кто будет гостями в студии. Предположим, у него есть знакомые в «Останкино», вероятно, даже среди сотрудников телеканала, и все это он мог узнать. Но тогда логично было бы и плакатик припасти заранее, приготовить его дома, на нормальной бумаге, прикрепить с двух сторон палки, на которые бумага накручивается и при помощи которых его так легко поднять над головами столпившихся людей. Человек, который склонен ко всему готовиться загодя, именно так и поступил бы. Ан нет, плакат был написан на длинном куске картона, оторванном от упаковочного ящика. Ребята из местного отделения сразу же после инцидента прошустрили все мусорные контейнеры в округе и нашли-таки пустую упаковку из-под холодильника, от которой и был оторван кусок. Не поленились, даже плакат к месту отрыва приложили. Подошло идеально. Выходит, таинственная личность, стоявшая за спиной пьянчужки, не готовилась к своей выходке заранее, а придумала ее прямо по ходу, увидев, что идет трансляция. Стало быть, пьянчужку он с собой не привозил, а встретил прямо здесь, на Арбате.

А если этой женщины уже нет в живых, тогда дело совсем плохо. Во-первых, это убийство, иными словами — лишение жизни себе подобного, и это всегда плохо независимо от характеристики жертвы. Во-вторых, это сразу отметает такую привлекательную версию о дурацкой шутке сумасшедшего миллионера. Когда человек просто шутит, он обычно не убивает свидетелей.

Похоже, самые худшие подозрения начали подтверждаться, потому что давно известный Зарубину алкаш и воришка Вениамин Польников, более известный как Венька Бритый, которого Сергей разыскал в воскресенье около четырех часов дня, заявил:

— Сам я жив-здоров, слава богу, да и наши все пока в порядке. Тамарку помнишь?

— А как же, — улыбнулся Сергей.

— Ну да, — ухмыльнулся Вениамин, — тебе да не помнить Тамарку. Это ж ты ее родительских прав лишал.

— Не я, а суд, — поправил оперативник.

— Ой, да ладно, знаем мы эти ваши суды. Если б ты на нее бумажки не писал, никакой бы суд не почесался.

— Это верно. А ты никак в претензии, недоволен?

— Да не, мне что, — губы Бритого растянулись в подобии улыбки, обнажив гнилые зубы, — мне даже и лучше. Когда дитё под боком, не больно разгуляешься. А так хата пустая, пей-спи — не хочу.

— А сама Тамарка как? По дочке не скучает?

— Тамарка-то? — Бритый расхохотался. — Да она про дочку вспоминает, только когда слезу вышибить надо из кого-нибудь. Какая она несчастная, радости материнства лишенная, от дитя родного оторванная. Ну и еще по праздникам всяким, когда родня деньжат подкидывает. Говорит: пусть мне платят, а не то дочку назад отберу. Вот вчера у нее именины были, гуляли на полную катушку.

— И много вас гуляло? — поинтересовался Зарубин исключительно для поддержания разговора, думая о другом.

— Нас-то? Щас сочту. — Польников наморщил лоб и принялся загибать пальцы. — Ну, мы с Тамаркой — это два. Хахаль ейный — три... Так... Так... Еще трое — стало быть, вместе шесть выходит. Надьку еще ждали, но она, сука, не пришла. Побрезговала, видать.

— Какая Надька? — насторожился Зарубин.

— Да Надька Танцорка. Не помнишь, что ли? Маленькая такая, тощенькая, смотреть не на что. Из балета она.

Зарубин вспомнил. Про Надьку Танцорку он слышал еще тогда, когда работал на этом участке, но лично с ней знаком не был. Не пришла на день рождения к подруге-собутыльнице, на халявную выпивку и закуску... Очень любопытно.

— А чего ж она не пришла? — спросил он, не скрывая интереса. — Может, не знала про именины? Или забыла, а ей никто не напомнил?

— Прям-таки, забыла она, — презрительно фыркнул Вениамин. — Да я лично вон в том самом переулке ее встретил вчера и сказал насчет Тамарки. Забыла! Как же.

— Ладно, ты ей сказал. А она что?

— Помялась и говорит: приду.

— Она одна была?

— Одна как есть.

— И что же она там делала, когда ты ее встретил?

— Господи, да то же, что и всегда. Бутылки собирала.

— Да, некрасиво вышло, — покачал головой Зарубин. — Получить приглашение на день рождения к подруге и не прийти — это действительно свинство.

— Вот! А я что говорю? Сука и есть.

— Погоди, Вениамин, не суди сразу. Может быть, у нее важная причина была, а ты сразу в обиду кидаешься. Как она объяснила, почему не пришла к Тамарке?

— Да никак она не объясняла, — вспылил Бритый. — Я ее вообще с тех пор не видел.

— Так ты бы домой к ней зашел. Вениамин, я тебя не понимаю, — строго сказал Сергей, — твоя приятельница, я бы даже сказал — добрая знакомая пообещала прийти на день рождения и не пришла. И ты даже не поинтересовался, что случилось. А вдруг она заболела, лежит и встать не может? Она ждет, что ты, ее друг, забеспокоишься, станешь ее искать, придешь навестить, лекарства купишь или там врача вызовешь. А ты слоняешься по улицам и называешь ее сукой. Не дело это, Вениамин. Мужчины так не поступают. А друзья тем более.

Зарубин знал слабое место Бритого. В прошлом школь-

ный учитель, Польников всегда всех поучал, требуя от людей, с которыми общался, соблюдения кодекса чести, в котором на первом месте стояли дружба, взаимная поддержка и взаимовыручка. Сейчас ему уже под пятьдесят, в школе он не работает лет двадцать, но педагогические привычки Вениамин сумел как-то сохранить, несмотря на двадцать лет беспробудного пьянства. Слова оперативника заставили его посерьезнеть.

— Может, конечно, и заболела... Вообще-то она здоровая, как я не знаю кто, никакая хворь ее не берет. И правда, надо пойти проведать.

— Хочешь, я с тобой схожу? — предложил Зарубин. — Мне все равно в ту сторону надо.

Он не имел ни малейшего представления о том, в какую сторону нужно идти к дому Надьки Танцорки, но Бритый на это внимания не обратил. В конце концов, Зарубин ведь не сказал, что не знает Надьку, а коль знает, то и адрес знает, это само собой.

— Пошли, — кивнул Польников, — в случае чего ты ей «Скорую» вызовешь, ладно? Ты мент все-таки, тебя они послушают.

Они не торопясь дошли до Малого Власьевского переулка и вошли в воняющий испражнениями подъезд. Квартира Танцорки находилась на втором этаже. На звонок никто не открыл, на стук тоже.

— Во! — обиделся Бритый. — Ее и дома-то нет, а ты говоришь — заболела. Шляется небось где-нибудь. Ну точно — сука. Она всегда такая была. Мы народ простой, а она, блин, балерина. Балерина Грета из государственного балета. Всегда нос воротила, всегда выше нас себя считала. Потому и к Тамарке не пришла.

— Погоди, — остановил его Сергей, — не гони волну. Ведь в прошлом году она приходила к Тамарке на день рождения?

— Ну.

— И в позапрошлом?

— Ну.

— И в ваших гулянках всегда участвовала?

— А то как же.

— И вас к себе домой звала?

— Непременно. Вообще-то ты прав, она всегда ходила. А вчера вот не пришла почему-то...

— То-то и оно. Может быть, ей там так плохо, что она встать не может. Знаешь, есть такие болезни, когда человек в сознании, а сил нет подняться с кровати. Или ногу сломала и ходить не может. А может, она вообще сознание потеряла, а мы тут с тобой стоим и ее обсуждаем. Вениамин, ты рожи-то мне не строй, я же знаю, что у тебя ключи есть от этой квартиры. Доставай, не стесняйся.

— Ты что, начальник, — забормотал Бритый, — откуда у меня ключи... Да я никогда...

— Валяй, открывай, — махнул рукой Зарубин. — Я разрешаю. Под мою ответственность.

Насчет «точного знания» он, конечно, блефовал, но зато точное знание характера Вениамина Польникова у Сергея было. Как только Венька заговорил о том, что Танцорка «брезгует и задается», оперативник понял весь расклад. Польников считал себя неотразимым внешне и неповторимым в сексуальном плане. Он до такой степени считал себя Мужчиной с большой буквы, что ежедневно брился утром и вечером, несмотря на насмешки окружающих. Этим и прозвище свое заслужил. Все женщины, по его мнению, должны быть от него без ума, поскольку он обладает настоящим мужским характером и огромной потенцией. Единственный его недостаток — социальный статус. Статус немного подкачал, что есть, то есть. Но во всем остальном он даст фору кому угодно. Поэтому если женщина его отвергает, несмотря на все имеющиеся достоинства, то причина этому может быть только одна: она задается, ее именно социальный статус Бритого и не устраивает.

Коль Бритый был любовником, или, выражаясь языком милицейских протоколов, сожителем Надьки Танцорки, то он наверняка умеет открывать дверь ее квартиры. Ключом ли, полученным от самой хозяйки, или маникюрными ножницами — значения не имеет. В данном случае оказались именно ножницы.

— Надь! — крикнул Польников, открывая дверь и делая шаг в прихожую. — Надь, ты дома?

Квартира была пуста.

— Шляется! — со злорадным удовлетворением конста-

тировал Вениамин. — Я так и знал. Такие, как Надька, никогда не болеют. Сволочь тонконогая!

Сергей обошел запущенную донельзя комнату, оглядывая обстановку. Глаза его зацепились за яркие пакеты, лежащие на полу. Здесь же валялись отрезанные бирки и кассовые чеки. Он поднял их и принялся внимательно рассматривать. Понять, что написано на бирках и от какого они товара, Зарубин не смог, зато в чеках разобрался быстро. Через минуту он уже знал, какого числа, в каких магазинах и на какую сумму все это было куплено.

— Смотри-ка, — окликнул он Бритого, который воспользовался случаем и уже шарил в хозяйском шкафу в поисках спиртного, — подруга твоя прибарахлилась не далее как вчера.

— Чего? — не понял Вениамин, поскольку внимание его было сосредоточено на содержимом кухонных шкафчиков.

— Шмоток, говорю, твоя Надька вчера накупила без малого на десять тысяч рублей.

Польников прискакал из кухни, выпучив глаза.

— На сколько, на сколько?

— На десять тысяч.

— Это по-старому на десять «лимонов», что ли?

— Именно. Она у вас, оказывается, богатенькая.

— Да ты чего, — искренне возмутился Бритый, — у ней пенсия копеечная и никаких дополнительных источников. У нее даже телефон отключили, потому что она за него год не платила. Откуда у нее такие деньги?

— Вот и я хотел бы знать, — задумчиво проговорил Зарубин. — И откуда у твоей Танцорки такие деньги? Придется ее поискать и спросить. Может, она обокрала кого?

— Да ты чего, — но прежней уверенности в голосе Бритого уже не слышалось, — Надька не воровка.

— Тогда откуда деньги? Ну объясни мне, Вениамин, только просто, четко и доходчиво, откуда у нищей, пьющей пенсионерки могут вдруг появиться такие деньги?

Вениамин напряг мыслительный аппарат, и через некоторое время лицо его прояснилось.

— А бывший муж объявился или богатые родственники!

— Складно, — кивнул Зарубин. — Надька была замужем?

— Вроде нет...

— Так вроде или точно?

— Говорила — нет.

— А родственники богатые у нее есть?

— А я почем знаю? — окрысился Бритый. — Может, и есть. Только она о них ничего не говорила.

В ходе непродолжительной, но четко организованной дискуссии быстро выяснилось, что таким сказочным путем Танцорка денег получить не могла. Точнее, выяснилось это только для Зарубина, ибо ум его был трезвым. Бритый же продолжал пребывать в уверенности, что Надьке «привалило» и с ней случилось именно то, о чем мечтает в глубине души каждый алкаш и вообще каждый опустившийся человек. Пребывание в пропасти оказалось временным, и вот она — протянутая с неба рука помощи, уцепившись за которую можно снова подняться.

Беглый осмотр комнаты позволил Зарубину найти документы, из которых он и узнал, что хозяйкой этой квартиры является Старостенко Надежда Михайловна, 1956 года рождения, русская, уроженка города Семипалатинска, незамужняя и не имеющая детей. У Сергея мелькнула нехорошая мысль сунуть паспорт в карман, чтобы показать Ване Жукову фотографию, но он быстро понял бессмысленность затеи. На фотографии Надежде Старостенко было двадцать пять лет, а сейчас ей сорок два, из которых она, если судить по пенсионной книжке, пьет лет шесть-семь, причем пьет так интенсивно, что почти потеряла человеческий облик. Именно семь лет назад Старостенко ушла из театра на пенсию. И если верить Польникову, после театра она работала на железной дороге, где, собственно, и спилась до такой степени, что ее просто выгнали.

Нашлись, правда, и более поздние фотографии, но все это были групповые снимки, запечатлевшие сцены из балетов, где лица были мелкими и загримированными. В таких случаях не обойтись без самой хозяйки, которая, с гордостью показывая снимок, говорит: а вот здесь двенадцатая справа — это я в «Спящей красавице». И при этом

невозможно понять, чем двенадцатая отличается от одиннадцатой и тринадцатой, у всех одинаковые костюмы, одинаковые прически и одинаковые лица.

ОБРАЗЦОВА

Татьяна крепилась изо всех сил, чтобы не выказывать тревогу. И дело было не в том, что она пыталась, как говорится, сохранить лицо. Она не хотела беспокоить мужа и жалела Ирочку, свою родственницу, которая вообще бесстрашием не отличалась и начинала нервничать по каждому пустяку. Весь вечер субботы и утро воскресенья ей удавалось, и довольно успешно, делать вид, что все случившееся — не более чем глупая шутка с изрядным налетом черного юмора. Стасов этому спектаклю вполне поддался, но Ирочка продолжала волноваться и ни о чем, кроме картонного плакатика, говорить не могла.

Однако в воскресенье днем ситуация начала меняться. Они как раз заканчивали обедать, когда позвонила Настя.

— Зарубин ее нашел, — сказала она.

— Ну и?

— Установил имя и место жительства. Сама мадам где-то скрывается.

— Как же можно быть уверенным, что это она? — В Татьяне проснулся следователь, который в таких вещах на интуицию не полагается. Следователю нужно знать точно, чтобы делать правильные выводы. — Фотография есть, чтобы предъявить мальчишке?

— Фотографии очень старые, они не годятся. По крайней мере так считает Зарубин.

— Тогда с чего он взял, что это она?

— Она вчера не пришла на день рождения к подруге, хотя ее звали и ждали. И сегодня ее никто не видел. Зато в квартире у нее явные следы внезапно свалившегося богатства. Кассовые чеки из магазина на общую сумму без малого десять тысяч рублей, и число на чеках вчерашнее. Эта мадам — бывшая балерина, маленькая и худенькая. Именно так ее описал Жуков. Кстати, по сведениям из почти достоверных источников, вчера в интересующее нас время она околачивалась в Большом Николопесковском переулке, совсем рядом с Новым Арбатом. Так что и алиби у нее нет.

— Понятно, — протянула Татьяна. — Ладно, подождем. Держи меня в курсе.

Она помогла Ирочке убрать на кухне после обеда и, одев сынишку и усадив его в колясочку, отправилась на улицу. Тревога становилась все острее, и ходьба была единственным способом хоть как-то успокоиться.

«Угадай, где ты встретишься со смертью». С чьей смертью? Со своей? Со смертью близких? Папа, совсем старенький, живет в Петербурге. Она не сможет его защитить. Ира? Молодая, боязливая, осторожная. Да, на случайные контакты она не пойдет, уже научена, обожглась в прошлом году так, что на всю оставшуюся жизнь хватит. Но ведь она женщина, слабая женщина, она защитить себя не сможет. Стасов? И за него нельзя не бояться. Он, конечно, здоровенный, сильный, опытный. Но от пули защиту еще не придумали. И от взрыва тоже. Здесь скорость бега, точность удара и высота прыжка особой роли не играют. Гришенька? Об этом даже думать страшно. Говорят, если часто думать о какой-то беде и бояться ее, то она обязательно случится, потому что злая мысль материальна. Татьяна не знала, так это или нет, но, когда дело касается единственного ребенка, начинаешь верить всему.

Погруженная в свои мысли, она даже не замечала, какая погода. Сияло холодное октябрьское солнце, небо было ясным и бледно-голубым, но у Татьяны было такое чувство, будто идет проливной дождь. То и дело ее охватывала щемящая тоска, которая всегда приходила к ней в дождливую погоду. Как хорошо было еще вчера утром! Конечно, у работы следователя есть свои издержки, трудности и проблемы, но как бы много этих проблем ни было, разве может это сравниться с тем, когда тебе угрожают? Открыто, недвусмысленно. И не знаешь, откуда ждать беды.

— Танечка! — послышался совсем рядом знакомый голос.

Она очнулась и увидела Андрея Тимофеевича, своего соседа. Статный, подтянутый, в длинном зеленовато-сером плаще из нубука, он сейчас вовсе не производил впечатления грубоватого и простоватого мужичка, каким обычно казался. Накануне вечером он заходил к ним выразить сочувствие и поинтересоваться, чем дело кончилось. Говорил, что смотрел передачу («Ну как же я мог ее пропустить? Вы же мне не чужая, и с вашей подругой я вроде как знаком»).

— А я с вами рядом уже давно иду, — радостно сообщил сосед. — Вы так задумались, что ничего вокруг не замечаете.

Татьяна смущенно улыбнулась:

— Извините.

— Ну что вы, что вы, — замахал руками Андрей Тимофеевич, — я ведь понимаю, на вас такая неприятность свалилась. Кстати, какие новости? Что-нибудь стало известно?

— К сожалению, почти ничего.

— Почему почти? Значит, что-то все-таки есть?

— Совсем немного. Выяснилось, что одна сильно пьющая женщина, которая живет в районе Арбата, вчера внезапно разбогатела и куда-то пропала. Может быть, это она дала мальчику плакат и деньги. А может быть, и не она. Пока ее ищут, когда найдут, тогда узнаем.

Сосед некоторое время молча шел рядом. Когда до дома, где они жили, оставалось метров двадцать, он снова заговорил:

— Танечка, я понимаю вашу тревогу, да вы и сами вчера говорили, что угроза адресована непонятно кому. Может быть, вам, может быть, вашей подруге Анастасии, а может быть, не лично вам, а вашим близким. Я пенсионер, свободного времени у меня достаточно. Хотите, я буду опекать Ирину? Вы с Владиславом Николаевичем целый день на работе, а она одна дома с вашим ребенком. Согласитесь, это ведь две потенциальные жертвы, причем совершенно беззащитные.

— Андрей Тимофеевич!.. — Татьяна попыталась прервать его, настолько чудовищной показалась ей сама мысль о том, что таинственный незнакомец выбрал жертвой Иру или Гришеньку. Ей было страшно слышать про-

изнесенные вслух слова, которые она боялась сказать себе сама.

— Надо смотреть правде в глаза, — очень серьезно ответил сосед. — Я понимаю, вам неприятно это обсуждать, но дело есть дело. К нему и перейдем. Я готов сопровождать Ирину каждый раз, когда она будет выходить из дома, например, за покупками или на прогулку с вашим сыном. Можете также проинструктировать ее, чтобы она никому не открывала дверь, не позвонив предварительно мне по телефону. Я сам выйду из квартиры и посмотрю, кто пришел.

— А вы не боитесь стать жертвой вместо Иры? — криво усмехнулась Татьяна.

— Не боюсь. И не забывайте о том, что у меня крупная собака.

— Вы не похожи на Джеймса Бонда. И, простите, Андрей Тимофеевич, вам уже немало лет. С вами справиться будет не труднее, чем с моей Ирочкой. А ваш замечательный дог Агат — собака не служебная, она, конечно, может испугать своим видом и рыком, но не защитит.

Они вошли в подъезд и остановились, ожидая, пока лифт спустится вниз. Сосед снова замолчал и заговорил, только когда они вышли из лифта на своем этаже.

— Я вам хочу сказать две вещи, Татьяна Григорьевна. — Он внезапно перешел на официальный тон, и голос его был холоден и строг. — Первая: если преступник молод и силен, он, вероятнее всего, легко справится со мной. Но почему вы решили, что он молод и силен? Вы полагаете, люди немолодые годятся только на то, чтобы сидеть на печи и нянчить внуков, а совершение преступлений — удел молодых? И второе: вы меня недооцениваете. Засим позвольте откланяться.

Татьяна от неожиданности застыла на месте, а Андрей Тимофеевич открыл замок своей квартиры и скрылся в темной прихожей. Почему-то она ожидала, что сосед хлопнет дверью. Но дверь закрылась почти бесшумно.

Около девяти вечера снова позвонила Настя.

— Зарубин установил, какие вещи приобрела наша мадам. Кстати, ее фамилия Старостенко. Полное дамское обмундирование, начиная от трусиков и бюстгальтера и заканчивая париком, плащом и туфлями. На чеках пробива-

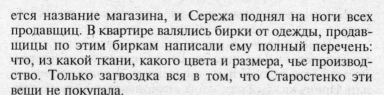

ется название магазина, и Сережа поднял на ноги всех продавщиц. В квартире валялись бирки от одежды, продавщицы по этим биркам написали ему полный перечень: что, из какой ткани, какого цвета и размера, чье производство. Только загвоздка вся в том, что Старостенко эти вещи не покупала.

— То есть как? Украла, что ли?

— Таня, побойся бога, там же кассовые чеки были, — возмутилась Настя. — Все оплачено. Только не ею.

— А кем?

— В том-то и фокус. Продавщицы эти покупки очень хорошо помнят, потому что редко бывает, чтобы покупатели выбирали полный гардероб. А тем более сейчас, когда все подорожало в три-четыре раза. Эти покупки делали две девушки, по виду и акценту — приезжие, откуда-то с юга.

— С Кавказа? — уточнила Татьяна.

— Нет, из Украины или с юга России. Ставрополь, Ростов, Краснодар — что-то в этом роде. Фрикативное «г», и интонация к концу фразы вверх уползает.

— Странно... — Татьяна помолчала. — Какая связь может быть между арбатской алкоголичкой в возрасте за сорок и приезжими девушками? Не могла же Старостенко попросить их сделать эти покупки!

— Не могла, — согласилась Настя. — Ни один нормальный человек, а тем более бедствующий, не отдаст такую сумму чужим людям под честное слово. А вдруг они обманут и скроются с деньгами? Хотя сам факт такой просьбы вполне объясним. Старостенко видит себя в зеркале и понимает, что, если сунется в приличный магазин, ее поднимут на смех. Или выгонят сразу же из примерочной. И будут орать, чтобы она не трогала дорогие вещи грязными руками. Она действительно могла постесняться зайти в магазин. Но я не верю, что она могла отдать такие деньги двум первым попавшимся девчушкам.

Вывод был ясен, как белый день. Девушек попросили купить все необходимое, но сделала это не пропавшая Старостенко. Это сделал тот, кто заплатил ей за услугу. Тот, кто сочинил текст на плакате. Тот, кто не хотел, чтобы продавщицы в магазине его запомнили.

— Настя, — спросила Татьяна после минутной пау-

зы, — а зачем все-таки этот цирк? Если есть кто-то третий, он заплатил Старостенко за услугу и отбыл в неизвестном направлении. У него голова не должна болеть о том, как и на что она потратит деньги. А у нас с тобой получается, что он не только заплатил, но и приложил определенные усилия к тому, чтобы эта арбатская пьянчужка оказалась хорошо одетой. Почему?

— Я не знаю, — вздохнула Настя. — Я чувствую, что именно здесь что-то не склеивается. Именно здесь кто-то зарыт. Вероятно, собака, — мрачно пошутила она.

— Или крыса, — добавила Татьяна. — В общем, дорогая, придется признаться себе, что мы столкнулись не с шутником. Это существо серьезное и с далеко идущими планами. Как ты думаешь, сколько дней пройдет, пока он снова не подаст голос?

— Дня три, наверное, — предположила Настя. — Может, два.

Но она ошибалась.

КАМЕНСКАЯ

В понедельник утром, как обычно, состоялась оперативка у Гордеева. Виктор Алексеевич выглядел неважно, и все сотрудники отдела понимали, что как ни оттягивал он решение проблемы госпиталя, но момент вот-вот настанет. Или уже настал. Колобок в последнее время частенько принимался массировать левую сторону груди или левую руку, на его рабочем столе то и дело можно было заметить упаковку валидола, и, хотя он никогда вслух не жаловался, все понимали, что это означает.

— Перейдем к неприятному, — сказал полковник в самом конце. — Все вы знаете, какой инцидент случился в субботу с Анастасией.

Все закивали, некоторые вполголоса поддакнули.

— Ну что ж, тогда в детали вдаваться не буду. В субботу и воскресенье сотрудники Центрального округа искали женщину, которая дала мальчишке плакат и деньги. И сегодня ночью ее нашли.

Он выдержал драматическую паузу, при этом глаза его

были устремлены не на подчиненных, а в окно, за которым моросил холодный дождь. Насте захотелось крикнуть: «Ну что? Что эта женщина сказала? Говорите же скорее!», но она прикусила язык. Колобок не молчал бы сейчас, если бы... Одним словом, все понятно. Ее нашли, но рассказать она уже ничего не может. Все развивается по самому плохому варианту. Шутник убирает свидетелей, и это означает, что намерения его куда как серьезны.

Примерно то же самое сказал и Гордеев, когда соизволил оторвать взгляд от окна. Еще он поведал, что нашли Надежду Михайловну Старостенко за городом, в лесу, неподалеку от дороги. Смерть наступила около 23 часов в субботу от огнестрельного ранения в область сердца. При ней не было документов, и поскольку о ее исчезновении никто в милицию не заявлял, тело так и пролежало в морге. И только в воскресенье вечером, когда стало известно, что разыскивается женщина сорока двух лет с полным описанием одежды и парика, Зарубину сообщили о подходящем трупе. Убитая была опознана своими знакомыми как Старостенко, и теперь оставалось выяснить, та ли это «тетка неопределенного вида и возраста», которая контактировала с Ваней Жуковым.

— Этим сейчас занимается следователь, который возбудил дело. Поскольку труп найден на территории области, следователь областной. Если выяснится, что потерпевшая причастна к субботнему инциденту, тогда будут решать, создавать ли группу с нашим участием. Я с завтрашнего дня ложусь в госпиталь, Коротков остается за старшего. Если поступит команда создавать группу, работать будут Доценко и Каменская. Если команды не будет, работает одна Каменская. То есть ты, Анастасия, включаешься в любом случае, поскольку это лично тебя касается. Если вопросов больше нет, все свободны, кроме Каменской.

Пока сотрудники выходили из кабинета, бросая на Настю сочувственные взгляды, она перебралась поближе к столу начальника. Вообще-то она предпочитала сидеть в углу в своем любимом продавленном почти до пола кресле, и в этих случаях Виктор Алексеевич обычно выходил из-за стола и расхаживал по кабинету, так ему лучше думалось. Но, судя по его виду, сегодня он вставать не собирался, чувствовал себя полковник явно не лучшим образом, потому Настя и решилась нарушить традицию и пересесть поближе.

— Я не могу понять, что он задумал, — сказал Гордеев, когда они остались одни. — Но ты должна мне это объяснить.

Настя растерялась:

— Откуда же я могу знать? Виктор Алексеевич...

— Не морочь мне голову. — Гордеев поморщился, рука его машинально потянулась к груди, но он отдернул ее. — Картина ясная. Некто хочет свести личные счеты. Либо с тобой, либо с женой Стасова. И вы обе должны напрячь свои скудные мозги и вспомнить всех, кто может возыметь желание поквитаться с вами. Ты меня поняла, Настасья? Вы обе, — он снова сделал паузу и перевел дыхание, — должны вспомнить всю свою жизнь, перебрать по часам и минутам и найти в своем прошлом человека, которого вы обидели и который может все это сейчас затеять. Может быть, ты его нашла, может быть, Образцова его посадила, может быть, это ваши отвергнутые любовники. Я не знаю. Но вы... — Снова пауза. — Вы должны знать. И когда либо ты, либо она такого человека найдете, вы должны сделать все, чтобы он был немедленно задержан. Насчет скудности твоих мозгов я сказал так, для красного словца. Поскольку они у тебя не скудные, ты наверняка все это продумала еще вчера. И вспомнила такого человека. Допускаю, что ты вспомнила даже нескольких. Более того, ты наверняка обсуждала ситуацию с Образцовой, и не один раз, и она тоже таких вспомнила. И после этого вы обе думали, чего от них ждать. Вы вспоминали их имена, привычки, образ жизни, стиль мышления. Вы пытались понять, кто из них может сделать то, что сделал этот Шутник, а кто не может. Кого-то отсеяли. Кто-то остался под подозрением. И со всем этим багажом ты сидишь сейчас передо мной, делаешь невинные глаза и спрашиваешь: «Откуда же я могу знать?»

Он так умело скопировал ее интонацию, что Настя не выдержала и рассмеялась, хотя ей было совсем не весело.

— Виктор Алексеевич...

Но Гордеев прервал ее слабым движением руки.

— Я тебя для чего оставил? Не для того, чтобы давать тебе задания. Между нами разница теперь всего в одну звезду, ты сама большая девочка, все знаешь и все умеешь. Я оставил тебя для того, чтобы дать тебе совет. Я когда о трупе Старостенко вам рассказывал, уже по лицу твоему увидел все, о чем ты будешь думать в ближайшие пятнадцать минут. Хочешь, скажу?

Настя молча кивнула.

— Ты стала думать о том, что кто-то хочет свести с тобой счеты и затеял какую-то игру, но в ходе игры погибла женщина. Пусть алкоголичка, пусть никому не нужная, пусть по ней никто не заплачет, но ценность человеческой жизни измеряется ведь не этим. То есть за то, чтобы отомстить тебе, лично тебе, Анастасии Каменской, заплачена такая цена. Выходит, ты слишком сильно обидела этого Шутника. И дальше выходит, что в смерти этой несчастной виновата именно ты. Если бы ты его не обидела, он не стал бы мстить, если бы он не затеялся мстить, Старостенко была бы жива. Может быть, дело тут не в тебе, а в Татьяне Образцовой, но ты на всякий случай уже чувствуешь себя виноватой. Я прав?

Настя посмотрела ему в глаза и поежилась.

— Да, вы правы.

— А ты не удивляйся, — Колобок мягко усмехнулся, — я пока еще мысли твои читать не научился, зато жизнь прожил долгую и опыта набрался. Ситуаций, в которых я чувствовал себя виноватым, было огромное множество. И, немножко зная твой трепетный характер, я вполне смог предположить, как и о чем ты будешь думать. Так вот, хочу на этот случай дать тебе совет. Даже если выяснится, что Старостенко погибла из-за тебя, не делай из этого всемирную трагедию. Просто посмотри на ситуацию со стороны, поднимись над ней, и ты увидишь, что дело не в тебе.

— А в ком?

— В нем. В том, кто это сделал. Если человек так скроен и сшит, что ставит свою обиду в центр мироздания и готов мстить именно таким чудовищным способом, то он этим способом и с таким же остервенением мстит всем, кто его обидел. Не обязательно тебе и не только тебе. Если бы его не обидела ты, это сделал бы кто-нибудь другой, потому что его душа чрезмерно ранима, самолюбие непомерно высоко, а эгоизм вообще переходит всякие разумные границы. Такие люди чувствуют себя обиженными по двадцать пять раз в сутки, и список их личных врагов ежедневно пополняется. Но он не может свести счеты со всеми, потому что врагов слишком много. И он выбирает кого-то одного. С кем легче справиться. До кого проще добраться. Или просто кто под руку подвернулся. Вся ситуация говорит о том, что замысел у нашего Шутника возник случайно, а это означает, что ты просто подвернулась ему под руку. Он шел по Калининскому... то есть по Новому Арбату... не привыкну никак к этим переименованиям... Шел, шел и вдруг увидел толпу и телевизионные камеры. Подошел, глянул на монитор, а там ты. Вот и все. Он бы все равно мстил, не тебе, так кому-нибудь другому, потому что он так устроен. И если бы нужно было для облегчения своей затеи кого-то убить, он бы все равно убил, потому что он злобная, мстительная сволочь. А ты, деточка, никак не можешь быть виновата в том, что он такой. Поверь мне, я не сразу стал таким умным. Я тоже много лет убивался и переживал, когда мне казалось, что я виноват в чьей-то смерти. И только ближе к старости я научился быть логичным и не искать свою вину там, где ее нет. Тем более еще неизвестно, кому он мстит, этот урод, тебе или Образцовой. Так что ты иди, Стасенька, подумай над тем, что я сказал, и подружке своей Татьяне объясни, если она сама этого не понимает. И думайте, девочки, думайте. Вычисляйте его, моделируйте, ищите. Наша гордость задета, наша профессиональная честь. Его надо найти как можно быстрее и устроить показательный процесс, чтобы другим неповадно было проверять, насколько мы умные.

Настя вернулась к себе и тут же позвонила Татьяне на работу. Та сняла трубку не сразу, и голос у нее был сухой и отстраненный. Вероятно, в кабинете были посторонние.

— Таня, это я. Можно два слова?

— Полтора, — жестко ответила Татьяна. — У меня люди.

— Ее убили, — коротко сообщила Настя.

— Я поняла, — так же коротко сказала Татьяна и повесила трубку.

Глава 4

БАБУШКА УБИЙЦЫ

Ну что ж, на пороге своего семидесятипятилетия я могу подвести итог и признать, что прожила свою жизнь достойно. И воспитала достойного внука, который не уронил чести нашего рода. Но один Всевышний знает, чего мне это стоило и через какие испытания пришлось пройти нашей семье. Воспитание не позволяло мне открыто демонстрировать свои чувства, и только мой покойный муж представлял, правда, частично, что я испытывала, когда честь семьи была поставлена под угрозу. Но полагаю, что супруг мой чувствовал то же самое.

На протяжении ста пятидесяти лет в нашем роду Данилевичей-Лисовских не было ни одного мезальянса. Из поколения в поколение мы вступали в браки только с равными себе по уровню образования. Ученые, писатели, медики, университетские профессора. Никаких разночинцев, никаких купеческих отпрысков, никакой сомнительной публики. И уж тем более никаких политиков и революционеров. Каждый, кому дозволялось породниться с нами, должен был быть достоин нашего рода и наших традиций, которые мы берегли свято и передавали из поколения в поколение. Но эти требования распространялись и на нас самих. Мы тоже должны быть достойными своих предков. Я всю жизнь занималась древнегреческим языком, мои научные труды посвящены творчеству литераторов Древней Греции. Мой покойный супруг был литературоведом, его специальность — русская поэзия конца восемнадцатого века. И мои родители, надобно вам заметить, долго не давали согласия на наш брак, им требовалось немало времени, чтобы убедиться: Николай Венедиктович Эссен составит мне достойную партию. Но для того, чтобы представить им доказательства этого, ему нужно было составить себе имя в литературно-критических кругах. Благодарю судьбу за то, что мне было всего шестнадцать, когда мы познакомились с Николаем, и за десять лет, пока он доказывал, что достоин меня, я успела состариться всего до двадцати шести. Когда мы сочетались браком, Николаю

Венедиктовичу было уже сорок. Однако я не роптала на родителей, ибо понимала: в нашем роду мезальянсов не было и быть не должно. И в свои шестнадцать я еще не могу судить о том, кто достоин вступить в родство с нашим родом, который за полтора столетия дал жизнь ученым и литераторам с мировым именем.

Точно так же я воспитывала и нашу единственную дочь Инессу. Увы, времена изменились, и наши вековые семейные традиции оказались не в силах противостоять разнузданности нравов. Большевики... Я до сих пор не могу понять, почему мои родители не эмигрировали вместе со всеми. Иногда я думаю, что мой батюшка, мир праху его, был ослеплен идеями революции. А порой мне приходит в голову, что он в них просто не разобрался и, не понимая всей опасности насильственного большевизма, доверчиво решил, что ученых, занимающихся древней историей, никто притеснять не станет. В этом он, как ни странно, оказался прав. Большевикам понадобились институты, чтобы обучать в них голь перекатную, рвавшуюся к власти, ведь им обещали, что каждая кухарка хоть немного поуправляет государством, и в этих институтах нужно было преподавать историю. Отец заведовал кафедрой в университете до самой кончины и был похоронен с огромными почестями. Но одного он, чистый и доверчивый историк, не учел: в стране большевиков нам трудно будет сохранить наши традиции, кои мы почитали более всех ценностей.

Инесса подавала большие надежды. С раннего детства играла в шахматы, и в школе всегда была первой ученицей, особенно выделяясь остротой ума в точных науках. Мы с Николаем Венедиктовичем прочили ей карьеру физика, но дочь, как ни прискорбно, не испытывала ни малейшего интереса к тем наукам, которые давались ей более всего. Разумеется, ее решение поступать в педагогический институт мы с супругом не одобрили. Да, профессора в нашем роду были, и немало, мы с Николаем Венедиктовичем оба носим это звание, но профессор — это профессор, а школьный учитель — это, извините, нонсенс для Данилевичей-Лисовских. Однако мы слегка успокоились, когда Инесса объяснила нам, что не собирается преподавать в обычной школе. Ее интересуют методики развития интеллекта, логического мышления и памяти у детей, и она собирается заниматься исключительно наукой.

— Разве ты не понимаешь, мама, — говорила Инесса, — что все мои школьные успехи имели место только благодаря тому, что папа с четырех лет играл со мной в шахматы? Это дало мне отличную память и четкость мышления. Однако есть и другие качества интеллектуальной деятельности, которые развиваются не шахматами, а другими вещами. И я хочу посвятить свою жизнь разработке этих «других вещей», чтобы в каждой семье в конце концов могли вырастить интеллектуально развитых детей. Но для этого мне нужно получить педагогическое образование и соответствующий диплом.

Что ж, это звучало совсем неплохо. Мысль о том, чтобы увидеть свою единственную дочь в роли школьной учительницы, была для нас с супругом непереносима. Но в таком виде идею дочери можно было поддержать.

— Ты знакомилась с соответствующей литературой? — строго поинтересовался тогда Николай Венедиктович. — Насколько в науке разработана данная проблема?

— Папа, я перечитала огромное количество книг и журналов. Об этом никто никогда не писал и никто этим не занимался.

— Значит, если ты займешься этим, ты будешь первой? — уточнил он.

Инесса торжествующе улыбнулась, ибо хорошо поняла смысл вопроса. Она оставалась настоящей представительницей нашего рода, и я была не права, усомнившись в этом.

— Первой и единственной, папа, — твердо ответила она. — Ты можешь в этом не сомневаться.

Да, в таком виде проблема представала совсем иначе. Инесса пойдет по научной стезе и быстро составит себе имя и научную репутацию. Способностей у нее, несомненно, достаточно и даже более того. Она станет ученым с уникальной специализацией, основоположником научной школы, первым разработчиком теории. Ее имя станет широко известным. Итак, род Данилевичей-Лисовских посрамлен не будет. Инесса достойна своих предков, и это дало нам с Николаем Венедиктовичем надежду на то, что и

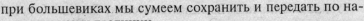

при большевиках мы сумеем сохранить и передать по наследству наши традиции.

Однако вскоре случилось страшное. Дочь училась на четвертом курсе, и однажды порог нашего дома переступил Этот. Бог мой, он учился на рабфаке. Из семьи рабочих. Отец железнодорожник, машинист, кажется, а мать работала на фабрике. В семье было восемь детей. Разумеется, ни о каком хотя бы сносном воспитании и речи быть не могло, не говоря уж о манерах и образованности. Я ума не могла приложить, где Инесса ухитрилась познакомиться с Этим. Оказалось, в каком-то бюро какого-то райкома какого-то комсомола. Вот он, результат большевизма: не осталось элитарных учебных заведений, а ежели таковые находились, то гарантий безопасности никто не дает, ибо существуют какие-то общественные работы, которые насильственно смешивают все социальные слои.

Мы с Николаем Венедиктовичем старались сохранить лицо и не быть невежливыми, однако после первого визита Этого в наш дом постарались мягко дать понять Инессе, что такому странному молодому человеку вряд ли стоит посещать нашу семью. И тут дочь произнесла такое, от чего мы долго не могли оправиться.

— Мама, неужели ты не поняла? Я выхожу за него замуж. Я привела его официально познакомиться с вами.

— Я полагаю, это неумная шутка? — вступил в разговор Николай Венедиктович. — Учеба в гуманитарном институте привела к развитию у тебя весьма своеобразного юмора. Я всегда считал, что ты с твоими способностями должна учиться в техническом вузе, это очень дисциплинирует мышление.

— Это не шутка, папа, — очень серьезно ответила Инесса. — Я выхожу за него замуж, сдаю экзамены за четвертый курс и с сентября ухожу в академический отпуск.

— Куда-куда ты уходишь? — переспросила я, не веря своим ушам.

— В декрет, мамочка, — спокойно пояснила она. — В сентябре будет как раз восемь месяцев.

Стоял апрель, изумительный, чистый, прозрачный, влажный и теплый. Апрель. До сентября оставалось всего четыре месяца.

У нас с Николаем Венедиктовичем не было выбора, и нам пришлось принять Этого в нашу семью. Разумеется, у него было имя, отчество и даже фамилия, которую он навязал нашей дочери, но для нас с супругом он навсегда остался Этим. Этот проходимец. Этот нувориш. Этот ее муж. Между собой мы всегда называли его только так.

Когда прошел первый шок, мы с супругом взяли себя в руки и пригласили Инессу для серьезного разговора. Вел его Николай Венедиктович, а я внимательно следила за реакцией дочери, готовая в любой момент броситься на подмогу мужу. Мы должны были выступить единым фронтом, дабы Инесса не подумала, что ее грядущее материнство сделает нас более податливыми.

— Ты нарушила священные полуторавековые традиции рода Данилевичей-Лисовских, — строго произнес Николай Венедиктович, — ты собралась сочетаться браком с человеком, недостойным нашего рода ни по происхождению, ни по уровню образованности. Если бы мы с твоей матерью могли этого не допустить, мы бы, конечно, сделали это. Но теперь, увы, слишком поздно. В нашем роду никогда и ни у кого не было внебрачных детей, и мы не можем настаивать на том, чтобы ты в сложившейся ситуации не выходила замуж за... За твоего приятеля с рабфака. Более того, мы не можем допустить, чтобы ты жила в общежитии, где нет условий для занятий и полноценного отдыха. Мы готовы пойти на то, чтобы разрешить тебе привести его в нашу квартиру. Конечно, он этого не заслужил, в этом доме жили и умирали твои предки, но мы с твоей матерью готовы ради тебя и твоего будущего ребенка терпеть присутствие твоего... гм... мужа. Однако у нас есть условие. Обязательное условие, и наше совместное существование в этом доме может быть приемлемым только при его выполнении.

— Условие? — удивленно спросила Инесса, дерзко глядя в глаза отцу. — Какое же может быть условие? Вы сейчас будете требовать, чтобы я с ним развелась, когда родится ребенок?

— В роду Данилевичей-Лисовских, — гордо ответствовал Николай Венедиктович, — равно, впрочем, как и в роду Эссенов, никогда не было не только внебрачных детей, но и одиноких, брошенных мужьями матерей. Даже если бы ты сама захотела развода, мы бы этого не допустили. Невозможно даже подумать о том, чтобы нарушить наши традиции дважды. Одного раза вполне достаточно. Наше условие в другом. Твой... гм... муж должен стать достойным нашей семьи. Он должен получить блестящее образование и сделать блестящую карьеру. Ну и, кроме того, он должен обрести приличные манеры, чтобы его не стыдно было выпускать к гостям, посещающим наш дом, и знакомить с людьми, которым известны наши традиции. Итак, можешь ли ты пообещать нам здесь и сейчас, что ты сделаешь все возможное для выполнения этого условия?

Инесса помолчала некоторое время, задумчиво разглядывая вазу, стоящую в центре стола, вокруг которого мы сидели, потом подняла глаза, внимательно посмотрела на отца, затем на меня.

— Это случится само собой, — ответила она негромко, — и моих усилий здесь не потребуется. Вы даже представить себе не можете, какой он талантливый, какой у него мощный интеллект. Он уже сейчас пишет такие работы по математике, что его собираются принять в университет без экзаменов и сразу на второй курс. Он станет великим ученым, в этом вы можете не сомневаться. Он будет достоин нашей семьи и наш род не посрамит. А что касается манер, то я искренне надеюсь на твою помощь, мама. Их действительно надо привить, с этим трудно спорить.

Мы даже удивились, как легко далась нам победа, ибо готовились к длительному и упорному сопротивлению. Все-таки наша дочь оставалась нашей дочерью и достойным представителем своего рода, поэтому поняла и приняла наши требования как нечто само собой разумеющееся.

Итак, Этот вошел в наш дом. В первое время это было чудовищно. Он не умел правильно садиться и вставать, не знал, как пользоваться столовыми приборами и как вежливо разговаривать по телефону. Его нельзя было показывать гостям. Но нас с Николаем Венедиктовичем радовало, что Этот учился всему охотно и упорно. Он, казалось, хотел как можно быстрее порвать со своим рабоче-крестьянским прошлым, вылупиться из той скорлупы и нарастить новое оперение. Он ничуть не обижался, когда мы не звали его к столу при посторонних, более того, сам старался быстренько поесть на кухне и скрывался в их с Инессой комнате. Он смотрел на нас с супругом с огромным почтением и постоянно спрашивал, как правильно говорить или делать то или иное. И, конечно, было бы несправедливо отказать ему в трудолюбии. Он был, безусловно, примерным студентом (кстати, его приняли действительно сразу на второй курс, дочь ничего не преувеличила), после занятий бежал в библиотеку, вечером приносил домой огромные связки книг и сидел над ними до рассвета. Не представляю, когда он спал. Кроме того, он был неплохим отцом. Инесса сидела дома с нашим внуком, я ей помогала по мере сил, наняла няню, но Этот все же успевал и поиграть с ребенком, и погулять с ним, и делал это не по необходимости, а с явным удовольствием.

Шли годы, и, к нашему удивлению, Этот пообтесался и стал вполне приличным. Более того, после окончания университета его оставили в аспирантуре, и кандидатскую диссертацию он написал всего за год. Вероятно, Инесса не преувеличивала, когда говорила о его способностях. С ее браком мы смирились, но родным Этот для нас так и не стал. И когда он после защиты диссертации был назначен на должность, успешно начал делать карьеру и вскоре получил от государства квартиру, мы с Николаем Венедиктовичем с облегчением вздохнули. Все-таки Этот был и остался чужаком, и куда лучше, когда он не живет с тобой под одной крышей.

Одно мы можем поставить себе в заслугу: мы так упорно, не покладая рук, воспитывали Этого, что он впитал наши идеи и нашу приверженность семейным традициям. Он был благодарен нам за все, что мы с Николаем Венедиктовичем для него сделали, он изо всех сил старался стать достойным нашего рода и отчетливо понимал, каким должен вырастить своего сына. Нашего внука. Понимал правильно.

Именно поэтому, когда пробил страшный час (слава богу, Николай Венедиктович до него не дожил), Этот безропотно отдал мальчика мне, отдавая себе отчет в том, что сам не сможет воспитать его так, чтобы он стал достойным нашей семьи. А я смогу.

И я смогла.

КАМЕНСКАЯ

Все-таки он сделал это... Больше нет никаких оснований пытаться утешать себя тем, что это была шутка. Он сделал это и доказал серьезность своих намерений. Но кому адресован брошенный им вызов? Татьяне или ей, Насте? Это первый вопрос. И второй: что он собирается делать дальше? Ждать и смотреть, как они будут пытаться раскрыть убийство Надежды Старостенко, или постоянно подливать масло в огонь? О господи, только не это.

Они с Сергеем Зарубиным сидели в холодном сыром помещении отдела милиции, который обслуживал территорию, где было найдено тело Старостенко. Тело уже находилось в морге и «стояло», а точнее, лежало в очереди на вскрытие, но здесь, в отделе, можно было забрать вещи, принадлежавшие убитой. Следователь, возбудивший дело, отправил на экспертизу только те предметы одежды, на которых сохранились следы выстрела, а все остальное так и валялось в сейфе у одного из оперативников.

Настя рассеянно рассматривала туфельки тридцать третьего размера и парик, имитирующий стильную короткую стрижку. Здесь же лежали узкие бордовые брюки, явно от костюма, колготки с лайкрой и узенькие розовые трусики-бикини. Да, потерпевшая была миниатюрной, каких поискать.

— А сумка? — спросила она. — Где ее сумка?

— Сумки не было, — ответили ей.

Она перевела вопросительный взгляд на Зарубина. Тот утвердительно кивнул.

— Вполне могло быть, в составленной со слов продавщиц описи покупок сумка не числится.

— Понятно, — вздохнула Настя, — куда ж носить старую потертую сумку с таким нарядом. Курам на смех. А в карманах что?

Оперативник из области загадочно усмехнулся и снова полез в сейф.

— Вот, — сказал он, выставляя на стол полиэтиленовый пакетик, — сами разбирайтесь.

Ключ, две бумажные салфетки. И две маленькие фи-

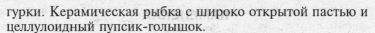

гурки. Керамическая рыбка с широко открытой пастью и целлулоидный пупсик-голышок.

— Лежали рядом с трупом, у самой головы, — пояснил оперативник, — куколка была засунута рыбке в пасть, только ножки наружу торчали.

— Что это? — изумленно протянул Зарубин. — Игрушки, что ли?

— Что ли, — подтвердила Настя. — Интересно, откуда это у нее взялось? Неужели украла?

— Не факт, — покачал головой Сергей. — Могла из дому прихватить. Может, это у нее талисманчики такие. На счастье. Я у Бритого поспрошаю, он должен, по идее, знать, были ли у его зазнобы такие странные пристрастия.

Настя покрутила фигурки в руках. На пальцах остались черные следы порошка, значит, эксперты обработали фигурки на предмет выявления следов рук. Если следы обнаружились, они их зафиксировали на дактопленку и увезли, а фигурки за ненадобностью оставили здесь, так что можно теперь не опасаться повредить улики.

— Ладно, — сказала она, вставая, — не будем нарушать правила игры. Фигурки мы оставим, вдруг ваш следователь захочет их приобщить, пока у него дело не отобрали. Я их только сфотографирую, ладно?

— Валяй, — с явным облегчением согласился оперативник из области. — А что, есть шанс, что дело заберут в город?

— И немаленький, — улыбнулся Зарубин. — Так что дыши глубже, коллега, на твоих плечах, глядишь, одним висяком меньше будет.

В Москву возвращались на электричке. Настю поразило, что вагон был совершенно пустым. Только трое подростков увлеченно резались в карты, прихлебывая пиво прямо из горлышка.

— Надо же, — удивленно воскликнула она, усаживаясь возле окна, — никогда не думала, что бывают совсем пустые вагоны.

— Темнота, — насмешливо протянул Зарубин, — сразу видно, редко ездишь.

— А что?

— А то, что вагон неотапливаемый. И несколько стекол

разбито. Через десять минут почувствуешь. Здесь дольше десяти минут никто не выдерживает. Не веришь — зайди в соседний вагон, сама убедишься.

Настя обвела глазами вагон. Да, и в самом деле четыре окна сверху без стекол. Она зябко поежилась в предчувствии надвигающегося холода. Электричка тронулась, и тут же по вагону загулял отнюдь не теплый осенний ветер.

— Ну как? — спросил Зарубин. — Переходим или остаемся?

— Остаемся, — решительно ответила она, усаживаясь поудобнее. — Здесь хоть поговорить можно. В крайнем случае попрыгаю, если уж совсем замерзну. И потом, здесь можно покурить, не выходя в тамбур, на таком ветру дыма никто не заметит. Сережа, тебе такие фигурки никогда не попадались?

— Не знаю. — Он пожал плечами. — Я внимания не обращал. Их нужно смотреть в сувенирных магазинах или в «Игрушках», а я там не бываю.

— А у знакомых? Может быть, у кого-то на полках стоят? Нет?

Он отрицательно покачал головой.

— Не замечал. Да ты погоди голову-то ломать, сейчас в Москву приедем — первым делом Бритого найдем и спросим, может, они и в самом деле Надькины, а к убийце никакого отношения не имеют.

— Убийца, убийца, убийца... — пробормотала Настя в ритме перестука колес. — Одно понятно: это мужчина. Уже хорошо. Если бы это была женщина, она не забыла бы купить новую сумочку.

— Но ведь покупки делали девушки, — возразил Сергей.

— Они купили только то, что им велел преступник. Он сказал — одежду, полный комплект. Они так и сделали. Насчет сумочки указаний не было, а самовольничать с чужими деньгами они не посмели, даже если и подумали о сумке.

Пока электричка добиралась до Москвы, Настя успела окончательно замерзнуть. Идя по платформе в сторону метро, она думала только об одном: чашка горячего кофе,

горячая ванна и теплая постель. Но, увы, эту роскошь можно позволить себе еще очень не скоро.

ЗАРУБИН

На поиски Вениамина пришлось потратить немало времени. К моменту обнаружения он был изрядно нетрезв и жаждал общаться, поэтому пробиться со своими вопросами сквозь поток его речей было не так-то просто.

— Во, начальник, Надька-то с концами... Ва-а-ще... Нет, ну ты скажи мне, почему одним все, а другим ничего. Чем Надька лучше меня или, к примеру, Тамарки, а? Почему ей такая везуха сделалась? Бабки обломились, жизнь новая началась, теперь к старым друзьям носа не кажет...

— Вениамин, припомни, у Надежды дома были керамические фигурки? Рыбка, например.

— Да кой черт теперь эти фигурки? — отмахивался Бритый. — Были, не были — какая разница? Ей в ейной новой жизни они ни к чему. Пропала, и все. Ни «до свидания» не сказала, ни адреса не оставила. Вот ты скажи, с друзьями так поступают или нет?

Обида Бритого была глубокой и большей своей частью замешена на зависти, ему нужно было выговориться, и Зарубин понимал, что, пока Веня не скажет все, что думает, причем раз пятнадцать, он больше ничего не услышит. Пришлось терпеливо ждать. Наконец, уловив некоторое снижение эмоционального накала, Сергей снова принялся за свое:

— И все-таки, Вениамин, вспомни, не было ли у Надежды привычки носить с собой игрушки какие-нибудь или фигурки. Может, она их собирала, коллекционировала? Или хранила как память о чем-то? Вспомни, уж будь так любезен.

— Мозги тереть... — неопределенно пробурчал Бритый, кинув на Зарубина весьма выразительный взгляд.

Сергей вытащил из кармана десятку, и глаза Бритого тут же прилипли к ней намертво.

— Вспомни, Вениамин, — голос оперативника был

полон ласкового терпения, словно он разговаривал с ребенком, — вспомни.

Купюра скрылась в его кармане, будто он достал ее совершенно случайно и без всякой задней мысли. На лице Бритого отразилось горькое разочарование, которое быстро сменилось злобой по поводу неоправдавшихся надежд.

— А хрена ж вспоминать? — окрысился он. — У меня своих забот хватает. У Надьки теперь своя жизнь, у меня своя. Разве ж она теперь вспомнит, в своей новой-то жизни, сколько меж нами хорошего было? Во людская неблагодарность! Как плохо было, так ко мне бежала, а как удача привалила, так всех забыла, и меня в первую очередь. Даже «до свидания» не сказала, сука!

Пришлось прибегать к резким мерам, никаким другим способом Бритого было не остановить.

— Вениамин, — строго произнес Зарубин, — ты Надежду не ругай и неприличными словами не обзывай. Она, конечно, пропала, но ее вины в этом нет. Она умерла.

Бритый воззрился на него в полном недоумении.

— Как это... куда это... — пролепетал он. — Неужто и вправду заболела, а мы вовремя не хватились?

— Да нет, Веня, не заболела. Убили ее. Поэтому ты свои обиды засунь в одно место и давай-ка вспоминай, о чем я тебя спрашиваю.

— Это насчет фигурок, что ли?

— Насчет фигурок, — подтвердил Сергей.

— Не.

— Что «не»? Говори внятно.

— Не... Погоди, как это Надьку убили? Кто? За что?

Зарубин усмехнулся, снова вытащил десятирублевую купюру и протянул собеседнику.

— На, выпей за помин ее души. Если б я знал, кто и за что ее убил, я бы тут с тобой времени не терял и тебя своими вопросами не мучил бы, ясно? Так были у нее дома керамические фигурки? Человечки всякие, зверушки, рыбки, куколки? Пластмассовые пупсики?

Взгляд Бритого постепенно обрел некоторую осмысленность.

— Не было, — твердо ответил он. — Ни разу не видел.

— А не говорила она, что всегда носит с собой какой-нибудь талисман?

— Не говорила.

Зарубин еще раз мысленно проделал путешествие по квартире Надежды Старостенко. Он, кажется, вчера заглянул во все ящики и шкафчики, пока искал документы, но ничего похожего на найденные в ее карманах фигурки там не было.

— Вениамин, а может быть, они у нее раньше были, давно, а потом она их продала или подарила кому-нибудь, а? Ты припомни как следует, она ничего такого не рассказывала?

— Не было ничего такого. Я бы не забыл.

Из уст алкоголика такое заверение звучало не особенно серьезно, но другого источника информации все равно не было. Можно было опрашивать всех поголовно собутыльников Надьки Танцорки, но надежность их слов вряд ли была бы выше.

Сергей не стал больше тратить на это времени. На сегодня у него были запланированы и другие дела, которые никак нельзя было отменить или отложить. Одним из таких дел была встреча с человеком, дававшим Зарубину разного рода информацию о жильцах своего дома. Дом был непростой, всего двадцать квартир, почти все из них — бывшие коммуналки, ныне расселенные, отремонтированные, перестроенные и проданные весьма состоятельным людям. Некоторые из этих людей заработали свои деньги не вполне честным путем и посему представляли для милиции определенный интерес хотя бы в чисто профилактических целях. Информатор Зарубина проживал в одной из двух оставшихся коммунальных квартир, на работу не ходил по причине инвалидности и от скуки наблюдал за жизнью немногочисленных жильцов дома.

Никакого особого интереса к вышеуказанному дому у Сергея на сегодняшний день не было, но встречаться с поставляющими информацию людьми нужно было регулярно и делать об этом соответствующие записи, таков порядок.

— Слышь, Кузьмич, — помявшись, сказал напоследок человек, имевший рабочий псевдоним Кашин, — опять у меня болит... Сил нет терпеть. Врачу сказал, так он выпи-

сал муть какую-то, от нее ни жарко ни холодно. Не помогает, одним словом. Мне вот тут знающие люди подсказали, есть одно лекарство, хорошее. Но стоит оно... Никак помочь нельзя, а?

— Подумаем, — пообещал Зарубин. — Ты мне вот что скажи: у тебя в районе арбатских переулков есть знакомые?

Кашин подумал немного и кивнул.

— А что надо-то?

— Ну ты запомни на всякий случай одно имя: Надежда Старостенко, кличка Надька Танцорка. Во Власьевском переулке живет. В субботу на нее неизвестно откуда свалилась куча денег, и примерно около семнадцати часов ее могли видеть на улице в новой одежде. Серебристо-серый плащ и парик под коротко стриженную брюнетку. Со стороны, конечно, не видно, что это парик, просто хорошая стрижка. Но узнать Надежду можно было, у нее лицо характерное, запоминающееся. Все понял?

Кашин, напряженно вслушивавшийся в каждое слово Сергея, снова кивнул. Он понимал, для чего молодой опер все это ему рассказывает. Такое уже бывало раньше. Мало ли кто проверить захочет своего подчиненного, а потом выяснится, что Кашин и имени-то такого — Надька Танцорка — не слыхал.

— Спасибо тебе, Кузьмич, — с чувством произнес он, — век помнить буду. Я отслужу, ты не сомневайся.

Зарубин и не думал сомневаться. Он был из тех работников, которые свою агентуру любят, берегут и холят, даже несмотря на то, что контингент у Сережи был довольно специфический. Простоватая внешность и молодой возраст не позволяли ему обзаводиться источниками информации в среде людей, причисляющих себя к интеллигентам и интеллектуалам, располагать к себе женщин он тоже отчего-то не научился. Но вот алкаши, бомжи, временно или постоянно не работающие люди, пенсионеры непонятно каким образом мгновенно подпадали под его обаяние, а потом и влияние. Они исправно поставляли Зарубину информацию, а сам Зарубин всегда уделял им не только служебное, но и нормальное человеческое внимание.

И если нужно было — помогал. Как, например, сейчас Кашину.

Вернувшись на службу, Сергей вставил в пишущую машинку чистый лист бумаги и напечатал справку, поставив на ней вчерашнюю дату. Источник Кашин сообщил ему в конфиденциальной беседе о том, что в субботу видел знакомую ему Надежду Старостенко около семнадцати часов... и так далее. После получения информации Кашину было сформулировано задание продолжать сбор сведений о Старостенко и ее окружении и постараться выяснить источник получения денег. Потом он отнесет эту справку куда надо, поставит на нее регистрационный номер и напишет еще одну бумажку, согласно которой источнику Кашину за ценную и своевременную информацию полагается денежное вознаграждение в размере 100 рублей. Деноминированных. На лекарство ему должно хватить. Потому что если жить на положенную государством пенсию в двести пятнадцать рублей, то хороших лекарств не купишь, это уж точно. А людей беречь надо. На милицейском жаргоне это называется «липовать», но ведь во благо же... Есть такие менты, которые «липуют» в сговоре со своими источниками, получают деньги и вместе их пропивают. Случается и такое. Но Сергей Зарубин этого себе никогда не позволял. А когда человеку помочь надо — это совсем другое дело.

ИРИНА

Сегодня у нее свободный день. Свободный в том смысле, что маленького Гришеньку Стасов с самого утра увез к своей матери. Это было обязательным и строго соблюдаемым мероприятием: раз в неделю по вторникам внука отвозили к бабушке, туда же после уроков приезжала и дочь Стасова от первого брака десятилетняя Лиля. Не в субботу и не в воскресенье, когда, по представлениям Стасовой-старшей, дети должны находиться с родителями, а именно по вторникам, когда у нее был библиотечный день и можно было не идти на работу.

Вторники Ирочка Милованова использовала для посещения рынков и крупных магазинов, где толкаться с годовалым ребенком неудобно. О том, чтобы оставить малыша в коляске одного на улице, даже речи быть не могло. Особенно после того страшного случая на Верхней Красносельской, когда грудничка украли прямо из коляски у двери женской консультации, куда счастливая мамочка заглянула буквально на одну минутку поблагодарить врачей, помогавших ей во время трудной беременности. Вышла — а ребенка нет. Вся Москва тогда гудела. Сколько объявлений было, и по телевизору, и по радио, и расклеенных на стенах домов: помогите найти Егора! А все без толку. Так и не нашли мальчугана. Мать не выдержала горя и покончила с собой. Каждый раз при воспоминании об этом случае Ирочка начинала плакать одновременно от жалости к несчастной матери и от страха за Гришу.

Так что сегодня, во вторник, оставшись совсем одна, она наметила список необходимых покупок, продумала маршрут и отправилась на большой вещевой рынок. Близятся холода, Стасову нужен новый шарф, Татьяне — приличный пиджак, желательно серый или темно-синий, ей самой пора обновлять джинсы, а то от бесконечной возни с малышом на полу коленки совсем протерлись и неприлично лоснятся. И всем членам семьи надо купить толстые «деревенские» носки, в них так славно ходить дома, когда холодно. Куда лучше, чем в тапочках. После вещевого рынка она заглянет на расположенный рядом оптовый продуктовый рынок, запасется растительным маслом, дрожжами и мукой. Больше всех прочих блюд Ирочка любила печь самые разнообразные пироги и булочки, поэтому мука и дрожжи летели в ее хозяйстве с космической скоростью.

До рынка можно было доехать на автобусе, но Ирина предпочла пройтись пешком. Едва успела она миновать входные ворота, как к ней тут же обратилась какая-то женщина средних лет.

— Ой, девушка, миленькая, помогите мне, пожалуйста, — запричитала незнакомка, протягивая ей какую-то бумажку, — не могу вскрыть лотерейный билетик. Купила вот, а вскрыть не получается, сил нет. Болею я, а вы такая молодая, у вас сил много...

Ира машинально взяла билетик, сложенный в несколько раз и прошитый жестяным колечком, попыталась надорвать, но задача оказалась не из простых. Билетик не поддался. Почуяв неладное, она быстро вернула его женщине.

— Извините, — пробормотала она, — я очень тороплюсь.

Однако через несколько метров история повторилась. На сей раз к ней обратилась молодая женщина, на лице которой застыло страдальческое выражение.

— Девушка, помогите вскрыть билетик, будьте добры. У меня не получается. Вот купила...

Ира сделала вид, что не слышит, и торопливо прошмыгнула мимо. «Дались им эти билетики», — подумала она и тут же переключилась на поиски необходимых товаров. Не прошло и двух минут, как рядом послышался голос:

— Извините, пожалуйста, вы мне не поможете? Купила лотерейный билет, а вскрыть никак не могу, не умею...

— Да вы что? — удивилась Ира. — Сколько же вас тут? На каждом шагу пристают!

Чья-то тяжелая рука опустилась ей на плечо. Она испуганно обернулась и увидела здоровенного амбала с весьма неприветливым выражением на физиономии.

— А ну-ка мотай отсюда, — прошипел амбал. — Быстро, быстро. Чтобы я тебя тут не видел. Вали!

Он легонько подтолкнул ее, но масса стройной молодой женщины оказалась столь ничтожной по сравнению с массой его мышц, что Ирочка пролетела вперед метра три, едва не упав на землю. Она с трудом пришла в себя, сглотнув слезы страха и обиды, стиснула зубы и отправилась между рядами. Женщины с билетиками в руках и с жалостливыми голосами попадались ей с пугающей систематичностью, буквально каждые две-три минуты, и Ире было одновременно страшно и неприятно. Она старалась держать себя в руках, отводила глаза, притворяясь глухой, или извиняющимся тоном бормотала: «Простите, мне некогда», — и спешила отойти в сторону. От волнения внимание ее рассеялось, она смотрела на вывешенные вещи и не могла понять, то ли это, что ей нужно, и что вообще она здесь ищет. В тот момент, когда нервное напряжение до-

стигло апогея, к ней снова обратились. Теперь это была неопрятная тетка цыганского вида с полным ртом золотых зубов.

— Эй, красавица, сделай доброе дело, помоги билетик открыть, а? Подагра у меня, руки совсем не слушаются, болею я.

И тут Ирочка не выдержала. Она забыла про осторожность и закричала во весь голос:

— Да есть у вас совесть или нет? Не продохнуть уже от ваших билетиков! На каждом шагу пристаете, ступить некуда! Отвяжись от меня! Я сейчас милицию позову!

Ее схватили сзади и легонько оторвали от пола.

— Быстро отваливай отсюда, а то костей не соберешь, поняла? А ну давай, в темпе!

Ей дали возможность вырваться, но не обернуться. Судя по той легкости, с которой ее приподняли в воздух, сзади стоял амбал ничуть не менее крутой, чем первый. На рынке работала хорошо организованная группа, только вот непонятно было, в чем смысл их действий. Но то, что не помощь ближнему, — очевидно.

Ирочка рванула сквозь толпу, ничего не видя перед собой от ужаса. Она даже не поняла, как оказалась возле выхода. Видно, ноги сами вынесли. Только добежав до продуктового рынка, она остановилась перевести дух. Ее всю колотило от возмущения и испуга, по щекам лились слезы.

— Ира? — услышала она совсем рядом знакомый голос. — Что с вами? Почему вы плачете?

Перед ней стоял сосед собственной персоной. В дешевой куртке, старых джинсах и с сумкой в руках.

— Ой, Андрей Тимофеевич...

Она всхлипнула и разрыдалась, уткнувшись лицом в его куртку. Сосед ласково похлопывал ее по спине, ожидая, пока она успокоится.

— Так что случилось, дорогая? У вас украли кошелек?

Ира спохватилась и полезла в сумку. Нет, все в порядке, кошелек на месте. Достав платок, она вытерла глаза и дрожащим от возмущения голосом пересказала Андрею Тимофеевичу свою рыночную эпопею.

— Я хочу пойти в милицию, — твердо заявила она. —

Это же безобразие! Среди бела дня пристают к людям, явно хотят какую-то гадость...

— Какую? — невинно осведомился сосед.

— Ну я не знаю... — растерялась она. — Но ведь точно, что гадость. Разве нет?

— Вероятно, да, — согласился он. — Но, Ирочка, дорогая моя, вы же знаете нашу милицию. К ней не ходят с подозрениями. К ней ходят с фактами. Например, с фактом кражи или обмана. Вас обокрали?

Она покачала головой:

— Слава богу, нет пока.

— Вас обманули?

— Тоже нет. Но я им не позволила! Понимаете? Я сама им не позволила! — продолжала горячиться Ирочка. — А если бы я втянулась в эту историю с билетиком, еще неизвестно, чем дело кончилось бы. Я хочу предупредить милиционеров, что на рынке работает банда. Пусть они ее обезвредят.

Андрей Тимофеевич громко и добродушно расхохотался.

— Ну вы даете! Неужели вы полагаете, что милиция ничего об этом не знает? Плохо же вы о ней думаете, дорогая! Наша родная милиция, да будет вам известно, знает все и обо всех. И об этих людях с билетиками прекрасно знает.

— Так почему же они...

Ира запнулась. В самом деле, что она, с ума сошла? Столько лет прожить рядом с Татьяной, следователем, породниться со Стасовым, двадцать лет проработавшим в уголовном розыске, каждый день читать газеты, смотреть телевизор, и после всего этого вести себя так глупо! Непростительно. Это от страха и волнения у нее ум за разум зашел. Вот уж воистину, когда дело касается других, можно рассуждать здраво и хладнокровно, а когда коснется лично тебя, мозги работают совсем по-другому.

— Вы правы, — тихо сказала она. — Я сразу не сообразила. Конечно, идти в милицию было бы верхом идиотизма. Они в доле. Я просто очень испугалась. Знаете, их там так много, и амбалы эти такие здоровенные...

Она снова собралась было заплакать, но сумела справиться с собой.

— Ну вот и славно, — улыбнулся сосед. — Вы уже все купили?

— Нет, мне тут еще надо...

— Вот и отлично. Я тоже за продуктами приехал. Давайте-ка спокойненько пройдемся по рынку, закупим все, что нужно, и поедем домой. И дайте слово, что не будете плакать.

Рядом с высоким плечистым соседом Ире было совсем не страшно, и уже минут через десять она снова улыбалась и щебетала, как обычно.

— Покупайте больше, — постоянно повторял он, — пользуйтесь рабочей силой, пока я с вами, все донесу.

— Уговорили, — весело кокетничала Ира, — я возьму не три килограмма муки, а пять, только дайте слово, что будете каждый день приходить к нам на пироги.

— Берите хоть десять, — в тон ей отвечал Андрей Тимофеевич, — и я буду ходить к вам по два раза в день и еще забирать с собой.

Но когда они возвращались домой на автобусе, оживление ее исчезло. Ирочка снова вспомнила пережитый страх и сидела грустная и подавленная.

— Ира, вы такая... — сосед помялся, подыскивая подходящее слово, — беззащитная, что ли. Вас страшно оставлять одну. Особенно после того, что случилось с Татьяной и ее подругой. Кстати, Татьяна передала вам мое указание?

Она подняла на него глаза полные тоски и усталости и непонимающе переспросила:

— Указание? Какое указание?

— Когда вы дома одна, никому не открывайте дверь, пока не позвоните мне по телефону. Я сам выйду на лестницу и посмотрю, кто это.

— А если вас нет дома?

— Тогда просто не открывайте. Даже к двери не подходите и не спрашивайте, кто там.

— Да ну вас. — Она слабо улыбнулась и махнула рукой.

— Почему?

— Ну как это — дверь не открыть? Я не понимаю.

— Очень просто. Не открыть, и все. Что в этом сложного? Уверяю вас, это намного проще, чем вы думаете. Трудно делать, а вот не делать — совсем несложно.

— А если это что-то важное?

— А если вас нет дома? — ответил Андрей Тимофеевич вопросом на вопрос. — Ведь может же такое быть, что вас просто нет дома.

— Но ведь я дома, — резонно возразила Ира.

— Положим, в данный исторический момент вы не дома, а в автобусе, — засмеялся сосед. — Короче, Ира, давайте будем серьезными. Ваша родственница всерьез озабочена тем, что произошло в субботу, а поскольку она — человек знающий и компетентный, я полагаю, основания для беспокойства у нее есть, иначе она не стала бы так тревожиться. Мне не верите, но хоть ей-то поверьте. Между прочим, нам выходить.

Он донес тяжеленные сумки до дома и занес в квартиру Стасовых. Попутно кинул взгляд на дверной замок и одобрительно кивнул:

— Дверь у вас хорошая и замок приличный. Но имейте в виду, дорогая, для того, кто захочет причинить вам вред, это не препятствие. Прислушайтесь к моим советам, я вас очень прошу.

Закрыв за соседом дверь, Ирочка принялась за стряпню. Она никак не могла выкинуть из головы случившееся на рынке, острый страх прошел, но осталось недоумение и желание понять: в чем же тут дело. Ответа она так и не нашла. Придется ждать Татьяну или Стасова. Уж они-то наверняка знают все эти хитрости.

Стасов, выслушав ее горестный и возмущенный рассказ, долго смеялся.

— Ну чего ты хохочешь? — обижалась Ирина. — Тебе смешно, а я знаешь как испугалась.

— Могу себе представить. Ты — наш маленький борец за правопорядок. Но в одном ты права,Ируська: как ни горько и обидно это признавать, в милицию обращаться было бессмысленно. Они точно в доле, а с подозрениями к ним лучше не обращаться, высмеют и выгонят погаными тряпками. Наш сосед оказался мудрым, не в пример тебе, он быстрее это сообразил. Хотя просто удивительно, откуда в нем эта мудрость, он же не живет бок о бок с представителями милиции, в отличие от тебя.

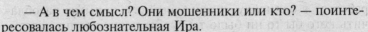

— А в чем смысл? Они мошенники или кто? — поинтересовалась любознательная Ира.

— Одно из двух. Вероятнее всего, это работающие в группе карманники. Ты берешь в руки билетик, он не поддается, ты держишь его двумя руками и концентрируешь на нем все внимание. Сумка или карман таким образом остаются без контроля. Вот и вся премудрость. Может быть, вариант более сложный. Например, ты вскрываешь билетик, он оказывается выигрышным, и тогда бедная женщина начинает рассказывать тебе, как она торопится, у нее ребенок больной дома один или электричка вот-вот уйдет, и предлагает тебе пойти получить выигрыш вместо нее, а деньги в сумме, указанной в билетике, отдать ей прямо сейчас. Или даже в меньшем размере, потому как она уж очень сильно торопится и согласна получить не все, а только часть. К примеру, в билете указан выигрыш в сто рублей. Она просит у тебя хотя бы семьдесят, потому что время ей дороже, ты радостно отдаешь деньги и бежишь туда, где, по ее словам, эти билетики продают и заодно выигрыши выдают. Там, естественно, ничего нет. Или есть, но не то. Или есть, и то, что надо, но твой билетик оказывается без водяных знаков, то есть поддельный. И вся, как говорится, недолга. Есть еще один вариант: в билетике указан выигрыш, но не денежный, а вещевой, к примеру, микроволновая печка. Схема та же: женщина говорит, что ей некогда или что печка ей не нужна, и отдает билетик тебе, причем бесплатно или за совсем ерундовую компенсацию, рублей за двадцать-тридцать. Ты с этим билетиком подходишь к лотерейщику, он тебе огорченно сообщает, что печка у него всего одна, а билетиков с таким выигрышем оказалось два, вот и человек стоит рядом, он только что купил билетик, в котором тоже написано «микроволновая печка». Вам предлагается разыграть печку, как в покере: поставить деньги, кто больше поставит — тот и выиграл, тот и печку заберет, и деньги. Дальше все понятно. У того дядечки денег всегда будет больше, чем у тебя, даже если ты миллионерша. Так что уйдешь ты без копейки и без печки. В общем, Ируськин, ты у нас молодец, не поддалась и не вляпалась. Но и возникать в таких ситуациях нельзя, тут ты совершила ошибку. Помни, сейчас мало кто работает в одиночку, и при малейшей попытке разоблачить кого бы то ни было ты тут же получишь по мозгам. И не только в переносном смысле, но и в самом прямом. Я ответил на твои вопросы? Тогда отвечай на мои. Первое: где моя жена, и второе: когда мне дадут поесть?

— Твоя жена предупредила, что придет поздно. Она поехала к Насте на Петровку, они там чего-то совещаются. А поесть сейчас дам.

Стасов не стал дожидаться Татьяну, ему нужно было еще съездить к матери за Гришенькой. Вскоре Ирина снова осталась одна. К десяти вечера ею овладел безотчетный страх, одиночество в пустой квартире стало непереносимым. Таня поехала на Петровку, значит, они там совещаются не только с Настей, иначе Настя, как обычно, приехала бы к ним в гости. Неужели все так серьезно? Неужели Андрей Тимофеевич прав?

Верить в это не хотелось.

Глава 5

ОБРАЗЦОВА

Это было одиннадцать лет назад... Татьяна в то время считалась еще молодым следователем, но определенные успехи у нее уже были, причем некоторые из них донельзя раздражали ее начальство. Посему в виде компенсации за нанесенный им моральный ущерб ей чаще, чем другим следователям, подбрасывали «невкусные» дела. Скучные, мелкие, нудные. Или вот такие...

Горшкову было всего семнадцать, и по всем канонам он шел как несовершеннолетний. Но беда в том, что семнадцать-то ему было на момент совершения преступлений. Искали его долго, и за эти месяцы он успел зачем-то повзрослеть и отпраздновать свой очередной день рождения. К моменту привлечения сначала в качестве подозреваемого, а затем и обвиняемого ему стукнуло восемнадцать, и можно было заняться дележкой подследственности с прокуратурой. С одной стороны, в те годы дела несовершеннолетних вели следователи прокуратуры, но с другой стороны, Горшков уже вроде как справил восемнадцатилетие, так что никакого нарушения не будет, ежели оставить дело следователям милицейским. Дело оставили. И передали следователю Образцовой Татьяне Григорьевне. Хотя можно было назначить и следователя-мужчину. Но начальник в тот день находился в состоянии крайнего раздражения и дурного расположения духа, и только перспектива в очередной раз уесть молодую выскочку Образцову могла его несколько утешить.

Юноша по фамилии Горшков прославился тем, что разнузданно приставал к незнакомым девочкам, девушкам и женщинам независимо от их возраста, проделывая то, что в уголовном праве деликатно именуется развратными действиями, а в сексопатологии — эксгибиционизмом. Помимо этого, он любил и поговорить, и даже потрогать замирающих от ужаса девчушек, которых зажимал в лифтах или пустых подъездах. Эпизодов у него было много, и по каждому нужно собирать и закреплять доказательства, в том числе и очные ставки проводить, то есть вызывать потерпевших, которые вовсе не жаждали встречаться с подонком и в его присутствии повторять все детали происшедшего. Потом судебно-психиатрическая экспертиза, которая длилась, как и полагается, месяц. Медики признали Горшкова вменяемым, хотя и страдающим психопатией.

Допросы превратились для Татьяны в каторгу. Горшков смотрел на нее не отрываясь, нагло улыбался и на вопросы отвечал примерно так: «А давай посмотрим, что у тебя в трусах», «А ты когда-нибудь видела, как мальчики занимаются онанизмом?», «А сколько раз в неделю ты трахаешься со своим мужиком?».

Татьяна была слишком гордой, чтобы идти к начальнику и просить передать дело другому следователю. Она решила, что дотянет эту каторгу до победного конца. Может быть, такой подвиг никому не был нужен, но она боролась за свою репутацию. Содрогаясь от отвращения, а иногда и от страха, она упорно продолжала допросы и очные ставки, лишь изредка позволяя себе скупые, немногословные жалобы в разговорах с коллегой, который всегда относился к ней по-доброму.

— Слушай, чего ты так мучаешься? — не выдержал

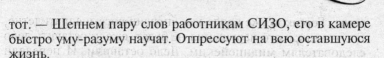

тот. — Шепнем пару слов работникам СИЗО, его в камере быстро уму-разуму научат. Отпрессуют на всю оставшуюся жизнь.

— Его и так там учат, — горько усмехалась Татьяна, — развратников нигде не любят — ни в камерах, ни на зоне. Только толку от этой учебы — чуть. Он еще больше звереет. Психопат, что с него взять.

Он действительно зверел и наглел на глазах: «Какого цвета у тебя лифчик? Голубой? Или белый?», «Какой у тебя размер груди? Наверное, большой...», «А сколько раз ты можешь кончить за одну ночь?».

Дошло до того, что он начал хватать Татьяну за руки и предлагать заняться сексом прямо в кабинете. Все можно было прекратить уже давно, но она боролась за себя, она ни за что не показала бы начальнику, что сдалась, не справилась, испугалась. Она сцепила зубы и терпеливо вела дело к обвинительному заключению. И лишь однажды сорвалась.

— Знаешь, Горшков, я страшно рада, что тебя так долго искали, — сказала она спокойно, глядя ему прямо в глаза. — Я, конечно, отдаю себе отчет, что за эти месяцы ты успел совершить еще кучу преступлений, и если бы тебя поймали раньше, тебе это не удалось бы. И от тебя пострадали не две девушки, а двадцать две. Мне их всех жалко. Но я все равно рада, что так случилось, и тебя долго ловили.

— Это почему же? — насторожился Горшков.

— Да потому, Горшков, что, если бы тебя поймали сразу, эпизодов было бы еще мало, следствие закончилось бы быстро, пока тебе было семнадцать, и срок ты пошел бы отбывать в колонию для малолеток. За один-два эпизода тебе дали бы максимум год. И весь этот год ты просидел бы с детишками, поскольку ради нескольких месяцев во взрослую колонию тебя переводить никто не будет. Среди детишек ты был бы героем, половым гигантом, многоопытным и умелым. Но тебе, Горшков, не повезло. Тебя ловили слишком долго. Теперь тебе уже восемнадцать, и эпизодов у тебя — лет на пять, если не больше. Я ж тебе не только сто двадцатую статью нарисую, но и хулиганство, причем злостное, совершенное с особым цинизмом. А если поднапрягусь, то и еще что-нибудь придумаю. В общей сумме лет на восемь. И пойдешь ты эти восемь лет отбывать в колонию, где сидят взрослые дяденьки. У многих из них есть дети, сестры, возлюбленные и жены. И для них ты будешь не героем, а падалью последней. Жизни тебе там не будет, Горшков, это я могу тебе твердо пообещать. Скорее всего ты оттуда вообще не выйдешь. Либо тебя на зоне опустят, что вероятнее всего, либо вообще прибьют, либо ты попытаешься дать сдачи и получишь новый срок. А потом еще один, и еще один. Другие осужденные если уж решат тебя не убивать, то сделают все возможное, чтобы ты на свободу никогда не вышел. Они это очень лихо умеют делать, там на такой случай целая наука разработана, как зеков провоцировать, а потом под суд отдавать за новое преступление. Усвоил? Тогда перейдем к следующему эпизоду...

Разумеется, воспитательного воздействия ее откровения не оказали, Горшков только больше обозлился, но Татьяна была рада, что сказала ему то, что сказала. Ей стало легче.

Доведя предварительное следствие до конца и составив обвинительное заключение, она с удовольствием наблюдала за Горшковым, пока тот читал длинный, многостраничный документ. Читал он медленно, но не оттого, что вдумчиво. Он просто плохо читал.

— Ладно, — с угрозой произнес обвиняемый, швыряя на стол бумаги, — ты у меня еще поплатишься, сволочь. Что дадут — отсижу, а потом мы с тобой встретимся, Татьяна Григорьевна. Может быть, мне повезет на суде, и тогда мы встретимся с тобой совсем скоро. Так что жди меня, любимая, и я вернусь. Помыться не забудь, я грязнуль не люблю.

На суде Горшкову не повезло, по совокупности преступлений ему дали семь лет. Слова Татьяны оказались пророческими, в колонии ему снова не повезло, ибо самый авторитетный в отряде осужденный имел личный и весьма острый зуб на всех насильников и развратников. В попытках защититься и постоять за себя Горшков нанес кому-то увечья и получил новый срок.

— Я сделала запрос, — безнадежным голосом сообщи-

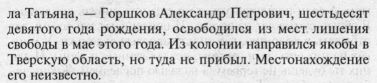

ла Татьяна, — Горшков Александр Петрович, шестьдесят девятого года рождения, освободился из мест лишения свободы в мае этого года. Из колонии направился якобы в Тверскую область, но туда не прибыл. Местонахождение его неизвестно.

В кабинете повисла тишина. Настя и Коротков сочувственно смотрели на Татьяну, Миша Доценко уставился в лежащий на столе листок с ответом на запрос. Тверская область граничит с Московской, совсем близко.

— Татьяна Григорьевна, — спросил он, по обыкновению называя ее по имени-отчеству, — а этот Горшков похож на убийцу? Мне всегда казалось, что половой психопат — это одно, а человек, который убивает, — это немножко другое. Разные типы личности.

— Брось ты, Михаил, — махнул рукой Коротков, — похож — не похож... Это все наши кабинетные измышления. И потом, ты по своей интеллигентской манере называешь его половым психопатом, а я со всей большевистской прямотой назову его сексуальным маньяком, и буду прав. А когда человек маньяк, то это надолго. На всю, можно сказать, оставшуюся жизнь. И проявляться его мания может в чем угодно. Разве не так? Ну скажи, Ася, я прав?

— Не знаю, — покачала головой Настя. — Это надо у специалистов спрашивать.

— Да при чем тут специалисты? — продолжал горячиться Юрий. — Разве мало мы знаем сексуальных маньяков-убийц? Один приснопамятный Головкин по кличке Удав чего стоит, а про Чикатило я вообще молчу. Хотелось ему оригинальных сексуальных ощущений, а кончилось все кучей изуродованных трупов. Вот и весь расклад. Таня, фотографии Горшкова есть?

— Найдутся. Но время, Юра, время... Любительские фотографии можно взять у его родителей, но на них ему самое большее семнадцать, а теперь ему двадцать девять, и за плечами столько лет в колонии, что опознавать его по тем снимкам бессмысленно.

— Это точно, — подхватил Доценко, — но можно взять последние фотографии, которые делали в колонии для справки об освобождении. Они, конечно, «мертвые», и

прическа у него теперь неизвестно какая, но на компьютере сделают несколько вариантов. Попробуем...

— Что попробуем? — перебил его Коротков, в голосе которого явственно проступала безнадежность. — Будем предъявлять эту фотографию всем участникам телемоста, которые находились на Арбате? Во-первых, мы их год собирать будем, а во-вторых, это нам ничего не даст. Ну, допустим, его никто не вспомнит. Так это вовсе не означает, что его там и в самом деле не было. Допустим, кто-то его вспомнит. И что? Мы будем знать, что в игру с нами играет именно он, а толку-то? Его ж искать надо, и весь вопрос в том и состоит, что мы не знаем, где искать. В розыск мы его, конечно, объявим, но надежды мало. Нужны идеи.

Идеи. Где ж их взять? Татьяна думала о том, что сейчас, в половине одиннадцатого вечера, она сидит на Петровке, и, пока не выйдет на улицу, ей ничего не грозит. Но ведь она не может сидеть здесь вечно. Хуже того, она вряд ли узнает Александра Петровича Горшкова, окажись он рядом с ней на улице или в транспорте. Миновало одиннадцать лет, за эти годы через руки следователя Образцовой прошло столько подследственных, что их лица слились в ее памяти в неясный облик. Некоторых она помнит очень отчетливо, некоторых не помнит совсем, но для того, чтобы узнать человека через одиннадцать лет, нужно в деталях знать его лицо и мимику. А детали стерлись... Она, конечно, может восстановить в памяти внешность Александра, но без этих деталей ей каждый второй прохожий будет казаться злополучным Горшковым.

Настя словно прочитала ее мысли.

— Таня, ты хорошо помнишь его лицо? — спросила она.

Татьяна отрицательно помотала головой.

— Только в общих чертах. Я его либо вообще не узнаю, либо начну узнавать во всех подряд.

— Понятно. Тогда остается одно: искать его изнутри.

— Изнутри? — переспросил Коротков. — Что ты имеешь в виду?

— Самого Горшкова. Юра, у него есть какой-то собственный план, какие-то заумные идеи. Он же мог просто разыскать Татьяну, это несложно, учитывая ее писательскую популярность. Разыскать и... В общем, понятно. Но он этого не сделал. Он затеял целую драму, в которой выступает режиссером и актером. Значит, он чего-то хочет. Чего? Из всех здесь присутствующих только одна Таня с ним общалась, и общалась долго, только она более или менее знает его характер и стиль мышления. И только она может додуматься и ответить на вопрос: чего он хочет. Если мы это поймем, мы придумаем, как дать Горшкову то, чего он хочет, чтобы остановить его.

— Остановить или поймать? — зло прищурился Коротков. — Подруга, мы с тобой служим в карательных органах, а не в благотворительной организации. До появления трупа Старостенко мы еще имели бы право на то, чтобы его останавливать и на этом считать свою миссию исчерпанной. Но он уже показал, что умеет убивать, и занятием этим скорбным вовсе не гнушается. Посему не останавливать его мы должны, а искать, хватать за шкирку и тащить волоком в зону. Мы, Ася, сегодня говорим уже не о Шутнике, а об убийце.

Настя опустила голову, подперев лоб кулаками. Татьяне на миг показалось, что она сейчас заплачет, но, присмотревшись внимательнее, она увидела, что Каменская пытается спрятать улыбку. Через несколько секунд Настя подняла голову, и лицо ее снова было бесстрастным.

— Юрик, как быстро ты перестал быть опером и превратился в начальника. Это не в порядке критики, а исключительно в виде констатации факта. Как нормальный и высокопрофессиональный начальник ты ориентируешь подчиненных на максимальный результат: убийца должен быть пойман, доказательства его вины собраны. И в этом ты прав.

— А в чем же я не прав? — ехидно вопросил Юра.

— А в том, солнце мое незаходящее, что, кроме наших максимальных задач, за решение которых мы получаем от государства оклад содержания, есть еще живые люди, которые ходят по улицам, едят, пьют, спят, любят, надеются на что-то, строят какие-то планы на будущее. И некоторые из них умрут исключительно из-за того, что этот наш Горшков чего-то такого захотел. Остренького, с приправами и соусом. Люди совершенно ни в чем не виноваты.

И ты очень хорошо помнил об этом еще совсем недавно. Чтобы сберечь жизни этих людей, нам нужно понять, чего хочет Горшков. И фиг с ним, если мы его при этом не поймаем, важно его остановить.

Татьяна была с этим согласна. Но, видит бог, совсем непросто понять, чего хочет человек, который одиннадцать лет назад хотел быть самцом, которого боится самка и которым она одновременно восхищается. Он получал удовольствие от того, что наводил ужас на невысоких хрупких девочек и женщин, он испытывал наслаждение, когда распахивал пальто и демонстрировал им предмет своей гордости, глядя прямо в их безумные от страха глаза. Горшков всегда выбирал в качестве своих жертв тех, кто был значительно ниже его ростом. А Надежда Старостенко тоже была маленькой и хрупкой...

— Он хочет первенства, но не за счет своей силы и реального превосходства, а за счет слабости других, — медленно сказала Татьяна. — Он всегда выбирал маленьких и слабых. Он всегда хотел, чтобы его боялись. И приходил в бешенство, когда встречал того, кто его не боится. Наверное, он просто избегал тех, кто мог его не испугаться. Отсюда и его поведение у меня на допросах. По комплекции я явно не относилась к тем, кто может испугаться его физических данных. И он старался меня смутить, потому что смущение — это признак слабости, это уже почти испуг. Если бы я тогда попросила передать дело другому следователю, Горшков расценил бы это как собственную победу. Он бы решил, что ему удалось меня запугать, и я отступила. Все это прекрасно, ребятки, но это не ответ на ваш вопрос. Я не понимаю, чего он хочет сейчас.

— Того же самого, — пожал плечами Коротков. — Он хочет заставить тебя отступить, сдаться, признать свою слабость и беспомощность перед ним.

— И какой выход? Я готова сделать все, что угодно, только чтобы он больше никого не убил.

В ее голосе прозвучала такая горечь, что присутствующим стало не по себе. В самом деле, она сейчас готова была на все в полном смысле слова. Она готова была публично признать свою слабость, если надо — перед всем честным народом, с экранов телевизоров, по радио — как

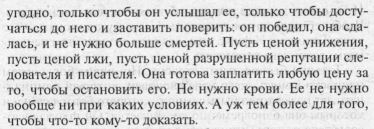

угодно, только чтобы он услышал ее, только чтобы достучаться до него и заставить поверить: он победил, она сдалась, и не нужно больше смертей. Пусть ценой унижения, пусть ценой лжи, пусть ценой разрушенной репутации следователя и писателя. Она готова заплатить любую цену за то, чтобы остановить его. Не нужно крови. Ее не нужно вообще ни при каких условиях. А уж тем более для того, чтобы что-то кому-то доказать.

— Ну, что вы все замолчали? — нетерпеливо вопросил Коротков на правах начальника. — Давайте идеи. Что Таня должна сделать, чтобы его остановить? Принимаются любые варианты.

Татьяна молча обводила глазами друзей-коллег. Идей ни у кого пока не было.

— Ладно, — Коротков со вздохом решил закончить совещание, — расходимся, спать пора. Я повезу Аську, а ты, Мишаня, проводи Татьяну. И проведи разъяснительную работу с ее мужем, пусть старается ее одну не отпускать.

— Юра, это нереально, — слабо сопротивлялась Татьяна, застегивая плащ, — Стасов не может быть при мне нянькой, у него своя работа и своя жизнь.

— А Ира? Как мы обеспечим ее безопасность? — спросила Настя.

— О ней не беспокойтесь, у нее есть личная охрана.

— Кто таков? — ревниво встрял Доценко. — Я попрошу, граждане! Мне уже сто лет обещали близкое знакомство с Ирочкой, а тут какой-то втерся...

— Это наш сосед, — успокаивающе сказала Татьяна, — человек пожилой, пенсионер. Тебе не конкурент, не волнуйся. Кстати, сегодня можешь и заглянуть к нам, повод есть.

Всю дорогу они говорили о чем угодно, только не о Горшкове, и лишь в лифте Татьяна наконец вернулась к тому, о чем не переставала думать.

— Я тебя умоляю, Миша, не пугай моих домашних. У них и без того нервы на пределе.

— Ты не права, — очень серьезно ответил Доценко, — человек должен знать правду и готовиться к худшему, только так он может справиться с ситуацией.

Татьяна уже достала ключи и поднесла руку к замку, но при этих словах остановилась.

— А ты не думаешь, что человек, знающий правду, просто с ума сойдет от ужаса, вместо того, чтобы готовиться к худшему? У всех ведь по-разному нервная система устроена, некоторых негативная информация мобилизует, заставляет обдуманно действовать, а некоторым вообще разум отшибает.

Она хотела добавить еще кое-что, но в этот момент распахнулась дверь соседней квартиры и на пороге возник Андрей Тимофеевич. Рядом с ним тут же появился огромный черный дог по кличке Агат.

— Добрый вечер, — загудел он низким звучным голосом, — а я слышу — лифт остановился, но дверь в вашу квартиру не открывается, да и ко мне не звонят. Решил посмотреть, кто это на нашем этаже затаился. Я свое слово держу, вашу квартиру из-под наблюдения не выпускаю.

Татьяна перехватила взгляд Доценко, брошенный на соседа, и с трудом удержалась, чтобы не прыснуть. В этом взгляде было столько искреннего, смешанного с негодованием недоумения, сколько могло бы быть, если бы вдруг ни с того ни с сего твоя собственная собака начала мяукать.

— Не волнуйтесь, Андрей Тимофеевич, — сказала Татьяна, — просто я ключи долго в сумке искала. Вы же знаете...

— Уж конечно, — радостно подхватил сосед, — знаю я эти ваши дамские сумочки, знаю. С виду крохотные, непонятно, что вообще в них может поместиться, а на самом деле в них барахла — на чемодан хватит.

Татьяна отперла дверь и сделала приглашающий жест.

— Зайдете к нам, Андрей Тимофеевич?

— А я не помешаю? Гости у вас...

— Так тем более, — рассмеялась она. — Все равно ведь гости.

Ей вовсе не было весело, и улыбка ее была натужной, но Татьяне казалось, что чем больше народу сейчас соберется в ее квартире, тем меньше внимания будут обращать на нее саму. И никто, бог даст, не заметит ее растерянности и откровенного испуга. Если это действительно Александр Горшков, то впереди в ближайшее время ее ожидает только плохое. Он уже тогда, одиннадцать лет назад, был психом с претензиями. Но ему было всего восемнадцать, и претензии у него были глупые, юношеские. А теперь ему двадцать девять, и за спиной одиннадцать лет зоны с ее жестокими нравами и культом ЗЛА. Да нет, не в высоком библейском смысле ЗЛА как антипода ДОБРА, а в гораздо более приземленном. Эта аббревиатура — одна из самых распространенных, которые используются для наколок: За все Легавым Отомщу. Вот и Горшков надумал отомстить следователю, которая, по его представлениям, «обеспечила» ему срок. Просто удивительно, как хорошо работает у осужденных механизм самооправдания! Не он сам, своими собственными руками, своими собственными преступлениями обеспечил себе срок, а мент поганый, который его поймал, или злой дядька-следователь (иногда тетка, но сути это не меняет).

Стасова, уехавшего за сынишкой к своей матери, еще не было дома, и Татьяна с облегчением вздохнула. Сейчас Ирочка отвлечется на прием гостей и на знакомство с Мишей Доценко. Правда, остается сосед, который уже начал напрягать Татьяну своей проницательностью, но сосед — это всего лишь сосед, его душевное состояние ее не особо волнует. Главное, чтобы не нервничали Стасов и Ирина.

СТАСОВ

Голоса были слышны еще на лестнице. Это что за концерт? Ну елки же с палками! Идешь домой после рабочего дня и после многотрудного общения сначала с маман, потом с бывшей супругой, но и в собственном гнезде нет ему покоя. Гришенька сладко посапывает у него на руках, но от этого громогласного веселья малыш может проснуться, и тогда начнется самый настоящий сумасшедший дом. Стасов торопливо проскользнул в ближайшую от входной двери комнату Ирочки, уложил сына и плотно притворил дверь, пока тот не проснулся. Потом, когда все разойдутся, они с Татьяной заберут Гришеньку к себе в комнату, где стоит его кроватка.

Беглый обзор местности показал, что идет нешуточная борьба за Ирусика. С одной стороны стола восседает не кто иной, как Мишаня Доценко, самый завидный жених на Петровке по причине своей внешней привлекательности, умения одеваться и — что самое главное — полной и абсолютной неженатости. С другой стороны — их вездесущий и всезнающий соседушко Тимофеич-Котофеич, готовый продать душу и тело за Ируськины знаменитые пироги. Между готовыми к бою самцами покачивает переливающимися перышками славная девочка Ира, которую давно надо было выдавать замуж. Но тот момент, когда поклонников у Иришки было несчитано, Татьяна благополучно упустила и не настояла на том, чтобы родственница сделала наконец свой выбор, а теперь с каждым месяцем проблема становилась все сложнее. Ира, во-первых, взрослела (читай — старела), а во-вторых, все больше проникалась заботами семьи своих родственников, взваливала на себя все больше хлопот и домашних обязанностей, и постепенно мысль о том, чтобы бросить Татьяну, Стасова и маленького Гришеньку на произвол судьбы, то есть без хозяйственно-экономической опеки, становилась в ее глазах все более кощунственной. Они же пропадут без нее! И сами захиреют, и ребенка вырастить не смогут по-человечески.

Так, здесь расклад понятен. А Таня-то где? Плащ в прихожей висит, стало быть, она дома. Отчего же не с гостями?

— Але, люди добрые! — приветствовал их Стасов отнюдь не тихим голосом, однако заглушить хохот Котофеича ему не удалось.

По-видимому, соседушко развлекал общество сморщенными от старости анекдотами, над которыми сам же первый и смеялся. Во всяком случае, у Мишани на лице особого веселья не наблюдалось. Ируська при оценке анекдотов в расчет не принимается, она девочка вежливая, добросердечная и жалостливая, поэтому смеется всегда, когда рассказчик от нее этого ждет. Обидеть человека боится.

— Але! — повторил Стасов еще громче. — Или я здесь больше не живу?

— Ой, — спохватилась Ирочка, — Владик пришел.

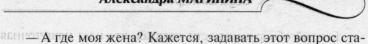
— А где моя жена? Кажется, задавать этот вопрос становится доброй традицией. Я сегодня уже об этом спрашивал.

— Таня прилегла, у нее голова болит, — пояснила она и отчего-то покраснела.

Ясное дело, покраснела... Так увлеклась процессом общения с двумя ухажерами, что забыла обо всем. Ничего, это нормально, раз увлеклась, значит, не все еще потеряно, не совсем еще старая наша Ируська. Давно надо было ее с Мишаней познакомить, может, уже замуж выдали бы.

— Владислав Николаевич, голубчик, — обратился к нему сосед, — я настоятельно прошу вас убедить Ирину принять мою помощь. Весь сегодняшний день я пытаюсь внушить ей, что в сложившейся ситуации ей следует проявлять осторожность и бдительность, но она отмахивается от моих услуг. Объясните же ей, что я могу быть более чем полезен. Вы знаете, что произошло сегодня на рынке?

— В курсе, — кивнул Стасов.

Он-то в курсе, а вот то, что Котофеич этим озаботился, уж совсем неожиданно. Неужели сосед действительно является поклонником не Ируськиных пирогов, а ее внешних данных и душевных качеств? Вот старый козел! Ему ведь хорошо за шестьдесят, а туда же.

— Я полагаю, что Ирина не всегда может постоять за себя. Сегодня во время инцидента на рынке она явно растерялась и испугалась и чуть было не наделала глупостей. И теперь, когда над вашей семьей нависла опасность, ее нельзя оставлять одну с маленьким ребенком на весь день. Это просто неправильно.

Как излагает, однако! Прямо как по писаному. И чего он к нам прицепился? Других забот нет, что ли? Тимофеич-Котофеич.

— Андрей Тимофеевич, вы преувеличиваете, — широко улыбнулся Стасов. — Никакая опасность над нашей семьей не нависала. С чего вы это взяли? Подумаешь, псих какой-то пошутил, так что теперь, в бункере до самой смерти сидеть? Каждому сотруднику милиции периодически угрожают, нельзя же всерьез это воспринимать.

— Почему же, позвольте спросить?

— Да потому, что если бы все эти угрозы осуществля-

4*

лись, то всех милиционеров поубивали бы, и личный состав МВД обновлялся бы полностью каждый год. Однако я вот, например, прослужил двадцать лет на оперативной работе и вышел на пенсию живым и здоровым. И таких, как я, подавляющее большинство. Так что спите, Андрей Тимофеевич, спокойно и за Ируську не беспокойтесь.

Сосед кинул на Стасова неодобрительный взгляд и укоризненно покачал головой.

— Я не разделяю вашего оптимизма, уважаемый. Кстати сказать, ваш молодой коллега со мной полностью согласен, не правда ли, Михаил Александрович?

Владислав рассердился не на шутку. В собственной квартире обнаружить пятую колонну! Мишаня, оказывается, с Котофеичем заодно. Ах, паршивец, ах, щенок неблагодарный, а они-то с Татьяной собирались торжественно вручить ему самое дорогое — Ируськину судьбу. Хрен ему теперь! Ничего, в его рядах Татьяна, а это сила немалая.

Стасов встал.

— Пойду проведаю Таню.

Татьяна, вопреки его ожиданиям, не лежала, а стояла у окна и даже не повернулась, когда муж вошел в спальню.

— Ну что там? Веселье в разгаре? — спросила она не оборачиваясь.

— А ты что, прячешься? Или в самом деле голова болит?

— Болит, но не смертельно. Не получаются у меня хохоталки через силу. Вероятно, актриса из меня никакая. Решила отсидеться, чтобы не портить людям настроение. Где Гришенька?

— Спит. Я его в Ируськиной комнате уложил, чтобы мимо этого сборища не нести, а то проснется. Маман тебе кланяться велела.

— Спасибо. А что Доценко?

— Нормально. Глаз не сводит с нашей девочки.

— А Котофеич?

— А чего ему сделается? Ржет, как боевой конь. Травит протухшие байки из времен своей революционной юности. Тань, что случилось? Зачем ты ездила на Петровку?

Татьяна повернулась наконец, обняла мужа, уткнулась головой ему в плечо.

— Я вспомнила его, — тихо пробормотала она.

— Кого? Того, кто тебе угрожает?

— Да. Я его посадила много лет назад. А он мне тогда пообещал, что вернется и рассчитается со мной. Вот и вернулся. Стасов, он сумасшедший. Он на все способен. Я его боюсь. Он может даже на Гришеньку руку поднять.

Так. Приехали. Только-только все стало налаживаться, он перевез Татьяну и Иру из Питера в Москву, они наконец приобрели квартиру и перестали ютиться втроем в одной комнате. Таня так тяжело переносила беременность, часто возникала угроза сначала выкидыша, потом преждевременных родов, но она все-таки сумела это сделать, она родила нормального здорового парня. И Стасов уже думал, что все самое трудное позади. Ну елки же с палками, ну почему все так получается! Проклятая жизнь, подлая, мерзкая. Несправедливая.

Понятно, почему Мишка так серьезно относится к ситуации. Но старый-то козел Котофеич отчего так озаботился? Неужели Таня при нем это обсуждала? Откуда такое доверие к малознакомому, в сущности, соседу? Или Мишка, щенок, протрепался? Таня, Танечка, Танюша моя любимая, ну зачем ты работаешь? Денег тебе не хватает? Неправда. Я хорошо зарабатываю. Но ты сама зарабатываешь еще лучше. В этом году твои книги стали издавать за границей, выплатили большие авансы. И за русские издания ты получаешь приличные деньги. Зачем тебе эта работа, которая не приносит ничего, кроме огромных нервных затрат, колоссальных неприятностей и крошечного морального удовлетворения?

Он гладил жену по голове и молча разговаривал с ней. Потому что знал Татьяну слишком хорошо, чтобы сделать глупость и озвучить свои мысли.

— Что будем делать? Есть предложения?

Это было единственное, что Стасов мог позволить себе спросить вслух.

— Будем думать, как его остановить. Он уже убил одного человека, не приведи господь, убьет второго, третьего. И все для того, чтобы доказать, что он сильнее меня. Знаешь, мне иногда кажется, что вокруг меня не жизнь, а какой-то сюр. Страшный сон, безумный кошмар, полное от-

сутствие смысла и логики. И в центре всего этого бреда почему-то стою я. Почему так, Стасов?

Почему-почему... По кочану. И по капусте. Не родился еще человек на свете, которому хоть раз в жизни не показалось бы, что мир вокруг утратил черты реальности. И это не от расстройства психики, а исключительно от неудачного стечения жизненных обстоятельств. Например, у мужика катастрофический провал на работе, лучший друг предал, мать тяжело больна и умирает, сын от первого брака стал наркоманом, бывшая жена на этой почве звонит ему каждый день и требует, чтобы он хоть как-то помог, хоть что-нибудь сделал, и на фоне всех этих расчудесных обстоятельств новая жена, ослепительно молодая и красивая, надувает губки и гордо произносит: мы разные люди, ты совершенно не уделяешь мне внимания и не живешь моими интересами, вот я сделала новую прическу, а ты даже не заметил, и на этой конфликтной почве я решила тебя бросить и уйти к другому, который любит меня больше, чем противный ты. Вот это и называется «сюр». Все люди в тот или иной момент жизни через это проходят. Но такой аргумент — слабое утешение. Все — это все, а ты — это лично ты, это все-таки нечто иное.

Психологи давно заметили, что в стрессовые моменты разум человека старается отключиться от страшного и плохого, чтобы не разрушиться, чтобы сохраниться. Человеку сообщают, что он неизлечимо болен, а он уставится неподвижным взглядом на муху, ползающую по окну, и внимательно так наблюдает за ее телодвижениями, еще и угадать пытается, в какую сторону она дальше поползет. Вот и Стасов теперь стоит в темной спальне, обняв замершую от боли и страха жену, и думает о том, что сегодня он пообещал своей одиннадцатилетней дочери Лиле купить котенка. Лиля с матерью, бывшей женой Стасова, живет в Сокольниках, часто по выходным гуляет в парке, а там каждую субботу и воскресенье проходит выставка кошек. Лиля заходила на выставку несколько раз и высмотрела себе породу. Она хочет персидского колор-пойнта. Что это такое и как оно выглядит, Стасов совершенно не представлял, но глазки у дочери так горели, что отказать он не мог. Да и Ритка, бывшая жена, не возражает против котенка. Дого-

ворились, что в ближайшую субботу он с Лилей пойдет на выставку и заплатит за то, что она выберет. К появлению в доме питомца нужно будет приобрести лоток и наполнитель для кошачьего туалета и специальные мисочки для воды и корма, но эти хлопоты Лиля с радостью взяла на себя. Их семье угрожает какой-то псих, его жертвой может стать любой, даже годовалый сынишка, и нужно думать о том, как занять круговую оборону, чтобы защититься от него, а в субботу идти с Лилей покупать котенка...

Что он может сказать Татьяне? Чем утешить ее? Профессиональные советы ей вряд ли нужны, особенно после совещания с Настасьей и Коротковым. Ей нужен муж, его поддержка и защита, не профессиональная, а чисто мужская.

И подполковник милиции в отставке Владислав Стасов не нашел ничего лучше, чем покрепче обнять жену и сказать:

— Я тебя люблю, Тань. Я очень тебя люблю. Что бы ни случилось, ты помни об этом, ладно? Потому что это все равно самое главное в жизни.

КАМЕНСКАЯ

— Интересно, сможешь ли ты когда-нибудь купить новую машину? — спросила она, когда старенькие «Жигули» Короткова в очередной раз так тряхнуло на колдобине, что возникла вполне реальная угроза рассыпания автомобильчика на мелкие кусочки.

— А чем тебе эта плоха? — гордо обиделся Коротков. — Ездит — и спасибо.

— Спасибо, — согласилась Настя. — Правда, есть шанс, что в самый неподходящий момент она развалится. Не боишься?

— Не-а. Как говорят мудрые, боишься — не езди, а уж коль ездишь — тогда не бойся. Если быть таким осторожным и предусмотрительным, как ты, подруга, тогда вообще не жить. На улицу выходить страшно: а вдруг кирпич на голову упадет или пьяный водитель насмерть задавит.

— Угу, или психу на пути попадешься, — кивнула

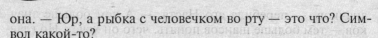

она. — Юр, а рыбка с человечком во рту — это что? Символ какой-то?

— Понятия не имею. Мы университетов не кончали, у нас только школа милиции в багаже. Знаешь, в чем главный милицейский парадокс состоит?

— Знаю, — вздохнула Настя. — В том, что зарплата маленькая, да и ее не всегда дают, а люди еще почему-то работают.

— Ничего ты, подруга, не знаешь, а еще умная считаешься, университет закончила. Главный милицейский парадокс состоит в том, что чем больше преступник совершает преступлений, тем больше мы о нем узнаем и, следовательно, тем легче его вычислить и поймать. Вот хоть квартирных воров взять: пока за ним одна-две кражи, ни черта про него не понятно, и где его ловить — неведомо, когда за ним десять-пятнадцать эпизодов, уже виден стиль и почерк, по ним можно даже его психологический портрет составить, а когда эпизодов становится под тридцать, можно поднапрячься и сообразить, где он в следующий раз появится. Вот там-то его и брать тепленьким. И в чем же парадокс, спросишь ты меня? А в том, что наша задача, с одной стороны, поймать гада, но, с другой — не допустить, чтобы он совершал новые преступления. Но если он не будет совершать новые преступления, мы его так никогда и не поймаем. Усекла?

— Начальник, ты передергиваешь. Воров ведь ловят не только так, как ты мне тут нарисовал. Каналы сбыта проверяют, агентуру задействуют, ранее судимых воров под контроль берут. Скучная рутина, про нее в книжках не пишут.

Коротков рассмеялся и легонько хлопнул Настю по коленке.

— Ты мне ликбез не устраивай. Думаешь, если я всю жизнь убийц и насильников ловлю, то не знаю, как кражи раскрываются? Я ведь это все к чему клоню-то? К тому, что Татьянин псих, Горшков этот, скоро новый труп нам преподнесет, и какой-нибудь значок на месте преступления оставит. Вроде рыбки с человечком. Тогда и новый толчок для мысли появится. Чем больше значков...

— Ты хочешь сказать: чем больше трупов — тем больше

значков, — перебила его Настя. — А чем больше значков — тем больше шансов понять, чего он хочет. Но главное в твоей логической цепочке — именно трупы. Только ты целомудренно упускаешь упоминание о них. Или я не права?

— Дорогая, ты права всегда, потому что ты женщина, а они, как известно, всегда правы. Черт! Тут ремонт дороги какой-то затеяли... придется объезжать. Так... сюда нельзя, одностороннее движение... попробуем найти поворот...

Незлобиво чертыхаясь, Юра искал объездные пути. Конечно, он прав, думала Настя, рассеянно поглядывая в окно и пытаясь понять, где они едут. Как ни проскорбно это признавать, но он прав. Чем больше преступлений, тем больше информации для поисков. Но чем больше преступлений... Тем их больше. И тем больше жертв. Вот и все. И добавить к этому нечего. Действительно, парадокс.

— Аська, у тебя деньги есть?

От неожиданности она вздрогнула и никак не могла переключиться со своих мыслей на суть заданного вопроса.

— Деньги? Какие?

— Российские рубли. Бумажные такие, разноцветные. В долг.

— Сколько тебе нужно?

— Пока не знаю. Может, в ближайшее время и не нужно будет, а потом я подкоплю. Выручишь, если что?

— Да не темни ты, Юра. О каких деньгах ты говоришь?

— Теща у меня плохая совсем. Врач сказал, что речь идет о нескольких днях. Если что случится, у меня даже на похороны не отложено. Представляешь, как назло, сыну зимнюю одежду купили, он из старого вырос, все коротко и узко. На прошлой неделе на машину пришлось потратиться, шипованную резину купил, аккумулятор новый, еще всякого набралось, она ж разваливается, только и делает, что деньги жрет... Ну и вот. — Он горестно покачал головой. — Кто ж знал, что как раз сейчас теща соберется... Десять лет лежала в параличе, мы с Лялькой уж и привыкли, казалось, так будет всегда, пока мы сами не помрем.

Ну вот и случилось. Нельзя желать смерти никому, и тем более нельзя ждать чьей-то смерти. Но сколько таких, как Юрка Коротков и его жена! Сколько людей, на руках у которых остаются парализованные родители без каких бы то ни было перспектив на выздоровление. Больные, которые уже не могут говорить, слышать и понимать, но сердце которых еще бьется, и когда оно остановится — никто не знает. В больницу их не берут, а многие и не хотят отдавать своих родных туда, где за ними не будет должного ухода, где им не поменяют вовремя белье, не вынесут утку и не станут бороться с неизбежными пролежнями — бичом всех, кто обречен на неподвижность. И многие ли признаются себе, что на самом деле ждут смерти таких больных? А может быть, никто ее и не ждет, может быть, все воспринимают это как должное, как посланное им судьбой испытание, как возможность вернуть долг родителям?

Юрка ждал, Настя это точно знала. Хотя он никогда не признался бы в этом даже самому себе, но он ждал. Потому что жил в крошечной двухкомнатной квартирке, в одной комнате — парализованная теща, в другой — он с женой и сыном. Потому что давно любил другую женщину и хотел развестись, но не мог бросить жену одну с больной матерью, считая это трусливым бегством с поля боя. Потому что у сына не было своей комнаты, и он не мог приводить друзей к себе домой, а это очень плохо с точки зрения воспитания, уж об этом-то милиционеру Короткову было известно получше, чем кому иному, ибо именно с невозможности быть с друзьями дома начинаются дворовые компании. Потому что оперу, который целые сутки проводит на ногах и работа которого отнюдь не напоминает щадящий санаторный режим, нужно хотя бы четыре часа покоя, возможности отдохнуть и набраться сил, а он вместо этого вынужден, придя домой днем на пару часов после бессонной ночи, сворачиваться калачиком на краешке дивана, прикрыв ноги уголком пледа, и мучительно бороться с проникающими отовсюду звуками: теща кричит, сын смотрит телевизор, жена гремит кастрюлями на кухне, и все время звонит телефон...

Порывы ветра швыряли в переднее стекло пригоршни дождевой воды, и от влажного стука Настя каждый раз невольно вздрагивала. Наверное, плохо, когда приходится хоронить в такую погоду. А в другую погоду что, лучше?

При ясном небе и солнышке? Господи, бред какой в голову лезет, ну при чем тут погода! Похороны — это прощание с близким, это возможность в последний раз увидеть лицо и прикоснуться к руке, и никакого значения погода в этом тяжком деле не имеет. Бедный Юрка, как это все некстати. И денег нет, и дожди идут проливные. «Да что это со мной! — Настя сердито тряхнула головой, стараясь отогнать мысли, которые ей самой казались неприличными и постыдными. — Разве смерть может быть кстати?»

— Так я не понял, денег-то дашь? — прервал ее размышления Коротков. — Или мне в другом месте поспрашивать?

— Дам, не беспокойся.

— Богатенькая? — насмешливо спросил он.

— Не богаче тебя. Но деньги найду.

Коротков метнул на нее косой взгляд.

— А где же гонорары твоего профессора? Неужто пропивает?

— А это ты у нашего правительства спроси. Все гонорары ухнули в неизвестном направлении, а нам с них еще налоги платить. Так что через несколько месяцев я по миру пойду и буду стоять на паперти с протянутой рукой. Но пока этого не случилось, я еще могу оказать тебе небольшое финансовое вспомоществование.

Машина остановилась возле ее дома, но Настя не спешила выходить. Ей казалось, что еще не сказано самое главное, хотя, видит бог, она и сама не знала, что именно.

— Юра, — осторожно произнесла она и запнулась.

— Да?

— Юра... Ты веришь в то, что это Горшков?

— А ты нет? — ответил он вопросом на вопрос.

— Наверное, это стыдно, но я очень хочу верить, что это действительно Горшков. Я хочу верить, что послание было адресовано не мне. И знаешь, чем больше я этого хочу, тем больше мне кажется, что это не он.

Коротков развернулся на сиденье и удивленно уставился на Настю.

— Почему ты думаешь, что это не он?

— Не знаю, Юрик. Мне так кажется. Его в розыск объявили?

— Ну ты даешь, мать! Да я же при тебе следователю звонил. Неужели не помнишь? Мы с ним договорились, что он поручение нам пришлет. Я и текст ориентировки уже составил. Как только бумага от следователя до нас дойдет, так я ее сразу запускаю.

Да, действительно, Коротков звонил следователю, Настя это отчетливо помнила. Надо же, в такую мокрую погоду даже мозги превращаются в жидкость, бессмысленно и бесполезно циркулирующую по черепной коробке.

— Хоть бы его нашли побыстрее, — почти простонала она.

— Зачем? — насмешливо поддел ее Коротков. — Ты же уверена, что это не он.

— Я не уверена. Я сказала, что мне кажется.

— Ну, мне-то ты голову не дури. Когда тебе кажется, ты вообще молчишь. А если говоришь, что кажется, значит, уверена. Тебе напомнить, что я твой начальник? Или сама сообразишь, что с начальством надо делиться своими соображениями?

— Ох, Юра, я уже ничего не соображаю. Давай до завтра отложим, ладно? Я еще поварю в голове до утра, а завтра обсудим.

— Ну как знаешь, — вздохнул он. — Счастливо тебе.

В подъезде было темно, единственная лампочка, на свет которой можно было рассчитывать, горела только на третьем этаже, да и то тускло. Настя нажала кнопку, и из лифтовой шахты донесся гул, смешанный со скрипом и периодическим звяканьем. Дом был старый, да и лифт не моложе. «Вот сейчас откроется дверь подъезда, и он войдет, — как-то отстраненно подумала она. — И ткнет меня ножом. Или застрелит, как несчастную Старостенко. Юра, наверное, уже уехал. Он тоже уверен, что Шутник — это Горшков, и нужна ему именно Таня, а вовсе не я. Никто мне не поможет». От этой мысли ее зазнобило, даже голова слегка закружилась.

Но дверь не открылась, и никто в подъезд не вошел. Настя благополучно добралась до своей квартиры, торопливо закрыла за собой дверь, привалилась к ней спиной. Ну вот, она уже дома. Сегодня еще ничего не случилось. Почему-то в квартире темно и тихо. Неужели Лешка уже

спит? Или его вообще нет? Она не успела удивиться, потому что вспомнила, что мужа действительно не должно быть дома. Он еще утром предупредил, что проведет два дня в Жуковском, у родителей. Какие-то срочные дела в институте, где он заведовал лабораторией.

Она едва успела расшнуровать ботинки, как зазвонил телефон. С трудом протиснувшись между штабелями со стройматериалами и едва не развалив их, Настя схватила трубку.

— Настя? Извини, что поздно. Это Зарубин.

— Да, Сережа, слушаю тебя.

— Похоже, он снова...

Сердце ее на мгновение замерло, потом быстро заколотилось.

— Кто?

— Дядька лет около шестидесяти, во всем новом. Документов, правда, при нем нет. И рядом с трупом рыбка с куколкой.

— А ты... как узнал?

— Так на моей территории труп. В районе трех вокзалов. Ты приезжай завтра с утречка. Приедешь?

— Приеду.

Ну вот. Столько разговоров было о том, чтобы остановить его, не допустить новых убийств, а толку-то... Плевал этот убийца на все их умопостроения, разговоры, предположения, попытки его остановить. Он делает свое дело в соответствии с придуманным им и только ему известным планом. Знать бы только, сколько еще смертей в этом плане намечено.

Отдельное поручение
Начальнику 2-го отдела УУР
ГУВД г.Москвы
полковнику милиции
Гордееву В. А.

В моем производстве находится уголовное дело № 5817 по факту убийства гражданки Старостенко Н. М. В порядке ч.4 ст.119 УПК РФ и на основании п.3 ст.7, п.2 ст.11 Федерального закона «Об оперативно-розыскной деятельности» прошу провести необходимые оперативно-розыскные мероприятия с целью установления местонахождения гр. Горшкова Александра Петровича и отработки его на причастность к совершению убийства гр. Старостенко Н. М.

Согласно имеющимся данным, гр. Горшков А. П., 1969 г. рождения, уроженец г. Луги Ленинградской области, ранее проживал: г. Ленинград, 7-я линия Васильевского острова, д. 11, кв. 4. В 1987 г. был осужден Ленинградским городским судом по ст.ст.120, 206 ч.3 УК РСФСР к 7 годам лишения свободы. В период отбывания наказания в учреждении УЩ 321/6 им было совершено преступление, предусмотренное ст. 108 ч. 1 УК РСФСР, за которое ему назначено наказание в виде 4 лет лишения свободы. После освобождения в мае 1998 г. отбыл в г. Кимры Тверской области, но на место предполагаемого жительства не прибыл, ГОВД г. Кимры в отношении его информацией не располагает.

Старший следователь
Щелковской районной прокуратуры
мл. советник юстиции Кричевец Г. В.

Глава 6

КАМЕНСКАЯ

День выдался пасмурный и оттого темный и какой-то грустно-тихий. Словно и нерабочий, настолько малолюдны были улицы, расположенные между Казанским вокзалом и Елоховским собором. Тело мужчины без документов было обнаружено во 2-м Басманном переулке, метрах в пяти от поворота на Новорязанскую улицу. Переулок, на взгляд Насти, был совершенно выдающимся с точки зрения удобства для преступников. В конце его располагался троллейбусный парк, и не вышедшие на линию машины, вместо того чтобы мирно спать на территории парка, отчего-то стояли вдоль тротуара, создавая своеобразные баррикады по обе стороны проезжей части. Таким образом люди, идущие по Новорязанской, мало что могли видеть из происходящего во 2-м Басманном. А если добавить к этому, что здания в переулке были нежилыми, то надеяться на свидетелей было бы неоправданным оптимизмом. Угловой дом под номером 21 тоже был нежилым и вообще находился на ремонте, а за ним располагался замечательный дворик, который по безлюдности мог спорить разве что с пустыней Гоби. В нем стояли два фургона-прицепа, на одном из которых красовалась упоительно грамотная предупреждающая надпись «Стопов поворотов нет». Судя по некоторым видимым признакам, пустынность дворика не оставалась незамеченной теми, кто изнемог в поисках ближайшего туалета.

Зарубин оделся явно не по погоде и теперь беспрестанно поеживался и подпрыгивал, чтобы согреться. Насте, наоборот, было тепло и уютно в пуховой куртке с застегнутым высоко на горле воротником, и она с нескрываемым сочувствием поглядывала на малорослого Сергея, который напоминал несчастного воробышка.

— Х-хочешь, ф-фокус покажу? — предложил он, клацая зубами от холода.

— Валяй.

Зарубин набрал в грудь побольше воздуха и заорал:

— Помогите!

Настя испуганно схватила его за руку.

— Ты что, очумел? Сейчас народ набежит.

— Посмотрим, — глубокомысленно заявил оперативник и усмехнулся, скривив замерзшие губы.

Народ не набежал. Через пять-семь секунд на углу появился мужчина, шедший по Новорязанской улице в сторону вокзала. Он кинул рассеянный взгляд в переулок, скользнул глазами по Насте и Сергею и невозмутимо прошествовал дальше.

— Отсюда кричали, я тебе точно говорю, — послышался возбужденный девичий голос с той стороны, куда удалился прохожий. — Из переулка. Пошли быстрее.

Зарубин потянул Настю за руку.

— Давай сюда быстренько, — шепнул он, увлекая ее в пространство между двумя стоящими троллейбусами.

Голоса приблизились.

— Да нет здесь никого, тебе показалось. Видишь, пусто, — теперь говорил юноша.

— Но кричали же...

— Ну пошутил кто-то. Ты что, не понимаешь? Три вокзала рядом, шпана всякая шляется, алкаши, бомжи. Напились и орут. Пойдем.

Парочка тоже удалилась. Больше не подошел никто. Зарубин вышел на тротуар и многозначительно ткнул пальцем в воздух.

— Поняла, Настасья Павловна? И так здесь всегда. Спрятаться можно хоть во дворик, хоть между троллейбусами, если пожар. А можно и вовсе не прятаться, а спокойно выйти на Новорязанскую и пойти в собор помолиться за упокой души невинно убиенного. Покойничек тут не меньше полутора часов пролежал, пока его не нашли.

— А кто нашел? — поинтересовалась Настя.

— Те, кто до сортира не добежал, — хмыкнул Сергей. — Поздненько ввечеру. Снимки посмотришь?

— Откуда у тебя? — удивилась Настя. — Неужели у вас эксперты такие добрые?

— Добрых экспертов не бывает, бывают сообразительные опера. Кто может мне запретить пользоваться собственным фотоаппаратом?

— Когда ж ты успел и пленку проявить, и фотографии напечатать? Ночью трудился?

— Ну прямо щас, — фыркнул он, — бегом бежал ночью-то не спать. Тут в десяти минутах ходьбы магазин «Кодак», за полчаса все делают. Пока ты сюда ехала, я им пленку сдал. На, любуйся.

Настя, сгорая от любопытства, схватила пакет с фотографиями. На цветных глянцевых снимках запечатлено тело мужчины, лежащего лицом вниз. Она недоуменно подняла глаза.

— Слушай, неужели такие приличные мужики ходят по улицам без документов?

— С чего ты взяла, что он приличный?

— Одежда... Не рвань, не старье. И волосы пострижены аккуратно. Может, он живет где-то поблизости и выскочил на минутку в магазин? — предположила Настя.

— Ты, прежде чем выдумывать, остальные снимки посмотри. Тогда у тебя вопросов еще больше будет, — пообещал Зарубин, дуя на руки.

На других фотографиях тело уже перевернули, и можно было разглядеть лицо. Чисто выбритое, отечное, болезненное, оно никак не могло принадлежать человеку, ведущему здоровый образ жизни. Да, верно говорят, как ни одевайся, а вся твоя жизнь на лице написана, даже если ты уже умер.

Вот еще одна фотография. Лежащая на земле записка, рядом с ней денежные купюры. Три по сто долларов. Текст записки предельно лаконичен: «Это деньги на мои похороны. Надеюсь, вы постесняетесь их присвоить». Буквы крупные, округлые, стоящие отдельно одна от другой.

— Ничего себе! — протянула Настя. — Это как же понимать? Совершенно одинокий бездомный бродяга чистенько оделся, побрился, помылся и пошел за смертью, словно за сигаретами в киоск? Если бы у него был дом и семья, он не носил бы деньги на похороны с собой. Согласен?

— Угу, — буркнул Сергей, высунув нос из сложенных ладоней. — Ты дальше смотри, там немного уже осталось.

На последних фотографиях крупным планом были изображены игрушечные рыбка и человечек. При этом человечек был наполовину засунут рыбке в пасть, только ноги наружу торчали.

— А этот шедевр монументальной скульптуры находился непосредственно на теле усопшего, — прокомментировал Зарубин. — Все, Настасья, если ты насмотрелась на место происшествия, пошли куда-нибудь, а то я прямо сейчас сдохну от холода.

Через три минуты они уже пили нечто горячее под высокопарным названием «кофе черное» в крошечной забегаловке, расположенной тут же рядом. Столов в забегаловке не было, их заменяла тянущаяся по всему периметру помещения панель. Предполагалось, что посетители, взяв у стойки свою еду, могут и постоять, причем стоять они будут лицом к стене, а друг к другу либо спиной, либо в лучшем случае боком. Что ж, может, оно и неплохо. Кроме продавца, Насти и Зарубина, здесь не было ни души. Отпив несколько глотков из пластикового стакана, Сергей вновь подошел к прилавку и стал изучать меню.

— Съем-ка я, пожалуй, пару сосисок с жареной кар-

тошкой и салатик, какой тут у тебя посвежее, — обратился он к стоящему за прилавком чернявому пареньку.

— Салаты все свежие, — гордо ответил паренек. — Вам какой?

— Ну давай тогда один картофельный и один с креветками, — милостиво согласился Зарубин.

Он принес тарелку с сосисками и картофелем и две упаковки с салатами и с жадностью накинулся на еду.

— Пора жениться, кажется, — деловито сообщил он Насте результаты своих размышлений, — а то завтраком никто не кормит. Семейные мужики спокойно до двух-трех часов дня работают, пока не проголодаются, а я уже к одиннадцати утра не человек, за корку хлеба родину продам. А ты поесть не хочешь?

— Нет, спасибо, — отказалась она, прихлебывая маленькими глоточками довольно противный на вкус «кофе черное».

— Зря. Здесь меню обширное, не смотри, что заведение невзрачное. Пельмени аж трех видов, котлеты, гамбургеры, опять же сосисочки мои любименькие с картошечкой. А салатов вообще чертова уйма, штук пятнадцать разных. И цены вполне человеческие. Если я рядом бываю, всегда сюда заскакиваю поесть. Быстро, вкусно, дешево. — Зарубин слегка повысил голос, явно стараясь, чтобы его услышал паренек за прилавком. — Жаль только, вчера не зашел. Тут за углом мужика вчера грохнули, милиции понаехало выше крыши.

— А тебе-то что? — презрительно бросила Настя, вступая в игру. — Милиции давно не видел? Или покойников?

— Много ты понимаешь! — возмутился Сергей. — Быть в гуще событий — первейшая заповедь любого журналиста. А вдруг его бы грохнули как раз в тот момент, когда я мимо проходил бы? А потом я тихонечко наблюдаю за работой приехавших стражей порядка и вижу своими глазами, что половина из них пьяные, что им нужно делать, они не понимают и матерятся чаще чем через слово. И выдаю материальчик — пальчики оближешь! А еще лучше, если я выступаю свидетелем, а меня начинают подозревать, задерживают, грубо допрашивают, может быть, если повезет, даже бьют и отправляют в кутузку вместе с убийцами и во-

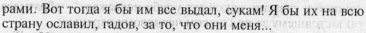

рами. Вот тогда я бы им все выдал, сукам! Я бы их на всю страну ославил, гадов, за то, что они меня...

— Уймись, — недовольно сказала она, — я эту историю слышала сто пятьдесят раз. Давно забыть пора, а ты все планы мести вынашиваешь.

— Я на тебя посмотрю, когда с тобой так... — кипятился оперативник.

— Со мной так не будет и быть не может. Потому что я умная взрослая женщина, а ты пацан зеленый и дурак. И потому вечно влипаешь во всякие неприятности. Пойди лучше сосиску мне принеси, она, кажется, и в самом деле не противно пахнет.

Боковым зрением поглядывая на паренька за стойкой, Настя видела, что он уже горит желанием поделиться впечатлениями, но не хочет и не может (и правильно делает) вмешиваться в разговор посетителей. За такое в два счета вылететь можно. Вокзал — место особое, а уж территория, на которой этих вокзалов целых три, просто-таки отдельное государство со своими законами, парламентом и силовыми ведомствами. На вокзалах есть, естественно, пассажиры, то есть те, кто сначала очень хочет уехать, а потом ждет поезда. Соответственно этому там работают те, кто подсовывает поддельные билеты, и те, кто изымает багаж. А также те, кто помогает скоротать время до поезда при помощи разнообразных игрищ азартного или сексуального плана. Кроме того, на вокзалах существуют не только те, кто уезжает, но и те, кто приезжает. Для обслуживания этой категории населения предназначены носильщики и водители транспортных средств, которым «милостиво разрешено» за определенное вознаграждение топтать своими грязными ботинками территорию вокзала и зарабатывать честным трудом деньги. Есть и совсем особая категория приезжающих пассажиров, которых непременно надо встречать, ибо они везут «товар», причем встречать так, чтобы это как-то не бросилось в глаза ни посторонним, ни тем более милиции. Ну и разумеется, на вокзалах есть постоянные жители-обитатели, с которыми тоже нужна строгость. И понятно при таком раскладе, что случайный человек ни на самом вокзале, ни вокруг него работы себе не найдет, все места давно заняты людьми проверенными и

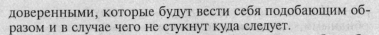

доверенными, которые будут вести себя подобающим образом и в случае чего не стукнут куда следует.

Именно поэтому глупо и непрофессионально было бы подъезжать к мальчишке, стоящему за стойкой в привокзальном кафе, с удостоверением оперработника и суровым мужественным лицом российского стража порядка. Даже если парень и не знает ничего такого, о чем следует молчать, он в разговоры все равно вступать не станет, ибо жестко проинструктирован. В контакты с милицией вступать могут только те, кому доверено и поручено, а не каждый встречный-поперечный. И уж тем паче не пацан лет двадцати.

Зарубин попросил для Насти сделать сосиску в гриле и приготовился ждать, облокотившись на прилавок. Паренек, конечно же, не утерпел и пустился в разговоры о вчерашнем происшествии. Суеты, по его словам, особой не было, вечером по Новорязанской народу ходит еще меньше, чем днем, в основном те, кто завязан с вокзалом. Но народ из кафешки, натурально, повалил полюбопытствовать, более того, те прохожие, которые останавливались посмотреть, потом заходили сюда погреться, так что в смысле торговли вечер удался. Зарубин, играя жадного до глупостей журналиста, задавал вопросы, видимой целью которых было выяснить, не появлялся ли здесь его конкурент-журналист, который как-то всегда ухитряется приносить свежие криминальные новости из района трех вокзалов, может, он тут постоянно пасется? Внешность журналиста, как ее описывал Сергей, отчего-то сильно напоминала внешность Горшкова, по крайней мере Татьяна предполагала, что он спустя столько лет мог бы выглядеть именно так. Однако искомую фигуру парень за стойкой не припомнил.

Потрепавшись для приличия еще какое-то время, пока Настя жевала горячую и вполне приятную на вкус сосиску, они ушли.

— Рыбка скушала человечка, — бормотала Настя вполголоса по дороге к метро. — Акула, что ли? Какая еще рыбка может сожрать человека? На что он намекает, этот интеллектуал недобитый? На то, что он акула преступного мира?

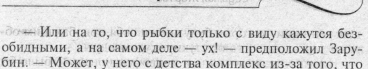

— Или на то, что рыбки только с виду кажутся безобидными, а на самом деле — ух! — предположил Зарубин. — Может, у него с детства комплекс из-за того, что его всерьез никто не принимает, все считают его мягким увальнем или вовсе никчемным существом. Но он совершенно сдвинутый, ты согласна?

— Угу, — промычала она задумчиво. — Покажи мне фотографии еще разочек, я там, кажется, одну штуку недоглядела.

Войдя в метро, они спустились на платформу и сели на скамейку. Сергей достал пакет с фотографиями и протянул Насте.

— Только аккуратней, — попросил он вполголоса, — нечего народ пугать видом мертвеца.

— А мне труп не нужен.

Она быстро перебрала снимки и вытащила тот, на котором была запечатлена записка. Спрятав остальные фотографии в пакет, она долго вглядывалась в слова: «Это деньги на мои похороны...»

— Сержик, я, конечно, не эксперт, но вот эту букву «д» и вот эту горбатенькую запятую я уже видела. На том самом плакатике.

ДОЦЕНКО

Просто уму непостижимо, почему это не случилось раньше! Стасов уже два года как привез жену и ее родственницу из Питера, а он, Миша Доценко, только вчера познакомился с Ириной. Два года потеряны безвозвратно, счастье еще, что за эти два года Ира не наделала глупостей и не выскочила замуж за какого-нибудь прохвоста. В том, что все потенциальные женихи Ирочки Миловановой были бы прохвостами, Доценко не сомневался. Судьба мудра и дальновидна, она сохранила эту прелестную молодую женщину для него, да и его самого уберегла от женитьбы на ком-то другом.

Уже через час после ухода из дома Стасова Миша Доценко отчетливо понял, что хочет жениться на Ире. Правда, он не был сторонником скорых решений, оттого и

ходил до сих пор в холостяках, однако же и с утра намерение создать с Ирой семью громко заявило о себе.

— Мама, — спросил он, внимательно оглядывая накрытый к завтраку стол, — если молодая женщина умеет печь пироги с десятью разными начинками, это показатель?

— Безусловно, — твердо ответила старенькая Мишина мама, пряча усмешку, — это яркий показатель того, что ты созрел для женитьбы. А что еще умеет твоя избранница?

Миша юмора не оценил, поскольку голова его была занята мыслями об Ирочке, и при этом нужно было освободить краешек сознания, чтобы сделать правильный выбор: сначала съесть омлет, а потом салат, или наоборот, сначала отведать овощей, а уж потом отдать должное блюду из яиц. Поэтому на насмешливый вопрос матери он принялся отвечать вполне серьезно:

— Ты знаешь, по-моему, она умеет все. Она уже много лет ведет хозяйство у своей родственницы, а теперь и ребенка ее нянчит.

— О, я смотрю, ты начал оценивать перспективы отцовства. И где ж ты сыскал такое сокровище?

Миша наконец заметил иронию.

— На то я и сыскарь, мамуля. Но что удивительно, все остальные претенденты прошли мимо и не заметили, а ведь на самом виду лежало сокровище-то.

— На виду? — переспросила мать. — Но я надеюсь, не на панели?

— Никогда! — решительно воскликнул он. — В квартире у коллеги. Приличная семья, муж — бывший наш сотрудник, жена — следователь. Ты, кстати, должна знать, о ком идет речь, я же тебе книжки Татьяны Томилиной в больницу приносил.

— Боже мой! — всплеснула руками мать. — Только не говори, что ты женишься на писательнице!

— Успокойся, я женюсь на ее родственнице. А можно мне майонезика в салат добавить?

Мать достала из холодильника банку с майонезом и поставила перед ним.

— Добавляй сам, сыночек. Хорошо, про то, что ты женишься, я все поняла. А она выходит за тебя замуж?

— Пока не знаю. Но, поскольку я сыщик, я постараюсь это выяснить как можно скорее. Ты не возражаешь насчет познакомиться с невесткой?

— С будущей, — строго уточнила мать. — Приводи. Только предупреди заранее.

— Естесь-сь-сьно, — протянул Миша, опрокидывая в себя стакан кефира. — Спасибо, драгоценная, я помчался.

К полудню он поймал себя на том, что ищет повод позвонить Ирине, но повод этот как-то не подворачивался, поскольку занимался Михаил целый день работой по недавнему изнасилованию, и в этой связи ни спросить у Иры что-нибудь умное, ни сказать что-то интересное не мог. К вечеру он решил позвонить просто так, без повода, но к телефону в квартире Стасова никто не подошел.

Вернувшись домой почти в полночь, Михаил задумчиво погладил пальцами телефонную трубку и подумал, что ведет себя как полный и окончательный идиот.

ЗАРУБИН

Со стариком Айрумяном он встречался впервые, и, надо признать, впечатления у Сергея были неслабые. Судмедэксперт говорил без остановки, и совершенно непонятно, как он при этом умудрялся не отвлекаться от дела. Его розовая проплешинка в окружении коротко стриженных седых волос мелькала в разных концах комнаты в соответствии с тем, какой именно предмет или документ Гурген Арташесович хотел достать и продемонстрировать в каждый данный момент. Он быстро и безошибочно все находил, показывал и комментировал, при этом не умолкая ни на мгновение.

— Как я рад, попугайчик мой пестрокрылый, — приговаривал он, обращаясь к Насте, — что ты вернулась к дяде Вите. У дяди Вити ты была на месте, на самом что ни есть своем родном месте. И мне, старику, радость, хоть иногда ко мне заглянешь. А то я уж перепугался было, когда узнал, что ты на штабную работу ушла. Кто же, думаю, будет мне всякие разные-разнообразные вопросы задавать, кто безымянных покойничков разматывать будет, кому я буду глаз-

ки свои старческие строить, кого я теперь буду рыбонькой
и звездочкой своей называть. Раньше-то я так внучек своих называл, но с недавних пор охота пропала, не годятся
они в звездочки, не понять мне, старику, их образ жизни.

— А кто такой дядя Витя? — шепотом поинтересовался
Зарубин у Насти, когда Айрумян отвернулся и принялся
искать в шкафу очередную папку.

— Это мой начальник Гордеев, — так же шепотом ответила Настя. — Виктор Алексеевич.

— А почему дядя? Они что, родственники? — недоумевал Сергей.

— Это чисто армянское, — пояснила она, косясь на ме-
дэксперта. — Человека, которого уважаешь, называть дя-
дей. У них же изначально отчество не принято, это уж в
соответствии с советскими законами и правилами они
стали ими пользоваться. А так были просто Гургены, Суре-
ны и Ашоты. Вот чтобы подчеркнуть уважительное отношение, они и говорят «дядя». А в Грузии говорят «батоно»,
что, в сущности, то же самое.

— Не шепчитесь, — не оборачиваясь, встрял Гурген
Арташесович, — и где вас, молодежь, воспитывают? Вот,
рыбочка моя вуалехвостая, твой неопознанный трупик.
Значит, про причины смерти я вам все уже рассказал, два
огнестрельных ранения в область сердца. С какого расстояния стреляли... это нам экспертизочка пришла сегодня
утром... это вот... тут... — Он схватил с полки еще одну
папку и ловко извлек из нее скрепленные листы. — На
вот, сама прочтешь. А по моей части в трупике полный набор всех мыслимых, а также неизвестных пока науке заболеваний. Желчнокаменная болезнь, хронический гепатит,
микрокровоизлияния в вещество мозга, язва желудка,
вполне свеженькая, атеросклероз сосудов сердца, хрони-
ческая пневмония, на ногах незаживающие трофические
язвы, и по всему телу свежие и зарубцевавшиеся фурун-
кулы. В общем, мое старческое сознание отступило перед
этим парадоксом. Ну надо же, думаю, такой с виду приличный, одежда чистая, опрятная, даже, я бы сказал,
новая, и волосы помыты, и стрижка свежая, и брился он
часа за два до смерти, а под одежкой-то — ну бомж бом-
жом, если не хуже. И как можно было так себя запустить?

Болел и не лечился, в организме никаких следов фармакологии, один алкоголь.

— И много алкоголя? — поинтересовалась Настя.

— О-о-о, вот насчет крови нам экспертизочка пришла... — Гурген Арташесович снова зашелестел страницами и забормотал себе под нос, отыскивая нужное место: — Пришла нам экспертиза наша долгожданная, красавица наша, пришла, прилетела на крылышках из нашей лаборатории... Ага! Алкоголя-то не так чтобы уж очень. Вполне умеренно. Можно сказать, покойный перед смертью был слегка навеселе. Не более того.

— А насчет еды?

— Кушали мы перед кончиной обильно и разнообразно. Минут за тридцать-сорок до наступления трагической развязки мы приняли внутрь широкий ассортимент пищевых продуктов, поскольку все это было еще не переваренное, то могу с высокой вероятностью предположить следующее: пиццу мы кушали, огурчики с помидорчиками, что-то вроде пельменей или котлету в тесте, грибочками не побрезговали, рис тоже употребили, еще что-то тестообразное, подозреваю, что макароны, ну и дальше по мелочи. Что еще тебе рассказать, звездочка моя сияющая?

Зарубин не выдержал и прыснул. Он относился к Насте с огромным уважением и глотку перегрыз бы всякому, кто скажет о ней дурное слово, но и при всем своем пиетете ему трудно было представить, как эту тридцативосьмилетнюю (и по его представлениям, уже почти старую) тетку можно называть звездочкой. Тем более сияющей. Сияющая — это когда глаза горят, сверкают, а у Каменской они светлые, спокойные, словно... притухшие, что ли. Ну надо же, звездочка!

— Хочешь, татуировочки покажу? — продолжал между тем Айрумян. — Трупик у тебя с богатым прошлым, на зону не меньше трех раз ходил, но не в России.

— А где? В Швейцарии? — пошутила Каменская. — Или, может, на Канарах?

— Где-то в бывших союзных республиках. Ты потом посмотри по справочнику, такие татуировки делали не то в Казахстане, не то в Киргизии.

Разумеется, документы Айрумян им не отдал, все за-

ключения экспертов должны направляться следователю, но записи сделать позволил.

— Ксерокс бы сюда, — вздохнул Зарубин, — снимали бы копии по-быстрому, а то вот кропай тут от руки...

— Трудитесь, юноша. — Старый эксперт назидательным жестом ткнул пальцем в лежащий перед Сергеем бланк с приклеенной к нему фотографией, с которой оперативник срисовывал татуировку. — Труд должен быть в тягость, иначе он превратится в хобби, и вы перестанете понимать, за что вам зарплату платят. Не ищите легких путей в жизни.

А кто ищет-то? Он, что ли, Серега Зарубин? Да если бы он искал легких путей, то уж точно в розыске бы не работал. Скажет тоже, старый перечник...

— И скажите спасибо, юноша, — продолжил Гурген Арташесович, — что я вам фотографию предоставил. А ведь мог бы этого и не сделать. И пришлось бы вам рисовать прямо с натуры, уткнувшись носом в труп. А труп после вскрытия, как известно, выглядит особенно привлекательно.

Сергей обиженно вздохнул и, высунув кончик языка, принялся срисовывать сложный узор, вытатуированный на ноге покойника.

УБИЙЦА

Она была лучше всех на свете, моя мама. Самая умная, самая добрая, самая красивая. Ни у кого не было такой мамы, как у меня.

Она хотела, чтобы у меня все в жизни получалось, и с самого детства, как только я начал хоть что-то соображать, повторяла:

— Сыночек, необходимо постоянно тренировать ум, тогда ты сможешь стать тем, кем захочешь. Но к этому нужно готовиться с самого раннего возраста.

Я не очень это понимал сначала и, когда мне было четыре года, заявлял:

— Я хочу быть летчиком! Давай будем готовиться к летчику.

А мама смеялась и говорила:

— Это ты сейчас хочешь стать летчиком. А вдруг пройдет время, и ты выберешь себе другую профессию? Ты не захочешь больше становиться летчиком, а время-то упущено.

В шесть лет я понял, что она была не так уж не права. Когда папа привел в гости своего друга-геолога, этот человек так потряс меня рассказами о тайге и минералах, что я решил стать именно геологом. А в семь лет я почему-то решил, что должен стать артистом.

— Ты еще много раз передумаешь, — говорила мама, — а пока нужно овладевать самыми разными знаниями, которые пригодятся тебе в любой профессии. Нужно развивать память, сообразительность, наблюдательность, логическое мышление, и тогда ты без труда освоишь любую науку.

В первый класс я пошел, умея не только бегло читать и справляться со всеми арифметическими действиями, я еще и очень прилично рисовал, играл на пианино, лопотал по-немецки и обыгрывал отца в шахматы. Я не был вундеркиндом, во всем этом была заслуга только моей любимой, моей чудесной мамы, которая занималась со мной с утра до вечера. Занятия не были мне в тягость, мама придумывала разные увлекательные игры, и мы просто играли, играли упоенно, весело, часами, а мне и в голову не приходило, что во время этих игр я чему-то учусь и что-то запоминаю. Уже потом, когда я стал постарше, бабушка объяснила мне, что мама всю жизнь интересовалась развивающими играми и сама их придумывала.

— Чем бы ты ни занимался, — говорила мне мама, — ты должен быть в своей профессии самым лучшим, только тогда ты сможешь уважать себя и тебя будут уважать другие люди. Человек, которого не уважают другие, недостоин носить нашу фамилию. Все в нашем роду делали свое дело на «пять с плюсом», и ты должен достойно продолжить традиции нашей семьи.

Мама всегда была рядом со мной. Когда меня отдали в ясли, она была там нянечкой, когда я ходил в детский сад, она работала там воспитательницей, когда я пошел в школу — она устроилась туда же учительницей младших классов. Я привык к тому, что мы постоянно вместе, что каждую минуту я могу видеть ее улыбку или притронуться к ее руке. Я обожал ее. Дышать без нее не мог.

Отца я видел редко, он пропадал на своей ответственной работе, появлялся домой только на выходные, уставший, с ввалившимися щеками и воспаленными глазами. Мама кормила его и укладывала спать. Потом отец просыпался, и пару часов мы проводили все вместе. Потом он снова уезжал. Он работал где-то далеко, куда надо было ездить поездом. Я знал, что отец у меня есть, но знал это как-то отстраненно, умом. А вот то, что у меня есть самая лучшая на свете мама, я чувствовал всем сердцем, и особенно остро — когда ее не было рядом. В такие минуты мне было отчего-то не по себе.

Однажды, когда мне было десять лет, я прибежал из школы... Именно прибежал, примчался, потому что маме уже второй день нездоровилось, и в школе я был один, без нее. На мой звонок она не открыла, пришлось лезть в портфель за ключом. То, что я увидел, было... Даже теперь, когда я прожил на свете немало лет, мне трудно подобрать слова, чтобы объяснить это. Ужасно. Чудовищно. Отвратительно. Нет, эти слова не годятся, они лишь отдаленно передают те чувства, которые на меня обрушились. Мама лежала на полу в луже крови. Одежда ее была разорвана. Мне говорили, что я потерял сознание, и, вероятно, так оно и было, потому что я помню только, как из моей груди вырвался жуткий крик. Сначала я даже не понял, что это я кричу, просто услышал какой-то нечеловеческий, визгливый вой, а потом появились чужие лица, а мамы уже не было. Ее не было в комнате, в квартире. Ее не было вообще. Были соседи, были люди в белых халатах и в милицейской форме, а мамы нигде не было. Меня увезли в больницу.

Вечером приехал отец. Он просидел со мной в больнице всю ночь, а утром забрал домой. В тот же день мне объявили, что отныне я буду жить с бабушкой, потому что отец всю неделю работает, в Москве его нет, и присматривать за мной некому. Мне было все равно. Так было даже лучше, потому что оставаться в той квартире, где убили маму, я не мог.

Бабушка взялась за меня с утроенной силой. Она не

умела так легко, с шутками, играючи, объяснять мне трудные места из школьной программы, как это делала мама. Она не умела превращать занятия музыкой и живописью в увлекательную игру, и я, наверное, заскучал бы и стал таким же, как все. Но она сумела меня заставить.

— Ты должен быть достоин своей матери, — говорила бабушка. — Она не сделала карьеру, она бросила любимую работу, чтобы быть рядом с тобой сначала в яслях и детском саду, потом в школе. Она могла бы стать блестящим ученым и достойно представлять свой род, но она принесла себя в жертву ради тебя, и ты просто не имеешь права на это наплевать. Ради памяти своей мамы ты должен доказать, что все было не напрасно. Ведь если бы она не работала ради тебя в школе, она, может быть, в тот день не осталась бы дома, и ничего не произошло бы. Она погибла только потому, что посвятила себя тебе. Так докажи же всем и в первую очередь себе самому, что ты любишь свою мамочку.

Такие аргументы были мне понятны даже в десять лет. Особенно в бабушкиной квартире, где все говорило о том, что в роду Данилевичей-Лисовских-Эссенов не было неудачников и отщепенцев. С висящих на стенах портретов и фотографий на меня глядели серьезные лица людей, достойно проживших свою жизнь, и глаза их преследовали меня повсюду молчаливым вопросом: а ты? Станешь ли ты таким же, как мы? Достоин ли ты будешь того, чтобы твой портрет висел на этих стенах рядом с нашими? Или портреты твоих родителей будут последними?

Мне очень нравился написанный маслом портрет мамы, висевший в бабушкиной спальне. А вот портрета отца у нее не было, была только большая свадебная фотография: мама в белом платье с фатой на волосах, папа в черном строгом костюме. Я тогда думал, что бабушка почему-то недолюбливает моего отца, поэтому и портрет не повесила. Но когда я вырос, отец объяснил мне, что из-за его ответственной и важной работы ему просто совершенно некогда позировать, ведь написание портрета требует длительного времени.

Итак, я стал жить с бабушкой, которая каждый день пристрастно проверяла, как я сделал уроки и что написано

в моем дневнике. По воскресеньям контроль удваивался: приезжал отец. Не могу сказать, что бабушка в эти дни светилась от радости, как светилась мама, но скандалов между ними не было. Оба вели себя корректно и сдержанно. Только однажды я услышал, вернее, подслушал их разговор, для которого бабушка пригласила папу в кабинет.

— Я прекрасно справлюсь с образованием мальчика, — сказала бабушка вполголоса, — и для этого ты мне совершенно не нужен. Но наступит возраст, когда ребенку нужна будет мужская рука. До десяти лет его растила Инесса, растила практически одна, без тебя, но если мальчик в десять лет похож на девочку, это терпимо, а вот когда он не становится мужчиной к пятнадцати годам — это катастрофа. И я хочу спросить тебя: ты собираешься что-нибудь предпринимать?

— Что я должен предпринимать? — спросил отец. — Нанять сыну гувернера? Так времена сейчас не те.

— Ты должен сменить работу и постоянно жить в Москве, — заявила бабушка. — Тебе следует быть поближе к сыну. А я не смогу дать ему настоящее мужское воспитание.

— Это невозможно, — твердо ответил он. — Мне доверено ответственное, важное дело, которое я могу выполнять только там, где я работаю. Ни о каком переводе в Москву не может быть и речи.

— Нет, может, — возразила старуха. — Ты достаточно много уже сделал для этого государства, перечень твоих заслуг сегодня невероятной длины, ты награжден орденом Трудового Красного Знамени и орденом Ленина, ты — лауреат Ленинской премии. И при всем этом ты продолжаешь работать за пределами столицы и трудишься по тридцать шесть часов в сутки без сна и отдыха. Ну и довольно. Хватит. Пора подумать о себе и своем сыне. Уверена, если ты пойдешь к своему начальству и все объяснишь, если ты скажешь им, что овдовел и должен теперь воспитывать сына один, тебе пойдут навстречу. Они же нормальные люди, а не монстры какие-нибудь. У них тоже есть семьи, они поймут тебя.

— Они поймут, конечно, но я сам себе не прощу, если поступлю так, как вы говорите. Родина доверила мне важнейшее и ответственнейшее дело, Родина доверила мне обеспечивать и укреплять свою обороноспособность, а вы хотите, чтобы я спасался бегством, как трус и лентяй? Да, это трудная и изнурительная работа, да, я не сплю по нескольку суток подряд, проводя одно испытание за другим и все переделывая заново, но это — мое призвание, это — моя служба Родине, и если случится война, солдаты будут воевать тем оружием, которое я сегодня разрабатываю. А все мои награды, которые вы тут только что перечислили, говорят о том, что лучше меня этого никто не сделает. На что вы меня подбиваете? На то, чтобы я предал интересы своей страны? Страны, которая дала мне так много, которая позволила мне стать тем, кто я есть сегодня? И вы сами после этого сможете меня уважать? Кто, как не вы, хотел, чтобы я был достойным вашей семьи!

— Ну что ж, — вздохнула бабушка, — твои доводы весомы, с этим трудно спорить. Однако как человек здравый ты должен был бы понимать, что не ко мне тебе следует обращаться с такими аргументами. Может быть, эта страна тебе и дала что-то, но лично мне и нашей семье она не дала ничего. Только отнимала. И если уж быть последовательной, то надо сказать, что при старом режиме твой брак с Инессой был бы невозможен, и тогда уж точно она осталась бы жива. Более того, при старом режиме невозможно было бы такое явление, как пьяный слесарь, который приходит в дом к одинокой молодой женщине. Твоя страна, о военной мощи которой ты так печешься, со своим новым коммунистическим режимом создала условия для того, чтобы моя дочь так страшно и нелепо погибла. И ты хочешь теперь, чтобы я считалась с интересами этой страны?

— Не передергивайте, режим не имеет к этому никакого отношения. Возможно, у Инессы был бы другой муж, но неизвестно, как сложилась бы ее судьба с этим человеком. И уж конечно, у вас не было бы такого внука, какой есть сейчас. Кому, как не вам, такой ученой даме, знать, что история не знает сослагательного наклонения. И в заключение нашего разговора хочу вам сказать, что любовь к своей Родине и преданность ее интересам — самое главное качество настоящего мужчины. Если я пойду у вас на по-

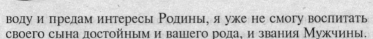

воду и предам интересы Родины, я уже не смогу воспитать своего сына достойным и вашего рода, и звания Мужчины.

— Да ты вообще никак не сможешь его воспитать, если будешь появляться на один день в неделю! Будь ты хоть трижды достойным всех наград и премий, будь ты раззолоченным и бриллиантовым, ты останешься сам по себе, а ребенок — сам по себе! Он же не видит тебя, он даже не понимает, должен ли брать с отца пример, и если должен, то какой это пример. Как же ты не понимаешь таких простых вещей?

— Вероятно, я понимаю вещи более сложные, — усмехнулся отец. — И давайте не будем ссориться. У меня есть всего несколько часов в неделю для общения с сыном, а вы крадете эти драгоценные часы и тратите их на пустые разговоры.

— Воспитание мальчика — это не пустое, — упрямилась она. — Дай мне слово, что ты сделаешь все возможное...

— Я сделаю все возможное, чтобы доходчиво объяснить сыну, почему я не могу жить с ним. Надеюсь, он отнесется к этим причинам с бо́льшим уважением, нежели вы.

Я слушал, прильнув ухом к двери и замерев от страха. Впервые в жизни я присутствовал при разговоре, когда стороны не могут договориться и стараются обидеть друг друга. Конечно, среди мальчишек, моих ровесников, ссоры случались каждый день, и до драк частенько доходило, но здесь все было по-другому. Здесь были два человека, которых я любил и от которых зависел, и в их голосах звучала такая непримиримая злость, что у меня в глазах темнело и сердце колотилось где-то в горле. ТАКОЕ я слышал в первый раз. Мама с отцом так никогда не разговаривали.

Но дело было не только в этом. Я впервые услышал что-то членораздельное о работе отца. Мама никогда не рассказывала мне подробности, говорила только, что папа занимается важным и секретным делом, поэтому он так мало бывает дома и так сильно устает. Детским своим умишком я полагал, что настоящая жизнь может быть только в Москве, в столице, в огромном прекрасном городе, а все, что находится за ее пределами, — это одна сплошная провинция или вообще деревня. По крайней

мере именно так я видел мир из окна вагона, когда мама возила меня летом на юг. Если отец работает за пределами Москвы, да еще так далеко, что приходится ездить на поезде, это означает, что работает он в чистом поле, в деревне или в лесу. А сильно устает, потому что выполняет тяжелую физическую работу (а отчего же еще можно уставать?), например, роет канавы или копает колодцы. В глубине души я этого стеснялся и никогда не задавал маме вопросов об отце из страха, что она подтвердит мои опасения. Мне, в мою детскую глупую головенку, и прийти не могло, что он работает на оборонку и вооружение. В одну секунду отец вознесся в моих глазах на недосягаемую высоту. Кавалер ордена Ленина! Кавалер ордена Трудового Красного Знамени! Лауреат Ленинской премии! И это — мой папа! Я так горжусь им! Я хочу быть похожим на него. Я должен стать достойным. Я его не подведу.

Прошло два месяца, и как-то раз бабушка сказала, что завтра я не пойду в школу. Завтра состоится суд над убийцей моей мамы. Отец тоже приехал и еще в прихожей стал высказывать неудовольствие бабушкиным намерением взять меня с собой.

— Незачем ему это слышать. Это травмирует мальчика, — басил он.

Я выбежал, услышав папин голос, но бабушка не отослала меня в комнату, наоборот, поставила рядом с собой и положила руки мне на плечи.

— В роду Данилевичей-Лисовских мужчины всегда умели смотреть прямо в глаза врагу и не прятаться от тяжелых переживаний, — жестко произнесла она. — И это умение прививалось им с самого детства. Иначе наш мальчик вырастет слабым и трусливым.

Отец устало пожал плечами и молча кивнул.

— На вашу ответственность, — коротко бросил он.

На следующий день мы отправились в суд. То, что я там услышал, потрясло меня. Маму убил слесарь-сантехник, которого она вызвала из жэка, потому что засорился унитаз. Слесарь был, во-первых, умственно отсталым, а во-вторых — алкоголиком. Увидев приличную обстановку в квартире и беспечно брошенные мамой на серванте золотые сережки с бриллиантами и такое же кольцо, он решил убить хозяйку и забрать драгоценности, а заодно и в шкафу пошарить, авось деньги найдутся. Он ударил маму несколько раз по голове чем-то тяжелым и вдруг, заметив, что она молодая и красивая, решил изнасиловать ее. При мысли, что он прикасался к маме теми же руками, которыми копался в унитазе, меня вырвало прямо там, в зале суда. Под грозным взглядом отца бабушка вывела меня в коридор и отвезла домой на такси.

Я заболел. Нет, с виду я оставался совершенно здоровым, ходил в школу, занимался музыкой и немецким, писал картины, участвовал в соревнованиях по шахматам и по легкой атлетике. Я заболел непониманием и тщетными попытками ответить на вопрос: почему? Почему мою маму, такую красивую, добрую, умную, самую лучшую маму на свете должен был убить пьяный полоумный слесарь, чинивший унитаз и копавшийся в дерьме? И не только убить, но и изнасиловать. Как она могла это допустить? Почему она должна была лежать в луже крови, с некрасиво вывернутыми ногами, с изуродованной головой и в разорванной одежде? Она жила так красиво, так легко и радостно, почему же она должна была так страшно умереть? Если человек живет достойной жизнью, он имеет право на достойную смерть. Вот и бабушка все время говорит, что моя мама была достойной всего нашего рода. Так почему же это случилось?

Вот так и вышло, что с десяти лет меня по-настоящему интересовала только одна проблема — проблема смерти. Все остальное как бы прилагалось к ней, крутилось вокруг этой проблемы. Но это не означает, что я не жил по-настоящему. О нет, я жил, и еще как жил!

Глава 7

ЗАРУБИН

Оперативники порой работают быстрее экспертов. Но это нормально. Экспертов меньше, чем оперов, и на экспертизу всегда огромная очередь. Уголовные дела об убийствах Надьки Танцорки и неизвестного гражданина были объединены у следователя Ольшанского, под началом которого должны были теперь работать как городские сыщики, так и областные. Константин Михайлович Ольшанский послал запрос в информационный центр, где хранилась дактокарта Горшкова, а также в колонию, где сексуальный разбойник отбывал наказание, с просьбой выслать личное дело осужденного, в котором наверняка найдутся «образцы свободного почерка», иначе говоря — документы, написанные Горшковым собственноручно. В принципе можно было бы даже информационный центр не запрашивать, потому что в личном деле дактокарта тоже имеется, но Ольшанский решил продублировать в надежде на то, что (а вдруг?!) дактокарта придет раньше, чем личное дело, и можно будет хотя бы ее направить на экспертизу.

А недавно освобожденный из мест лишения свободы гражданин Горшков Александр Петрович все еще где-то гулял. При выходе из колонии он получил на руки справку об освобождении, и на основании этой справки должен был получить паспорт в том месте, где собирался в дальнейшем жить и работать. На получение паспорта законом отводится десять дней. Но кто их соблюдает сегодня, законы-то? Это раньше, когда существовала статья за тунеядство, человек должен был непременно устроиться на работу, тут уж без паспорта никак, иначе быстренько обратно в зону загремишь. А теперь и следователь, и оперативники понимали, что уважаемый половой психопат Александр Петрович может позволить себе роскошь так и ходить со справкой в кармане, не обращаясь в милицию и не получая паспорта, поскольку имеет полное право нигде не работать. Неприятности в виде штрафа грозят ему только в том случае, если он ненароком угодит в проверку документов, в ходе которой и выяснится, что он уже почти полгода живет без паспорта. Но, во-первых, эту неприятность вполне можно пережить, а во-вторых, вероятность ее не так уж высока, если сильно не высовываться. Горшков, по-видимому, не высовывался, поскольку за время, минувшее после освобождения из колонии, никуда не обращался за паспортом и ни разу не был оштрафован за отсутствие оного.

В ожидании результатов экспертизы оперативники занимались прояснением обстоятельств убийства неизвестного человека в районе трех вокзалов. Керамическая рыбка с широко раскрытым ртом, из которого торчат ножки пластмассовой куколки, недвусмысленно указывала на то, что спившаяся бывшая балерина Надежда Старостенко и странный гражданин в приличной одежде и с деньгами на собственные похороны в кармане были лишены жизни одной рукой и, по всей вероятности, одним и тем же оружием, но это опять-таки должна подтвердить или опровергнуть экспертиза.

Личность человека без документов была установлена на удивление быстро. Собственно, удивляться тут было особо нечему: когда рядом с вокзалами — крупнейшими в столице пристанищами бомжей — находишь труп человека с явными признаками нецивилизованной бездомной жизни, то много ума не надо, чтобы предположить, где можно навести о нем справки. Покойный, как вскоре выяснилось, носил кличку Лишай, которая прилипла к нему из-за постоянных кожных заболеваний, одолевающих его круглый год. Фамилии его никто не знал, имя же хоть и с немалым трудом, но вспомнили — Геннадий. Среди вокзальных бомжей он тусовался не так давно, всего месяца полтора-два, откуда прибыл — не спрашивали, не принято как-то, а он сам не рассказывал. В день убийства его видели с утра и примерно часов до трех, куда делся потом — неизвестно.

Улыбчивый и разговорчивый, Сергей Зарубин уговорил своих собеседников показать место, где обычно спал Лишай, и его вещи. Впрочем, какие там вещи? Так, жалкие лохмотья, утлый скарб. Никаких документов или чего-то существенного, что позволило бы узнать о неожиданном повороте в жизни бедняги Лишая, не обнаружилось. А поворот, несомненно, был, иначе откуда у бездомного Геннадия появились приличная одежда и даже валюта на похороны?

Если верить экспертам, бедолага Лишай минут за тридцать-сорок перед смертью плотно поужинал. Вероятно, напоследок... Стало быть, прием пищи осуществлялся где-то неподалеку от места убийства. Вооружившись перечнем обнаруженных в желудке убитого продуктов, Зарубин начал планомерный обход точек общепита, расположенных в районе трех вокзалов. В кафе, где они были с Настей, Сергей заходить не стал: он хорошо помнил меню, никакой пиццы и блюд из риса в нем не было. Пройдя от места убийства до Казанского вокзала и далее по Краснопрудной улице до Русаковской эстакады, он перешел на противоположную сторону и начал движение в обратном направлении, к вокзалам. То, что он искал, оказалось рестораном быстрого обслуживания. Сам ресторан представлял собой явление весьма негармоничное. На длинном прилавке, предназначенном для самообслуживания посетителей, выставлены разнообразные красиво украшенные и аппетитно пахнущие блюда, но условия, в которых эту роскошь предлагалось принять внутрь, больше напоминали дешевую забегаловку-рюмочную из догорбачевских времен. Казалось кощунственным ставить тарелку с пиццей на липкий, пятнистый от грязи стол, и совершенно немыслимо представить себе, как можно наслаждаться изысканными равиолями с лососевым фаршем, сидя на шатающемся стульчике с крошечным круглым сиденьицем и неудобной алюминиевой спинкой.

Однако главным достоинством ресторанчика было, несомненно, меню, потому что именно в этом меню, на уставленном блюдами прилавке увидел Сергей Зарубин все то, что было перечислено в заключении эксперта, изучавшего содержимое желудка покойного бомжа по кличке Лишай. Пицца представлена множеством разновидностей, предположительные пельмени или котлеты в тесте оказались равиолями двух сортов. Рис служил основой для восхитительно пахнущего блюда под названием «ризотто». Помидоры и огурцы наличествовали здесь как в форме салата, так и в первозданном виде, просто нарезанные дольками. Сошлось все до мельчайших деталей, даже время, прошедшее между поглощением последней порции еды и наступлением смерти. Покушать плотно, выкурить пару сигарет и дойти до троллейбусного парка, беседуя не спеша — в аккурат и выйдет так, как написано в акте экспертизы. Откуда у бомжа внезапно появилось столько денег, чтобы одеться во все новое, сходить в парикмахерскую и плотно поужинать? Дурацкий вопрос, усмехнулся про себя Зарубин. Оттуда же, откуда и у Надьки Танцорки, от доброго дяди. Только с Танцоркой хотя бы понятно, за что: за услугу, за плакатик и несчастного придурка Ваню Жукова. А Лишаю за что отвалили? За какие такие услуги? Или просто за голубые глаза?

— Вам помочь? — обратилась к Зарубину смешная рыженькая девчушка в красно-белой униформе, стоявшая по ту сторону прилавка. — Я смотрю, вы никак выбрать не можете. Давайте, я вам расскажу, что из чего приготовлено.

— Давайте, — охотно согласился оперативник, мысленно подсчитывая имеющуюся в карманах наличность, дабы не оплошать и не набрать еды на сумму большую, чем можно себе позволить.

Рыженькая оказалась разговорчивой, и втянуть ее в беседу труда не представляло. Лишая она, как выяснилось, помнила. Было это в ее прошлую смену, и девушке (которую, кстати, звали Ксюшей) бросилось в глаза несоответствие между приличным видом посетителя и чудовищными руками, которыми он брал еду с прилавка. Руки были нечистыми, неухоженными, с обгрызенными ногтями и со следами кожных заболеваний.

— Меня чуть не стошнило, когда я его руки увидела, — призналась Ксюша, выразительно морща покрытый конопушками носик. — Знаете, я еще подумала тогда, что он вор.

— Это отчего же? — полюбопытствовал Сергей. — На лбу написано?

— Да ну вас, — хихикнула девушка. — Скажете тоже. Просто если человек ходит с такими руками, то приличная одежка явно не с его плеча. Значит, ворованная. Я ж не первый день замужем, не слепая.

— А спутник его как? Тоже на вора похож?

— Спутник? — Ксюша приподняла светло-рыжие бровки, отчего ее голубые глаза стали совсем круглыми. — Он на раздаче один был.

— Вы точно помните? — напряженно переспросил Сергей.

— Совершенно точно. Но если у вас в милиции все такие тупые, как вы, то объясняю на пальцах: когда человек с такими жуткими руками приходит в ресторан и наби-

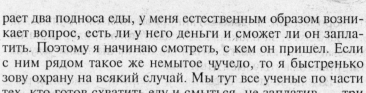

рает два подноса еды, у меня естественным образом возникает вопрос, есть ли у него деньги и сможет ли он заплатить. Поэтому я начинаю смотреть, с кем он пришел. Если с ним рядом такое же немытое чучело, то я быстренько зову охрану на всякий случай. Мы тут все ученые по части тех, кто готов схватить еду и смыться, не заплатив, — три вокзала рядом все-таки, бомжей всяких куча, транзитников нищих и прочей шушеры, поэтому нас тут всех инструктируют. Так вот, рядом с вашим дядькой никакого второго немытого не было, он еду на двух подносах для одного себя брал. И тогда я, помнится, подумала: как в него столько всего влезет? Теперь ясно?

— Теперь ясно, — кивнул Зарубин, которого замечание Ксюши насчет тупых милиционеров немного задело. — И где он сидел?

Девушка пожала плечами:

— Не обратила внимания. Мне важно, чтобы клиент взял еду и поставил на поднос, а не в сумку сложил, и то, что на подносе, донес до кассы. Все, на этом я наблюдение заканчиваю. Но, по-моему, он поднялся на второй этаж.

— А на первом что, народу было битком?

— Да нет, у нас всегда свободно. На втором этаже курить можно.

— Это хорошо, — улыбнулся Зарубин. — Тогда я тоже поднимусь туда. Ну, Ксюша, я не прощаюсь, вот покушаю и снова к вам подойду.

— Подходите. А я думала, вы обиделись.

— Я? — деланно изумился Сергей. — На что?

— На тупых милиционеров. Разве не обиделись?

— Обиделся.

— И все равно еще подойдете?

— Ксюша, дорогая, мои личные обиды — это мое личное дело. А подойду я к вам по служебному делу. Разница понятна?

— Ладно, извините, я не со зла. Просто мне здесь скучно до смерти, вот я и прикалываюсь ко всем.

— Прямо-таки ко всем? — оживился оперативник. — И к тому, с немытыми руками?

— И к нему тоже, — призналась она, слегка покраснев.

— Что же вы ему сказали, интересно?

— Ну, я что-то такое брякнула насчет того, куда в него столько лезет и что он лопнет, а у нас тут ниток нет нужного номера, зашивать нечем будет, и с иголками проблема... В общем, что-то в этом роде.

— Как он отреагировал?

— Никак. Мне даже показалось, что он не понял, о чем речь. Голову поднял, на меня смотрит и как будто не слышит.

— Может, он был в трансе, обколотый? — предположил Зарубин, хотя точно знал, что никаких наркотиков Лишай не принимал, одним алкоголем пробавлялся.

— Нет, что вы, обколотых я с десяти метров вижу, они другие совсем. А этот, с руками который, он как будто о чем-то думал, о чем-то важном, серьезном, весь в себя ушел. Ой, ну что это вы стоите со мной! У вас же все остынет. Идите покушайте, потом поговорим.

Сергей взял поднос, расплатился и поднялся на второй этаж, где, как было обещано, разрешалось курить. Да, народу здесь негусто, за те пятнадцать минут, которые он провел в милой беседе с любительницей поприкалываться Ксюшей, к раздаче не подошел ни один человек. Кризис 17 августа больно ударил по карманам граждан и отвесил хороший пинок ценам, которые, получив ускорение, помчались вперед и вверх, забывая оглядываться по сторонам. Цены в ресторане были явно не для небогатых путешественников, вынужденных коротать на вокзалах время между поездами. А те, кому эти цены доступны, ни за что не пойдут сюда, потому что за те же деньги можно посидеть в уютной приличной обстановке, а не мучиться за липкими шатающимися столиками, сидя на жестких неудобных стульчиках.

Устроившись возле окна, Зарубин быстро смел с пластмассовых тарелочек спагетти «Болоньезе» и салат под названием «Креветочный коктейль». Готовили здесь, надо заметить, отменно, и это несколько примиряло оперативника с убогостью обстановки. Значит, вот здесь, за одним из этих столиков, и осуществил бомж по кличке Лишай свою предсмертную трапезу. Конечно, он был не один, его спутник тоже сидел здесь, только к раздаче вместе с будущей жертвой не подходил. Осторожный, сволочь! Может быть,

он поднялся наверх, дождался, пока придет Лишай со своей едой, потом спустился и в спокойном одиночестве выбрал себе блюдо. Или попросил Лишая принести заодно еду и для него. Или просто ничего не ел, что вполне вероятно, учитывая ситуацию. Этот человек готовился к убийству, то есть должен был пребывать в нервном напряжении. В таком состоянии обычно кусок в горло не лезет. Но если он все-таки ел вместе с Лишаем, то либо умысел на убийство возник позже, либо он отъявленный мерзавец, которого предстоящее лишение человека жизни не заставляет даже вздрогнуть и не снижает здорового аппетита.

Сергей выкурил сигарету, незаметно осматривая зал и пытаясь представить себе, как совсем недавно здесь сидели два человека — бездомный больной бедолага и его неизвестный благодетель. Один жадно ел и о чем-то сосредоточенно думал, второй смотрел на него и готовился убить. О чем так углубленно размышлял Лишай? И почему его спутник собрался его убить? Эх, знать бы...

КАМЕНСКАЯ

Ей нечасто приходилось бывать в больницах, но рано или поздно наступает такой возраст, когда и ты сам, и твои близкие, и просто знакомые начинают попадать в это заведение все чаще и чаще. За тридцать восемь прожитых лет Настя лежала в больнице всего два раза, один раз с травмой спины, в другой раз ее доставили на «Скорой» прямо с улицы, где ее подстерег очередной сосудистый криз. И еще раз пять довелось навещать знакомых. Вот и весь ее «больничный» опыт.

Сегодня она приехала в госпиталь, где находился полковник Гордеев. Виктора Алексеевича она обнаружила отнюдь не в палате, как ожидала. Полковник мирно сидел на лавочке в госпитальном парке и, нацепив на нос очки, читал толстую газету. Настя была уверена, что он не видит ее, однако стоило ей подойти к скамейке, как Гордеев, не отрывая глаз от газетной страницы, буркнул:

— А Коротков где? Я же ему велел явиться с докладом, а не тебе.

— Мне что, уходить? — спросила Настя ровным голосом, постаравшись не показывать обиду.

Виктор Алексеевич оторвался наконец от чтения, снял очки и привычно засунул дужку оправы в уголок рта.

— Ах ты боже мой, какие мы обидчивые, — задумчиво констатировал он, покачивая головой. — Ну, я спокоен, все в порядке, все на месте, ты не изменилась, такая же трепетная, как была, стало быть, Юрка в мое отсутствие отдел не развалил. Пока. Сядь. — Он похлопал рукой по скамейке рядом с собой. — Так где этот шалопай — мой заместитель?

— Через час приедет. А что у вас с сердцем? Что врачи говорят?

— А! — Полковник махнул рукой. — Ничего интересного. Как у любого начальствующего субъекта в моем возрасте. И говорят всем одно и то же: если, мол, хотите сохранить здоровье, перестаньте работать начальником, займитесь чем-нибудь попроще. Да ерунда это все, Стасенька, и говорить об этом не стоит, только воздух сотрясать. Расскажи-ка мне лучше про этого телевизионного урода. Третьего трупа пока нет?

— Слава богу! — Настя оглянулась и тайком перекрестилась.

— Это еще что такое? — вздернул брови Гордеев. — С каких это пор? Ладно, не отвечай, сам все понимаю. Между прочим, недавно поймал себя на том, что перекрестился перед дверью генерала, когда он меня на вздрючку вызывал. Ты представляешь? Совершенно автоматически перекрестился, не задумываясь, да так легко, будто всю жизнь это делал. Во что гены вытворяют! На Руси тыщу лет крестятся, а они решили из нас за одно поколение безбожников сделать, мичуринцы хреновы. Так что насчет урода?

— Виктор Алексеевич, он действительно урод какой-то. Наглый до предела. Экспертиза показала, что надпись на плакате и записка насчет денег на похороны выполнены одной рукой. Это раз. Пули, которыми убиты Старостенко и бомж, выпущены из одного и того же ствола. Это два. На «похоронных» деньгах и записке обнаружены следы пальцев, которые принадлежат одному и тому же человеку, но не нашему бездомному покойнику. Это три. Такие же следы обнаружены на керамических рыбках и пластмассовых куколках-пупсиках, оставленных убийцей на местах двух преступлений. Это четыре. Такое впечатление, что он сумасшедший и совершенно не думает об осторожности.

— Ну, насколько я помню то, что мне докладывал в прошлый раз Коротков, вы как раз и ищете сумасшедшего, — заметил Гордеев, — так что удивляться нечего. Псих — он и есть псих. Как идет розыск?

— Идет как-то, — неопределенно ответила Настя. — Ни шатко ни валко. А может, и наоборот, все на ушах стоят по всей стране, вылавливают из населения нашего Горшкова. Только суть от этого не меняется — его пока не нашли. А я каждую минуту жду новый труп с пламенным приветом от уважаемого Александра Петровича. Вчера Ольшанский получил наконец его личное дело и отправил экспертам, чтобы почерк и дактокарту посмотрели.

— Другие версии есть? Или вы в одного своего Горшкова уперлись и ждете у моря погоды?

Настя вздохнула. Других версий не было. Вернее, они были, но какие-то неопределенные. Совершать эти убийства мог и не Горшков вовсе, а любой другой человек, решивший свести счеты со следователем Образцовой или с оперативником Каменской. И Настя, и Татьяна служили больше десяти лет, и количество людей, которые остались, мягко говоря, не вполне удовлетворены результатами общения с ними, исчислялось далеко не одним десятком. Что же теперь, проверять всех поголовно? Татьяна вспомнила Александра Петровича Горшкова как наиболее вероятного подозреваемого с замашками сумасшедшего мстителя. Больше никто на ум не приходил ни ей самой, ни Насте.

— Понятно, — кивнул Гордеев. — Расслабились, девочки. О приятном стали думать, на Горшкова всех дохлых кошек повесить решили и отдыхаете. Ты мозги давно последний раз напрягала?

— В прошлом году, — пошутила Настя, — когда еще у Заточного работала. С тех пор как-то не довелось.

— Вот оно и видно. Ты что же, и в самом деле не знаешь, кто может иметь на тебя такой зуб? Стыдно, деточка. На тебя не похоже.

— Виктор Алексеевич, — горячо заговорила Настя, — поймите меня правильно, это же чистая статистика. Если бы каждый преступник, которого поймали, начинал после освобождения мстить операм и следакам, то нас всех давно уже в живых бы не было. Тот, кто все это затеял, чем-то отличается от общей массы преступников, поэтому и ведет себя не так, как остальные. И дело тут совершенно не в том, что он имеет на меня зуб, а в том, что у него мышление другое и психика другая. Этих, с зубами и с камнями за пазухой, — легион, и весь этот легион марширует в ногу, а наш урод — не в ногу. Я пыталась вспомнить такого вот, особенного... Саульяк покончил с собой. Галл расстрелян. Арсена убил его же собственный помощник, ко мне приревновал. Эти трое были личностями, причем незаурядными, неординарными, от них можно было бы ждать такой гадости. А все остальные — рядовые, обычные, ничем не выделяющиеся типы. Я не могу себе представить, чтобы кто-то из них...

— От тебя не требуется представлять, — сухо прервал ее начальник, — ты пока еще не писатель и не кинорежиссер. От тебя требуется будничная, повседневная сыщицкая работа. Работа с информацией. Ее поиск, сбор, накопление, анализ. Ты хочешь, чтобы я устроил тебе здесь курсы повышения квалификации на лавочке? Отправляйся в контору, доставай из сейфа все свои материалы начиная с первого же дня работы в розыске и принимайся за дело. Завтра жду тебя в это же время с первыми результатами. Черт знает что! Совсем от рук отбились, стоило мне чуть-чуть прихворнуть. Развалит Коротков отдел, чует мое сердце...

Выйдя за ограду, окружавшую госпитальный парк, Настя увидела выходящего из машины Короткова.

— Чего кислая такая? — спросил Юра. — От Колобка получила?

Она поежилась на пронизывающем ветру и молча кивнула.

— Ты, вероятно, тоже получишь. Их светлость не в настроении.

— Ничего, отобьюсь, я ж не такой нежный, как ты. Тебе плохую новость сразу сказать, или лучше завтра?

— Неужели... третий? — с тревогой спросила Настя.

— Пока нет. Хуже.

— Что же может быть хуже?

— А хуже может быть то, что мы опять не знаем, кого искать. Костя Ольшанский экспертам бутылку коньяку поставил, чтобы они побыстрее заключение дали по почерку Горшкова и по отпечаткам пальцев. Вот они и дали.

— Ну и?..

— Не Горшков это. Даже близко не лежало. Так что давай думай, подруга, Татьянино предположение не подтвердилось, с ее подозреваемым мы пролетели, как фанера над Парижем. Теперь твоя очередь.

«Ну вот, так я и знала! — с отчаянием думала Настя, впихиваясь в битком набитый троллейбус, идущий в сторону метро «Октябрьское Поле». — Я почему-то с самого начала чувствовала, что это окажется не Горшков. Я очень люблю Татьяну, я за нее боюсь и переживаю, но бояться за жизнь другого человека — это совсем не то же самое, что бояться за свою собственную. Если это направлено не против Тани, значит, против меня. Господи, какая же я мерзкая! Как мне не стыдно так думать! Выходит, лучше пусть Таню убьют? Нельзя так думать, нельзя, нельзя! У Тани маленький ребенок, она — талантливый писатель, люди ждут ее книг, ее жизнь стоит дороже моей, я должна радоваться, что это оказался не Горшков. Я должна радоваться, что убийца пытается свести счеты не с ней, а со мной, потому что от моей смерти ущерба меньше, после меня дети сиротами не останутся. Я должна радоваться... Но я не могу. Мне страшно».

ПЕРВАЯ ЖЕНА УБИЙЦЫ

Он требовал от меня невозможного, но понимать это я стала только потом. Сначала все было замечательно, похоже на сказку, которая будет длиться вечно.

Институт я не выбирала, скорее это институт выбрал меня. Не могу сказать, что я в семнадцать лет жаждала получить высшее образование. Учиться я вообще не очень любила, но школу закончила вполне благополучно исключительно благодаря своим спортивным данным. Меня включили в юношескую сборную страны по волейболу, я ездила на бесконечные сборы и соревнования, а в промежутках между ними — на ежедневные тренировки. Школа мной гордилась и все мне прощала за спортивные достижения. Меня даже в комсомол принимали заочно, не таскали в райком и не мучили вопросами по Уставу (я бы все равно никогда его не выучила). Я же в это время участвовала в матче на юношеской Олимпиаде.

Так что институт я выбрала тот, что был поближе к дому. Вступительные экзамены, конечно, сдавала, но и без того было ясно, что меня никто заваливать не станет. И высшие спортивные чиновники ходатайствовали, да и институтское руководство понимало, что я буду играть за студенческую команду на Универсиаде.

Когда он обратил на меня внимание, я даже не поверила сначала, что это происходит со мной. Самый лучший студент, гордость института, четверокурсник, о котором всем было известно, что его после пятого курса берут в аспирантуру, — и я, троечница-второкурсница. Хотя и хорошенькая была, спору нет. Его внимания добивались и страдали по нему все без исключения девчонки, а он выбрал меня. Мне завидовали. Мной восхищались: ну как же, сумела захомутать самого Ландау. Это прозвище у него такое было — Ландау. Гений физики и сопромата.

Я, конечно, не больно ученая была, но умишком своим практическим дотумкала, что нужно быстро беременеть и рожать, чтобы Ландау не соскочил. Он, как оказалось, к моему удивлению, был девственником. Но я сообразила, что он не ханжа, а просто очень осторожный, не позволял себе ничего и ни с кем, чтобы не быть обязанным. Терпел-терпел, а когда терпение кончилось, тут и я случайно подвернулась, попалась на глаза. А могла бы на моем месте оказаться и любая другая. Мне просто повезло, и надо было торопиться, пока не появилась какая-нибудь еще более красивая девица на его небосклоне. Он был из такой семьи, попасть в которую мечтала бы каждая. Бабка — какая-то немыслимая профессорша, Ландау живет с ней в самом центре Москвы в огромной квартире с высоченными потолками и старинной антикварной мебелью, кроме того, у него есть и собственная квартира, двухкомнатная, в престижном районе. Отец тоже какая-то шишка, работает где-то далеко, появляется редко, так что болезненный по тем временам квартирный вопрос у молодой семьи решался без проблем.

Ну и, конечно же, я была влюблена в него как кошка. Помимо удобств, которые сулил такой брак, наличествовали еще и чувства. Он был таким красивым, таким умным, таким необыкновенным, говорил свободно на двух языках, играл на рояле сложную, непонятную мне музыку, писал маслом портреты и с увлечением читал книги, в которых я не могла понять и двух слов.

Мне удалось женить его на себе в конце второго курса. Когда заявление в загс было уже подано, а моя беременность насчитывала два с половиной месяца, я осторожно спросила, как его семья относится ко мне и к нашему решению пожениться. Ландау усмехнулся и сказал:

— Когда-то моя мама вышла замуж точно так же. Семья была против, но мама настояла на своем, и появился я.

Сначала я не поняла, о чем это он. И только спустя несколько лет до меня дошло, что он имел в виду. Ландау безумно любил свою покойную мать, чтил ее память и считал ее жизнь и поступки образцом для подражания. Правда, как выяснилось впоследствии, не во всем. Это, собственно говоря, и стало тем камнем преткновения, о который я расшибла себе лоб.

На третьем курсе я ушла в декрет и оформила академический отпуск. Когда родился сын, Ландау так радовался, что мне казалось, нашему браку ничто не угрожает и угрожать не может. Если отец так любит ребенка, он ни за что не бросит его. До конца лета жизнь наша была безоблачной и счастливой, муж помогал мне изо всех сил, нянчил ребенка, вставал к нему по ночам, ходил за продуктами, и все такое. А в конце августа страшно изумился, поняв, что я и не собираюсь приступать к учебе.

— Ты должна учиться, — говорил он. — С сыном нам

поможет бабушка, она еще полна сил. Отдадим его в ясли на пятидневку.

Но я уперлась и не соглашалась ни в какую. Уже был закон, по которому можно было сидеть с ребенком до трех лет и не считаться тунеядкой. К тому времени я знала достаточно о судьбе его матери, поэтому использовала ее в качестве аргумента.

— В яслях мальчика испортят, — доказывала я, — даже твоя мама это понимала, поэтому и устроилась на работу поближе к тебе. Ты же не хочешь, чтобы наш ребенок вырос больным и умственно недоразвитым?

Я, конечно, совсем не была уверена в том, что говорю, и я сама, и муж прошли через ясли, и ничего с нами не случилось, но я старалась вкладывать в свои слова как можно больше убежденности, потому что хотела сидеть дома и стирать пеленки. А вовсе не учиться в этом дурацком институте.

Мы ругались с ним примерно с неделю, потом Ландау нехотя уступил, взяв с меня клятвенное обещание, что, как только сыну исполнится три года и он пойдет в садик, я восстановлюсь в институте. До этого было еще далеко, и я легко согласилась.

За три года, которые промелькнули как-то уж очень быстро, я поняла, что рождена быть домохозяйкой. Мне нравилось заниматься домом, варить борщи, печь пироги, шить сыну одежду (то, что продавалось в магазинах, было стыдно даже в руки брать, не то что надевать на любимое чадо), мыть полы и протирать, стоя на стремянке, пыль на книжных полках, высившихся до самого потолка. Бабушка мужа недавно умерла, и я осталась полноправной хозяйкой в огромной квартире, вылизывать и обустраивать которую мне доставляло несказанное удовольствие. Почему-то Ландау не хотел, чтобы мы переезжали в его двухкомнатную квартиру, и после свадьбы мы так и жили с его бабкой, которую я побаивалась и не любила. Впрочем, и старуха меня не особо жаловала, так что с ее кончиной я вздохнула свободнее и решила, что вот теперь и начнется настоящая жизнь. Могла ли я, безграмотная девчонка из коммуналки в Марьиной Роще, даже мечтать о том, что буду жить в такой квартире и иметь такого мужа! Иногда мечты сбыва-

ются, но, когда случается то, о чем даже в голову не приходит мечтать, это уж вообще...

К тому моменту, когда сыну исполнилось три года, Ландау, оправдывая свое прозвище, стал кандидатом наук. Все носились с ним как с писаной торбой, прочили блестящее будущее и называли надеждой советской оборонной промышленности. Его назначили на хорошую должность и дали такую зарплату, что я могла больше никогда не работать. Но работать надо было, чтобы за тунеядство не привлекли. Пришлось устраиваться на полставки лаборанткой в ближайшую к дому контору, бумажки печатать. О том, чтобы работать полный рабочий день, у меня и в мыслях не было: надо заниматься домом и ребенком. Реакция мужа на мой выход на работу была неожиданной.

— Ничего страшного, — покровительственно заявил он, — это же только на пару месяцев. Поработаешь до Нового года, а там второй семестр начнется, будешь учиться.

— Какой второй семестр? — удивилась я.

Я уже успела основательно забыть свои обещания насчет учебы, тем более что Ландау после той ссоры ни разу к разговору об институте не возвращался.

— Второй семестр в институте. Ты, правда, уходила в декрет с первого семестра, но это не страшно, я тебя подготовлю, сдашь экстерном экзамены за первый семестр третьего курса, а с февраля, как раз после зимней сессии, начнешь ходить на занятия. Завтра же поезжай в институт и напиши заявление с просьбой восстановить тебя. Не забудь все документы взять с собой.

Я прямо дар речи потеряла. Он что, с ума сошел? Я даже приблизительно не помню, чему меня за два первых года в институте выучили, а он хочет, чтобы я начала учиться прямо с третьего курса.

— Пожалуйста, — с готовностью согласился муж, — поступай заново в другой институт, или в том же самом восстанавливайся на первый курс. Если ты боишься экзаменов — так выбрось это из головы, я подготовлю тебя к любым экзаменам, хоть по химии, хоть по истории, хоть по иностранному языку. Только учись.

Он был так серьезен, что я поняла: дело швах. Отговорками мне не обойтись, у него на все найдется ответ. У меня не хватало смелости признаться, что я вообще не хочу учиться, и я решила немного потянуть время, прикармливая своего гениального Ландау обещаниями пойти куда надо и все сделать, чтобы с февраля продолжить учебу. До февраля еще дожить надо было.

Но февраль наступил, и, когда выяснилось, что в институте я не восстановилась, дошло до скандала. Муж кричал, я плакала. Ребенок, естественно, тоже плакал, потому что не понимал, из-за чего стоит такой шум. Я выпросила себе еще год. Вымолила, выплакала. Он дал мне этот год и пригрозил всеми карами небесными, если я опять останусь дома.

Но и этот год прошел. Пришлось набраться храбрости и честно признаться мужу, что я не хочу учиться. НЕ ХОЧУ. И не буду ни за какие коврижки. Я хочу сидеть дома, работать на полставки, если уж закон этого требует, и быть ПРОСТО ЖЕНОЙ и МАТЕРЬЮ. Почему это нельзя? Кто сказал, что должна быть с высшим образованием?

— Я сказал, — ответил муж. — У меня не может быть просто жены, а моему ребенку не нужна просто мать. Ты должна быть достойна нашей семьи, а в роду Данилевичей-Лисовских все имели хорошее образование и были лучшими в своей профессии.

— Но почему Я должна быть достойна ТВОЕЙ семьи? — спрашивала я. — Твоя семья — это твоя семья, со всеми своими тараканами, а я — это я. Дай мне жить моей собственной жизнью. Я не могу быть похожа на твою полоумную бабку, которая знала хренову тучу языков, даже никому не нужный древнегреческий. Зато я умею так готовить жаркое и печь пироги, как не умела ни одна женщина в твоем роду, можешь мне поверить.

Мне хотелось обратить все в шутку, но с каждым разом это становилось все труднее и труднее. Ландау в конце концов объяснил мне, что я могу быть какой угодно и жить какой угодно жизнью, но если я хочу оставаться его женой, то я должна быть достойна. И его бессмертного рода, уходящего корнями во времена мамонтов и динозавров, и его самого как достойного представителя этой семьи.

— Я сделал все от меня зависящее, чтобы быть достой-

ным памяти моей матери. И я просто не имею права жить в семье, которая не соответствует требованиям наших традиций.

— Но ведь твоя мама работала нянечкой и воспитательницей, она вовсе не была академиком, — я еще пыталась сопротивляться, — а ты же не считаешь ее недостойной. Наоборот, ты гордишься ею и хочешь быть достойным ее памяти. Если она могла себе позволить жить так, то почему я не могу?

Муж побагровел и сжал кулаки. Я думала, он меня сейчас прибьет, как букашку. Но он сдержался.

— Не смей равнять себя с моей матерью. Она получила высшее образование и готова была продолжать научную работу, как только я немного подрасту. Она любила свою профессию и мечтала о том, чтобы посвятить ей всю свою жизнь и стать первой и уникальной в своем деле. Мама совершенствовалась в своей профессии даже тогда, когда сидела со мной дома, и только благодаря этому я стал тем, чем стал. Она не виновата, что ей пришлось умереть, не дожив до того дня, когда можно будет меня отпустить в свободное плавание. А ты — совсем другое дело. Ты вообще не хочешь учиться, ты больна умственной ленью. Ты даже думать не хочешь, ты хочешь только руками работать. Уникальных домохозяек в нашей стране нет. Мне не нужна такая жена. В последний раз предлагаю тебе подумать и решить: или ты получаешь образование и всерьез занимаешься своей профессией, или мы расстанемся.

Стена оказалась непробиваемой. Я еще питала какие-то надежды на то, что он или одумается, или просто махнет рукой на попытки сделать из меня то, что ему хотелось, и примет то, что есть. Однако любимый супруг начал планомерно выживать меня. Нет, он не бил меня и ничего такого не делал, он просто ясно давал мне понять.

Однажды к нам должны были прийти гости. Правильнее, как я теперь понимаю, было бы сказать «к нему», но тогда я еще не вполне прозрела и потому наивно думала, что «к нам». Ландау уже был доктором наук и каким-то там лауреатом, и в гости званы были крупные деятели, профессора, академики и начальники. Прием по случаю получения мужем не то очередного звания, не то очередной пре-

мии. Я, конечно, разволновалась: как их принять, что приготовить, как стол накрыть, что надеть, как причесаться. За все годы, что мы жили вместе, это был первый такой ответственный прием. Я даже книжки специальные полистала насчет коктейлей и как их подавать. Короче, в лепешку собиралась разбиться, но не осрамиться.

В общем, стол я приготовила — загляденье и объеденье, американского президента не стыдно пригласить. Стала я наряды примерять, и выяснилось, что я после родов и домашних пирогов ни во что нарядное не влезаю. Все наряды шились раньше, до замужества, а потом я в основном в брюках да свитерах ходила. Брюки, конечно, фирменные, дорогущие, из-за границы привезенные, но ведь я в них уж сколько по магазинам да на работу пробегала. Мне и в голову не приходило вставать на весы, уверена была, что раз я спортом всю жизнь занималась, то мне полнота не грозит. Не то чтобы я раздалась до неприличия, нет, в зеркало когда смотрелась, казалось, что фигура осталась прежней. Ан нет, чуть-чуть расползлась, глазу-то незаметно, а платью — даже очень. Расстроилась я до невозможности, мужу говорю:

— Может, мне быстренько слетать в ГУМ, платье новое купить?

А он так удивился!

— Ты что, — говорит, — зачем тебе платье?

— Ну как же, а гости? В чем выйти-то? Не в джинсах же?

— А ты что, собралась с гостями сидеть?

Мне все не верится, я как дура на своем стою, хотя другая давно бы уже поняла, что к чему.

— Но ведь я твоя жена, а это — мой дом, и я его хозяйка.

— Не выдумывай, — оборвал меня Ландау. — Подашь на стол и можешь быть свободна. Пойдешь лучше с сыном займешься. Как я представлю тебя в качестве своей жены? Ты же безграмотная, необразованная, ты и двух слов в нашем разговоре не поймешь. Мне будет стыдно за тебя. Не хочу срамиться перед коллегами и начальниками.

Я будто оплеуху получила. Все стало предельно ясно. Жаль было расставаться со сказкой, уж очень славно все начиналось, и казалось, конца этому счастью не будет, и вот тебе, пожалуйста... Я решила гордость на время спря-

тать и еще поцарапаться в борьбе за семейную жизнь. А вдруг, думала, что-то изменится, переломится.

Проссорившись и проскандалив еще несколько месяцев, мы расстались. Ландау отдал мне ту двухкомнатную квартиру, в которой не хотел жить сам. Я, честно признаться, рассчитывала на его благородство и думала, что он меня оставит в роскошной бабкиной квартире, а сам переедет в «двушку», все-таки он один, а я — с ребенком, но не тут-то было. Да ладно, мне ли жаловаться...

Второй его жене, насколько я знаю, пришлось куда хуже.

Глава 8

СТАСОВ

Интересно, эта гостевая полоса в нашем доме надолго? Сегодня я застал все тех же: очаровательная Иришка в узких соблазнительных брючках исполняла роль хозяйки, Мишаня Доценко, вырядившийся в какой-то невероятный по степени модности джемпер, блистал остроумием, только вместо соседа Котофеича за столом восседал Сережка Зарубин, опер из Центрального округа. Я знал его совсем мало, видел до этого всего один раз, но Аська сильно хвалила мальчишку, им летом довелось вместе дело раскручивать. Диспозиция войск была прозрачной как стекло: Доценко уже поплыл от Ирочкиных достоинств и придумал какой-то информационный повод, чтобы заявиться в гости, Зарубина же он притащил в качестве подтверждения невинности своих намерений, и вот тут крылась большая Мишенькина ошибка. Ибо Сережа, как мне известно, был холостяком, причем вовсе не закоренелым, то есть вполне пригодным для вступления в брак. И глупый Мишка своими руками (или в собственном кармане?) принес в дом к своей избраннице эту пороховую бочку, на которой теперь сам же и вынужден сидеть. У Сережи есть только один недостаток — ростом не вышел, но в случае с нашей миниатюрной Ируськой это не препятствие, ниже ее могут быть только лилипуты. Непременный элемент мизансцены —

Гришка — торжественно восседает на руках у Зарубина, изучая степень крепости ниток, которыми пришиты пуговицы на его рубашке. Ребенок явно больше доверяет Сереге, и Мишане следует обратить на это особое внимание, если он хочет добиться успеха.

Что ж, не будем нарушать традицию, зададим привычный вопрос:

— А где моя жена?

— На консультации, — ответила Ирочка, одаряя меня сияющим взглядом. Что ж, отлично, хорошая реакция здоровой молодой женщины, вокруг которой вьются аж трое ухажеров, причем один другого перспективнее и все не женатые. Правда, у одного (я имею в виду соседа) проблема возраста, у другого — роста, у третьего есть требовательная мама, но в целом ситуация вполне благоприятствует сиянию глаз, особенно таких ярких и красивых, как у нашего Ирусика. Но это, однако, лирика, а консультация-то тут при чем?

Я немедленно озвучил свое недоумение и тут же получил исчерпывающее разъяснение, из которого следовало, что я не очень внимательный муж и совсем уж плохой отец.

— Таня же тебе с утра говорила, что вечером поедет вместе с Лилей на консультацию к одному кошатнику. Они хотят посоветоваться с ним насчет породы и всяких тонкостей, прежде чем покупать котенка.

Ах, ну да, Татьяна действительно говорила мне об этом, только я, честно признаться, забыл. Но чтобы не расписываться в собственной глупости, решил сделать умное лицо.

— Это я помню, только я не подозревал, что визит к кошатнику называется высокопарным словом «консультация».

Ирочкины брови взлетели так высоко, что спрятались под челку.

— А как еще это может называться, когда несведущие люди обращаются за советом к специалисту? Не ворчи, Владик, садись ужинать.

Гости, судя по всему, уже были накормлены в физическом понимании и теперь наслаждались десертом в виде Ирочкиных улыбок и кокетливого щебетания. Нет, я не против гостей, искренне их люблю и радуюсь их присутствию в своем доме. И сегодня радуюсь, тем паче здесь Миша Доценко, которого мы с Таней запланировали Ируське в мужья и который, как представляется, ничего против этих планов не имеет. И Сережу мне приятно видеть, потому как они с Мишаней являются яркими, хотя и немногочисленными, представителями молодого поколения, на которое поколение предыдущее (в лице меня, бывшего сотрудника уголовного розыска подполковника Стасова) может с легкой душой оставить трудное дело поиска преступников. Но Серега может составить нашему с Танюшей протеже ненужную конкуренцию, он весел, азартен и напорист, в отличие от интеллигентного маминого сына Миши, который трепетен до такой степени, что даже Аську до сих пор называет на «вы». Нет, это непорядочек, с этим нужно разобраться и расставить все акценты.

— А вы, собственно говоря, какими судьбами здесь оказались? — спросил я как можно более приветливо, чтобы ребята, упаси бог, не подумали, что я их выгоняю. — К Татьяне по делу?

— Ага, — радостно подхватил Мишка, — мы с хорошей новостью пришли, а оказалось, что твоей жены дома нет. Сидим вот, ждем.

— Ладно, я буду вместо нее, — милостиво разрешил я. — Говори свою новость.

Миша подробно изложил все обстоятельства, то и дело подключая к рассказу Зарубина, если речь шла о вещах, которые Сережа знал лучше. Выходило, что психа Горшкова можно больше не бояться. Это хорошо, потому что с психами лучше дела не иметь, их невозможно просчитать, их поведение плохо поддается прогнозированию, именно поэтому от них так трудно уберечься. И еще это хорошо потому, что снова появилась надежда: мишень не Таня. А кто тогда? Настя? Тоже не легче... Не ври себе, Стасов, признайся хотя бы в глубине души, что ты рад. Пусть кто угодно, пусть даже Аська, которую ты глубоко уважаешь и к которой питаешь искреннюю дружескую привязанность, только бы не Таня. «Стасов, — спросил я сам себя в этот момент, — а не дерьмо ли ты часом?»

Чтобы не искать ответ на неприятный вопрос, я актив-

но влез в разговор, выпытывая у ребят всякие разные подробности и всячески демонстрируя глубокую заинтересованность.

— Вот ты, Влад, знаешь, что такое пупсик в рыбке? — загадочно спросил меня Сережа.

— Пупсик в рыбке? Это что за хреновина такая? — удивился я.

Зарубин передал Гришку мне, вышел в прихожую, где висела его куртка, и вернулся с бумажником, из которого достал несколько фотографий.

— Любуйся, пока я жив. Керамическая рыбка с широко открытой пастью, а в пасть засунут пластмассовый голышок, в простонародье именуемый пупсиком. Голова у рыбки в глотке, а ножки наружу торчат. Вот эту радость, — он ткнул пальцем в снимок, — нашли на первом трупе, а вот эту — на втором.

Я внимательно разглядывал фотографии и ничего не понимал. Кроме одного: я старший по званию и опыту, я должен сказать что-то умное. Но в голову ничего умного не приходило.

— Рыбки одинаковые, — наконец глубокомысленно изрек я, — а пупсики разные.

— Сами видим, — вздохнул Доценко. — Хотелось бы еще понимать, что они означают.

Ирочка, до этого возившаяся с посудой возле мойки, вытерла руки полотенцем и подошла к столу.

— Можно мне тоже посмотреть?

Умный Доценко тут же подвинулся, приглашая Ирусика присесть рядом. Не такой уж он лопух. Но и Ирка у нас не промах, приглашением воспользовалась. И как воспользовалась! Только что не на колени к Мишане уселась. Я не успел довести до конца экспертную оценку ситуации, как Ира спокойно произнесла:

— Это же Босх.

Нет ничего опаснее недооценки своих близких. Людей вообще недооценивать нельзя, это крайне опасно, не говоря уж о том, что это безнравственно и высокомерно — считать других глупее себя. Но когда вдруг выясняется, что человек, с которым ты живешь бок о бок, пользуешься одной посудой, ешь приготовленную им еду и называешь умень-

шительно-пренебрежительным именем, так вот, этот человек знает и умеет что-то такое, о чем ты и не подозревал, с тобой случается шок. А что, с вами не случается? А со мной вот сделался...

В общем, дар речи я на некоторое время потерял. Мишка и Сергей вышли из ситуации намного легче, ибо зналиИруську (прости меня, грешного, Ирину Павловну Милованову) всего ничего и вполне могли подозревать в ней бездну образованности. А я вот, козел слабоумный, столько лет ее знаю, а даже ведь не догадывался. Тоже мне, опер называется. Еще опытом своим имею наглость гордиться!

Я, честно говоря, имею весьма слабое представление о Босхе, помню только, что это какой-то средневековый художник. Утешало одно: мальчики наши, похоже, даже этого не знали, потому как спросили в один голос:

— Кто-кто?

Ну слава богу, хоть не так стыдно. Нет, граждане, есть еще порох в пороховницах, есть еще пока преимущество перед молодыми, хоть и маленькое, хоть и сомнительное, но есть.

— Босх, — терпеливо повторила Ира. — Иероним Босх. Рыба, пожирающая человека, — один из его любимых образов. У меня где-то есть альбом, я сейчас поищу. Владик, не держи ребенка на руках, когда пользуешься ножом, отнеси его в манежик.

Она пошла в комнату искать книгу, а я отнес Гришку в манеж, не обращая внимания на его возмущенный рев, после чего, воспользовавшись отсутствием Иришки на кухне, украл со сковородки еще один кусок мяса.

— Босх какой-то, — растерянно пробормотал Зарубин. — И что бы это все значило?

Но слух у нашей девочки отменный, Сережкино бормотание от нее не укрылось, тем паче что между кухней и гостиной у нас двери нет, только открытый проем.

— Босх не какой-то, а очень известный, — подала она громкую реплику. — И означает это, что все, что доставляет человеку удовольствие в земной жизни, будет терзать его после смерти. Вот человек, например, любит плотно покушать, предается греху чревоугодия, ест рыбу, причем

предварительно ее ловит, убивает и жарит, а когда он умрет, рыбка ему отомстит за это безобразие.

— Ну и фигня! — огрызнулся Сережа. — Что Надька Танцорка, что Лишай — люди неимущие, Лишай вообще бездомный, полжизни на зоне провел, какое там у них может быть чревоугодие. Объедками перебивался. Танцорка тоже никогда особо состоятельной не была, а даже если и была, когда еще танцевала, так на хлебе и воде сидела, за каждым граммом веса следила. С чего это наш Шутник такие намеки делает?

Зарубин и здесь, за обильно накрытым столом, оставался опером, тогда как Мишаня быстро сориентировался и вспомнил, что в данный момент он уже почти жених.

— Ира, давай я помогу искать книгу, — сказал он, вылезая из-за стола.

Мы с Сережкой обменялись понимающими взглядами и перемигнулись.

— Кто не успел — тот опоздал, — философски изрек я. — Надо быть более шустрым, если хочешь добиться успеха.

— Это мы еще посмотрим, — бросил Зарубин загадочную фразу.

ОБРАЗЦОВА

Проконсультироваться у этого молодого человека Татьяне и Стасову посоветовали завсегдатаи кошачьих выставок.

— Ни в коем случае не полагайтесь на то, что вам скажут заводчики, — говорили посетители выставки кошек, с которыми Татьяна разговорилась, — им нужно продать котят, и они вам и половины правды не скажут. Советоваться нужно со специалистом, который не продает кошек.

В минувшие выходные они вместе с мужем и Лилей отправились на выставку с целью приобрести маленькое пушистое сокровище, которое присмотрела для себя Лиля, но покупку отложили именно для того, чтобы посоветоваться со знающими людьми. Вопрос был, разумеется, не в том, покупать котенка или нет, а в том, какую породу выбрать. Лиля ужасно расстроилась, когда Стасов твердым голосом заявил ей, что приобретение котенка, которого девочка уже считала своим, временно не состоится. Татьяна поддержала мужа, хотя смотреть на Лилины полные слез глаза было невозможно. Пришлось пообещать ей, что они съездят на консультацию в течение недели, чтобы в ближайшую же субботу снова вернуться сюда, на выставку, и уж наверняка выйти с теплым комочком в руках.

Консультант, услугами которого им так активно советовали воспользоваться, оказался молодым человеком лет двадцати пяти, и это вызвало у Татьяны вначале некоторые сомнения. Сомнения, впрочем, довольно быстро рассеялись, поскольку специалист по кошкам оказался действительно знающим и толковым, а главное — он так хорошо улыбался и так по-доброму смотрел на Лилю, что вызывал доверие даже у Татьяны, которая за долгие годы следственной работы уже несколько подутратила способность безоглядно верить незнакомым людям.

— Самый главный вопрос, на который вы должны себе ответить, это вопрос о том, зачем вам кошка, — говорил он. — Вот скажи, Лиля, зачем она тебе?

Постановка вопроса Татьяну, надо признаться, удивила, но уже через пятнадцать минут она по достоинству оценила консультанта. Одиннадцатилетняя Лиля, хоть и была не по годам умненькой, но тоже оторопела и долго не могла сообразить, что от нее требуется. В течение ближайших пятнадцати минут позиции прояснились полностью: если ты хочешь, чтобы твой питомец тебя любил и был предан тебе всем сердцем, чтобы он радовался твоему приходу как самому большому счастью и лизал тебе щеку, когда ты грустишь, то нужно заводить щенка, но при этом иметь в виду, что собаки требуют во много крат больше внимания, времени и хлопот, нежели кошки. Если же ты хочешь иметь под боком живое существо, не требующее особых затрат в смысле сил и времени, то кошка — это самое то, что надо, однако рассчитывать на сердечную привязанность с ее стороны не приходится, она не так устроена, она не будет открыто радоваться тебе и тосковать, когда ты уйдешь. Если же человек точно знает, что ему нужна именно кошка, то опять же: зачем? Для совместной жизни или для разведения и последующего зарабатывания денег на продаже потомства? У каждой породы есть своя специфика, и то, что хорошо с точки зрения прибыли, не всегда подходит для комфортного сосуществования, и наоборот. Кроме того, необходимо учитывать особенности характера будущего хозяина и состояние его здоровья, наличие в семье других животных и так далее. Однако до консультации по выбору породы дело так и не дошло, ибо стало понятно: Лиле нужен именно щенок. Девочка живет с молодой и очень занятой мамой, ей так одиноко одной дома, ей нужен настоящий душевный друг, теплый и открытый, а не замкнутая холодноватая независимая кошка. Другой вопрос, что Маргарита, мать Лили и бывшая жена Стасова, на щенка согласия пока не давала и еще неизвестно, даст ли, но это действительно другой вопрос.

— Сколько я вам должна за консультацию? – спросила Татьяна, когда разговор закончился.

Молодой фелинолог обезоруживающе улыбнулся:

— Разве вас не предупредили? Я не беру денег за консультации, только кошачий корм. У меня их видите сколько? — Он обвел рукой комнату, по которой то лениво бродили, то носились как угорелые шесть кошек разных пород. — Никаких денег не хватает их прокормить, банка хороших консервов двадцать семь рублей стоит. Когда кошку приносят на лечение, тогда я, конечно, беру деньги, а за обычные советы — нет.

Ее действительно предупредили, что нужно принести корм, и Татьяна вытащила из сумки две коробки «Феликса». В магазине ей сказали, что корм этой марки — самый лучший.

— Этого достаточно?

— Спасибо, — снова улыбнулся консультант. — Вы меня очень выручили. А насчет щенка подумайте, вашей Лиле нужна собака, это видно по всему. Кошка ее разочарует, она не даст ей той дружбы, на которую девочка рассчитывает.

— Вы странный, — сказала Татьяна, уже одевшись и стоя в дверях.

— Почему? — удивился молодой человек. — Потому

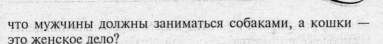
что мужчины должны заниматься собаками, а кошки — это женское дело?

— Нет, не поэтому. Мне казалось, что если вы энтузиаст кошачьего дела, то должны всячески агитировать людей заводить именно кошек, а не отговаривать их от этого. А вы отговариваете.

— Так это как раз потому, что я энтузиаст, как вы выразились, по части кошек, — засмеялся он. — Я люблю не каких-то конкретных животных, которые в данный момент находятся в моих руках, а всех кошек вообще. И мне не все равно, как они живут, в чьи руки попадают, что с ними происходит. Понимаете? Я не хочу, чтобы кошка, пусть даже я ее никогда в глаза не видел, попала к хозяину, который не будет ее любить, который через короткое время пожалеет, что взял ее в дом. Такой хозяин может в один прекрасный момент выкинуть ее на улицу или отдать первому встречному. Кошка будет страдать. А разве она виновата, что не оправдала его надежд? Она такая, какая есть от природы, а человек этого не учел, он ничего не знает о кошках и думает, что приобретает некую разновидность собаки, только маленькую, менее прожорливую и бесхлопотную, с которой не надо дважды в сутки гулять при любой погоде. И когда выясняется, что кошка — это совсем даже не собака, начинаются разочарования и всякие последствия вплоть до жестокого обращения или, как я уже говорил, выбрасывания на улицу. И если я могу такую ситуацию предотвратить, то...

Он пожал плечами и виновато улыбнулся, словно стеснялся сам себя.

На улице Татьяна крепко держала Лилю за руку, и по тому, как судорожно девочка сжимала пальчиками ее ладонь, было понятно, насколько сильно она огорчена.

— Не расстраивайся раньше времени, золотая моя, — ласково произнесла Татьяна, — может быть, твоя мама разрешит купить щенка.

Лиля помотала головой и тихонько всхлипнула.

— Я не хочу щенка, тетя Таня. Я хочу котеночка, того, кремового с серой мордочкой, который на выставке. Он такой... я даже не знаю, как сказать... Он такой родной.

Я его как в руки взяла, так сразу полюбила. Что же мне теперь делать?

— Вариантов только два, — Татьяна вздохнула, стараясь не усмехнуться, — либо ты отказываешься от этого котенка, либо мы его тебе покупаем, но ты должна быть готова к тому, что твоя кошечка не ответит тебе той взаимностью, какую ты от нее ждешь. Ничего страшного в этом нет, огромное число людей испытывает любовь не взаимную, а одностороннюю, и они даже иногда бывают при этом счастливы. Хотя когда любовь взаимная, это, конечно, намного лучше. Но решать, моя золотая, придется тебе самой, никто за тебя этого не сделает.

Лиля некоторое время молчала, обдумывая услышанное.

— А вдруг она станет такой... ну, как я хочу? Я же буду ее любить, она ведь не сможет этого не чувствовать, правда?

— Лиля, ты слышала, что тебе сказал специалист? Кошка — это кошка, со всеми своими достоинствами и особенностями. Но она никогда не станет собакой, ты не имеешь права от нее этого требовать. Знаешь поговорку, которую любит повторять твой папа?

— Это про самолет, да?

— Именно. Даже самый лучший автомобиль может только ездить, он никогда не будет летать, потому что он — автомобиль, а не самолет. И глупо по этому поводу сердиться и негодовать.

Татьяна сознавала, что разговаривает с ребенком так, будто Лиле по меньшей мере лет двадцать. Наверное, с одиннадцатилетними девочками нужно выбирать другой стиль и язык общения, но Татьяна знала совершенно точно: чем сложнее то, что ты пытаешься сказать ребенку, тем больше вероятность, что он к тебе прислушается и постарается понять. Трудно найти девочку или мальчика, которые в одиннадцать лет не мечтали бы поскорее вырасти, и если с ними разговаривать как со взрослыми, они изо всех сил будут стараться соответствовать. И потом, так уж повелось с самого первого дня их знакомства с Лилей летом девяносто пятого года на черноморском курорте. Татьяна с Ирочкой снимали комнату у той же хозяйки, у которой жили Стасов и его восьмилетняя дочь. Стасов долгое время Татьяну вообще не замечал, чего нельзя было сказать о девочке. В тете Тане Лиля нашла терпеливого и понимающего собеседника, она рассказывала своей взрослой знакомой об играх, в которые играют ее сверстники, а та внимательно слушала, задавала вопросы и записывала. Татьяна в то время писала книгу, в которой присутствовали дети, и Лилины рассказы позволили придать тексту очарование и непосредственность.

— Ты поедешь ночевать к нам или отвезти тебя к маме в Сокольники? — спросила Татьяна, когда они дошли до метро.

— К вам. Надо все рассказать папе и тете Ире, может быть, они что-нибудь придумают.

В голосе Лили было столько надежды, что Татьяна не стала спорить. Что могут посоветовать Стасов и Ира? Что вообще можно посоветовать в такой ситуации? Ничего. Нужно принимать решение, а решение это трудное даже для взрослого, не то что для ребенка. Татьяна посмотрела на часы и поняла, что нужно уже сейчас позвонить Лилиной матери и предупредить, что девочка будет ночевать у них, иначе Маргарита начнет беспокоиться и устроит Стасову очередной скандал. Достав из кошелька телефонную карту, она огляделась в поисках автомата. Маргарита трубку не сняла, наверное, еще не пришла домой. Немудрено, что Лиля хочет завести какую-нибудь живность, мать приходит поздно, а по вечерам в пустой квартире в одиннадцать лет бывает так одиноко... Ладно, сейчас Татьяна отвезет Лилю к себе и будет дозваниваться до Маргариты уже из дому.

Дома их ожидало целое общество. Кроме мужа и свояченицы, там находились Миша Доценко и Сережа Зарубин. «Советчиков у нас море, — подумала Татьяна. — Только будет ли толк?»

— Танюша, у нас одной проблемой меньше, — радостно заявил Стасов, едва они с Лилей переступили порог. — Ты можешь больше не бояться своего психованного насильника.

— Горшкова? — ахнула Татьяна. — Неужели поймали? Ой, какие вы молодцы!

— Да нет, Татьяна Григорьевна, — вступил Миша, —

не поймали, но выяснили, что это точно не он. И пальцы не его, и почерк не его. Но зато появилась одна дополнительная проблема.

У Татьяны нехорошо екнуло в груди. Господи, ну что еще?

— Ну что еще? — вслух произнесла она, недовольно отметив про себя, что голос предательски дрогнул. — Лиля, иди поиграй с Гришенькой, у нас тут взрослые разговоры.

От нее не укрылось, что Доценко почему-то переглянулся с Ирочкой. Татьяна слегка перевела дух. Кажется, зря она боится, ничего плохого ей сейчас не скажут. У ребят явно виден взаимный интерес, и теперь они выбирают удобную форму, чтобы поставить ее в известность, что они решили пожить вместе, или съездить куда-нибудь на недельку, или еще что-нибудь такое же лирико-романтическое. Страх немного отпустил ее, и Татьяна вдруг почувствовала, что ужасно голодна. Не обращая внимания на затянувшуюся паузу, она быстро прошла на кухню.

— Таня, переоденься! — послышался испуганный окрик Ирочки. — Куда ты на кухню в хорошем костюме?

Татьяна только отмахнулась и уже приготовилась поднять крышку со стоящей на плите кастрюли, когда Ирочка безнадежным тоном сказала:

— Ты хоть фартук надень. И сядь, пожалуйста, за стол, я все подам.

— Так что у вас за проблема? — спросила Татьяна почти весело.

— Понимаете, Татьяна Григорьевна, те фигурки, которые были обнаружены возле трупов... Босх... Ирина Павловна вспомнила... Мы в альбоме смотрели...

Слова доносились до нее как сквозь вату. Горшков? Какой, к черту, Горшков! Почему Горшков? При чем тут Горшков? Идиотка, дура безмозглая, столько времени потеряно зря. И почему она сразу не догадалась? Ведь очевидно же...

Да, этот тип будет, пожалуй, похуже сексуального психопата Александра Петровича Горшкова. Горшков жесток и безумен, но он глуп. А этот — личность неординарная, талантливая. С ним так просто не справиться. Но кто же мог подумать, ведь прошло четыре года, его боль должна

была утихнуть. Ан нет, не утихла. Он затаился и выжидал, когда можно будет нанести удар. Он дождался, пока Татьяна выйдет замуж, переедет в Москву, купит новую квартиру, родит ребенка. Он сделал все в точности по классике, по пушкинскому «Выстрелу». Он всегда любил прозу Пушкина.

И картины Босха.

ТРЕТЬЯ ЖЕРТВА

Чем дальше от лета и ближе к зиме, тем короче становятся дни, и тем чаще на меня по вечерам накатывает тоска. Такая, что дышать невозможно. Я никогда не думал, что не умею переносить одиночество. Я вообще никогда не думал, что буду жить так...

С самого начала все складывалось будто бы нормально. Школа, армия, потом Школа милиции, работа, которая нравилась и которая неплохо получалась. Любимая девушка стала любимой женой, родила ребенка. Все двигалось по накатанной колее, и я твердо знал, что если не наделаю непоправимых глупостей, то дослужусь до подполковника или даже полковника. А потом... Крыша у меня съехала, что ли? Поддался всеобщему ажиотажу зарабатывания денег, да и жена все время подбадривала, уговаривала бросить милицейскую службу и заняться собственным делом. Кругом виделись сплошные примеры небывалых успехов на поприще бизнеса, и мизерная милицейская зарплата выглядела на этом фоне все более и более нелепой.

— Смотри, твой одноклассник открыл магазин два года назад, и теперь он уже может послать сына учиться в Англию. Разве ты не хочешь, чтобы наш сын тоже получил хорошее образование?

— Смотри, наш сосед открыл туристическую фирму, а его жена мне на днях сказала, что они купили виллу в Испании.

— Смотри, моя институтская подруга...

— Смотри, твой товарищ по работе...

— Смотри...

— Смотри...

Я смотрел, и то, что видел, выглядело впечатляюще. Собственным бизнесом занимались поголовно все, и казалось, что только идиот пройдет мимо такой простой и быстрой возможности жить красиво, по западным меркам. Ездить на джипе, купить новую просторную квартиру и дом за городом, обеспечить детям образование. Колебался я недолго.

Но очень быстро выяснилось, что, кроме желания жить красиво, для успешного бизнеса нужно что-то еще. Честно признаться, я так и не успел понять, что же именно нужно, когда оказался в пиковой ситуации. Я организовал фирму, взял кредит под залог квартиры, будучи полностью уверенным, что быстро провернусь на купле-продаже товара, верну кредит и даже заработаю приличные деньги. И с чего я взял, что у меня это получится? Наверное, с того, что видел: у всех получается, а я чем хуже? Беда, однако, состояла в том, что я плохо учил статистику и не понимал очевидных вещей. Я видел только тех, у кого получается, а тех, у кого не получается, я не мог видеть, потому и думал, что их нет. Ан нет, есть они, и имя им — легион. Теперь я и сам в этот легион влился.

Короче говоря, кредит вернуть я не сумел, пришлось продавать квартиру, потому как кредиторы оказались людьми на редкость суровыми, непреклонными и безжалостными. Жить стало негде, я получил клеймо неудачника, и жена от меня ушла, забрав сына, к более перспективному дельцу, который обещал послать мальчика учиться за границу.

А я устроился сторожем в подмосковном оздоровительном лагере, который работает только летом и в зимние каникулы, а остальное время стоит пустой и законсервированный. Но охранять его все равно надо. Это место мне подыскали люди, которые тоже «влипли», но несколько раньше, и уже точно знали, как решать проблему отсутствия жилья. Я даже не подозревал, сколько в Московской области сторожей, охраняющих «объекты» исключительно из-за того, что негде жить, а жить им негде опять же исключительно благодаря их неуемному желанию сделать быстрые деньги. Так вот где они, те, кого я не видел. Впрочем, мне поведали, что мест, где скрываются «невидимки», куда больше. Некоторые из них действительно скрываются от кредиторов, а некоторые, вроде меня, хоть и расплатились и никаким преследованиям не подвергаются, но вынуждены жить так, как живут «невидимки».

Вот таким образом я, человек с высшим образованием, еще совсем недавно счастливый муж и отец, сотрудник штаба одного из московских УВД, превратился почти в бомжа. Я не хотел мириться с этим и надеялся на то, что обязательно поднимусь снова, нужно только чуть-чуть удачи, совсем немножко везенья. Опасаясь повторять уже однажды совершенные ошибки, я не дергался и не кидался в авантюры, но продолжал надеяться, попутно охраняя детский лагерь. Только вот тоска по вечерам становилась все нестерпимее...

Наверное, именно от этой тоски я начал привечать настоящих бомжей, нуждающихся в месте для ночлега. Конечно, я не зазывал их специально и не развешивал по окрестным деревням объявления «Сдаю угол», они приходили сами, и я их не гнал. Предоставлял свою плитку, чтобы они могли приготовить себе жалкую еду, давал стаканы и тарелки. Иногда топил баню и водил их помыться. Они скрашивали мое угрюмое одиночество своей бессвязной болтовней, в которой вранья было больше, чем букв в произносимых ими словах. Они пичкали меня рассказами о былых успехах и покинувшей их по несправедливости мировой славе, все они были в прошлом или артистами (художниками, писателями), или крупными начальниками, или на всю страну известными ворами или еще кем-нибудь в том же духе, если среди них были женщины, то непременно в прошлом первые красавицы, у ног которых валялись с мольбами о любви самые известные все те же артисты (писатели, художники) и крупные руководители. Я не верил этим россказням, но они меня забавляли и развеивали хоть ненадолго грызущую тоску. Самое же главное было в том, что, видя этих опустившихся, пропивших мозги, никому не нужных людей, я понимал, что отличаюсь от них. Пока еще отличаюсь. И до тех пор, пока это отличие ощутимо, со мной еще не все кончено, у меня есть надежда. Мне нужно было постоянно видеть их, чтобы чувствовать: я не такой, как они. Это давало мне силы.

С самого утра моросил холодный дождь, настойчиво напоминая о том, что тепло и солнце остались далеко позади, а впереди меня ждет долгая темная зима, безрадостная и одинокая. Но лучик надежды забрезжил, и я с нетерпением ждал вечера. В восемь часов должен прийти этот человек, во всяком случае, он обещал. И я надеялся, что не обманет. Он забрел в эти края вчера вечером, заблудился в поисках соседней деревни и постучал в дверь моей сторожки. Я и сам не заметил, как мы разговорились, впрочем, теперь со мной этот фокус проделать нетрудно, я охотно вступаю в беседу с каждым, спасаясь от одиночества. Я пригласил его зайти погреться и выпить чаю, он охотно согласился. Слово за слово, и через час я рассказал ему свою горестную эпопею с несостоявшимся благосостоянием. Он искренне удивлялся, говорил, что человек с моими данными не должен работать сторожем, это смешно и унизительно. Как будто я сам этого не знаю! Новый знакомый обещал поспрашивать у своих друзей-предпринимателей, которым нужны работники в охрану или службу безопасности и которых не смутит отсутствие у меня какой бы то ни было прописки, а также мой катастрофический провал в организации собственного бизнеса.

— Бог мой, вы молоды, имеете высшее образование и опыт работы в милиции и похоронили себя заживо в этой глуши! Как можно так относиться к себе! — приговаривал он.

Что я мог ему ответить? Что у меня нет даже приличного костюма, в котором я могу явиться на собеседование к работодателю? Что денег, которые мне платят как сторожу, едва-едва хватает на то, чтобы не умереть с голоду, и я цепляюсь за предоставленное мне бесплатное жилье в виде плохо обогреваемой сторожки с «удобствами на улице»? Все-таки это лучше, чем ночевать в подвалах или на вокзале. Я понимал, что выгляжу смешно в его глазах, потому что сдался без боя, не пытаясь переломить ситуацию, не обращаясь к друзьям и знакомым в поисках работы. Вероятно, я действительно был смешон, но уход жены в самый тяжелый для меня момент я ощущал как удар в спину и впал в такую депрессию, что уже не мог делать ничего осмысленного. Кроме того, весь круг моих знакомых состоял в основном из бывших коллег, а я не смог преодолеть себя и пойти к ним за помощью, потому что они остались на государственной службе, а я постыдно сбежал, погнавшись за длинным рублем, и оказался в этой погоне отнюдь не победителем. Мне было стыдно. И я отчасти стал понимать, почему так редко попадаются на глаза те самые «невидимки».

Кажется, мой вчерашний гость понял это и без моих объяснений.

— Вы видели фильм «Адвокат дьявола»? — спросил он, как мне показалось, совсем не к месту.

— Не видел, — ответил я, почти рассердившись.

Ну в самом деле, какой, к черту, адвокат дьявола может быть в этом захолустье? У меня тут что, видеосалон? Крошечный черно-белый телевизор, который я оставил себе после продажи дачи (дача, естественно, ушла на погашение все того же долга, к которому приросли немалые проценты), — вот и вся моя техника.

— Знаете ли, там есть замечательный пассаж. Один главный герой, он же дьявол, говорит другому, преуспевающему адвокату, который до сих пор не проиграл ни одного дела и стремится выиграть очередной процесс во что бы то ни стало, даже принеся в жертву близких людей, только чтобы сохранить репутацию человека, у которого не бывает неудач: может быть, тебе пора проиграть? Самый большой грех — это грех тщеславия.

Если бы я еще умел краснеть, я бы, наверное, сделался пунцовым. Этот потерявшийся путник оказался чертовски проницательным.

— После полутора лет, проведенных здесь, я забыл, что такое тщеславие, — пробормотал я, не очень, впрочем, уверенно.

— Надеюсь, — усмехнулся гость. — Тщеславие суетно. Вы даже не замечаете, как, предаваясь ему, вы постепенно переходите границу и впадаете в другой грех — гордыни. И тем самым вы прочно оседаете в прошлом, пускаете в нем корни и уже не можете двигаться вперед.

Это было для меня слишком сложно, я совершенно не понял, что он имеет в виду, поэтому в ответ промолчал. Но

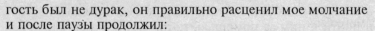

гость был не дурак, он правильно расценил мое молчание и после паузы продолжил:

— Сидя здесь и не желая никому признаваться в своих неудачах, вы, конечно, сохраняете лицо перед своими знакомыми. Они не знают, где вы и что с вами, и полагают, что у вас все в порядке и вы давно уже греетесь на солнышке у собственного бассейна где-нибудь на Кипре. Эти люди — из вашей прошлой жизни, сегодня они ничего для вас не значат, они не мешают вам и не помогают, вы с ними не общаетесь, но вам важно, что они о вас будут думать. Вот это я и называю оседанием в прошлом. Вы можете оставить все как есть, но подумайте: а вдруг вы завтра умрете? Прямо здесь, в этой вонючей холодной сторожке. Или какой-нибудь заезжий отморозок вас застрелит, просто потому, что у него плохое настроение. И вы будете лежать здесь несколько недель, пока вас не обнаружат. Кто будет вас хоронить? Много ли желающих выбивать для вас место на кладбище, оплачивать похороны? Хорошо, если найдутся такие доброхоты, в противном же случае вам придется стать очередным учебным пособием для студентов мединститута. Вас законсервируют, высушат и будут каждый день тревожить ваш прах, показывая, где находится печень, почки, селезенка, где проходят вены и артерии. На вашем теле будут учиться делать вскрытия. Вероятно, вам, работнику милиции, хорошо известно, насколько эстетична сия процедура. А ведь перспектива, которую я вам нарисовал, более чем реальна, если вы не забудете о своей гордыне. Принять помощь никогда не стыдно.

— Принять помощь не стыдно, — согласился я, — но только я не могу ее просить. Понимаете?

— Вполне, — кивнул он. — И поэтому вы сидите здесь, посыпаете голову пеплом и упиваетесь собственным несчастьем. Я всегда почему-то думал, что в милиции служат те, кого обычно называют «человек действия». А вы не такой. Вы готовы провести подобным образом остаток жизни, только чтобы не признаваться в своем провале и не просить ни у кого помощи. Для вас это унизительно. Поразительная чувствительность!

Я почти обиделся, его тон показался мне оскорбительным, но я понимал, что он прав. От первого до последнего

слова прав. Если уж обижаться на кого-то, так только на самого себя.

Гость провел в моей сторожке почти два часа и ушел, обещав вернуться сегодня. И вот я сижу и жду его.

Нельзя сказать, конечно, что я ему полностью и абсолютно поверил. Слишком часто меня в жизни обманывали, чтобы я поверил первому встречному. Но, с другой стороны, я понимал, что этому человеку нет нужды меня обманывать, он ведь не просил у меня денег и не требовал, чтобы я их вкладывал в какую-то сомнительную аферу. Он просто пообещал попробовать мне помочь, если получится. А вдруг у него получится? Я гнал от себя эту мысль, уж слишком много надежд сразу пробуждалось во мне, мозг мгновенно включался и тут же начинал рисовать радужные картины моего возрождения. Вот я собираю вещи и ухожу (а лучше — уезжаю на машине, которую за мной прислали) отсюда, вот я живу в скромном общежитии или снимаю комнату у хозяйки и ежедневно хожу на службу, не к девяти, а к восьми или даже к семи утра, я целый день тружусь как каторжный, придумывая что-то новое и полезное, изучая ситуацию, работая с кандидатами, чтобы ни одна сомнительная личность не переступила порог офиса и не получила доступ к документам (у меня ни малейшего сомнения не было, что трудиться я буду в частном бизнесе на ниве охраны и безопасности, ведь именно об этом говорил мой гость). Копаюсь в специальной литературе, выискиваю интересные идеи, предлагаю их руководству фирмы и с блеском реализовываю. И постепенно руководство фирмы начинает меня ценить, прибавляет зарплату, благодаря моим высокопрофессиональным действиям удается предотвратить крупный ущерб, потом еще раз, я становлюсь незаменимым, моя репутация крепнет, и через какое-то время в нашу (бог мой, в мечтах она уже стала НАШЕЙ) фирму начинают обращаться другие бизнесмены с просьбой, чтобы я наладил службу безопасности в их конторах. Руководитель моей фирмы не хочет меня отпускать насовсем, но разрешает поработать пару месяцев на его коллег по бизнесу, чтобы оказать им дружественную помощь. Я становлюсь чем-то вроде «спасательной службы», которую зовут, когда надо с умом поставить дело и подобрать, а заодно и обучить для него кадры. И вполне логично из такого развития событий вытекало, что спустя три-четыре года я перестаю быть наемной рабочей силой и открываю собственное дело, что-то вроде школы, готовящей работников для службы охраны и безопасности бизнеса, а заодно оказывающей практическую помощь тем, кто в ней нуждается. Наученный горьким опытом граничащего с криминалом риска быстрого обогащения, я жаждал постепенного, медленного, но неуклонного движения наверх. В моих мечтах не мелькало даже слабого призрака огромного собственного дома в ближнем Подмосковье, в который я въеду не позже будущего лета, я не стремился раскатывать на джипе и сорить деньгами в казино. Я готов был начать все сначала и трудиться годами, чтобы прочно встать на ноги. И конечно, я мечтал о семье. Не о новой, а той, разрушенной. Зарвавшись, я уже видел, как приду к своей бывшей и предложу ей то, чего так и не смог дать ей и сыну ее новый избранник. И разумеется, она согласится вернуться.

Но у меня хватало ума вовремя спохватиться и сказать себе, что ничего еще не решено, что мой новый знакомый только обещал попробовать найти для меня работу, не более того. Во-первых, он мог забыть обо мне и о своем обещании уже через три минуты после того, как покинул сторожку. Во-вторых, его знакомые могут вовсе не нуждаться в моих услугах. В-третьих, они могут отказаться взять меня на работу после собеседования, потому что я их чем-то не устрою, возрастом ли, профессиональной подготовкой, отсутствием прописки, сомнительной биографией или просто внешностью. И в-четвертых, даже если меня захотят куда-то взять, это может оказаться неподходящим для меня, потому как будет связано с криминалом, а рисковать я не буду теперь уже ни за что.

Я грубо обрывал зарвавшийся полет фантазии и старался вернуть себя на грешную землю, но уже через полчаса начинал все снова. С этим ничего нельзя было поделать. Я ждал своего вчерашнего знакомца и продолжал надеяться.

Глава 9

КАМЕНСКАЯ

Ее вызвали в шесть утра. Простояв на тротуаре минут десять и поняв, что попытки в это время суток поймать машину, водитель которой согласится отвезти ее за город, бесперспективны, она доехала на метро до вокзала и села в электричку, предварительно позвонив из автомата и сбросив на пейджер Зарубина информацию о том, каким поездом она приедет. Может быть, Сережа сообразит подойти на платформу, чтобы встретить ее.

В вагоне электрички было тепло, и Настю, притулившуюся в уголке возле окна, стало немедленно клонить в сон. Если верить расписанию, ехать ей предстоит минут сорок, вполне можно какое-то время подремать, не боясь пропустить нужную остановку. Она прикрыла глаза, но желание уснуть тут же испарилось. Вместо него пришли воспоминания о том, что рассказала ей накануне Татьяна.

...Все начиналось как обычная автоавария. Одна женщина, постарше, сидела за рулем, вторая, молодая девушка, рядом, на пассажирском месте. Машина на большой скорости вылетела на встречную полосу, и в результате лобового столкновения юная пассажирка погибла, а женщина-водитель получила тяжелейшие травмы, которые считаются несовместимыми с жизнью. То, что осталось от автомобиля, при помощи эвакуатора доставили в ГАИ, и при осмотре машины обнаружили в ней наркотики. Причем немало, в товарных количествах, а не для личного употребления. Экспертиза показала наличие этого же наркотического вещества в крови обеих пострадавших, и той, что погибла, и той, что пока еще была жива. К делу подключилось Управление по незаконному обороту наркотиков, и вскоре выяснилось, что обе женщины, мать и дочь Шуваловы, занимали отнюдь не последнее место в мощной группировке, снабжавшей Санкт-Петербург отравой. А надежной защитой им служили имя и репутация главы семьи, Виктора Петровича Шувалова.

Как оказалось, семья Шуваловых давно уже была прочно разбита на два лагеря. В одном находились мать и дочь, в другом — отец и сын. Москвич Виктор Шувалов был женат вторым браком на яркой питерской красавице. Жена категорически отказалась переезжать в Москву, она выросла в Ленинграде, здесь были ее друзья и родственники, и Шувалов жил фактически на два дома, постоянно приезжая к супруге на два-три дня, что ее, по-видимому, вполне устраивало. Первой родилась дочь, потом, через два года, сын. К этому времени Виктору Петровичу стало очевидно, что, расставшись с первой женой, во втором браке он верную спутницу жизни так и не приобрел. Замужество нужно было ей исключительно для статуса и престижа, ей было удобно считаться женой крупного ученого и человека неординарного и талантливого и при этом жить так, словно ее ничто не связывает. Даже в Москву долетали сплетни о многочисленных любовных похождениях жены Шувалова и о более чем свободном образе ее жизни.

Говорят, что если природа награждает человека талантом, то это проявляется, как правило, в разных областях. Виктор Шувалов, помимо того, что был действительно блестящим и признанным ученым, еще и картины писал, причем делал это настолько профессионально, что стал членом Союза художников и устраивал персональные выставки. В Москве у него была своя студия, но, надеясь как-то восстановить и сплотить семью, он воспользовался обширными связями и пробил себе студию и в Питере, где постарался проводить как можно больше времени. Однако с годами он понял, что усилия напрасны, жена отдалилась от него настолько, что даже дети не помогут сближению. И незачем постоянно ездить в Петербург, вполне достаточно наносить визиты вежливости один раз в два месяца. На его предложение развестись жена отреагировала бурно, со слезами и скандалом, кричала, что любит его и что он полный идиот, если верит досужим домыслам, а если он подаст на развод, то сына не увидит. Если же он оставит все как есть, то она, так и быть, разрешит ему увезти мальчика в Москву.

Он оставил все как есть, с мучительным стыдом признаваясь себе, что любит эту красивую жестокую женщину, любит до самозабвения, и ему для счастья достаточно просто знать, что она жива и здорова и у нее все хорошо. Дочь он тоже любил и надеялся, что с годами она не станет похожа на свою мать. И, конечно же, он обожал сына, вкладывая в его воспитание всю душу, все силы и возможности. Мальчик рос чудесным, способным и добрым по характеру, и Шувалов, глядя на него, каждый раз с облегчением думал о том, что ради такого сына можно вытерпеть любые семейные неурядицы. Сын был для него оправданием того унижения, которое Виктор Петрович испытывал постоянно, зная, что жена никогда не любила его и только пользовалась им.

Так они и жили, отец с сыном в Москве, мать с дочерью — в Санкт-Петербурге. Изредка встречались, обменивались ничего не значащими фразами, делали вид перед общими знакомыми, что они семья. Дети восприняли ситуацию спокойно, и девочке, и мальчику так было вполне удобно. Мать баловала дочь, с малолетства приучала ее к красивой одежде, к походам в ресторан, к увеселительным поездкам за город, а когда появлялся отец, девочка ясно видела, что ему это не нравится, и с облегчением вздыхала, когда папа уезжал обратно в Москву. Сын же, каждый раз, когда его привозили к маме и сестре, видел рядом с собой чужую взрослую девицу, которая постоянно издевалась над его детскостью и неуклюжестью, над его необразованностью, которая выражалась в том, что он не разбирался в модных музыкальных группах, и над его наивным удивлением по поводу того, что мужчины иногда уединяются с женщинами и при этом запирают дверь. Виктор Петрович страдал оттого, что его любимые дети так далеки друг от друга, и в то же время делал все возможное, чтобы помешать их сближению: он не без оснований опасался, что красивая жизнь, к которой приучалась его дочь, окажется слишком соблазнительной для сына, он не сможет устоять, и все усилия вырастить из него хорошего человека пойдут прахом.

Время шло, дети росли, Шувалов понемногу старел, а его жена все еще оставалась привлекательной, стройной и моложавой, в сорок лет ей не давали больше тридцати двух. Виктор Петрович по-прежнему любил ее и страдал... И вдруг из Питера пришло страшное известие: дочь погибла, жена в критическом состоянии и может скончаться с минуты на минуту. В тот же вечер они с сыном прилетели из Москвы, и Шувалов успел в последний раз взглянуть на жену, которая умерла на другой день. Виктор Петрович постарался взять себя в руки и заниматься похоронами, но то и дело ловил себя на том, что плохо понимает происходящее. Помянув супругу и дочку на девятый день, он стал собираться обратно в столицу. Уезжать они с сыном должны были вечерним поездом, «Красной стрелой», днем Шувалов приводил в порядок остававшуюся временно без хозяина питерскую квартиру покойной жены, а сына попросил съездить в мастерскую, забрать колонковые кисти и несколько особенно дорогих ему миниатюр, на которых были изображены жена и дочь. Больше он сына живым не видел.

Такие истории, как ни печально, происходят сплошь и рядом. Обнаружив в машине погибших наркотики, оперативники тут же, не дожидаясь приезда из Москвы Шувалова, тщательно осмотрели квартиру и мастерскую. Квартира оказалась в полном порядке, если не считать изрядного количества шприцев и прочих атрибутов наркопотребления, а вот в студии обнаружился целый склад высококачественного героина. Ни Екатерина Шувалова, ни ее дочь ни разу в поле зрения милиции не попадали ни как потребители наркотиков, ни как продавцы, и теперь стало понятно почему. В цепочке распространения героина они стояли на уровне крупных оптовиков. Никогда ни один мелкий пушер, а уж тем более потребитель не переступал порог мастерской известного художника и уважаемого человека Виктора Шувалова. Здесь бывали только те, кто привозил большие партии, и те, кто забирал их отсюда крупным оптом, а от этих людей до рядовых потребителей дистанция, как определил некогда Грибоедов, «огромного размера».

В такой ситуации единственно правильным решением было организовать засаду в мастерской, чтобы узнать, кто придет сюда за героином. Решение-то было правильным, но вот выполнение его оставляло желать много лучшего. Шел девяносто четвертый год, высокопрофессиональные милицейские кадры стали редкостью, в милиции оказывалось все больше и больше людей случайных и плохо подготовленных, а зачастую и вовсе не пригодных к такой работе, людей, которые не слишком хорошо умеют разговаривать, еще хуже умеют думать, зато очень здорово умеют бить и стрелять не размышляя.

Хозяина мастерской в известность о засаде не поставили по очень простой причине: когда жена и дочь в Петербурге занимаются наркобизнесом, а муж и шестнадцатилетний сын в это время проживают в Москве, и семья не думает воссоединяться, то вполне логично предположить, что разобщенность этой семьи — штука чисто показная, дабы запудрить мозги доверчивым милиционерам, тем паче муж-то все-таки в Питер приезжает, хоть и нечасто, зато регулярно. О чем это может свидетельствовать? Понятно, о чем. О том, что он принимает в бизнесе активное участие, поделив с дорогой супругой территории: она обеспечивает Питерский регион, а он — Московский. По этим незамысловатым соображениям операция в мастерской проводилась без ведома Виктора Петровича, который, сам того не подозревая, попал в оперативную разработку. О том, что Шувалов сам может появиться в студии, особо не беспокоились. Придет — тогда и будут решать, как себя вести.

Но пришел не Шувалов, а его сын. Для сидящих в засаде милиционеров из группы захвата это был не сын покойной Екатерины Шуваловой, а неизвестный юноша без документов, который вместо того, чтобы вежливо отвечать на вопросы, огрызался и возмущался, объясняя цель своего появления какими-то нелепицами про колонковые кисти и картины. Причем, где лежат эти самые кисти и картины, он точно не знал. Более чем подозрительно!

Засаду решили пока не снимать, а подозрительного парня, предварительно «приложенного» несколькими ударами резиновой дубинки, препроводить в отделение. Кто ж мог подумать, что он психанет и прыгнет в окно! В открытое окно третьего этажа старинного питерского здания с высокими потолками.

Потом были долгие служебные разбирательства. Почему милиционеры сразу же не позвонили Шувалову и не спросили, где его сын, куда он отправился, с какой целью и во что был одет? Да, у юноши не было документов, да, верить на слово никому нельзя, но ведь есть же элементарные способы проверки. Потому, отвечали милиционеры, что старший и младший Шуваловы могли быть в сговоре, мальчишка пришел за товаром с ведома отца, а басни про кисти и миниатюры были согласованным враньем, так что звонить отцу было бессмысленно. Почему милиционеры повели себя так неграмотно с точки зрения психологии? Разве они не знают, что подростки требуют особого подхода, что они способны на безрассудства и явно неадекватное поведение, особенно если их обвиняют в том, чего они не совершали? Взрослый человек в такой ситуации может (хотя тоже не всегда) остаться спокойным, понимая, что если за ним ничего нет, то в течение ближайшего же времени разберутся и отпустят, ибо взрослый человек признает право других людей на ошибку. Подростки права на ошибку не признают ни за кем, и, если их необоснованно подозревают или обвиняют в чем-то, они, вместо того чтобы спокойно и аргументированно защищаться, впадают в ярость, чувствуют себя оскорбленными и готовы даже пойти на членовредительство или самоубийство, только чтобы доказать, что «все кругом козлы». Это азы психологии, как же можно было этого не понимать? Оказывается, можно. Потому что сидевшим в мастерской милиционерам никто этого не объяснял, они не учились в университете или в Школе милиции, где преподают специальный курс психологии, ни у одного из них не было законченного высшего образования, зато у доброй половины был опыт боевых действий в «горячих точках» и в Афганистане, где любой находящийся по ту сторону — враг. Без всяких объяснений и разглагольствований. Почему милиционеры не предусмотрели возможность прыжка из окна и не подстраховали задержанного? Потому что...

Факт гибели мальчика никому ничего не доказал, и Виктора Петровича Шувалова еще долго подозревали в причастности к наркобизнесу, которым занималась его жена. Но сам он, похоже, об этом даже не догадывался. Похоронив сына рядом с женой и дочерью, он уехал в Москву. Перед отъездом в разговоре со следователем Татьяной Григорьевной Образцовой Шувалов сказал:

— У меня отняли все и сразу. Смерть жены и дочери — это судьба, но смерть моего сына на вашей совести. Бог

все видит, он этого так не оставит. У вас тоже все отнимут, вот увидите. Справедливость всегда торжествует. Надо только уметь ждать. И я дождусь.

Татьяне он в этот момент показался безумным, но она понимала, что человек, в течение двух недель похоронивший всю семью, не может быть другим. Ей часто приходилось видеть людей в подобном состоянии, она им всей душой сострадала, но знала, что рано или поздно это проходит.

Выходит, у Виктора Петровича Шувалова это не прошло...

Настины надежды оправдались, на перроне ее ждал Сергей Зарубин. Увидев его тщедушную фигурку в утепленной форменной куртке, она невольно улыбнулась.

— С каких это пор оперсостав ходит в форме? — пошутила она, чмокая Сергея в макушку.

— С тех пор, как зарплаты на нормальную одежку перестало хватать, — буркнул он. — Не у всех же мужья высокооплачиваемые профессора. Потопали, подружка, там тебя старый знакомый дожидается.

— Кто таков? — вздернула брови Настя.

— Да такой вот...

Зарубин скорчил страшную гримасу, обнажив зубы.

— Уши — во! — Он поднял руки высоко над головой. — Глазищи — во! И зубов немерено. Догадалась?

— Ой, Андрюша Чернышев, да? — обрадовалась Настя. — Сто лет с ним не работала. И собака с ним?

— Куда ж она денется, — усмехнулся Зарубин, ведя Настю от платформы к стоящему неподалеку милицейскому мотоциклу. — Вот парадоксы милицейской жизни, а? Чтобы повидаться с приятелем, нужно ждать, пока когонибудь убьют в подходящем месте. Ехать-то не боишься, Пална? А то я водила тот еще, на мотоцикле в последний раз ездил лет десять назад. Этот вездеход мне в местном отделении одолжили.

Честно признаться, Настя боялась. Но выхода все равно не было, не пешком же идти.

— А если ножками? — неуверенно спросила она на всякий случай.

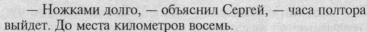

— Ножками долго, — объяснил Сергей, — часа полтора выйдет. До места километров восемь.

— Тогда поехали, — вздохнула она. — Угробишь меня — Чистяков тебе не простит.

— Да ладно пугать-то. — Он уселся на мотоцикл и водрузил на голову шлем, второй протянув Насте. — Мне много кто не простит, если что. Всех бояться, что ли?

Через двадцать минут Настя слезла с заднего сиденья совершенно окоченевшая и окаменевшая. Ехать по колдобинам ей было настолько страшно, что все мышцы свело судорогой, и теперь руки-ноги с трудом разгибались. К ней сразу же подбежала огромная овчарка, приветливо помахивая хвостом. Настя, поморщившись от боли в ногах, присела на корточки и уткнулась заледеневшим на пронзительном ветру лицом в густую холеную шерсть на собачьей шее.

— Здравствуй, мой хороший, здравствуй, Кирюшенька, здравствуй, маленький. Не забыл еще старую тетку Настасью?

Кирилл быстро лизнул ее в щеку и тут же деловито потрусил туда, где стоял его хозяин, оперативник из областного управления Андрей Чернышев, который с кем-то беседовал, но обернулся и помахал Насте рукой. Она огляделась, выискивая глазами знакомых. Кроме Зарубина и Чернышева, здесь были Коротков и следователь Ольшанский. Остальных она не знала.

— Подключайся, Ася, — строго сказал ей Юра Коротков. — У нас тут две группы, бомжи и местное население. Как ты есть дама, то можешь выбирать, с бродягами работать или по домам ходить.

— Я лучше п-по д-домам, — ответила она, клацая зубами от холода, — т-там тепло. А т-тело можно посмотреть?

— Только издалека, сейчас там эксперты работают.

— А если в двух словах?

— Огнестрел с близкого расстояния, две пули в область сердца. Рыбка с пластмассовым голышом. Деньги на похороны. И записочка, как водится.

— Денег-то много?

— Как в прошлый раз, ровно столько же, такими же купюрами и той же валютой.

— Н-да, — протянула Настя, — в чем, в чем, а в непостоянстве нашего друга заподозрить трудно. Он твердо придерживается собственных вкусов. А в записке что?

— Дословно не воспроизведу, но общий смысл... — Коротков поскреб подбородок, скосив глаза вправо. — Что-то типа... Нет, в пересказе не то получится. Сходи к эксперту, записка уже у него, сама посмотри. И начинай работать, не прохлаждайся.

— Ну покомандуй, покомандуй, — миролюбиво улыбнулась Настя, — отведи душу. Кто тут у тебя старший по местным жителям?

— Чернышев. Подойди к нему, он тебе скажет, куда идти.

— Ладно, только я сначала насчет записки...

Но к эксперту ее не пропустили.

— Не мешай человеку работать, — сердито сказал ей следователь Ольшанский, — не отвлекай. Потом записку посмотришь.

— Ну Константин Михайлович, ну хоть примерно что там написано? — взмолилась Настя.

— Он приближается.

— Чего-чего? — оторопела она. — Кто приближается?

— Он.

— Куда он приближается?

— К кому-то из вас, то ли к тебе, то ли к Образцовой. В общем, давай иди, трудись, после осмотра все обсудим.

Настя, получив указания у Андрея Чернышева, добросовестно начала обход близлежащих домов, но и через час, и через два результат так и оставался нулевым. Никто ничего минувшей ночью не видел и не слышал, хотя самого убитого многие знали в лицо, а некоторые и по имени. Он охранял детский оздоровительный лагерь, и у него всегда можно было попросить помощи по хозяйству, особенно если дело касалось починки техники. Мужиком он был «рукастым» и в машинах разбирался. Никаких подозрительных людей, которые приезжали бы к нему в лагерь, никто не видел, а что касается бродяг, которые постоянно у него толклись, то разве их считают подозрительными?

Они ж безвредные, хоть и вонючие. Ну сопрут чего по мелочи, сапоги там или ватник, или курицу, пролезшую сквозь щель в заборе на дорогу, утащат, так ведь и их понять можно, голодают, мерзнут. Но они же не убивают.

В Москву они вернулись только после обеда. Настя собралась ехать в машине Короткова вместе с Сережей Зарубиным, но Ольшанский сжалился над ней и посадил в свою машину.

— Эта «копейка» вот-вот богу душу отдаст, — заявил он, критически оглядывая Юрины «Жигули» доисторической первой модели.

— Что, Константин Михайлович, ценные кадры бережете? — тут же обиженно откликнулся Коротков. — Не доверяете мне везти вашу любимую подполковницу, боитесь, что в моей машине у нее шкурка попортится? Ладно, мы с Серегой люди простые, мы и на этой колымаге доедем.

— Задолбал ты меня своей простотой, — с привычной всем хамоватой грубостью ответил следователь. — Я ж не только Каменскую берегу, я вас всех, дураков, спасаю. Двое — не трое, а для твоей развалины каждый килограмм значение имеет. Этот Боливар троих уж точно не вынесет.

В тепле Настя расслабилась, закрыла глаза и про себя повторяла текст записки, которую показал ей эксперт:

«Я приближаюсь к тебе, дорогая. Я сделал уже три шага. Сможешь угадать, когда и где мы с тобой встретимся?»

КОРОТКОВ

Хлеб начальника несладок, это уж точно. А если в твоем подчинении находятся близкие друзья, то впору вообще повеситься. Вот так или примерно так думал Юра Коротков, вызывая к себе давнего кореша Колю Селуянова с нехорошим намерением потребовать от него доклада по делу об убийствах наркоманов. Этих несчастных убивали по всему городу, и когда «накопилось» четыре первых трупа, застреленных из одного и того же пистолета, материалы из территориальных подразделений передали на Петровку. Случилось это полгода назад, и с тех пор трупов стало уже девять, а дело прочно стояло на месте, не подавая ни малейших признаков намерения сдвинуться хоть куда-нибудь. Одной версией была война между наркогруппировками, другой — укрепление дисциплины внутри одной группировки, для чего и потребовались «показательные» меры наказания, но в любом случае дело велось совместно с Управлением по незаконному обороту наркотиков.

Селуянов ввалился в кабинет, сияя своей обычной дурашливой ухмылкой, которую многие несведущие люди принимали за истинное его лицо, нимало не подозревая, что этот человек, обожающий дурацкие розыгрыши, отличается редкостной серьезностью и дотошностью в работе.

— Майор Селуянов пред начальственные очи прибыл! — шутливо отрапортовал он. — К снятию стружки готов. Чего изволите, ваша светлость?

Коротков вздохнул, мысленно кляня себя за то, что поддался нормальному служебному честолюбию и согласился на эту должность, которая ничего, кроме головной боли, не приносит.

— Изволю выслушать твой отчет по наркоманам, — строго сказал он. — Только без «ля-ля» и коротко.

— А куда торопиться-то? — искренне удивился Николай. — Пожар, что ли? Сейчас я тебе все обстоятельно обскажу.

Сразу стало ясно, что ничего нового Коля сообщить не может. С оперативниками из УНОНа они разделили обязанности: специалисты по незаконному обороту наркотиков отрабатывали связи убитых по линии приобретения и распространения зелья, пытаясь найти связующее их всех звено, сотрудники же уголовного розыска во главе с Селуяновым отрабатывали другие криминальные и некриминальные связи в поисках той точки соприкосновения, которая объединила бы девятерых наркоманов из разных концов Москвы. Работа велась кропотливая, трудоемкая, но пока, к сожалению, безрезультатная. То есть какие-то результаты все время появлялись, но при ближайшем рассмотрении оказывалось, что не те.

— Ладно, Колян, выводов делать не буду, сам все знаешь. Теперь давай советоваться.

— Давай, — с готовностью согласился Селуянов. — Начинай.

— Есть некая фигура по фамилии Шувалов. Звать Виктором Петровичем. Адрес есть, место работы есть. Общие биографические данные тоже есть. И имеются сильные подозрения насчет того, что он и есть наш Шутник. Но, кроме этого, нет ничего.

— А что надо-то? — встрепенулся Коля. — Ты только скажи, это мы быстро.

— Улики нужны, Коля. Нужно чем-то привязывать его к трем имеющимся в наличии трупам.

— Это я понял, не маленький. Оперативные подходы к нему есть?

— Ни фига! — в сердцах бухнул Коротков. — Круг его общения — ученые и художники. Ни тут, ни там у нас нет никаких подходов. Я уж все свои источники перелопатил, и Сережка Зарубин, и Мишаня, и Ася — никого. Ни единой души. Одна надежда была на Борю Карташова... Помнишь его?

— Не уверен, — засомневался Николай. — Фамилия какая-то знакомая, но никаких ассоциаций не вызывает.

— По делу Вики Ереминой проходил осенью девяносто третьего года. Он был ее сожителем.

— А, ну да, — кивнул Селуянов, — точно. Он книжки иллюстрировал.

— Во-во, — подтвердил Коротков. — Он вхож в живописные сферы, но его, к сожалению, сейчас нет в Москве. И в ближайшие два месяца не будет. Так что придется заняться самодеятельностью. Времени у нас мало, Шутник в любой момент может положить четвертый труп, и на этот раз это уже может оказаться не безработный или бездомный.

— Почему ты решил? Насколько я знаю, он из этого контингента пока ни разу не выходил, — насторожился Коля. — Информация какая-то просочилась?

— Если бы. Записка там была, Коля. Может, он и псих ненормальный, на что очень похоже, но намек в записке вполне определенный. Он дает Татьяне понять, что приближается к ней. Так и написал, открытым текстом. И потом, он явно меняет схему, записка, адресованная кон-

кретному лицу, появилась впервые. При втором убитом она была безадресной: мол, деньги на похороны отложены, не присвойте их себе. А при первом трупе вообще записки не было. Так что пора начинать бояться по-настоящему, следующий удар он может попытаться направить против кого-то из близких Татьяны или против нее самой. Короче говоря, Ольшанский поставил перед нами задачу найти доказательства по трем направлениям: пальцы, почерк или оружие. Лучше все вместе.

— Ну, насчет пальцев и почерка мне все более или менее понятно. А вот насчет оружия... Известно, где оно хранится?

— В том-то и дело, что нет. Вариантов три кучи: квартира, мастерская, гараж, машина, служебный кабинет, квартира любовницы, ежели таковая имеется, но это еще надо устанавливать. Получить санкцию на обыск невозможно, ни один судья не даст, у нас же против него не то что доказательств, даже ни одной косвенной улики нет, только общие соображения.

— А если сами?.. — тихонько предложил Селуянов. — Мы аккуратненько все сделаем, комар носа не подточит, ты же знаешь.

— И думать забудь! — отрубил Коротков. — Колобок и так в госпитале беснуется, считает, что я без него отдел развалю. Если он, не дай бог, узнает — уроет без суда и следствия. Это же один из его железных принципов — работать так, чтобы никого из нас нельзя было упрекнуть в нарушении закона.

— Так он же не узнает. Кто ему скажет?

— Ну прямо-таки, не узнает он. — Юра безнадежно махнул рукой. — Когда это такое было, чтобы Колобок чего-то не узнал. Коль, я нормальный сыщик, если б я не был замом в нашем отделе, я бы первым побежал негласно осматривать апартаменты Шувалова. И мне бы даже в голову не пришло, что если это выплывет наружу, то кишки на кулак наматывать будут начальству, а не мне. И только вот в этом самом жестком кресле, — он выразительно похлопал по подлокотнику крутящегося рабочего кресла с изрядно потрепанной матерчатой обивкой, — я начал понимать, сколько дерьма пришлось скушать Колобку в ге-

неральских кабинетах из-за нашей самодеятельности. Нам-то что, он нас пожурит, даже если и грубо, и мы дальше побежали. И то сказать, каждый отдельно взятый опер получает по шапке только за то, что лично он напортачил, а начальник получает за всех по очереди и сразу. В общем, Коляныч, насчет незаконного проникновения и прочих глупостей ты из головы выбрось. Проявляй оперативную смекалку.

— Ну как скажешь, — безропотно согласился Селуянов. — Смекалку так смекалку.

СЕЛУЯНОВ

Они с женой потратили на разработку комбинации два дня. Коля продолжал заниматься убитыми наркоманами и еще доброй полудюжиной преступлений, а Валентина, которая все равно находилась в отпуске, села в машину Селуянова и отправилась определять передвижения Виктора Петровича Шувалова. По утрам он ездил на службу одним и тем же маршрутом, а после работы отправлялся в самые разные места, так что операцию проводить решили утром. Валентина разметила путь от его дома в Царицыне до университета, где преподавал Шувалов, и Селуянов, отлично знающий Москву, быстро выбрал наиболее оптимальную для осуществления задуманного точку.

Утром перед выходом из дома он в сто пятьдесят второй раз спросил жену:

— Валюша, может, я один поеду? Оставайся дома, а?

— Ага, — она оглядела себя с ног до головы в большом зеркале, стоящем в прихожей, — конечно. По-моему, я хороша необыкновенно, ты не находишь?

— Нахожу. Давай я сам все сделаю, чтобы не подвергать риску твою неземную красоту.

— Ну да, ты сделаешь… Слушай, кажется, этот шарф сюда не подходит. Погоди секунду, я другой достану.

— Валя! Я тебя человеческим языком прошу, оставайся дома! — Селуянов повысил голос, дабы придать своим речам побольше убедительности.

Валентина ловко продела концы тончайшего шелкового шарфа в кольцо блестящего металлического зажима в форме цветка.

— Вот теперь порядок. Другого лица у меня, конечно, уже не будет, но все остальное выглядит вполне пристойно, ты не находишь?

Эти слова были ее любимой присказкой, и Селуянов развлекался тем, что старался каждый раз ответить на них по-новому.

— Я не могу найти то, что уже давно нашли другие. И перестань ругать свое лицо, лично меня оно вполне устраивает. Все, решено, я еду один. Давай сюда ключи от машины.

Валентина, слушая его, успела надеть короткие осенние сапожки на низком каблуке и удлиненную светло-зеленую куртку. Взяв в руки сумочку, она быстро глянула на часы.

— Коля, у нас до выхода есть ровно полминуты, поэтому я предлагаю тебе послушать меня. Ты сам постоянно цитируешь своего начальника, который говорит, что каждый должен заниматься своим делом. Твое дело — искать преступников, мое — ездить на машине, у меня это получается намного лучше, чем у тебя, и спорить с этим невозможно. Не забывай, что за руль я села раньше, чем научилась читать, и то, что ты задумал, лучше меня все равно никто не сделает.

— Я сделаю все как надо, — упрямился Николай, — я, между прочим, тоже за рулем больше десяти лет сижу.

— Конечно, сделаешь, — согласилась Валентина, открывая дверь и легонько подталкивая мужа в сторону лестничной клетки, — кто ж в этом сомневается? Только после этого весь твой годовой заработок уйдет на ремонт машины. А если я сяду за руль, то гарантирую тебе всего лишь небольшую вмятину и пару царапин на крыле. Все, драгоценный, время истекло, побежали, а то упустим твоего фигуранта.

Он больше не спорил, потому что понимал в глубине души, что жена права. Ее мастерское владение автомобилем они уже неоднократно использовали в оперативных целях, каждый раз изумляясь тому, как эта хрупкая молодая женщина чувствует технику и подчиняет ее малейшим своим желаниям. Главная же прелесть состояла в том, что сидящие за рулем мужики уж никак не могли подозревать таких способностей в юной даме, управляющей идущим рядом автомобилем, а посему ловились на разработанные комбинации, как первоклашки.

К дому Шувалова они подъехали ровно без четверти восемь утра. Его машина — серая «Тойота» — стояла недалеко от подъезда.

— Позавчера он вышел из дому без десяти восемь, а вчера — без пятнадцати девять, вероятно, в первый день он ехал к первой паре занятий, а во второй — соответственно, ко второй, которая начинается около половины одиннадцатого, — прокомментировала Валентина. — Приготовься, драгоценный, вполне возможно, нам придется долго ждать. Но я думаю, будет лучше, если он поедет попозже, движение уже будет более интенсивное, и нам будет удобнее, ты не находишь?

— Главное, чтобы Шувалов вышел, — откликнулся Коля. — А мы уж как-нибудь.

Без десяти восемь Виктор Петрович Шувалов вышел из дому и сел в машину. Валентина не трогалась с места, пока серая «Тойота» не скрылась из виду.

— Ну, с богом, — сказала она тихонько, поворачивая ключ зажигания. — Будем надеяться, что он не сменит маршрут.

Петляя по переулкам, Валентина выехала на Дорожную улицу, по которой можно было попасть прямо к развязке, ведущей на Кольцевую автодорогу. И вчера, и позавчера Шувалов добирался до университета через Кольцевую дорогу и Мичуринский проспект. Именно на Мичуринском Селуянов и наметил место для знакомства.

Серую «Тойоту» Шувалова они снова увидели уже на Мичуринском. Когда миновали Олимпийскую деревню, Николай сказал:

— Подтягивайся, Валюша, уже близко, — и сам удивился тому, что голос отчего-то прозвучал сдавленно и хрипловато.

Валентина прибавила скорость, то и дело поглядывая на идущую далеко впереди машину Шувалова, и подъехала к перекрестку Мичуринского проспекта с улицей Лобачевского именно в то самое мгновение, в какое и нужно было, чтобы с точностью до десяти сантиметров встать по отношению к «Тойоте» так, как запланировал Селуянов. В ожидании зеленого сигнала светофора Шувалов стоял во втором ряду, намереваясь пересечь перекресток и продолжать движение прямо. Валентина встала в третий ряд и, когда загорелся зеленый свет, тронулась, включила поворотник, показывая, что хочет повернуть направо, и нахально подрезала Шувалова, который как ни в чем не бывало двигался вперед. Это было грубейшим нарушением с ее стороны, из третьего ряда поворота направо не было, все желающие повернуть должны были становиться в первый ряд. Поскольку столкновение оказалось неизбежным, оно и произошло.

Шувалов выскочил из машины с побелевшим от гнева лицом.

— Вы что, дамочка, совсем не соображаете? — заорал он. — Куда вы претесь из третьего ряда?

Валентина лениво открыла дверцу и элегантным движением выбросила ножки наружу.

— Но мне надо было повернуть, — капризно протянула она. — Вы понимаете? Мне НАДО было повернуть. Вы должны были видеть, что я поворотник включила. Чего вы сами-то по сторонам не смотрите?

— Да какой, к лешему, поворотник? Вы хоть десять поворотников включайте, я на вас смотреть не должен, потому что из третьего ряда нет поворота. Вам понятно, дамочка? Нету его тут. Вон, смотрите! — Он поднял руку и начал тыкать пальцем в том направлении, где висели знаки. — Короче, давайте быстро решать, как вы будете ремонтировать мою машину, у меня времени нет.

— У меня тоже, — невозмутимо ответила Валентина. — И это еще посмотреть надо, кто кому должен машину чинить. Вы мне крыло помяли и дверь поцарапали.

— Я? Вам? — Шувалов задохнулся от возмущения. — Это вы мне, а не я вам! Нет, ну надо же, какие люди наглые бывают! У вас есть мобильный телефон?

— Ну есть, — кокетливо кивнула она. — А что?

— Так звоните и вызывайте ГАИ или как там оно

нынче называется. Давайте, дамочка, давайте, шевелитесь, время идет, я на работу опаздываю.

— Я тоже, между прочим, не погулять вышла. Подумаешь, деловой какой нашелся, как будто он один на всем свете работает, а остальные так, груши околачивают, — огрызнулась молодая женщина.

Пока ждали инспектора ГИБДД, Валентина сидела рядом с мужем в машине и внимательно наблюдала за Шуваловым. Он то и дело посматривал на часы, но совершенно не обращал внимания на повреждения, нанесенные его автомобилю, не ходил вокруг, не трогал руками вмятины и не качал сокрушенно головой. Было видно, что он нервничает в данную минуту только из-за того, что опаздывает на работу. Валентина опустила стекло и поманила его рукой.

— Хотите позвонить на работу, предупредить, что задерживаетесь? — миролюбиво спросила она. — Я лично уже позвонила.

— Хочу, — сердито буркнул Шувалов.

Валентина протянула ему телефон.

— И охота вам с милицией связываться, — сказала она, когда Виктор Петрович возвращал ей трубку. — Дали бы мне денег на ремонт, и разошлись бы мирно. А теперь вот стой тут, жди неизвестно чего. Вы что, надеетесь, что в милиции вам ущерб поменьше насчитают?

— Слушайте, — тихо спросил Шувалов, — у вас совесть есть, ну хоть какая-нибудь? Вы грубо нарушили правила, вы повредили мою машину, и вы еще хотите, чтобы я вам заплатил за ремонт. Вас где этому научили? Уж точно не в автошколе. Такие, как вы, покупают права и садятся за руль, даже не научившись дорожные знаки читать. Я вас ненавижу, и вас лично, и таких, как вы, «очень новых русских». Пусть у меня будут проблемы на работе, но я из принципа дождусь работников милиции, только чтобы утереть вам нос.

— Да ладно, тоже еще, принципиальный нашелся, — злобно прошипела в ответ Валя. — Сам небось тоже права купил вместе с тачкой. Коля, — она дернула Селуянова за руку, — ты что, не слышишь, как этот тип меня оскорбляет? Что ты молчишь? Скажи ему...

— Заткнись, — грубо оборвал ее Селуянов. — Сама ви-

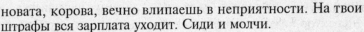
новата, корова, вечно влипаешь в неприятности. На твои штрафы вся зарплата уходит. Сиди и молчи.

Валентина надула губки и сделала вид, что обиделась.

Когда подъехали работники ГИБДД, разбор ситуации много времени не занял. Быстро сделав все замеры, они по очереди пригласили обоих участников дорожно-транспортного происшествия в свою машину, предложив им собственноручно написать объяснения. Поскольку ни один из них виновным себя не признал, дело нужно было передавать на комиссию по разбору ДТП. Получив объяснения, милиционеры, к вящему удовольствию Шувалова, строго отчитали Валентину, оценив ее поведение на дороге как абсолютно неправомерное, записали номера телефонов обоих участников столкновения и сказали, что о времени вызова на комиссию их известят.

Еще через два дня Селуянов с Валентиной и Виктор Петрович Шувалов сидели в кабинете инспектора ГИБДД, который величаво именовался «комиссией по разбору дорожно-транспортных происшествий».

— Шувалов и Селуянова? — уточнил инспектор-комиссия. — Сейчас разберемся. А вы кто будете? Муж? Выйдите пока в коридор, если будут нужны свидетели, я вас вызову.

Коля послушно вышел, радуясь, что инспектор ничего не забыл. Его заранее предупредили, чтобы он удалил из помещения третьего мужчину.

На его столе лежало лобовое стекло от чьего-то автомобиля. Инспектор попытался найти кусочек свободного места, на котором можно было разложить бумаги, но в этом деле не преуспел, стекло было большим и занимало практически весь немаленького размера стол.

— Помогите, пожалуйста, — обратился он к Шувалову.

Вдвоем с Виктором Петровичем они сняли стекло и аккуратно поставили его, прислонив к стене. После этого инспектор задал автовладельцам несколько вопросов, еще раз перечитал собственноручно написанные ими объяснения, изучил вопрос и принял решение о том, что гражданка Селуянова должна заплатить штраф и возместить гражданину Шувалову затраты на ремонт автомобиля. Валентина буквально вырвала из рук инспектора квитанцию и

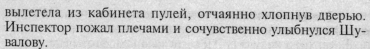

вылетела из кабинета пулей, отчаянно хлопнув дверью. Инспектор пожал плечами и сочувственно улыбнулся Шувалову.

— Знаете, сколько таких...

— Догадываюсь, — усмехнулся Виктор Петрович. — Спасибо вам, всего доброго.

Через пару минут в кабинет вошел Селуянов и удовлетворенно оглядел место битвы. Негласное дактилоскопирование Шувалова проведено, образцы почерка получены. И, что особенно приятно, ни малейшего нарушения законности.

Глава 10

КАМЕНСКАЯ

Настя и Татьяна Образцова сидели в кабинете следователя Ольшанского и ждали заключения экспертов по почерку и отпечаткам пальцев Шувалова. Они ни секунды не сомневались, что в справке будет написано о полной идентичности представленных образцов тем, которые были обнаружены на местах трех преступлений. Но всем юристам понятно, что оперативник может быть на двести процентов уверенным в чем угодно, а для получения у судьи санкции нужны доказательства, а не чья-то личная убежденность. Без этих доказательств, то есть без справок, представленных экспертами, нельзя рассчитывать на то, что им разрешат провести обыски у Шувалова, а без обысков невозможно решить вопрос с оружием.

— Удивительный он человек, — покачала головой Настя. — Всюду оставляет свои следы, даже не пытается их как-то замаскировать. Голыми руками берется за игрушки, которые подбрасывает рядом с трупами, собственной рукой пишет записки. На что он рассчитывает?

— На то, что на него никто никогда не подумает, — вяло откликнулся Ольшанский. — Процентов шестьдесят всех преступников именно так и думают, даже если за ними уже были грешки. А этот-то! Ученый, профессор, член Союза художников. Кому в голову придет его подозревать?

— Все равно странно, — негромко откликнулась Татьяна. — Если он пытается отомстить мне за сына, то, стало быть, он меня не забыл. Почему же он рассчитывает, что я его забуду? Он, по идее, должен понимать, что будет первым, на кого падет подозрение. Почему же он так неосторожен? В голове не укладывается.

— Умна ты, Татьяна Григорьевна, — хмыкнул Ольшанский. — Он-то все правильно рассчитал, ведь ты же сначала не на него подумала, верно? Мы всю милицию страны на ноги подняли, Горшкова твоего искали, а Шувалов в это время ходил и посмеивался, новые жертвы высматривал. Он и сейчас ходит по темным месточкам, к очередному убийству готовится, так что не обольщайся. Жена Коли Селуянова два дня у него на хвосте висела, своими глазами видела, как твой Шувалов после работы на вокзалы ездит и на большие рынки. Там по вечерам всякая голь перекатная тусуется. Пока мы тут законность соблюдаем, он нам четвертый труп положит. А что делать? — Он картинно развел руками. — Кстати, о законности. На какие деньги ваш геройский Селуянов собирается свою тачку починять? И шуваловскую, кстати, тоже.

Настя рассмеялась. Она понимала, что имеет в виду следователь. Оперативники частенько фальсифицируют сообщения, сделанные якобы платной агентурой, получают деньги, которые должны передать источнику, представившему ценную информацию, и тратят их на оперативные нужды. Потому как законом не предусмотрено возмещать милиционеру затраты, даже если они сделаны для раскрытия преступления. Закон, вероятно, предполагает, что все преступления раскрываются исключительно сидя за столом с честным лицом и ясными, незамутненными ложью глазами, а такой образ действий никаких дополнительных финансовых затрат не требует.

— Не волнуйтесь, Константин Михайлович, у Коли есть на примете автосервис, где ему за красивые глаза делают все даром.

— Это что же, твой дружок взятки берет от криминального элемента? — насмешливо прищурился следователь. — Некрасиво, Каменская, нехорошо.

— Да бросьте вы, какие взятки! У владельца этого сервиса сын с дураками связался, чуть в уголовное дело не влип, спасибо Коле, он его вовремя из этой компании вытащил. Вот теперь папаша считает себя по гроб жизни обязанным. Константин Михайлович, ну где ваши эксперты? Никакого терпения нет ждать.

— Терпи. Вон Татьяна Григорьевна сидит тихонько и ждет, бери с нее пример. А у тебя вечно шило в одном пикантном месте. Давайте лучше вместе подумаем, что мы знаем про Шувалова и что можно от него ожидать. То, что он наглый и самоуверенный донельзя, — это уже понятно. Оставляет свои пальцы, пишет записки собственной рукой, то есть пребывает в абсолютной и непреходящей убежденности, что мы до него никогда в жизни не доберемся. Что еще?

— Злопамятен, — вступила Татьяна. — И предприимчив. Маловероятно, чтобы он увидел меня по телевизору случайно или проходил в это время мимо и быстро успел сориентироваться, придумать целый план, найти Надежду Старостенко, договориться с ней и приготовить плакатик. Все это было сделано заблаговременно, а это означает, что он был в курсе насчет телемоста. За четыре года я успела дважды сменить место жительства, сначала уехала из Питера и жила у Стасова в Черемушках, потом мы переехали. Но он все равно меня нашел. Либо у него есть связи, либо он весьма предприимчив и изобретателен в плане поиска информации. Мозги у него устроены как надо. И в этом случае крайне маловероятно, чтобы он был душевнобольным. Уж очень он расчетлив.

— Принимается, — одобрительно кивнул следователь. — Каменская, что молчишь? Неужели мыслей нет никаких? На тебя не похоже.

Настя задумчиво вертела в руках серебряный ножичек для разрезания бумаги с изящным ангелочком на ручке. Ножичек она взяла со стола Ольшанского и за время пребывания в этом кабинете уже успела раз пять выслушать предупреждение «не попортить подарок любимой жены».

— Он достаточно состоятелен, чтобы оставлять на трупах деньги на похороны. Тысяча двести долларов — это не кот наплакал, это большие деньги для государственного служащего, — медленно сказала она. — Смотрите, что получается: по сведениям, которые нам удалось раздобыть, за последние годы он продал своих картин на общую сумму около десяти тысяч долларов. Это те продажи, которые зафиксированы официально. Допустим, еще тысяч на пять он продал не через галереи, а лично. За эти же годы он похоронил трех членов семьи, и, по нашим сведениям, похоронил недешево. Таня, что сказал твой человек, которого ты просила оценить памятник на Волковом кладбище?

— Настя права, Константин Михайлович, я попросила одного питерского специалиста взглянуть на памятник на могиле жены и детей Шувалова, он сказал, что это, без сомнения, делали армянские мастера из очень редкого камня, который можно найти только в Армении. Вес памятника больше тонны. За такую работу берут не меньше пяти-шести тысяч долларов, да еще транспортировка и растаможивание влетает в копеечку, не говоря уж об установке. На круг за все выйдет не меньше восьми тысяч долларов.

— Считаем дальше, — продолжала Настя. — Вы извините, что я все про деньги, но деньги — это цифры, а мне с цифрами как-то проще, я в психологии не сильна. Так вот, интенсивность продажи картин господина Шувалова из года в год падает, и он, как человек здравый, не может не понимать, что радужных перспектив у него не так уж много. Специалисты говорят, что спросом, хотя и уменьшающимся, пока еще пользуются его произведения, созданные до трагедии, которая произошла с его семьей. Однако то, что он творил после трагедии, получило очень плохую критику, и Виктор Петрович эти работы не выставляет. Иными словами, жить ему предстоит исключительно на средства, вырученные от продажи старых запасов, но спрос на них, как я уже сказала, все время падает. Спрос, конечно, штука непостоянная, особенно на произведения искусства, сегодня его нет, а завтра он есть, и не просто есть, а ажиотажный. Мы все знаем, что это случается, но точно так же знаем, что рассчитывать на это ни в коем случае нельзя. Ведь это может и не произойти. Я к чему это все так долго рассказываю?

— Да, Каменская, к чему? — подхватил следователь,

который, слушая ее рассуждения, что-то быстро записывал. — Поясни, уж будь любезна.

— Буду любезна, — слегка усмехнулась Настя. — Если грубо считать, то, кроме государственной зарплаты, Виктор Петрович Шувалов заработал пятнадцать тысяч долларов, из которых как минимум восемь потратил на памятник, еще две-три — на организацию похорон и поминок трех человек, таким образом у него остается на жизнь не больше пяти тысяч без всякой уверенности в том, что когда-нибудь еще будут большие доходы. У него была мастерская в Петербурге, но не в частной собственности, ему государство по ходатайству Союза художников выделило в семьдесят седьмом году. Мастерскую он вернул государству. Была еще квартира, в которой проживали жена и дочь, но квартира приватизирована на имя жены. Он, как стало известно, собирался ее продать, чтобы разделить деньги между всеми наследниками, там еще были родители жены и ее сестра и брат. Но сестра покойной жены очень эту квартиру захотела, а для того, чтобы она смогла вступить во владение, нужна была такая долгая процедура и такое количество бумажек и переоформлений, что Шувалов махнул рукой и сказал, что ни на что не претендует. То есть надеяться Шувалову в общем-то не на что, никаких бешеных дивидендов ему не светит. Замечу в скобках, что работает он в университете всего на полставки, то есть зарплата не бог весь какая. Все, на что он может твердо рассчитывать, это на продажу своей машины. У него «Тойота» девяносто второго года рождения, за нее за новенькую дают тысяч двадцать, а за шестилетку, каковой она сегодня является, — не больше десяти. Проще говоря, материальное положение господина Шувалова на сегодняшний день отнюдь не бедственное, но к расточительству не располагающее. И в такой ситуации он просто так, за здорово живешь, выбрасывает на ветер тысячу двести долларов на похороны людей, которых сам же и убил. Исключительно для того, чтобы «сделать красиво» и пустить пыль в глаза Татьяне. Если вы согласны с моей арифметикой, то нам придется сделать один из двух выводов.

— Он все-таки сумасшедший, — кивнул Ольшанский. — Человек в здравом уме не станет так бросаться деньгами. Но это противоречит той картине, которую мы нарисовали. Ты этот вывод имела в виду?

— Этот. Есть и второй вариант, который общей картине не противоречит. Он не сумасшедший, но у него есть еще какой-то источник дохода. Вероятнее всего, криминальный, потому что про официальную жизнь Виктора Петровича Шувалова мы всё узнали.

— Неужели все-таки наркотики? — сказала Татьяна. — Крутили мы его тогда, крутили, и ничего не нашли. Значит, проглядели. У него остался тот канал, которым пользовалась его жена, и он из него подпитывается. Ну хитер! Уж как мы старались четыре года назад, только что белье его не обнюхивали... Стоп! Опять не получается. Если он завязан с наркотиками, он не стал бы лезть со своей местью. Это, во-первых, нелогично, а во-вторых, опасно. Мы ведь уже решили, что он не идиот.

— Давайте все сначала, — вздохнул Константин Михайлович. — Татьяна Григорьевна, ты права, где-то мы промахнулись со своими построениями.

Но они не успели начать сначала, потому что Ольшанскому позвонили эксперты. Он долго слушал то, что ему говорили по телефону, не подавая никаких реплик, потом коротко сказал:

— Жду письменное заключение.

Положив трубку, он молча смотрел некоторое время в окно, затем перевел глаза на Татьяну и Настю.

— Все, девушки, приехали туда, откуда начали. Пальцы на игрушках не его. И почерк на записках тоже не его. Вот теперь давайте действительно все сначала.

— Как это не его? — прошептала Настя. — Этого не может быть. Как же так?

— Как-как... Не знаю, как, — сердито отозвался Ольшанский. — Вот так. Думайте, красавицы, как это может быть. Опять ошиблись, что ли?

На несколько секунд повисла пауза, потом Татьяна подняла голову и стукнула кулачком по поверхности стола:

— Он еще хитрее, чем мы думали. Мы считали, что он наглый и самонадеянный, а он на самом деле хитрый и предусмотрительный. У него есть возможность получать чьи-то отпечатки пальцев на игрушках, у него есть человек, который пишет для него эти записки. Может быть, это сообщник, который помогает сознательно, но скорее всего это человек, который даже не догадывается, что его используют втемную. Вспомните, как он использовал Надьку Танцорку. Стиль тот же.

— Хорошо, — оживился следователь, — это мне нравится. Такая ситуация, конечно, осложняет расследование, но зато не противоречит всему, что мы знаем. Надо искать оружие. Если все так, как придумала Татьяна, то он может и оружием чужим пользоваться, но в любом случае это оружие где-то лежит, Шувалов каждый раз его забирает, идя на убийство, а потом кладет на место.

— Маловероятно, — засомневалась Настя. — Это очень рискованно, хозяин может в любой момент поинтересоваться своим пистолетом, и вдруг окажется, что его либо на месте нет, либо от него порохом разит. Мы же договорились, что считаем Шувалова предусмотрительным и осторожным.

Ольшанский и Татьяна с этим согласились. Но проблеме поиска оружия это согласие мало помогло. Выводы экспертов делали совершенно невозможным получение разрешения на обыск.

ШУВАЛОВ

Он устал. Он смертельно устал от того, что делал. Но не делать уже не мог. Он потерял рассудок, сражаясь с призраками прошлого, но был не в состоянии остановиться в этой войне, потому что, как только он пытался остановиться, рассудок возвращался к нему и ужас от сотворенного делался непереносимо болезненным. Единственным способом забыть об этой боли было возвращение к боли давней, уже чуть-чуть притупившейся, переносить которую было немного легче. Возвращение к старой боли пробуждало жажду войны, которая затмевала рассудок, и все начиналось сначала.

После того, что случилось с его семьей, он забросил занятия своей любимой наукой. Теоретические изыскания в области социальной психологии стали казаться ему скучными и пустыми, они в обобщенном виде пытались описывать мысли и чувства усредненных, незнакомых ему людей, тогда как его интересовали только его собственные чувства. Эти чувства порождали мысли, которые его пугали, но от которых он не мог избавиться. Он попытался отойти от государственной науки, ссылаясь на возраст — шестьдесят один, можно и на пенсию, но, увидев откровенно недоумевающие взгляды коллег, поубавил пыл. В самом деле, какой он пенсионер! Выглядит дай бог каждому, лет на десять моложе, чем есть на самом деле, сказались немалые старания, приложенные в свое время, чтобы не состариться слишком быстро, ведь у него была молодая красавица-жена. И он до последнего вытеснял из сознания мысли о том, что как мужчина он ей не нужен. Знал, что не нужен, знал, что она с брезгливым неудовольствием терпит его ежемесячные визиты в Питер, но все равно любил ее и надеялся. И потому старался бороться с возрастом как мог. Занимался спортом вместе с сыном, совершал с мальчиком долгие пешие прогулки за городом, бросил курить, пользовался только самыми лучшими средствами для бритья, чтобы не пересушивать кожу и уберечь от преждевременных морщин. И хотя после трагедии он перестал заниматься собой, но до сих пор выглядел великолепно. И болезней особых, которые неделями и месяцами мешали бы ему работать, у Шувалова не было. Да, коллеги явно не поняли его порыва оставить научную работу, и он остался. Не потому, что дал слабину, не устояв перед общественным мнением, уж кому-кому, а ему, специалисту в области социальной психологии, про общественное мнение было известно все и даже больше, чем все. Но Виктор Петрович решил не совершать поступков, которые казались бы абсолютно нелогичными и непонятными, а потому подозрительными. Не нужно ему никаких подозрений. Он готовился к своей войне.

Но справиться с отсутствием интереса к любимой еще совсем недавно науке он не смог, потому перешел на другой факультет, где психология была не профильным предметом и читалась лишь поверхностно, одни азы. Это позволяло не углубляться в новейшие теоретические разработки и давало возможность «ехать» на старом багаже без

7*

дополнительных усилий, на которые у него не было уже ни желания, ни сил.

Живопись он тоже забросил. В первое время после трагедии он погрузился в нее с головой, стараясь выплеснуть на полотно боль и отчаяние, сжигавшие его, но критики эти картины не приняли и не поняли, заявив, что в них нет ничего от прежнего самобытного Шувалова, зато явственно проступает неумелое подражание Босху. В чем-то они были правы, ведь прежнего Шувалова больше не было, он умер вместе со своей семьей, оставив вместо себя совсем другого человека, с иной душой и иными страданиями. Правда состояла и в том, что Босх действительно был его любимым художником, и, только глядя на его картины, Виктор Петрович отчетливо осознавал всю мерзость и греховность земного человеческого бытия. Вся остальная живопись, затрагивающая тему греха, казалась ему куда менее выразительной и столь сильного впечатления не производила.

Он не стал работать над собой в попытках вернуть своим полотнам былую самобытность. Старые, написанные до трагедии картины еще понемногу продавались, и это было существенным материальным подспорьем, а новых картин он больше не писал, так только, баловался иногда для души, но никому не показывал и тем более не выставлял.

Вся его жизнь свелась отныне к войне, которую он вел сам с собой и с царящими в душе болью и ненавистью.

Сегодня у него не было занятий, в университет можно не ехать, и встал Шувалов попозже. Настроение было мрачным, как и каждый день в последние годы. Виктор Петрович выглянул в окно, погода стояла отвратительная, шел дождь, порывы ветра безжалостно трепали оголенные и оттого казавшиеся беззащитными тонкие ветки деревьев. Выходить на улицу не хотелось, и он решил заняться уборкой. Позавтракав на скорую руку, он натянул старый спортивный костюм, в котором выходил с сынишкой на утренние пробежки, когда тому было лет десять-одиннадцать, и сморщился от ставшей привычной, но все равно непереносимой боли. Что бы он ни делал, к чему бы ни прикасался, он всегда вспоминал сына.

Когда все вещи оказались разложенными по своим местам, Шувалов вооружился влажной салфеткой и занялся пылью. Достав стремянку, он начал с книжных полок. Виктор Петрович по опыту знал, что процедура ухода за книгами всегда превращается в неконтролируемый процесс чтения, ибо, увидев на корешке давно забытое название, ему трудно удержаться, чтобы не взять том в руки и не полистать, а натыкаясь глазами на что-то любопытное, он уже не мог остановиться и начинал читать подряд, примостившись на верхней ступеньке лестницы. Так было и сегодня. Он сидел ссутулившись на неудобной стремянке, когда тренькнул дверной звонок.

На пороге стоял высокий молодой человек в ладно сидящей милицейской форме с капитанскими погонами на плечах.

— Виктор Петрович Шувалов? — строго спросил он, глядя в блокнот.

Шувалову стало страшно, но лишь на мгновение. «Этого не может быть», — мысленно сказал он себе, и это его успокоило.

— Я самый. Чему обязан?

— Моя фамилия Доценко, я ваш новый участковый, — лучезарно улыбнулся гость. — Вы позволите? Я вас надолго не задержу.

Шувалов посторонился, пропуская его в квартиру:

— Прошу.

Капитан долго и тщательно вытирал ноги о коврик в прихожей, из чего Виктор Петрович сделал вывод, что участковый не собирается ограничиваться короткой беседой возле входной двери. Так и оказалось. Убедившись, что мокрые ботинки больше не оставляют грязных следов, Доценко прошел в комнату.

— Хожу вот, с населением знакомлюсь, — пояснил он, устраиваясь за столом и раскрывая блокнот. — Заодно и поручение выполняю. Вы, Виктор Петрович, один живете?

— Один, — подтвердил Шувалов, решив быть немногословным.

— На соседей не жалуетесь? Крики там, скандалы, драки и все такое?

— Нет, ничего такого не было. У меня хорошие соседи.

— Может быть, к ним гости подозрительные ходят?

— Не замечал.

— Ну ладно, значит, все в порядке. Теперь вот какое дело... — Участковый замялся. — Тут неподалеку вчера разбойное нападение случилось, на соседней улице. Свидетели видели, что преступники побежали через ваш двор. Есть основания полагать, что где-то в вашем дворе они выбросили оружие. Когда их задержали, пистолета при них не оказалось, а все свидетели нападения утверждают, что он был. Знаете, как часто бывает...

Капитан смущенно откашлялся и полистал блокнот.

— Находит человек оружие и уносит к себе домой. Его понять можно, он же не знает, что это пистолет с разбойного нападения, думает, что просто кто-то обронил, потерял. Ну и забирает себе. Особенно пацаны этим делом грешат. Вы часом не слыхали, что кто-то из соседских мальчишек оружие нашел?

Шувалов отрицательно покачал головой:

— Не слышал.

— Может, соседи ваши что-то говорили об этом?

— Повторяю: не слышал.

— А вы сами? Ну... это... не находили?

Виктор Петрович ясно видел, как неловко себя чувствует капитан, и это его откровенно развеселило. Он даже расщедрился на более пространную тираду:

— Нет, молодой человек, я никакого пистолета не находил. И скажу вам больше: если бы я его нашел, у меня хватило бы здравого ума не уносить его домой, а отдать в милицию. Я удовлетворил ваше любопытство? Прошу извинить, у меня еще много дел. Если мы закончили...

Капитан вскочил и принялся неуклюже запихивать блокнот в папку.

— Да-да, извините. Уже ухожу. А к вам, Виктор Петрович, просьба будет. Если вдруг о чем-то подобном услышите, не сочтите за труд дать знать.

— Не сочту, — кивнул Шувалов.

Гость быстро обвел глазами комнату, и это не понравилось Шувалову. Глаза у парня были холодные и цепкие, совсем не сочетавшиеся с его неуклюжестью и простоватостью. Ему захотелось, чтобы участковый поскорее ушел,

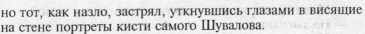
но тот, как назло, застрял, уткнувшись глазами в висящие на стене портреты кисти самого Шувалова.

— Красивые картины, — заявил Доценко.

Шувалова эти слова покоробили. Разве о картинах говорят «красивые»? Красивые! Что он понимает, этот сапог! Картина не должна быть красивой, она должна быть правдивой и задевать чувства. Разве «Толедо ночью» Эль Греко — это красиво? А завораживает так, что оторваться невозможно.

— Кто это на них нарисован? — полюбопытствовал капитан. — Вот мальчик этот — это кто?

— Это мой сын, — сдержанно ответил Шувалов.

— А он что, с вами не живет?

— Нет.

Говорить о сыне было больно, и Шувалов мечтал только о том, чтобы побыстрее захлопнуть дверь за назойливым визитером. Но Доценко его настроя, по-видимому, не ощутил, потому что теперь разглядывал портрет дочери.

— А это кто?

— Это моя дочь.

— Тоже с вами не живет?

— Она уже взрослая, — неопределенно сказал Виктор Петрович. — Товарищ капитан, я очень тороплюсь, поэтому если у вас больше нет вопросов...

— Извините, извините, — заторопился участковый.

Закрывая за ним дверь, Шувалов увидел, как капитан, снова достав блокнот, устремился к двери соседей по площадке и нажал кнопку звонка. Виктор Петрович щелкнул замком и побрел к стремянке, пытаясь отделаться от неприятного осадка, оставшегося после прихода участкового. Он уже потерял интерес к той книге, которую листал, когда его прервал приход капитана. Поставив ее на место, Шувалов опять взялся за тряпку, но мыслями снова и снова возвращался к симпатичному молодому милиционеру. Почему ему так неприятно? Откуда это тревожное чувство? Наверное, от того, что участковый невольно затронул болезненную рану. Спросил о сыне...

О сыне? Он пришел с блокнотом, в котором выписаны адреса и имена людей, проживающих на его участке. Откуда он их взял? Ясно откуда, либо получил от предыдущего участкового, либо взял в паспортном столе. Но ведь во всех документах указано, что Шувалов Евгений Викторович, 1978 года рождения, выписан с места жительства в связи со смертью.

Виктор Петрович медленно спустился по ступенькам, ощущая предательское дрожание в ногах. Присел на диван и постарался сосредоточиться. «Это не участковый. Он пришел за другим... Но как? Как это могло случиться? Нет, этого не должно было случиться, потому что этого не может быть».

Внезапно слабость прошла, в голове прояснилось, Шувалов успокоился. Конечно, этого не может быть. Но может быть и другое. В его квартире картины. Конечно, не Рембрандт и не Ван Гог, на аукционах Кристи и Сотби их не продашь, но в любом случае это произведения признанных современных русских живописцев, не только самого Шувалова, но и других, куда более известных и маститых, которые дарили ему свои полотна в знак дружбы и уважения. Кто-то навел на его квартиру, а под видом участкового приходил один из преступников. Ничего, сейчас мы это выясним.

Виктор Петрович потянулся к телефонной трубке и набрал 02.

— Милиция, говорите, — раздался лишенный эмоций женский голос.

— Будьте добры, со справочной соедините меня, — попросил Шувалов.

— Минуту.

Через некоторое время прозвучал другой голос, такой же механический:

— Справочная.

— Будьте добры, телефон дежурной части муниципального отдела милиции «Царицыно».

— Записывайте...

Спустя несколько секунд Шувалов уже разговаривал с дежурным.

— Капитан Доценко? — переспросил дежурный. — У нас нет такого сотрудника.

— Это новый участковый, — стал объяснять Виктор

Петрович, злорадствуя в душе, — он обслуживает Деловую улицу. Может быть, вы не знаете?

— Сейчас уточню, — пообещал дежурный.

Шувалову слышны были приглушенные голоса, но слов разобрать он не мог. Чем черт не шутит, а вдруг это и в самом деле новый участковый, и ничего опасного в его приходе нет, самый обычный обход территории. В этом доме Виктор Петрович жил уже лет двадцать, за это время по меньшей мере семеро участковых сменились, и некоторые из них именно так и приходили к нему. Тогда можно успокоиться и забыть про свои страхи.

— Алло, вы слушаете? — снова раздался голос дежурного. — У нас нет такого сотрудника. А вашу территорию обслуживает старший лейтенант Резвых.

Поблагодарив, он повесил трубку. Значит, наводчик. Надо предупредить соседей на всякий случай. Как знать, быть может, преступники интересуются вовсе не его картинами, а имуществом в других квартирах.

Виктор Петрович переоделся, сменив старый спортивный костюм на джинсы и тонкий джемпер. Кроме него, на этаже проживают еще три семьи, надо поговорить со всеми. Только нужно дождаться, пока этот мнимый участковый уйдет из их подъезда. Возможно, его уже нет в доме, а возможно, он еще сидит у кого-то из соседей.

«Не будем торопиться, — благоразумно решил Шувалов, — если сделать неосторожное движение, можно нарваться на неприятности, у этого типа может оказаться оружие. Но все-таки какие придурки эти бандиты! Так топорно работают! Ну ладно, я человек занятой, ученый и, допустим, доверчивый, документы у него не спросил. А если бы спросил? Что он стал бы мне показывать? Ствол в зубы вместо удостоверения? Да нет, не похоже, нынешние бандиты стали предусмотрительными. Есть, конечно, те, что попроще, силой берут, нахрапом, но такие и не делают предварительную разведку, у них ни терпения, ни мозгов на это не хватает. А если уж берутся за дело серьезно, то и документами запасаются. Наверное, какой-то документ у него все-таки был. Все равно странно... Если был документ, почему он мне его не показал по собственной инициативе? Это укрепило бы его позиции. А он картины рассматривал. Нет, похоже, все-таки он именно на мою квартиру нацелился, на картины».

Он не спеша выпил чаю с бутербродом и подумал, что, пожалуй, можно уже идти к соседям. В первую очередь Шувалов решил навестить ту квартиру, в которую на его глазах час назад звонил мнимый участковый. Дверь ему открыл рослый парень, сын соседей, на днях вернувшийся из армии.

— Из милиции? Был мужик. А что?

— Он тебя про оружие спрашивал?

— Про какое оружие? — удивился парень. — Про отцовскую винтовку? Нет, не спрашивал. У нас все в порядке, у бати разрешение есть и охотничий билет.

— Не про винтовку, а про пистолет, который преступники в нашем дворе бросили. Разве не спрашивал?

Парень удивленно взглянул на Шувалова.

— Не-е, — протянул он растерянно, — про пистолет базара не было. Он про вас в основном спрашивал.

— Про меня?!

Виктор Петрович старался сохранить хладнокровие, ведь он был, в сущности, к этому готов, про кого же еще спрашивать наводчику, если не про него.

— Ну да. Про вас. Мол, с кем живете, кто к вам приходит, когда вы дома бываете, и все такое.

— Понятно. Еще что спрашивал?

— Ну... так это... — Парень покраснел. — Как у вас с деньгами, шикарно живете или так, скромно.

— И что ты сказал?

— Да что я мог сказать? Сказал, что не знаю. Два года в казарме парился, вернулся вот только-только, осмотреться не успел. Я ему говорю: вы у предков моих лучше спросите, они вечером дома будут.

— Хорошо, — кивнул Виктор Петрович. — Я сомневаюсь, что этот тип вернется поговорить с твоими родителями, но на всякий случай имей в виду: он не из милиции. Это бандит, он приходил на разведку, его банда собирается ограбить мою квартиру. Поэтому будь осторожней. И если увидишь его около моей двери — сразу вызывай милицию. Да и не только его, любого подозрительного человека. Понял?

— Понял, дядя Витя, — с послушанием маленького мальчика ответил соседский сын.

Следующий визит был в квартиру напротив. В ней жил относительно успешный предприниматель, который зарабатывал достаточно, чтобы его жена при двух высших образованиях могла сидеть дома и воспитывать троих детей. Это была симпатичная женщина, настолько спокойная и уравновешенная, что немыслимо было даже представить себе, как она разговаривает на повышенных тонах. Она нравилась Шувалову, разумеется, чисто по-соседски, все трое детишек родились, когда супруги уже жили здесь, в этом доме, и Виктор Петрович за последние десять лет множество раз помогал ей втаскивать в узкий лифт или поднимать по ступенькам в подъезде колясочку с очередным младенцем.

— Виктор Петрович? — удивленно воскликнула она, увидев Шувалова. — А я думала, что вы на работе. Хотела к вам вечером зайти.

— Что-нибудь случилось? — встревожился Шувалов.

— Пока не знаю, но хотела вам сказать. Тут из милиции приходили, вами интересовались. Не знаете, в связи с чем?

— Анечка, вы имеете в виду липового участкового? Я уже знаю, что он ходил по квартирам. У меня он тоже был. Я, собственно, хотел вас предупредить...

— С чего вы взяли, что он участковый? — перебила его соседка. — Никакой он не участковый.

— Да знаю, знаю я, не волнуйтесь, — постарался успокоить ее Шувалов. — Я как раз и хотел предупредить вас, что он не участковый, а бандит. Вероятно, в ближайшее время они попытаются ограбить мою квартиру, и я хотел вам сказать, чтобы вы были осторожнее.

Анна рассмеялась звонко и весело.

— Ну что вы, Виктор Петрович, какой же он бандит! Он прелестный мальчик, капитан милиции. Очень интеллигентный.

Шувалов начал терять терпение. Уравновешенность и спокойствие — это, несомненно, достоинства, но не до такой же степени, чтобы граничить с тупой непробиваемостью и безоглядной доверчивостью.

— Анна, я вам повторяю еще раз: он не милый интеллигентный мальчик и не капитан милиции, он наводчик, которого бандиты прислали на разведку. Они готовятся к ограблению моей квартиры. Я собираюсь поставить в известность наше отделение милиции, но на них надежды мало, сами знаете, как сейчас милиционеры работают, им ни до чего дела нет. Поэтому я считаю своим долгом предупредить соседей, что на нашем этаже в любой момент могут оказаться вооруженные преступники, и нужно проявлять бдительность и осторожность. А вас это особенно касается, на вашем попечении трое малолетних детей. Аня, я прошу вас отнестись к моим словам со всей серьезностью.

Она смотрела на него с откровенным недоумением и продолжала улыбаться.

— Виктор Петрович, почему вы называете его участковым? Он же не участковый. Наш участковый Саша Резвых, я его прекрасно знаю.

— Он представился мне как наш новый участковый, но документов не показал. А поскольку я знаю, что наш участок обслуживает старший лейтенант Резвых, я и называю этого самозванца бандитом. Теперь вы поняли?

— Я поняла... А что, он не показал вам документов?

— В том-то и дело. Кстати, кем он вам представился?

— Капитан Доценко, Московский уголовный розыск. Поэтому я и удивилась, что вы его участковым назвали.

— Вот видите, эти бандиты народ предусмотрительный. Они навели справки и знали, что вы лично хорошо знакомы с нашим участковым, поэтому для вас выдумали другую легенду, прикинулись муровцами. Понимаете, насколько они опасны?

— Но я видела его удостоверение.

— Неужели? — Он скептически приподнял брови. — И что в нем было написано?

— Капитан милиции Доценко Михаил Александрович состоит в должности оперуполномоченного в управлении уголовного розыска Главного управления внутренних дел города Москвы. Я запомнила также номер удостоверения, дату его выдачи и срок действительности. Фотография была точно его, я внимательно смотрела. Что вы удивляе-

тесь, Виктор Петрович? Меня муж строго инструктировал насчет таких случаев, сами знаете, как бандиты на предпринимателей наезжают, надо все время быть начеку. Муж говорил, что, если появляются работники милиции, надо обязательно запоминать все данные из их документов, потому что документы чаще всего бывают настоящие, просто эти милиционеры, помимо основной службы, еще и на мафию работают. Вот, — она протянула Шувалову розовый квадратный листок, — я все записала для вас.

Последние ее слова Шувалов слышал словно издалека. На какие-то секунды он утратил способность слышать и соображать и с большим трудом взял себя в руки.

— Да-да, спасибо, — пробормотал он. — Ума не приложу, что от меня нужно уголовному розыску.

Он, конечно, кривил душой. И знал, что Анна это прекрасно понимает. Тогда, четыре года назад, когда его подозревали в причастности к торговле наркотиками, они наверняка опрашивали всех соседей, чтобы выяснить, не ходят ли к нему подозрительные типы и не хранит ли он что-то особенное в своей квартире, не привозит ли с собой из Петербурга некий груз, и все такое. Подробности таких происшествий, какие случились с его семьей, трудно сохранить в секрете, даже если они случаются в другом городе, так что Анна наверняка в курсе. Значит, они опять ворошат старые дела, опять пытаются привязать его к этому омерзительному бизнесу. Да это бог с ним, пусть работают, им за это зарплату платят. Но если они снова начнут цепляться к нему, то могут ненароком выследить. Вот это уже плохо.

Или все-таки причина их интереса к нему не в этом? Нет, нет и нет, этого не может быть. Никто никогда не узнает о том, что он делает. Не могут менты выйти на его след. Значит, это старые дела, связанные с женой и дочерью. И портретами сына и дочери этот капитан заинтересовался неспроста. В комнате еще дюжина портретов, а он спросил только про эти, словно других нет. Он прекрасно все знает, просто он глуповат и неопытен и не смог скрыть своей осведомленности.

Но подстраховаться в любом случае надо. Если они возобновили дело, то могут каждую минуту нагрянуть к нему с обыском, чтобы в очередной раз попытаться найти наркотики, которых у него отродясь не бывало. Необходимо срочно принять меры. Главное — избавиться от пистолета.

Виктор Петрович быстро собрался, положил оружие в «дипломат» и вышел из дома. Хорошо, что он вовремя спохватился, прислушался к интуиции. Участковый! Надо же так плохо сработать! Ничего наша милиция не умеет, ничему не научилась, работают, как бездарные актеры в провинциальном театре. Дурачок этот капитан, ему напел, что участковый, а в соседнюю квартиру зашел и даже вид поленился сделать, что интересуется каким-то оружием, якобы выброшенным преступниками, сразу стал о Шувалове спрашивать, да еще и настоящее удостоверение показал. На что он рассчитывал, интересно? Был бы умный — справочки навел бы предварительно да выяснил, что из четырех квартир на этом этаже в трех семьи живут по многу лет, наверняка хорошо знакомы друг с другом и тут же Виктора Петровича проинформируют, какие бы обещания молчать он с них ни брал. А он пошел на авось, типично русское качество. Вот и пусть теперь пожинает плоды своей беспечности. Нельзя считать себя умнее других, это большой грех. А если не так выспренне говорить, то просто большая ошибка. Молодец Шувалов, быстро сориентировался, пока они будут раскачиваться и готовиться к обыску, он пистолет выбросит в водоем где-нибудь за городом, пусть поищут.

Погруженный в эти мысли, он сел в машину, успев машинально отметить, что от дамочки по фамилии Селуянова он будет ждать возмещения ущерба за ремонт до второго пришествия. Погасив в себе первый порыв поехать куда-нибудь поближе, к Царицынским или Борисовским прудам, он направился к Кольцевой автодороге и двинулся в сторону поселка Беседы. Проехав мост через Москву-реку, Шувалов съехал с Кольцевой и свернул на дорогу, ведущую к Лыткарину. На этой дороге, как он знал, есть несколько мест, где можно на машине вплотную приблизиться к реке.

Оказавшись за городом, Виктор Петрович совсем успокоился. Так действовала на него природа независимо от времени года. Как только исчезали давящие на него с обеих сторон каменные дома, на Шувалова снисходила благодать. С каждым километром, отделяющим его от огромного мегаполиса, напряжение оставляло его, даже руки, обычно ледяные, становились теплыми. Когда он увидел удобное для осуществления задуманного место, то даже притормаживать не стал — там было много народу, две семьи с детишками расположились, судя по всему, на шашлыки. Длительные осенние дожди превратили почву в глубокое грязное месиво, Шувалову не хотелось идти пешком далеко, и он искал место, где дорога проходит максимально близко к воде. Мысленно выругав себя за то, что оделся неподходящим образом, в ботинки, а не в сапоги для рыбалки, он продолжил путь. «Почему, собственно, в воду? — пришло ему в голову. — Чего я так уперся непременно в воду? Насмотрелся фильмов и пошел проторенной дорожкой. Кругом такие леса, там танк спрячешь — не найдут, не то что пистолет. Дурак, надел бы сапоги и пошел бы в лес. В ботинках дальше опушки не уйдешь, но это опасно, движение по трассе интенсивное, машин много, обязательно кто-нибудь увидит, если я начну на опушке пистолет закапывать. Придется искать воду».

Еще через некоторое время ему стала очевидна вся непродуманность принятого решения. Там, где дорога близко подходила к реке и где ему было бы удобно выбросить пистолет, его было видно из проходящих автомобилей ничуть не хуже, чем если бы он принялся закапывать оружие на опушке леса. Придется оставить эту затею, плюнуть на ботинки и на перспективу утонуть в грязи по щиколотку и углубиться в лес. Кстати, можно ведь и не избавляться от пистолета, а просто временно спрятать его, пусть полежит до лучших времен. Опасность минует, все успокоится, и можно будет его достать. А из воды уже не достанешь.

Найдя подходящее место, Шувалов остановился, съехав на обочину, поставил блокираторы на рулевую колонку и на переключатель скоростей, переложил пистолет из «дипломата» в карман, запер машину и сделал несколько шагов в сторону леса. И в ту же секунду услышал за спиной скрежет тормозов. Он обернулся и все понял. Из двух остановившихся машин к нему бежали пять человек, двоих из которых он знал. Один — муж той дуры Селуяновой, которая подрезала его на перекрестке. Второй — давешний «участковый», капитан Доценко. Вот, значит, как... И авария та не была случайной. Ну что ж, не повезло. Хотя он был уверен, что этого не случится никогда.

— Вы сами отдадите оружие или заставите вас обыскивать? — спросил муж Селуяновой.

Шувалов молча достал из кармана пистолет и швырнул его на землю.

— Спасибо, — вежливо сказал ему Доценко, наклоняясь и поднимая оружие, — мы не зря рассчитывали на ваше благоразумие.

— Я не знаю, на что вы там рассчитывали, — произнес Шувалов сквозь зубы, когда на его запястьях застегнули наручники, — но если вы снова будете искать у меня наркотики, то напрасно потеряете время. А вы, Михаил Александрович, плохой работник и плохой актер. Я сразу понял, что вы меня обманываете.

— Это хорошо, — весело улыбнулся в ответ Доценко, — на то и было рассчитано. Вы распознали мой неловкий обман, занервничали, испугались и решили избавиться от оружия. Нам нужно было, чтобы вы вынесли его из дома.

— А что, обыски нынче не в моде? — ехидно поинтересовался Шувалов. — Насколько я помню, четыре года назад вы перетрясли обе мои квартиры и обе мастерские, и не по одному разу.

— Мы не трясли, — заметил муж Селуяновой, сделав акцент на слове «мы». — Пойдемте к машине, Виктор Петрович.

— Ну, не вы — так другие, какая разница, все одно — милиция. Одним миром мазаны.

Он старался восстановить способность мыслить логически. Они нашли оружие — это, конечно, никуда не годится. Но он будет стоять на том, что нашел пистолет только сегодня. Или вчера. Он не станет петь песню о том, что собирался сдать его в милицию, сегодня этим песням никто не верит, нет, он поведет себя более умно. Да, он собирался пистолет присвоить. Да, разрешения на оружие у него нет. Ну и судите меня за это. Впервые привлекается к уголовной ответственности, ранее ни в чем предосудительном замешан не был, уважаемый человек, ученый, живописец, блестящие характеристики с места службы. Ходатайства о снисхождении из университета и из Союза художников. Все с пониманием отнесутся к тому, что в нынешнее неспокойное время, когда от бандитов житья нет, человек хочет иметь оружие, чтобы чувствовать себя защищенным. А что собирался пистолет спрятать — не докажут ни за что. Он вышел из машины, чтобы зайти в лес и помочиться, вот и вся песня. А пистолет лежал в кармане, потому что разве нормальный человек пойдет в лес один и без оружия? Там же за любым кустом может оказаться маньяк какой-нибудь... Короче, лишением свободы в его случае и не пахнет. Хорошо, что он сумел в момент задержания сохранить лицо, не распсиховался, не попытался убежать, не впал в истерику. Он вел себя как человек, за которым нет ровным счетом ничего, кроме найденного накануне и не сданного в милицию оружия. А если его подозревают еще в чем-то, то в милиции быстро разберутся, так что незачем волноваться. Еще и извиняться будут за незаконное задержание.

А может быть, за ним и в самом деле ничего нет? Может быть, все, что случилось, всего лишь страшный сон? Его подозревают в торговле наркотиками, но к ней он непричастен. Его задержали как наркодельца, но нашли всего лишь незарегистрированное оружие. А больше ничего и не было.

ДОЦЕНКО

Михаил возвращался в Москву вместе с Селуяновым. Все сработало так, как и задумывалось, Шувалов испугался и решил избавиться от пистолета. Расчет был на то, что он захочет либо избавиться от оружия, либо временно перепрятать его, но в любом случае вынесет его из дома, а уж вне дома все решается проще. Однако вместо удовлетворения от хорошо выполненной работы Мишу Доценко грызли сомнения.

Найденный у Шувалова небольшой чешский пистолет марки «ческа збройовка» стрелял пулями калибра 6,35, а три человека, убийства которых они сейчас раскрывали, были убиты пулями калибра 7,65.

Глава 11

КАМЕНСКАЯ

Кажется, они опять промахнулись. Обидно до соплей. И ведь так все складывалось удачно, как говорится, «в цвет», и мотив у Шувалова есть, причем не вымышленный, не надуманный, а вполне понятный, и, главное, он сам сделал что-то вроде «заявления о намерениях» еще четыре года назад. И ведет он себя подозрительно, по вечерам ошивается в каких-то местах, совершенно неподходящих для ученого и в целом приличного человека. И на приход мнимого участкового среагировал именно так, как реагируют люди с нечистой совестью. И пистолет помчался прятать. И ведь пистолет-то у него действительно есть!

И все-таки выходило, что троих человек убил не он. Во всяком случае, застрелены они были не из чешской «збройовки», которую господин Шувалов намеревался закопать в лесу. Что же получается? Он оставлял на месте преступления чужие отпечатки пальцев и записки, написанные чужой рукой, он убивал свои жертвы из совершенно другого ствола, а «збройовка» — ну что ж, это просто «збройовка», маленький аккуратненький пистолетик чешского производства, стреляющий практически бесшумно. Кто сказал, что у Шувалова может быть только одна единица огнестрельного оружия? Их вполне могло быть и две, и четыре, и десять. Пистолет калибра 7,65 он уже куда-то задевал, может быть, не сегодня, а вчера или два дня назад. Тогда вполне можно предположить, что убийца — Шувалов.

Настя почти физически ощущала, как ее сознание раздваивается и течет словно бы параллельными курсами. Одна часть мозга думала о том, как доказать вину Шувалова, что еще нужно проверить, что выяснить, какую информацию получить, чтобы вывести на чистую воду этого хитрого убийцу с превосходным самообладанием и хорошей реакцией. Можно попробовать найти керамические рыбки, ведь если он оставляет возле трупов одинаковые фигурки, стало быть, у него есть некоторый запас. Где он? Найти бы их — и уже легче. Хотя, возможно, этих фигурок

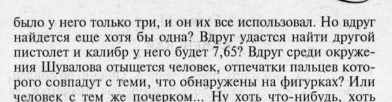

было у него только три, и он их все использовал. Но вдруг найдется еще хотя бы одна? Вдруг удастся найти другой пистолет и калибр у него будет 7,65? Вдруг среди окружения Шувалова отыщется человек, отпечатки пальцев которого совпадут с теми, что обнаружены на фигурках? Или человек с тем же почерком... Ну хоть что-нибудь, хоть самую малую малость...

Другая же часть мозга пыталась понять, кто еще может быть убийцей-Шутником, потому что уже очевидно, что это не Шувалов. Но если не Шувалов, то кто?

— Але, гараж, — вывел ее из задумчивости голос мужа. — Ты спишь или мечтаешь о кренделях небесных?

— Я сплю, — тихонько проворчала Настя. — И не смей меня будить.

— Тогда слезь с компьютера, дай мне поработать. Для сна, между прочим, человечество придумало диваны.

Она нехотя встала из-за письменного стола и плюхнулась в кресло. Чистяков не торопясь устроился перед компьютером, достал из портфеля очки и коробку с дискетами. «Наверное, это и есть счастье, — лениво подумала Настя, глядя на Алексея, — сидеть дома в любимом кресле и смотреть на любимого мужа, который занимается любимой работой. Потом поужинать на тесной, но от этого не менее любимой кухне, лечь спать на мягкий любимый диванчик, утром выпить чашку... нет, две чашки любимого кофе и отправиться на тягомотную, изнурительную, грязную, но все равно любимую службу. Во всей этой идиллической картине есть только одно «но»: в каждый данный момент времени, и год назад, и месяц назад, и на прошлой неделе, и вчера, и сегодня по городу ходит некоторое количество людей, которые уже убили и будут убивать других людей до тех пор, пока я не пойму, кто они и где их искать. Есть другие преступники, и над теми же самыми вопросами бьются другие сыщики, но есть и те, жертвы которых на моей совести. Сегодня я не придумала, как их искать, и завтра умрут ни в чем не повинные люди. Конечно, далеко не каждая жертва убийства — чистый ангел с крылышками, который за всю жизнь мухи не обидел. На самом деле мой личный опыт, а он насчитывает уже больше десяти лет, показывает, что около восьмидесяти процентов всех убитых — это люди, про которых смело можно сказать: сами напросились. Криминальные разборки, обоюдные драки, ссоры в процессе совместного пьянства и так далее. Но какими бы они ни были, эти жертвы, что бы они ни натворили, никто не имеет права лишать их жизни. Даже государство этого права не имеет. Поэтому если я пытаюсь найти преступника, у меня ничего не получается, а он в это время кого-то убивает, я чувствую себя виноватой. И вот это чувство вины, отравляющее жизнь, перевешивает все прелести существования. Это куда меня занесло? Поток сознания... Начала с Шувалова, кончила за упокой».

— Леш, а мы ужинать будем? — спросила она осторожно.

— Вероятнее всего, — откликнулся Чистяков, не отрывая взгляд от экрана компьютера.

— А когда?

— Когда хочешь. Если хочешь сейчас, тогда тебе придется самой готовить. Если можешь потерпеть — потерпи, я закончу работу и сделаю ужин.

— Леш, я не могу терпеть, — стыдливо призналась Настя. — Когда у меня задачка не решается, на меня страшный голод нападает, ты же знаешь. Может, найдем консенсус, как нынче модно говорить?

— Не найдем. У нашего консенсуса выросли ножки, и он ушел гулять за тридевять земель. Ася, мне нужно закончить доклад и завтра отвезти в институт. Так что давай сама, ладно?

— Ладно, — она нехотя сползла с кресла, расстегнула манжеты на рукавах клетчатой ковбойки и стала медленно их закатывать, — но ты сильно рискуешь, профессор. То, что я приготовлю, ты не сможешь съесть.

— Ничего, я уж как-нибудь, — пробормотал он, строя на экране таблицу. — И не такое едал, но пока не умер.

Ничего не попишешь, подлизаться к мужу не удалось, и Настя поплелась на кухню. Что бы такое приготовить попроще, чтобы не очень испортить? За яичницу она могла бы, пожалуй, поручиться, но кормить мужа яичницей на ужин — верх неприличия. В морозильной камере лежит мясо, но за мясо она уж точно не возьмется, в этом деле нужны навык и талант, а у нее нет ни того, ни другого. Во-

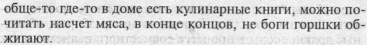
обще-то где-то в доме есть кулинарные книги, можно почитать насчет мяса, в конце концов, не боги горшки обжигают.

Она на цыпочках вернулась в комнату и стала оглядывать книжные полки. Кулинарные книги, целых две, стояли вот здесь, она это точно помнит. А сейчас на этом месте зияет выразительная дыра. Тьфу ты, она же отдала обе книги Дашеньке, жене брата, еще в прошлом году. Остается последняя надежда на кулинарную книгу, которую она когда-то привезла из Рима. Привезла, между прочим, в подарок Чистякову, а теперь вот вынуждена сама ею пользоваться. Правда, книга на итальянском языке, но есть основания полагать, что на правильности рецептов это не скажется. Воровато оглянувшись на погруженного в работу мужа, Настя схватила толстый том и скрылась на кухне.

Ей повезло почти сразу. В поисках раздела про мясо она наткнулась на восхитительное по простоте приготовления блюдо под названием «Яйца по-неаполитански». И всего-то нужно — рис, яйца, масло и чеснок. Но самое важное состоит в том, что здесь, судя по рецепту, невозможно ничего испортить. Такое блюдо даже младенец приготовит. На одну конфорку ставим кастрюльку с яйцами, которые варим до состояния полной и абсолютной крутизны. На вторую конфорку ставим вторую кастрюльку, в которой варим рис в большом количестве воды, как для гарнира. На этом пока все, можно устроить перерыв, выкурить сигарету и еще немножко подумать.

Надо провести тщательные обыски в мастерской Шувалова и в его гараже. Может быть, второй пистолет лежит там тихонечко и посмеивается, пока сыщики голову ломают. Там же и рыбки керамические обитают. Ну на худой конец — коробка из-под них.

Конечно, Шувалов не тот, кого они ищут. Если у него хватило хитрости и предусмотрительности на то, чтобы пользоваться чужим почерком, чужими пальцами и чужим стволом, то он никогда не попался бы так глупо.

И потом, кажется, у Виктора Петровича есть дама сердца. Это еще не точно, но какие-то разговоры на сей счет мелькали. Необходимо срочно ее установить, не исключено, что все окажется куда проще, чем они думают. И пальчики ее, и почерк, и пистолет у нее в шкафу мирно отдыхает.

Определенно, это не Шувалов. Даже первичная проверка его местопребывания на момент телемоста показала, что его вообще не было в Москве. Он ездил в Петербург, чтобы посетить кладбище в четвертую годовщину смерти своих близких.

Нет, у него хватит хитрости и на обеспечение фальшивого алиби. Не зря же вся эта история как раз и началась в годовщину. Не случайно...

Телефонная трель разорвалась у Насти над ухом, как снаряд. Она вздрогнула и выронила сигарету.

— Ну естественно, некоторые отдыхают дома за вкусным ужином, — послышался ехидный голос Селуянова, — а некоторые как папы Карлы ишачат, убивцев по всей Москве разыскивают.

— Ужина нет, — грустно констатировала Настя, — сижу голодная и истязаю иссохший мозг глупыми мыслями. Рассказывай, что знаешь.

— Ничего я не знаю, — вздохнул Коля. — Командир велел тебе позвонить, доложиться насчет Шувалова. Стоит, как крепостная стена. Оружие нашел, собирался присвоить, судите меня, граждане, за это мелкое нарушение. И ни с места. Ольшанский его задерживает, завтра с утречка начнем обыскивать места обитания нашего дружка. Ася, я чего звоню-то...

— Так доложиться же, — удивилась Настя. — Ты сам сказал, тебе Коротков велел. Или мне послышалось?

— Да ну тебя! Ась, ты пошуруй в своем компьютере насчет этой «збройовки», чего-то мне неспокойно как-то. Ответ из пулегильзотеки будет еще не скоро, у них работы навалом, очередь огромная. А я все думаю, может быть, эта игрушка где-то по нашим каналам засветилась.

— Ладно, сделаю, только попозже, сейчас компьютер занят, его Чистяков оккупировал. Коля, почему тебе неспокойно? Ты что-то знаешь и молчишь?

— Все, что я знаю, есть в твоем компьютере. Но, в отличие от меня, он это «все» хранит в памяти и в нужный момент достает, а у меня в голове каша. Знаешь, свербит в мозгах какая-то муха, жужжит, а в руки не дается. Отсюда

и беспокойство. В общем, ты проверь, ладно? И позвони мне сразу же.

— Это будет поздно, — предупредила она.

— Не страшно.

— Очень поздно. У Лешки еще много работы, пока он не закончит свой доклад, он меня за машину не пустит.

— Все равно позвони.

Рис и яйца, похоже, сварились. Настя поставила кастрюльку с яйцами в раковину под холодную воду и занялась рисом. Откинуть на дуршлаг, промыть, дать воде стечь. Приготовить большую сковороду. Что-то больно просто получается, надо заглянуть в кулинарную книгу, может быть, она что-то проглядела? Настя открыла итальянский текст и еще раз внимательно перечитала. Нет, все так, вроде ничего не упущено. Значит, берем сковороду, выкладываем на нее рис, добавляем сливочное масло и чеснок. Да, чеснок-то, кстати, надо бы почистить. Интересно, сколько зубчиков? Настя подумала немного и решила, что чеснок — вещь полезная для здоровья и особенно для профилактики гриппа, так что чем больше, тем лучше. Пожалуй, она возьмет три зубчика. Нет, четыре. Ну ладно, пять. Почистить и продавить через чесночницу. Рис с маслом и чесноком перемешать и утрамбовать на сковороде, чтобы получилась ровная поверхность. Яйца очистить от скорлупы, разрезать пополам и выложить по окружности сковороды желтками вверх. И поставить все в духовку минут на десять.

«Ничего себе рецептик, — озадаченно думала Настя, запихивая сковороду в духовку. — И что из такой простоты может получиться?»

— Профессор, — крикнула она из кухни, — через десять минут ужин будет готов.

— Не верю, — донесся из комнаты голос Алексея.

Через десять минут она выключила духовку и достала сковороду. Пахнет вкусно. И выглядит вполне симпатично. Но все равно непонятно. Не бывает так, чтобы и вкусно, и просто. Какой-то подвох наверняка есть. Случается же, что пахнет хорошо, а в рот не возьмешь — такая гадость. Интересно, а как это подавать? Класть на тарелку отдельно рис, точно так же утрамбовывать его и впихивать

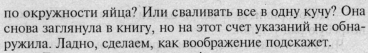

по окружности яйца? Или сваливать все в одну кучу? Она снова заглянула в книгу, но на этот счет указаний не обнаружила. Ладно, сделаем, как воображение подскажет.

— Леш, ну иди, остывает же!

Разумеется, Настя не удержалась и попробовала рис. Ей понравилось. Но она вообще в еде неприхотлива, иногда даже не замечает вкуса того, что ест. А вот Лешка — совсем другое дело, он к приготовлению пищи относится серьезно, а к вкусовым характеристикам блюд — требовательно. На Настин взгляд, даже излишне требовательно.

— Ну как? — робко спросила она, когда муж уселся за стол и приступил к трапезе. — Съедобно?

— Более чем, — удовлетворенно кивнул Чистяков. — Через два с половиной года после свадьбы я обнаруживаю, что женился на обманщице. Приятный сюрприз.

— Ты что? — испугалась Настя. — Где я тебя обманула?

— Ты ловко прикидывалась, что не умеешь готовить, чтобы свалить это бремя на меня. Но теперь твоя ложь разоблачена, и отныне я самоустраняюсь от кухни. Будешь, как все нормальные жены, стоять у плиты. Кстати, что это за шедевр, которым ты меня потчуешь?

— Яйца по-неаполитански. Леш, это был чистый экспромт, я этот рецепт сегодня впервые в жизни прочитала. Ну я же не виновата, что получилось вкусно! Леш, я правда не умею готовить, ну вот честное слово... — взмолилась Настя.

— Ничего не знаю, — замотал головой Алексей, — и знать не хочу. Меня вполне устроит ежевечерне вкушать неаполитанские яйца, даже если ты ничего больше готовить не умеешь. Значит, так и порешим. Воскресные обеды с мясом я, так и быть, возьму на себя, а ужин в будние дни остается за тобой.

Ну вот, приехали. Многие посмеиваются над крылатой фразочкой известного политика, а ведь фразочка-то правильная, вполне годится, чтобы быть возведенной в ранг афоризма. Настя искренне хотела сделать как лучше, а получилось как всегда. Себе во вред, иными словами. Хотя из каждой ситуации можно выкрутить какую-то пользу, если проявить минимум сообразительности.

— Договорились, — бодро ответила она. — Но за это я потребую ряд уступок.

Чистяков вскинул брови и скроил весьма выразительную мину.

— Например? Между прочим, не забудь, консенсус мы не ищем, он еще не вернулся с прогулки.

— Например, ты сейчас пустишь меня за компьютер ровно на пятнадцать минут. Мне нужно для Коли Селуянова посмотреть кое-что.

— Иди уж, вымогательница, — рассмеялся муж. — Здорово я тебя напугал?

Сев к письменному столу, Настя быстро вышла в свою директорию и нашла раздел «Оружие». Поиск того, о чем говорил ей Селуянов, много времени не занял. Да, не зря у Коли мухи в мозгу свербили, было отчего. Когда собирали информацию о первом из девяти убитых наркоманов, удалось выяснить, что незадолго до гибели он приобрел у кого-то пистолет марки «ческа збройовка», но куда этот пистолет делся, никто не знал, по крайней мере дома у погибшего его не обнаружили. Вот, значит, как... Интересное кино у нас с вами получается, господин Шувалов!

Она торопливо набрала телефон Селуянова.

— Коля, если ты думаешь, что ты мне убийцу поймал, то сильно заблуждаешься, — сказала она. — Это я тебе его поймала.

ИРИНА

День с самого утра складывался суматошно и бестолково. Гришенька еще ночью начал капризничать, и Татьяна, уходя на работу, попросила Ирочку обязательно сходить с малышом в поликлинику. Ира засуетилась, составленный накануне план на день поликлинику не предусматривал, потому что еще два дня назад на сегодняшнее утро был вызван мастер по установке антенны для приема платного спутникового телеканала, потом нужно было сходить на рынок за овощами и свежей рыбой. С девяти утра она пыталась дозвониться до диспетчера, чтобы перенести вызов мастера на другое время, но, когда ей это удалось, было

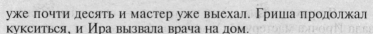

уже почти десять и мастер уже выехал. Гриша продолжал кукситься, и Ира вызвала врача на дом.

С телевизионным мастером тоже оказалась куча проблем, ему нужно было провести антенну через все этажи выше квартиры Стасова, но на некоторых стояли металлические двери, отгораживающие квартиры от лифта, и дверь эту никто не открывал — люди были на работе. Пришлось ждать, авось кто-нибудь появится, на обед придет, или детишки из школы вернутся, или домохозяйки и пенсионеры — из магазина. Мастер был мужиком веселым и разговорчивым, Ира поила его чаем и развлекала светской беседой, но при этом ужасно нервничала, потому что время шло, а она еще на рынок не сходила, не говоря уж о приготовлении обеда и ужина.

Детский врач, явившаяся по вызову, в резкой форме выразила неудовольствие тем, что ее заставили приходить из-за таких пустяков, ребенок совершенно здоров, а у нее на участке есть по-настоящему больные дети, и вместо того, чтобы заниматься ими, она вынуждена тратить время на нерадивых мамочек, которые ленятся сами дойти до поликлиники.

— Больничного по уходу за ребенком я вам не дам, — сурово сказала врач. — На это не рассчитывайте.

— А мне и не надо, — огрызнулась Ирочка. — Я не работаю.

— Ну конечно, — с вызовом вздохнула та.

И было в этом вздохе выражено все, что она думает по поводу таких вот, как Ира. Не работают, сидят у мужей на шее, одними тряпками и побрякушками голова занята, стоит только ребенку чихнуть — уже зовут лучших профессоров медицины на консилиум, совсем совести нет.

Поведение врача показалось Ире обидным, и она расстроилась. Мастер по-прежнему сидел на кухне, периодически проверяя верхние этажи, Ира злилась, но ничего не могла поделать.

И как раз в это время позвонила Татьяна и огорошила ее известием о том, что в семь часов к ним домой придет журналист брать интервью. Это означало, что квартира должна быть в идеальном состоянии. Господи, да где же время-то взять на все!

— Я прямо не знаю, как поступить, — сокрушенно ска-зала Ирочка мастеру. — У меня еще столько дел, я ничего не успеваю, а мы тут с вами сидим и бездельничаем.

— Нет проблем, — весело откликнулся мастер, — я пойду, а вы вечерком выясните у соседей, кто когда дома бывает, или договоритесь с ними, чтобы днем не уходили никуда, и позвоните нам в фирму. Я сделаю отметку, что работа не завершена, и, как только вы скажете, когда мне приходить, я появлюсь. Мы всегда так делаем, с верхними этажами вечная проблема. У вас еще ничего, вы высоко живете, над вами только пять этажей, а ведь бывает, что мы устанавливаем антенну для жильцов первого или вто-рого этажа в восемнадцатиэтажной башне, где на каждом этаже дверь стоит. Вот где морока! По три-четыре раза, случалось, приезжать приходилось.

Этот вариант Иру вполне устроил, но было ужасно обидно, что он не предложил такое простое решение сразу и столько времени потеряно впустую. Усадив хнычущего мальчика в колясочку, она помчалась на рынок. Было уже далеко за полдень, и на прилавке, где она всегда покупала свежую рыбу, ничего интересного не осталось. Пришлось на ходу менять кулинарный план, при этом выяснилось, что все продукты, необходимые для рыбного блюда, уже куплены, а для измененной программы обеда-ужина поку-пать нужно все совсем другое, на что денег явно не хватит. Предусмотрительная Ирочка после неприятного инциден-та на вещевом рынке стала носить с собой деньги, что на-зывается, «в обрез», чтобы поменьше пропало, если что случится. Шепотом чертыхаясь в адрес незадавшегося дня, она приобрела что смогла и чуть ли не бегом вернулась домой. Спешка была оправданной: сегодня был как раз тот редкий день, когда Стасов пообещал прийти обедать.

Конечно, он уже был дома и с немалым огорчением озирал пустую кухню. Ирочка с виноватым видом кину-лась в объяснения, но, заметив, что Владислав несколько раз посмотрел на часы, умолкла и приготовила что-то на скорую руку.

Уф! Подведем итоги: Гришеньку накормила, спать уло-жила, стиральную машину запустила, с обедом пролетела, антенну не поставила. Что осталось? Убрать в квартире и приготовить ужин с расчетом на журналиста, которого тоже, вероятно, придется пригласить к столу. А времени? На все про все — два часа.

Сделав необходимые заготовки для ужина, она взялась за уборку, но и тут Ирину преследовали сплошные неудачи. Сначала выяснилось, что замечательная жидкость «Мистер Мускул», которой она протирает зеркала и стекла в книжных полках, закончилась. Причем еще утром, думая о походе на рынок, Ира об этом помнила, но потом в спешке и волнениях забыла. Пришлось воспользоваться старым способом с использованием мятой газетной бумаги, но времени это заняло раз в десять больше. Потом, во время наведения порядка в ванной комнате, она сделала неловкое движение, кинувшись к зазвонившему телефону, и разбила высокий стеклянный стакан для зубных щеток, который в этот момент вынула из круглого держателя. Учитывая общую тенденцию, сложившуюся в этот день, Ирина даже не удивилась, когда, собирая осколки, почувствовала острую боль в руке. Ну просто странно было бы, если бы она не порезалась. От звона стекла, разбившегося о кафельный пол, проснулся Гришенька и первым делом кинулся звать Иру на тему «попить». Увидев порезанный палец и выступающую кровь, он заревел от страха. На Ирочку нашел ступор: с одной стороны, ревущий младенец, которого надо успокаивать и развлекать; с другой стороны — порезанный палец, из которого хлещет кровь и который надо срочно перебинтовывать, если вообще не сшивать в травмпункте; с третьей — незаконченная уборка, которую — хочешь ты того или нет — надо заканчивать, потому что уже совсем скоро придет журналист. Это все надо. А хочется совсем другого, хочется уткнуться в чье-нибудь надежное плечо и зареветь.

Но с этим неправильным желанием Ира Милованова сумела справиться. Сглотнув выступившие слезы, она промыла порез перекисью водорода, щедро залила йодом, перебинтовала, надела на руку с повязкой резиновую перчатку и продолжала уборку. Закончив с ванной, вытащила пылесос, но и тут роковой денек не отступил от поставленной с самого утра задачи. Через две минуты после включения прибор заглох и в ответ на все Ирочкины попытки

оживить его упорно делал вид, что не понимает, чего от него хотят. Сломался, одним словом.

Ей снова захотелось расплакаться, но она опять смогла пересилить себя и кинулась звонить соседу.

— Андрей Тимофеевич, миленький, спасайте, на вас вся надежда, — взмолилась она.

— Что случилось, моя дорогая? — прогудел в трубке бас Котофеича.

— Пылесос... Не знаю, что с ним стряслось, выключился посреди полного здоровья и обратно не включается. А мне нужно срочно закончить уборку, к нам люди вот-вот придут.

Через три минуты появился сосед с собственным пылесосом в руках.

— Чинить, как я понимаю, времени нет, воспользуйтесь пока моим, а ваш я заберу и на досуге посмотрю. Может быть, сам сумею поправить.

— Спасибо вам, — горячо поблагодарила Ира, тут же принимаясь за работу.

— Кого ждете в гости? — поинтересовался сосед.

— Да журналист какой-то должен прийти, у Тани интервью брать. В семь часов. А сейчас уже без двадцати, — прокричала она, стараясь перекрыть гул пылесоса.

— Разве Татьяна Григорьевна дома? — удивился он. — Где же она?

— Она еще на работе, но должна...

Оказалось, что не должна. Раздавшийся в этот миг звонок Татьяны положил конец Ирочкиным иллюзиям. Следователь Образцова выехала на следственный эксперимент, который затянулся намного дольше, чем ожидалось, так что освободится она не раньше чем через час и дома будет только часа через два.

— Извинись перед журналистом, — попросила она Ирину. — Если хочет — пусть подождет, если нет — пусть придет завтра.

Ирочка положила трубку и растерянно взглянула на Андрея Тимофеевича.

— Ну вот... Еще и это... Таня задерживается, мне придется объясняться с журналистом, а если он будет ее ждать, то развлекать как минимум два часа.

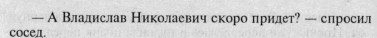

— А Владислав Николаевич скоро придет? — спросил сосед.

— Нет, он сегодня допоздна занят.

Андрей Тимофеевич нахмурился, но Ирочка не заметила его озабоченности, сосредоточенно оттирая какое-то пятнышко на полу.

— Ира, вы знаете имя этого журналиста?

— Нет, а что? Зачем вам его имя?

— Имя нужно не мне, а вам. Татьяна Григорьевна не сказала, как его фамилия и из какой он газеты?

— Не сказала.

— Вы можете позвонить ей и спросить?

— Да нет же, ее нет на месте, она на выезде. А в чем дело-то?

Ей пришлось кричать, потому что снова работал пылесос. Андрею Тимофеевичу, однако, этот шум, казалось, совсем не мешал, во всяком случае, он разговаривал, почти не напрягая голосовые связки. Бас у него был действительно мощный.

— Дорогая моя, — строго произнес сосед, — меня просто поражает ваше легкомыслие. Сколько раз я повторял вам, что в сложившейся ситуации вы должны проявлять максимум осторожности, а вы готовы впустить в квартиру первого встречного, да еще когда вы одна. Ну куда это годится? Какой-то незнакомец позвонит в дверь...

— Но он же журналист, — упрямо возразила Ира. — Таня с ним договорилась. И меня специально предупредила. Значит, он не незнакомец. Андрей Тимофеевич, по-моему, вы делаете из мухи слона.

— А вам не приходит в голову, что Татьяна Григорьевна договорилась с одним человеком, а домой к вам придет вовсе не он, а убийца? И вообще, Ира, тут нечего обсуждать. Заканчивайте уборку, а я останусь с вами. Я не могу допустить, чтобы вы находились наедине неизвестно с кем. Вам понятно? Кстати, о чем будет интервью?

— Кажется, об этих убийствах...

— О каких убийствах? Это связано с той телепередачей, когда Татьяне Григорьевне угрожали?

— Ну да.

Наконец с уборкой было покончено. Андрей Тимофее-

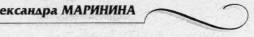
вич отнес к себе в квартиру оба пылесоса, а когда вернулся, Ирочка уже переоделась и пудрила носик перед зеркалом в прихожей.

— Вот и славно, — добродушно прогудел он, — все успели. А вы волновались.

Журналист по имени Георгий Меньшов появился ровно в назначенное время и был немало огорчен тем, что Татьяны пока нет и в ближайшее время не будет. Но, встретив доброжелательную Ирочкину улыбку, взбодрился.

— Видите ли, я хочу сделать материал о том, что чувствует человек, когда над ним нависает некая абстрактная угроза. Я своими глазами видел ту передачу по телевидению, когда Татьяне Григорьевне и ее коллеге угрожали, и мне интересно, во-первых, воплотилась ли эта угроза в какие-нибудь реальные действия и, во-вторых, как Татьяна Григорьевна на это реагирует. И как реагируют члены ее семьи. Поэтому мы можем пока начать беседу с вами, если вы не возражаете.

Ирочка совершенно не возражала, потому что лично у нее интервью брали впервые, обычно журналистов интересовала только Татьяна как автор популярных романов. Некоторые, правда, пытались взять интервью у Стасова, задавая ему совершенно идиотские вопросы о том, каково ему быть мужем известной писательницы, но Стасов, не отличавшийся чрезмерной деликатностью, интеллигентно хамил и от ответа уклонялся. На Ирину же внимания никто не обращал, считая ее, по-видимому, приходящей домработницей.

— Итак, — начал Меньшов, включив диктофон, — насколько мне известно, убиты уже два человека...

— Три, — тут же поправил его Андрей Тимофеевич.

— Неужели три? — удивился журналист. — А мне сказали — два. Наверное, сведения устарели. Простите, вы кто будете Татьяне Григорьевне? Отец?

— Сосед, живу в соседней квартире. Третье убийство совершено совсем недавно.

Ира удивленно посмотрела на Андрея Тимофеевича. Ну и память у него! Дома они, конечно, обсуждали с Таней каждое убийство, но в присутствии соседа это сворачива-

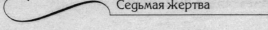

лось до мимолетных упоминаний. Надо же, как он все сечет!

— Итак, совершены три убийства. Вы знаете, кто эти люди, почему и при каких обстоятельствах их убили?

— Татьяна вам расскажет все, что сочтет нужным, — уклончиво ответила давным-давно раз и навсегда проинструктированная Ирочка. — Я не могу обсуждать с вами то, что касается материалов следствия.

— Минутку, — Меньшов поднял руку, — насколько мне известно, Татьяна Григорьевна Образцова не является следователем, ведущим это дело. Так что на нее и на ее близких запрет не распространяется.

Ирочка, однако, оставалась непреклонной. Несмотря на общительность и легкий характер, болтушкой она никогда не была.

— И тем не менее, — твердо ответила она.

— Но ведь с вами Татьяна Григорьевна эти вопросы обсуждает?

— Да, конечно. И со мной, и со своим мужем.

— А с вами? — обратился журналист к соседу.

— Отчасти, — улыбнулся тот. — Но Ирина Павловна права, без Татьяны Григорьевны мы об этом говорить не можем.

— Скажите, а вам не страшно? — резко сменил тему Меньшов.

Ирочка на мгновение смешалась.

— Мне? Ну я не знаю...

— К сожалению, Ирине Павловне совсем не страшно, — снова вмешался сосед. — Я считаю, что это неправильно, и ведет она себя неправильно, и относится ко всей этой истории совершенно неправильно. Насколько я понял из рассказов Татьяны Григорьевны, речь идет о страшном человеке, который ни перед чем не остановится, в том числе он вполне может причинить вред кому-то из членов семьи. Это требует от всех особого поведения, и в первую очередь·— от Ирины Павловны, которая целыми днями находится одна с маленьким ребенком. Но Ирина Павловна проявляет поразительную беспечность, и никакие мои уговоры и увещевания не помогают.

— Скажите... — Меньшов слегка замялся, вопросительно глядя на Андрея Тимофеевича.

Тот угадал немой вопрос:

— Меня зовут Андреем Тимофеевичем.

— Да, спасибо. Скажите, Андрей Тимофеевич, вот вы сосед, живете рядом... — Он снова слегка смешался, потому что, очевидно, не знал точно, на этом этаже живет сосед или на другом. — Вы на одном этаже живете?

— Через стенку, — подтвердил сосед. — Наши двери рядом.

— То есть вы, вполне возможно, подвергаетесь не меньшей опасности, чем ваши соседи. Тем более вы дружны и частенько здесь бываете. А вам самому не страшно?

— Мне? — Казалось, сосед искренне удивлен. — Мне — нет, я ведь могу постоять за себя. А вот Ирина Павловна не может, и маленький ребенок не может тем более.

— Вы видели ту передачу по телевидению?

— Разумеется, ведь там участвовала моя соседка, которую я знаю. Мне было любопытно взглянуть.

— И что вы почувствовали, когда увидели на экране плакат с угрозой?

Ира ожидала, что Андрей Тимофеевич начнет рассказывать, как он переживал за Татьяну, как ему было неприятно и тревожно, но вспомнила, что во время телемоста его не было дома. Она это точно помнила, потому что во время передачи была дома одна, ужасно испугалась и разнервничалась, увидев плакат, и кинулась тут же звонить соседу, чтобы поделиться своими волнениями. На телефонный звонок никто не ответил, и дверь ей не открыли. Почему же он сейчас сказал, что видел передачу? Она припомнила и то, что в день телемоста сосед зашел вечером, как он сам выразился, «оказать моральную поддержку», но тогда в пылу общесемейного обсуждения Ира не сообразила, что его в момент передачи не было дома. Выходит, сосед солгал? Зачем?

ВТОРАЯ ЖЕНА УБИЙЦЫ

Во второй раз он учел прошлые ошибки и женился на аспирантке. Уж тут он был гарантирован от того, что жена окажется безграмотной дурочкой. Он и другую ошибку учел, насчет ребенка. Аспирантка была молоденькой, всего двадцать пять лет, поэтому он решил форсировать события, чтобы успеть сделать из жены то, что нужно, прежде чем заводить потомство.

К моменту женитьбы ей оставалось проучиться в аспирантуре еще полтора года, а диссертация была только-только начата. Он сам взялся за дело и помог завершить работу в рекордные сроки. Нет, Наташа, его новая избранница, вовсе не была глупа, она и сама справилась бы, он просто помог, чтобы закончить диссертацию не за полтора года, а за несколько месяцев. У него был четкий план, который он собирался неукоснительно исполнять. В двадцать шесть лет его вторая супруга должна была стать кандидатом наук, в тридцать — доктором, в тридцать два — тридцать три получить ученое звание профессора, а потом можно и рожать. Для женщины это еще не поздно, и тогда лет в тридцать шесть она сможет активно включиться в свою профессиональную деятельность и продолжать карьеру.

План казался ему совершенным и абсолютно выполнимым. А главное — разумным. С первой женой не повезло, но вторая-то уж обязательно должна стать достойной высокого звания члена семьи Данилевичей-Лисовских-Эссенов.

План, такой разумный и совершенный, на первых порах выполнялся гладко и без сбоев. В двадцать шесть лет Наташа стала кандидатом наук, и на защите один из оппонентов вполне серьезно заявил, что соискатель проявил незаурядные способности и работа тянет на докторскую диссертацию. Активная деятельность, направленная на получение следующей ученой степени, была начата сразу же после защиты кандидатской. Однако докторская диссертация от кандидатской отличается весьма значительно. Чтобы стать кандидатом наук, ты должен доказать свою способность вести самостоятельные и грамотные научные исследования, от которых есть хотя бы малейшая польза. Чтобы стать доктором наук, нужно или совершить открытие, или изобрести что-то принципиально новое, или обосновать новое направление в науке. Это уже другой уровень мышления. И этот уровень давался его второй жене с явным трудом.

Несколько осложняло ситуацию и то, что Наташа на удивление легко беременела. Про таких женщин говорят, что рядом с ними достаточно положить мужские брюки — и они через девять месяцев родят. Разумеется, план не позволял заводить ребенка раньше времени, и процесс создания докторской диссертации сопровождался семью абортами. Наталья не роптала, она боготворила мужа, готова была на него молиться и априори считала правильным все, что он говорит и делает. И конечно же, она готова была сделать все, чтобы стать достойной, как он того требовал.

Ее профессиональный энтузиазм радовал мужа, и близкие перспективы завершения задуманного грели его душу. Однако каждый последующий шаг давался все с большим и большим трудом. С теоретическим мышлением у Наташи возникли проблемы, и она плохо понимала то, что пытался втолковать ей ее ученый супруг. В конце концов диссертацию она дописывала буквально под его диктовку и на защите едва не провалилась, потому что не только не смогла внятно ответить на вопросы членов ученого совета, но и не всегда понимала сам вопрос. Положение спас ученый секретарь, который во всеуслышание заявил с места, что просит членов совета быть снисходительными к диссертанту, ибо она, во-первых, пришла на защиту с высокой температурой, а во-вторых, сильно волнуется. Всех присутствующих это вполне удовлетворило, потому что сама работа, судя по автореферату, была блестящей. Наталья и в самом деле была с температурой и чувствовала себя не лучшим образом, потому что только накануне сделала очередной аборт и, по всей видимости, не очень удачно. Но к процедуре защиты диссертации это никакого отношения не имело: она действительно не понимала изрядной доли того, что было написано в ее работе.

Три следующих года были посвящены тому, чтобы сделать Наташе имя в научном мире. И она, и ее муж бились над этой задачей изо всех сил, но с каждым днем становилось все яснее: она явно не тянет. Добротная кандидатская диссертация оказалась верхом ее интеллектуальных возможностей. Оба они не желали мириться с этим и упорно шли к цели: монография, научные статьи, доклады на крупных конференциях, руководство аспирантами. Статьи и доклады проходили незамеченными, монографию отклонил редакционно-издательский совет как нуждающуюся в коренной переработке, а из четырех аспирантов трое не завершили работу над диссертацией под ее руководством, всем им были назначены другие руководители, потому что каждый раз оказывалось, что уважаемая Наталья Сергеевна не разделяет научные воззрения своего подопечного и просит освободить ее от научного руководства. На самом же деле она их просто не понимала, а если понимала, то не замечала грубейших ошибок, которые просто обязан замечать и исправлять научный руководитель. При таких ошибках работа гарантированно проваливалась на защите, что и случилось с ее первым аспирантом.

Муж помогал ей чем мог, кроме одного: он не написал больше ни единого слова за супругу. Он готов был обсуждать с ней научные проблемы с утра до вечера, объяснять то, чего она не понимает, доставать самую дефицитную литературу, делать редакционную правку ее рукописей, но ни в коем случае не придумывать что-то вместо нее. Он вовсе не был настроен обманывать самого себя и окружающих, ему достаточно было истории с ее докторской. Да, он тогда дописал за Наталью диссертацию, искренне желая ей помочь, но потом спохватился. Что он делает? Кого он пытается обмануть? Бабушка уже умерла. Мама давно погибла. Отец жив-здоров и полон сил, но у него взгляды на семейные традиции вполне либеральные, сам из рабочих. Сегодня он, внук Николая Венедиктовича Эссена, — последний отпрыск рода Данилевичей, и он должен сделать все возможное для того, чтобы род этот был продолжен достойным образом. Он лично отвечает за то, кто будет его женой и родит ему наследника, который сможет продолжить и поддержать семейную традицию. Так что, выполняя научную работу за Наталью, он просто обманывает самого себя, ибо других контролеров уже не осталось.

С сожалением он вынужден был признать, что снова ошибся. Наташа, несмотря на все старания, никогда не сможет подняться на ту высоту, которая сделала бы ее достойной. Правда, оставалась последняя надежда — ребенок. Желательно — сын. Но и дочь он сможет воспитать

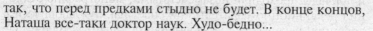

так, что перед предками стыдно не будет. В конце концов, Наташа все-таки доктор наук. Худо-бедно...

Но и здесь надежды его не оправдались. Многочисленные аборты, которые он заставлял жену делать, не позволяя ей рожать, пока не будет выполнен его грандиозный план, сделали свое дело. Она по-прежнему легко беременела, но на этом все и заканчивалось. Выкидыши следовали один за другим, то на четвертой неделе, то на шестой. Врачи разводили руками и, качая головой, говорили:

— Что ж вы хотите, мамочка, столько абортов... На вашей матке уже живого места нет.

Об усыновлении чужого ребенка и речи быть не могло. Он должен быть уверен в чистоте родословной, а при усыновлении вообще неизвестно, с какими врожденными пороками окажется дитя. И, в конце концов, должна быть сохранена кровь Данилевичей-Лисовских.

Он впал в ярость. Почему так случилось? Ведь план был составлен безупречно, и было сделано все возможное и невозможное для его выполнения. Все предыдущие ошибки с выбором спутницы жизни и матери наследника учтены. Он работал как проклятый, успевая делать и свою карьеру, и Наташину. Так почему же? В чем он провинился? Почему судьба опять наказывает его?

Копившаяся в душе ярость со всей силой обрушивалась на жену. Он не стеснялся в выражениях, объясняя ей, что она интеллектуально бесплодна. Дура, одним словом. Сделать себе имя в науке самостоятельно не может. Даже ребенка родить не может. Никакого от нее толку.

Он не понимал и не хотел понимать, что Наташа держится из последних сил. Отчаянные попытки «соответствовать» его высоким требованиям, постоянный страх разочаровать любимого мужа, бессонные ночи, проведенные над книгами и журналами, и мучительное, разъедающее душу чувство собственного бессилия — все это измотало ее, съело все душевные силы. А тут еще приговор врачей: у нее не будет детей. И приговор мужа: она никчемное существо, ни на что не пригодное.

Наташа ушла из жизни добровольно, оставив своего мужа в состоянии глубокого недоумения. Неужели его предложение развестись так на нее подействовало? Психопатка.

Глава 12

ЗАРУБИН

С третьей жертвой Шутника дело обстояло несколько иначе, нежели с первыми двумя. И Надежда Старостенко по прозвищу Надька Танцорка, и неоднократно судимый Геннадий Лукин по прозвищу Лишай были людьми опустившимися, пьющими, больными и, в общем-то, никчемными. Третий же убитый, Валентин Казарян, оказался бывшим коллегой, человеком относительно молодым, с высшим образованием и с полным отсутствием признаков алкоголизации. Разумеется, он выпивал, как и почти все мужики, трезвенником не был, но горьким пьяницей пока не стал.

Картина его гибели оставалась по-прежнему неясной, но некоторое просветление настало после того, как Андрей Чернышев на пару с Сережей Зарубиным «оттоптали» всю прилегающую к детскому лагерю местность и взяли в оборот всех пасущихся там бомжей. Выяснилось, что Казарян был человеком незаносчивым и всегда давал бездомным бродягам приют. Отзывались они о стороже хорошо и даже, казалось, искренне горевали о его кончине. Однако по поводу последнего и предпоследнего дня жизни доброго сторожа ничего сказать не могли.

— Что ж так? — ласково спросил Зарубин. — Другой ночлег нашли?

— Да пришлось поискать, — уклончиво ответил бомж лет пятидесяти — чернявый мужичок с прокуренными зубами, похожий на цыгана.

— Почему? Валентин вас не пустил?

— Ну... что-то вроде того.

Цыганистый бомж был явно не расположен к объяснениям, но Сергея это никогда не останавливало, как, впрочем, не останавливало ни одного оперативника. Работа у них такая — добывать, порой — выцарапывать, а иногда и хитростью вырывать информацию, которую им давать не хотят.

— А может, вы Казаряна чем-то обидели? Украли у него, к примеру, бутылку водки или деньги, вот и побоялись

на другой день к нему идти, а? — высказал он предположение.

— Не крали мы ничего, — пробурчал бомж. — Он нам метку оставил, чтоб не приходили. Сам, видно, не хотел.

Метку? Это уже интересно. И почему гостеприимный и приветливый сторож Валя Казарян не захотел, чтобы знакомые бомжи зашли погреться и поесть? Ясно как божий день — у него был гость. Убийца? Вполне возможно.

— И часто он вам метки оставлял? — спросил Зарубин.

— Бывало... Он нас сразу предупредил, что если начальство какое из города приедет лагерь проверять, так на заборе в условленном месте он консервную банку повесит. Мы и смотрим — нет банки, значит, можно идти, а если есть — поворачиваем оглобли, другое место ищем.

— Стало быть, за день до его смерти банка на заборе была? — уточнил Сергей.

— Ну.

— А на следующий день днем?

— Не, днем не было. Я сам не ходил, а Биря ходил к сторожу, спичками разжиться хотел.

— И как, разжился?

— Ну. Я и говорю, раз Биря спички принес, стало быть, банки не было. А вечером мы опять к лагерю двинулись, глядь — банка. Пришлось развернуться.

— Хорошо. Биря — это кто? Покажи-ка мне его, — попросил Зарубин.

Биря оказался парнишкой лет семнадцати на вид, юрким и вертлявым, с хитрыми раскосыми глазами и живой мимикой плоского симпатичного лица. Полное имя его Биримбек, беженец из Казахстана. Биря легко и с удовольствием рассказывал свою непутевую биографию: сам детдомовский, кровной родни — никого. Много лет назад его усыновила русская семья, житуха была хорошая, у приемных родителей росли еще двое своих детишек, так что Биря не скучал. Однако когда в Казахстане начались притеснения русских специалистов, вся семья снялась с насиженного места и двинулась в Россию. Сначала жили в поселении для беженцев, а потом... Про потом Биря ничего не знает, потому как сбежал. Надоела ему такая жизнь, тем более в поселении этом одни русские, казахов вообще ни

одного нет, а он в своем родном городе привык чувствовать себя представителем национального большинства. Неуютно ему стало, скучно, вот и отправился на поиски приключений. Бродяжничает уже три года.

В тот день, когда поздно вечером убили сторожа Казаряна, Биря действительно ходил к нему за спичками. Сторож был один, никаких гостей у него не было.

— Как он тебе показался? — спросил Зарубин. — Нервный, испуганный, или, может, наоборот, радостный, возбужденный?

— Да че... — Биря поскреб грязным пальцем нос, что, вероятно, должно было означать задумчивость. — Обычный он был. Ничего такого.

— Ты не спросил его, почему накануне вечером он банку повесил?

Мальчишка отрицательно покачал головой.

— Повесил — и повесил. Ему виднее. Я у него что, отчет должен спрашивать? Начальник, у тебя закурить есть?

Сергей вытащил сигарету из пачки и протянул ему.

— Ага. А огоньку?

Прикурив, Биря глубоко затянулся и, задрав голову, выпустил дым через плотно сжатые зубы.

— Ну ладно, взял ты спички. А насчет вечера ничего не спросил? Мол, можно ли будет ночевать прийти.

— Спросил, а как же.

— И он что?

— Ничего. Плечами пожал.

— И ни слова не сказал? — не поверил Зарубин. — Ну-ка вспоминай, Биря. Старайся как следует. Сам понимаешь, по здешним местам убийца бродит, сначала сторожа грохнул, потом и до вас доберется. Он уже одного бомжа уложил, так что к вашему брату у него особая любовь.

Сергей, конечно, нагнетал, он и сам не верил в то, что Шутник совершит новое убийство в том же месте. Но эффект был достигнут, Биря сразу посерьезнел.

— Это ты про Лишая? Я слышал разговоры, когда на вокзале был. Лишая тоже он порешил? Слышь, начальник, может, он вообще нас ненавидит, а? Лишая убил за то, что он бомж, а сторожа — за то, что нас пускал. Че вы его не поймаете-то никак? Во житуха! — заголосил паренек. —

Менты гоняют, люди стороной обходят, будто мы заразные, а тут еще маньяк какой-то нашелся, который нам войну объявил. Нет нам места на этой земле, никому мы не нужны, несчастные...

— Ты еще скажи — отверженные, — прервал его выступление Сергей. — Тогда совсем жалостливо выйдет. Биря, я с пониманием отношусь к твоим несчастьям, можешь мне поверить. Но согласись, лучше быть несчастным и живым, чем счастливым и мертвым. Для жалости сейчас не время, надо дело делать. И ваше дружное братство бродяг должно встать стройными рядами на собственную защиту. Потому что вас много, а нас, милиционеров, мало. И если вы нам не поможете, то этот маньяк так и будет вас отстреливать. Ты меня понял?

Сергей и сам не знал, почему сказал именно эти слова. Он вообще не имел глубокой психологической подготовки, но зато у него была феноменальная интуиция, безошибочно подсказывавшая ему, как разговаривать с человеком, чтобы он тебе поверил и помог. Причем срабатывала эта интуиция только тогда, когда Зарубин имел дело с людьми малообразованными, либо пожилыми, либо с теми, кого принято называть «деклассированным элементом». С государственными служащими, например, он общего языка найти не мог и ужасно из-за этого расстраивался. О людях из сферы бизнеса или искусства и речи не было, он не мог настроиться на их мышление и не чувствовал их реакцию. Зато с бомжами и алкоголиками взаимопонимание достигалось быстро.

Тон в разговоре с Бирей был выбран правильный, это Зарубин сразу понял. Глаза у парня загорелись, он был еще достаточно молод, чтобы стремиться к приключениям и жаждать новизны. Упорядоченная жизнь в семье с ежедневными посещениями школы еще не была окончательно забыта, и можно было надеяться, что Биря хотя бы на короткое время окажется способным к последовательным действиям и чувству ответственности.

Проникшись важностью миссии, Биря напряг память и в красках нарисовал картину своей последней встречи с Валентином Казаряном. Сторож, по его словам, выглядел задумчивым и даже рассеянным, словно думал все время о

чем-то. На вопрос о вечере он сначала действительно пожал плечами, а когда Биря не удовольствовался столь неопределенным ответом, бросил:

— Там посмотрим. Если что — дам знать.

Больше ничего Казарян не сказал, и по всему было видно, что ему не до Бири с его спичками и назойливыми вопросами. Никаких признаков ожидания гостей Биря не заметил. Вечером же бомжевая братия снова увидела на заборе, окружавшем детский лагерь, консервную банку. Значит, им опять сюда нельзя.

— Может быть, в сторожке было необычно чисто? — допытывался Зарубин. — Как будто специально прибрались. Нет?

— Не, у Вальки всегда чистота была и порядок, он следил. Нас всегда гонял, чтобы мусор после себя не оставляли. Даже если в баню нас пускал, то требовал, чтобы мы потом ее с мылом помыли. И пол, и парилку всю до потолка. У Вальки не забалуешь.

— И охота вам была к такому придире таскаться, — удивился Зарубин. — И убери за собой, и помой, да еще и не каждый день прийти можно. Нашли бы кого другого, попроще.

— А! — Биря махнул рукой. — Они все одинаковые. Кому охота грязь за чужими убирать? А если найти хату без хозяина, так там и воды нет, и жрачку негде согреть. Мы иногда тут у одного алконавта гужуемся, он нас пускает, чтобы одному не пить. От него за приют и три чистых стакана такого наслушаешься, что руки чешутся башку ему оторвать. Дескать, он хоть и пьяница, но человек, собственник, у него дом свой и участок, а мы — голь перекатная, недочеловеки какие-то. А у нас что, гордости нет? Мы тоже люди, только судьба нас обидела, но мы-то чем виноваты?

— А что Казарян? Не такой?

— Не, сторож нормальный мужик был. Никогда не давил. Про жизнь расспрашивал, про всякое такое. Он с нами на равных.

С Бирей Сергей проговорил больше часа. Парень ему понравился, был он толковым и вовсе не пропащим, просто, по мнению Зарубина, у него еще детство в заднице играло, хоть и было ему не семнадцать, как показалось оперативнику вначале, а целых девятнадцать. Биримбеку хотелось свободы, взрослости, путешествий, событий и впечатлений, и почти все это смог обеспечить ему Сергей одним лишь предложением активно потусоваться среди бомжей как подмосковных, так и московских. Задание было простым, но интересным: как только где-то мелькнет упоминание о новом знакомом из другой социальной среды, немедленно сообщить оперативнику. Прощаясь с Бирей, Зарубин уже был уверен, что паренек в недалеком будущем станет его надежным «источником».

Вернувшись в Москву, Сергей позвонил Насте и предложил встретиться возле зоопарка.

— Почему именно зоопарк? — удивилась она.

— А там бывшая жена Казаряна неподалеку живет, — объяснил он.

Что-то в его голосе, вероятно, Каменской не понравилось, потому что она строго спросила:

— Темнишь?

— Чуть-чуть, — признался Сергей. — Сюрприз, тебе понравится. Жду у входа в зоопарк в восемь часов.

КАМЕНСКАЯ

Вот только сюрпризов ей сейчас и не хватает! Хорошо быть молодым, когда тебе нет тридцати, что бы ни случилось — все равно не покидает уверенность, что жизнь прекрасна и останется такой всегда. А ей уже тридцать восемь, и сомнения в благополучности будущего возникают все чаще и чаще. Одни Лешкины налоги чего стоят! Неужели действительно придется машину продавать? Ей-то все равно, она на метро ездит, но для Лешки машина — это спасение, без нее он ничего успевать не будет.

Она вышла из метро на «Баррикадной» и через две минуты оказалась перед входом в зоопарк. Зарубин уже стоял там и сосредоточенно жевал хот-дог, запивая пивом из банки.

— И каков твой сюрприз? — улыбнулась Настя. — Ты мне покажешь обезьянку, которая родила тигра?

— Ни фига подобного, — весело ответил он. — Я тебе покажу живую картину под названием «Сватовство гусара». Пошли.

Он двинулся в сторону улицы Красная Пресня. Настя недоуменно пожала плечами и пошла следом. Почему-то она была уверена, что обещанный Сергеем сюрприз находится именно в зоопарке. Выходит, что нет...

— Слушай, темнила, если твой сюрприз не в клетке, то зачем ты назначал мне встречу у входа в зоопарк?

— А так романтичнее! — Он впихнул в рот последний кусок горячей булочки с сосиской и шумно отхлебнул пива. — Но если честно, я просто гулял в зоопарке, пока тебя ждал.

— В детство впадаешь? — насмешливо осведомилась Настя.

— Много ты понимаешь. «В детство», — ворчливо передразнил Зарубин. — В зоопарке сосредоточена вся мировая мудрость, если хочешь знать. Законы естественного отбора, конкуренции, генетики, воспитания жизнеспособного потомства. Политики, между прочим, тоже.

— Уж и политики, — усомнилась она. — Не передергивай.

— А то! Вот ты небось сто раз слышала от всяких праведников, что даже дикие звери не убивают себе подобных, а не себе подобных убивают только тогда, когда голодны, и только высшее существо под названием «хомо сапиенс» на это способно. Слышала?

— Слышала, — согласилась Настя. — И дальше что?

— А то, что самые якобы благородные из диких зверей, сиречь львы, очень даже убивают себе подобных, причем в своем же прайде. Молодой лев, желая стать вожаком прайда, убивает, во-первых, старого вожака, а во-вторых, всех только что родившихся от него львят. И вовсе не потому, что он против них лично что-то имеет, а исключительно для того, чтобы самки, лишившись детенышей, перестали выделять молоко и стали снова готовы к спариванию. Для утверждения своего лидерства молодому льву необходимо как можно быстрее заделать как можно больше деток. Вот какие нравы царят в дикой природе, а мы продолжаем пускать слюни, восхищаясь ее гармоничностью и естествен-

ностью, и проклинать человечество, которое придумало убийство.

— Душераздирающая история, — согласилась она. — И ты ходишь в зоопарк, чтобы посмотреть на львов?

— И на них тоже. А еще на слонов. Мне один психиатр как-то рассказывал, что у людей есть такой склад психики, который называется эпилептоидный. Они по характеру на слонов похожи. Знаешь, медлительные такие люди, аккуратные, дотошные, любить умеют преданно, крепко и на всю жизнь. Но злопамятные — жуть. И жестокие безмерно, если их довести. То есть чтобы их довести — это, конечно, суметь надо, они вообще-то спокойные и уравновешенные, но уж если кому удалось — то уноси ноги все, кто может. Эпилептоидный тип будет переть, как разъяренный слон, давя и сметая всех на своем пути. И должно пройти очень много времени, чтобы он успокоился. И вообще, Пална, к какой клетке ни подойди — обязательно увидишь типаж, который по жизни встречался. Или посмотришь на зверюгу и вдруг понимаешь, какого типа должен быть преступник, которого ты в данный момент ищешь. Ладно, это все лирика. Про Казаряна рассказывать или ты уже такая злая, что ничего слушать не хочешь?

— Злая, — подтвердила Настя, — поэтому лучше рассказывай, а то еще больше разозлюсь.

— Ой боюсь, — дурашливо пропищал Сергей тоненьким голоском. — Значит, так, Пална. Валентин Казарян накануне убийства имел кого-то в гостях, причем это был именно его личный гость, а не лагерное начальство.

— Откуда знаешь? — перебила его Настя. — Факты или догадки?

— Догадки, но приближенные к фактам. У Казаряна была заветная консервная баночка, которую он вывешивал на заборе, когда хотел дать понять бомжам, что в лагерь нельзя. Обычно он ее вывешивал, когда в лагерь из Москвы приезжали проверяльщики или начальники. За день до убийства банка висела, и бомжи отправились ночевать к знакомому алкашу. На другой день в послеобеденную пору молоденький бомжик по прозвищу Биря зашел в лагерь поклянчить у Казаряна спичек. Банки не было, спичками парень разжился, а на прямо поставленный вопрос о возможности вечернего визита внятного ответа не получил. Дескать, там видно будет. И ни слова о том, что вчера, мол, начальство нагрянуло лагерь перед осенними каникулами проверить. Ни слова! А вечером баночка заветная — тут как тут. Я в Москву вернулся, начальников этих разыскал, они мне подтвердили, что в лагерь в те дни не наведывались.

— Получается, у него накануне кто-то был и обещал появиться на следующий день тоже, но Казарян не был уверен, что он приедет, — сказала Настя. — И поэтому мы с тобой сейчас идем к его бывшей жене выяснять, не интересовался ли недавно кто-то из знакомых, где найти Валентина. Где она живет-то? А то ты меня ведешь куда-то, я даже не понимаю куда.

— Не бойся, Пална, это я на мотоцикле плохо езжу, а ногами-то я хорошо хожу, не заблудимся. О! Вот здесь нам поворачивать направо.

Они свернули на Малую Грузинскую, и Зарубин слегка замедлил шаг.

— Слушай, мы идем по делу или гуляем? — Настя недовольно дернула его за рукав. — Ты, по-моему, не торопишься, холостяк.

— Мадам Казарян, ныне носящая фамилию Островерхова, будет дома только в девять. Она в половине девятого забирает сына из бассейна.

Настя постаралась справиться с подступившим раздражением. Ну чего она злится, в самом деле? Конечно, можно было встретиться не в восемь, а в половине девятого, даже без четверти девять. Можно было вообще не встречаться, выслушать рассказ о заветной банке Казаряна по телефону и отдать Островерхову на откуп Сереже, сам бы справился, не маленький. А она, Настя, поехала бы домой. Можно было бы... Но зачем? Почему так, как получилось, хуже, чем так, как могло бы быть? Ничуть не хуже. Она целый час будет ходить по улицам, конечно, это не парк и не лес, воздух в центре Москвы загазованный и грязный, но все равно это лучше, чем сидеть в помещении и без конца курить. Кроме того, она будет иметь возможность лично поговорить с бывшей женой Казаряна и задать ей те вопросы, которые сочтет нужным, вместо того чтобы

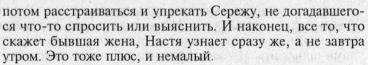
потом расстраиваться и упрекать Сережу, не догадавшегося что-то спросить или выяснить. И наконец, все то, что скажет бывшая жена, Настя узнает сразу же, а не завтра утром. Это тоже плюс, и немалый.

— А вот и сюрприз! — громким шепотом произнес Зарубин.

— Где? — встрепенулась она.

— Да вот же, глаза протри, Пална! Перед тобой обещанное «Сватовство гусара».

Настя остолбенела. В десятке метров перед ней стояли Миша Доценко с букетом цветов и сияющая Ирочка. Видно, она только что подошла, потому что цветы Миша вручал ей прямо на глазах Насти и Зарубина. Потом Миша элегантно подхватил Иру под ручку, и они скрылись за дверью, над которой сияла надпись «Международный салон».

— Ничего себе, — протянула Настя. — А ты откуда узнал, что они здесь будут?

Зарубин хитро подмигнул и хмыкнул.

— Обижаешь, не совсем же я тупой. Мало ли откуда опер всякое разное узнает. Но ты оцени Мишаню, Пална. Ирина уела нас всех своим знанием живописи, так он решил показать, что тоже не лыком шит, пригласил ее на выставку молодых художников. Хочешь приобщиться к прекрасному? У нас есть еще полчаса.

— Нет уж, — Настя отрицательно покачала головой, — в другой раз. Не будем смущать молодежь. Отведи меня лучше куда-нибудь, где дают кофе и бутерброды. Сам небось поел, а про меня не подумал.

— Не подумал, — признался Сергей, оглядываясь. — Куда ж тебя отвести, подполковница? На этой улице у нас Музей Тимирязева, завод «Рассвет», общежитие консерватории, художественный салон, от которого ты гордо отказалась... Остаются, как говорили предки, два пути: или вернемся назад, там есть булочная, или проскочим в Волков переулок, там корейский ресторан. Выбор за тобой.

Настя немного подумала и выбрала булочную.

— А я думал, профессорские жены предпочитают рестораны, — заметил Зарубин, ведя ее туда, где можно было купить сладкую булочку.

— Профессорские жены по нынешним временам должны жить экономно, чтобы скопить деньги на уплату налогов, — горько усмехнулась она.

Булочки оказались на редкость свежими и вкусными, и это несколько примирило Настю с отсутствием кофе. Они не спеша дошли до высотного дома в Зоологическом переулке и ровно в пять минут десятого позвонили в дверь квартиры, где ныне проживала с новым мужем бывшая жена убитого Валентина Казаряна.

СЫН УБИЙЦЫ

С матерью мне повезло, чего нельзя сказать о папаше. Мама всегда меня понимала и была моей лучшей подружкой. Когда она ушла от папаши, мне было совсем мало лет, и не могу утверждать, что я очень хорошо помню, каким он был тогда. Папаша, как мне стало известно уже позже, был крутым боссом в оборонке, получал офигенную зарплату, так что алименты мы с мамой получали хорошие и регулярно. Мамулька моя — святая, никогда об этом придурке слова худого не сказала, хотя, наверное, надо было бы. Короче, детство я прожил безоблачное. Как принято говорить у этих ученых хмырей, бесконфликтное.

Денежки папашины капали себе и капали, и мы с мамой горя не знали. И вдруг он объявился собственной персоной. Мне было уже двенадцать лет, и я давно перестал быть розовым несмышленышем.

Врать не стану, папаша произвел на меня сильное впечатление. Одет как герой американского кино, на иномарке, стройный, красивый (если я что-то понимаю в мужиках, хотя и не уверен, в девчонках я разбираюсь лучше, это точно). Ко времени его первого появления я слишком давно и слишком дружно жил с мамулькой, чтобы кинуться к нему на шею с криком: «Папочка пришел!» В отличие от мамы, которая обняла его и расцеловала в обе щеки, я только вежливо кивнул. В этот момент я, хоть и пацан совсем был, понял, что она до сих пор этого козла любит. Потому и отзывается о нем всегда хорошо. Но мне эта мысль не понравилась, и настроение моментально испор-

тилось. Чего это она его любит? Любить, что ли, больше некого? Меня, например...

В общем, я тогда не понял, чего он вдруг приперся. Столько лет глаз не казал, и на тебе, пожалуйста. Они с мамой долго о чем-то говорили, отослав меня в другую комнату. Потом папаша взялся за меня. Какие у меня оценки в школе, да какие предметы мне больше нравятся, да какие книги я читаю, да что еще я знаю и умею, помимо школьной программы. Прямо настоящий допрос мне учинил. Я в те годы брыкаться еще не научился, дружная жизнь с мамулькой к этому как-то не располагала, поэтому я добросовестно, как дурак, ему отвечал. Дескать, из всех предметов больше всего нравится биология, книги я читаю исключительно про животных, а единственное, что я умею и чем хочу заниматься всю жизнь, это ухаживать за кошками. Я не выпендривался, честное слово! Я действительно обалденно любил этих загадочных животных. Собаки казались мне честными и доброжелательными, и поэтому слишком простыми, а вот кошки — это что-то! Никто в них ничего понять не может, и именно это меня и привлекало. С младенчества я подбирал на улице больных брошенных кошек, возился с ними, лечил, выхаживал и ловил от этого такой кайф, что никакими словами не передать. У нас с мамулькой постоянно жили четыре-пять кошек, в иные моменты доходило и до семи. Мы их обожали и, вылечив, пристраивали в хорошие руки, только проверенным людям, которые не будут их обижать. Если кошка была уже старая и ее никто не брал, мы оставляли ее у себя до самого конца. Со всей округи нам носили пушистых лапушек на лечение или оставляли на время отъезда, точно зная, что в нашем доме их обиходят по высшему разряду. Мы с мамулькой принимали всех, никому не отказывали, а плату брали чисто символическую — только за прокорм или лекарства. Сам уход и присмотр был бесплатным, потому что и мама, и я просто радовались этим необыкновенным существам и отдыхали душой в их обществе. Чем их было больше, тем нам было лучше.

Чем больше я узнавал кошек, тем интереснее они были для меня, и уж к двенадцати-то годам я точно знал, что буду кошатником. И не любителем, который держит двух кошек и занимается ими в свободное от работы время, а настоящим профессионалом, для которого кошки — это повседневная любимая работа. У меня была мечта: открыть приют для кошек с ветеринарной лечебницей. Мамулька меня поддерживала, она тоже была неравнодушна к этим сладким мяукалкам.

Короче говоря, в двух словах я тогда разъяснил папашке, чем увлекаюсь, помимо учебы. Учился я, кстати сказать, весьма и весьма... В смысле — прилично. Пятерок, конечно, было не навалом, но зато троек не было совсем. Про таких, как я, учителя говорили: твердый «хорошист». Это уже теперь я понимаю, что они меня за мое кошатничество уважали и потому троек не ставили. И не только ведь уважали, но и пользовались вовсю, когда летом на каникулы разъезжались. Мы-то с мамулькой почти никогда никуда не ездили, а если и случалось, так поодиночке, то она на недельку в деревню к родне смотается, меня на попечение соседки оставит, то я туда съезжу. Вместе-то никак не получалось, на кого ж пушистых наших оставить?

Папаня моими успехами в школе остался не то чтобы доволен, а, как говорят, удовлетворен. Кивал с серьезной рожей, когда я ему про кошек рассказывал, а когда я увлекся малость и начал толкать про кошачьи особенности, которые я сам для себя вывел и которые ни в одной прочитанной мною книжке не описаны, в его глазах даже что-то вроде одобрения мелькнуло. У меня тогда мысль закралась... Дурацкая, конечно, детская совсем. Я подумал, может, он тоже кошек любит и даст денег на приют, он же богатый. Воодушевился я, одним словом, и давай ему расписывать свои мечты. Он покивал-покивал и вышел из моей комнаты, снова с мамулькой принялся базар разводить. Я хотел было подслушать, но тут лапушки мои сигналы стали подавать: восемь часов, кушать давай. Плюнул я на их разговор и пошел корм раздавать, подумал, что мамулька мне все равно расскажет, если что-то интересное. А если не расскажет, то, значит, это никакого значения не имеет. Я мамульке всегда доверял, говорю же, она моей лучшей подружкой была, никогда не обманывала.

Покормил я своих пушистиков, стал вычесывать всех

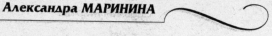

по очереди, в аккурат за этим занятием меня папашка и застал. Посмотрел на меня эдак непонятно и говорит:

— Вот что, Александр.

Александр — это я, понятное дело. Правда, меня все почему-то Санёкой звали, даже мамулька. Санёка то, Санёка это. Я привык, мне нравилось, было в этом имени что-то необычное. Не Саша, не Шурик и даже не Саня, а Санёка. Но папашка этого, разумеется, знать не мог, поэтому обратился ко мне строго официально.

— Вот что, Александр. Я полагаю, тебе нужно перевестись в другую школу.

— Зачем? — удивился я. — Мне и в этой хорошо.

— Тебе нужно учиться в школе с биологическим уклоном. Ты же хочешь профессионально заниматься зоологией, значит, нужно учиться.

— Не хочу я зоологией! — возмутился я. — Я кошками хочу заниматься. Только кошками, и больше никем. А по зоологии надо всех животных изучать. Мне другие животные неинтересны. Я кошек люблю, а не верблюдов никаких и не слонов.

— Ты не понимаешь. — Папашка заговорил мягче. — Никто не заставляет тебя любить верблюдов и слонов. Кошки так кошки. Но все нужно делать как следует, на «пять с плюсом», а не халтурно. Ты думаешь, если кошка — домашнее животное, то для работы с ней специальные знания не нужны?

Вообще-то именно так я и думал, но ничего такого брякнуть не успел.

— Ошибаешься, — продолжал он. — Любой живой организм, даже обычный клоп или таракан, — очень сложная система, и, чтобы с ним работать, надо долго и тщательно его изучать. Чтобы понять, что и как происходит в этом организме, нужно хорошо знать химию, физику, биологию. Даже математику, если ты хочешь заниматься лекарствами и лечить животных. Более того, есть специальная наука зоопсихология, она изучает особенности поведения животных, и ее тоже нужно хорошо знать, иначе ты не сможешь с ними ладить и понимать их повадки. Нужно изучать генетику, чтобы заниматься скрещиванием и выве-

дением пород. Ничему этому ты в своей обычной школе не научишься.

Вдалбливал он мне долго, но я все никак не мог взять в толк: зачем? Зачем мне все это знать? Я и без всех этих заумей прекрасно с кошками общаюсь. Она только мурлыкать начнет, а я уже знаю, что она хочет сказать. У меня слух хороший, я все тонкости кошачьего мурлыканья и мяуканья различаю, и никаких проблем. А уж как я наблатыкался таблетки им давать — так меня во все дома зовут, где кошки болеют. Никто ловчее меня этого сделать не может, у всех кошки вырываются, кусаются, царапаются и визжат, таблетка-то горькая, да и страшно им, маленьким. А я в полторы секунды ее одним щелчком в глотку забрасываю, кошечка даже понять не успевает, зачем ей пасть раскрыли, и никакого горького вкуса не чувствует. Ну и все. А он про школу какую-то мне талдычит! Да в гробу я ее видал, школу эту.

Но спорить вслух не стал, характер не тот. Вернее, был не тот. Сейчас-то я с папашей разговариваю на своем языке, а тогда еще мелкий был, спорить не умел. Я ж говорю, в бесконфликтной обстановке рос. Смотрел только на папаню затравленно и молчал. А он тираду свою выдал и ушел. Напоследок одну из кошечек моих погладил и сказал:

— Я позабочусь о том, чтобы ты учился в специальной школе.

Мамуля за ним дверь закрыла и на меня смотрит. А я на нее.

— Ну что, сыночек? — спрашивает она. — Пойдешь в новую школу?

Я только головой мотаю. В смысле — не пойду. Мамулька начала меня уговаривать теми же словами, что и папашка. Дескать, надо учиться, специальные знания и прочая мура. Господи, мне так страшно стало! Думаю, неужели и она с ним заодно? Моя мамулечка любимая, моя единственная родная душа — и предает меня. Я, натурально, в слезы. Трясусь весь, всхлипываю, а про себя думаю: не хочу я в эту школу дурацкую, я и в своей-то из последних сил тяну, только чтобы кошек мне не запретили держать. Знаю я этих учителей, они чуть что — сразу жаловаться кидаются, вот ваш сын спортом все время занимается, а уроки не учит, и все такое. Придут к мамуле и будут орать, что я кошками все время занимаюсь, вместо того чтобы географию учить. Мамуля мне прямо сказала: кошечки наши — это хорошо, только чтобы не в ущерб отметкам. И я старался изо всех сил, потому что мамулино слово — закон для меня. И тогда так было, и до сих пор осталось. И вот как представил я, что в этой специальной школе придется еще больше напрягаться, так лучше сразу подохнуть. Или выгонят меня оттуда за неуспеваемость, или мамуля кошечек запретит. В общем, сижу я на диване и реву, а мамуля рядом стоит и смотрит на меня. И молчит.

Помолчала она какое-то время, потом присела рядом, обняла меня, по голове погладила и говорит:

— Не бойся, сыночек, и не плачь. Не отдам я тебя ни в какую спецшколу. Не хочешь учиться — и не надо. Ну, не плачь, мое сокровище. Кошечки наши с нами, мы с тобой живы и здоровы, и все у нас хорошо.

Я сразу успокоился, прижался к ней. Все-таки мамуля у меня — класс!

Да, мамуля-то — класс, а с папаней все оказалось не так просто. Он каждый день звонил, раз в три дня приходил и доставал нас своей биологической школой. Мамуля с ним ругалась, доказывала что-то, уговаривала, меня в эти споры не втягивала. Вроде он успокоился насчет новой школы, но все равно каждую неделю стал приходить, по выходным, и проверял не только мой дневник, но и все тетрадки. Спрашивал, что нового я узнал о кошках, какие книги прочел, заставил вести дневник наблюдений. Ну, насчет дневника — это была клевая идея, я даже не въехал сначала и делать не хотел, потом он заставил, и я начал нехотя так, через пень-колоду, записывать про каждую кошку каждый день: что ела, как себя вела, сколько раз писала и гадила, по какому поводу мяукала. Короче, все подробности, как говорится, письмом. Пару недель промучился, а потом увидел, что от дневника польза есть. Одна из моих лапушек что-то захандрила, есть перестала, мяукает все время жалобно так — просто сердце разрывается. Я глядь в дневничок-то, а там и прописано, что она уже три дня

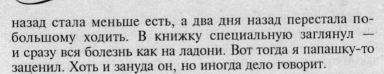

назад стала меньше есть, а два дня назад перестала по-большому ходить. В книжку специальную заглянул — и сразу вся болезнь как на ладони. Вот тогда я папашку-то заценил. Хоть и зануда он, но иногда дело говорит.

Втянулись мы с мамулей как-то в эти отношения, привыкли, что он приходит каждый выходной с проверкой. Кино такое было про войну «Проверка на дорогах». Вот у нас эта самая проверка еженедельно происходила. Денег папашка, по всему судя, давал мамуле не скупясь, потому что жить мы стали куда лучше, хотя она ни разу на этот счет не заикнулась, а мне он даже на карманные расходы не подбрасывал. Можно сказать, мы с ним почти подружились, мне нравилось, что он с удовольствием слушает про моих котов и кошечек, дотошно выспрашивает, что нового я про них прочитал или сам узнал, из собственного опыта. Частенько, правда, намекал, что уж коль я от биологической школы отказался, то пусть бы хоть иностранные языки учил, чтобы читать специальные ученые книжки, которые на русский не переводились, но я мимо ушей пропускал. Языков мне еще не хватало! И так-то напрягаться приходится, чтобы школьную программу осилить.

Худо-бедно, но школу я закончил. И тут опять началось!

— Ты должен поступать в Академию Тимирязева, ты должен получать высшее образование!

На маму он тоже напрыгивал, и каждый раз с одним и тем же упреком:

— Это ты во всем виновата, ты не привила ему интереса к достойной жизни. Ты отдала его в школу на год позже, чем можно было, и в результате у парня не осталось в запасе никакого времени. Он подпадает под осенний призыв, и если не поступит в институт с первого раза, то уже в ноябре загремит в армию.

— Я его пожалела, — оправдывалась мама, — он так много болел, когда был маленьким, ему нужно было хоть немного окрепнуть.

— От учебы и знаний еще никто не надорвался, — отрезал папаня, — а ты своей жалостью губишь сына, вредишь ему.

Я ни хрена не понимал, с какого этого удовольствия я

должен учиться в академии и получать высшее образование. По кошкам я уже и так академик, а больше мне ничего в жизни не нужно. Папашку послушать, так я должен закончить эту академию, потом поступить в аспирантуру, написать диссертацию, потом еще какую-то другую диссертацию, разработать новый метод скрещивания кошек и выведения новых пород или на крайняк новый метод лечения какой-нибудь кошачьей болезни, сделать себе имя в науке и вообще стать самым главным кошатником на земле. Ну на худой конец в Европе. Е-мое, Самым Главным Кошатником. Да на кой черт мне это счастье? Я свою жизнь видел просто и ясно: схожу в армию, поскольку все равно никуда от нее не деться, вернусь, устроюсь работать, буду копить деньги на то, чтобы открыть свой кошачий приют. И потом буду всю оставшуюся жизнь заниматься своими любимыми кошечками и котами, моими ласточками, моими любимыми пушистыми девочками и мальчиками, такими независимыми, непослушными, строгими, не терпящими панибратства, неласковыми, но... Черт его знает, что в них было такое, но что-то определенно было. Я не просто любил их, я болел ими.

Не понимать-то я не понимал, зачем папаня тащит меня в науку, но легче от этого не становилось. Я тупо упирался, он сначала уговаривал, объяснял, потом стал требовать, потом угрожать, потом вообще орать начал. Мамулька смотрела на эти душераздирающие сцены больными собачьими глазами и тихонько вздыхала, но открыто мою сторону не принимала. И только когда папашка сматывался, гладила меня по голове и говорила, что я должен жить своим умом и прожить свою собственную жизнь, а не чужую, кем-то другим придуманную и навязанную. В разгар всех этих околоинститутских баталий у нас с мамулей и состоялся наконец тот разговор, который вправил мне мозги и поставил их на место. Конечно, можно было бы и пораньше обо всем этом поговорить, но я вопросов не задавал, а мамуля — человек деликатный — первой не начинала. Когда папанька впервые появился, в мою кошколюбивую черепушку ничего такого не приходило, потому я и не спрашивал, почему это он столько лет не появлялся, а потом в одночасье нарисовался, да так, что никаким ластиком не сотрешь. Я вообще в детстве поведение взрослых не оценивал и не пытался его логически объяснять, мамуля растила меня послушным, мягким ребенком, который любое слово, произнесенное взрослым, принимал как указание, не подлежащее обжалованию. Не было отца — и не надо. Появился — значит, так положено.

И вот теперь, накануне осеннего призыва, мне все популярно объяснили. И насчет семейных традиций и чести рода Данилевичей-Лисовских-Эссенов, и насчет неравного брака между троечницей-мамулей и гениальным папашей-Ландау, и про то, как он все соки из мамульки выжимал, заставляя учиться, а потом просто-напросто выжил, чтобы она его перед академиками и разными всякими лауреатами не позорила. И про вторую папашину жену мне рассказали. Тоже история, доложу я вам... Мне так эту несчастную тетку было жалко — аж слезы на глаза навернулись. Она так старалась, так старалась, прямо из кожи вон лезла, а ему все мало, козлу!

К восемнадцати годам я уже утратил абсолютную послушность взрослым и научился спорить и ссориться, не видя в этом ничего зазорного. Когда мамуля разъяснила мне, чего от меня папанька добивается, я, натурально, встал на дыбы. Это что же, выходит, он не обо мне, своем единственном сыне, заботится, а исключительно о себе и достоинстве своей гребаной семьи? Сначала мамулю измучил, потом, видя, что она не соответствует его требованиям, выгнал ее, а заодно и меня, и стал искать новую жену, которая родит ему нового ребенка. Про меня и думать забыл. А потом, когда со второй женой обломилось, вспомнил, что есть где-то сын, которого можно попробовать обкорнать под свою гребенку, сделать достойным продолжателем рода. Выходит, ему все равно, чего я хочу, ему интересно только то, чего хочет лично он? Ну, со мной-то этот номер не пройдет. Мамуле он жизнь попортил, вторую свою жену вообще в могилу свел, и все в угоду каким-то там Данилевичам и Эссенам, которых я и знать не знаю. И, кстати, не хочу знать. Но я у него на поводу не пойду, это уж фигушки!

Правда, мои бунтарские порывы несколько сдерживались соображениями чисто меркантильными. Папаня был мужиком не бедным, денег нам давал щедро, и я в глубине души надеялся, что он загорится моими идеями насчет кошачьего приюта и поможет финансами. И пришлось мне судорожно копаться в своих куцых мозгах, чтобы взвесить и понять, чего я хочу больше: помощи или самостоятельности. Выходило по всему, что без папашкиных денег будет, конечно, туговато, но с его деньгами и с той жизнью, которую он пытался мне навязать, будет, пожалуй, еще круче. После разговора с мамулей я стал смотреть на ее жизнь совершенно другими глазами. Она честно призналась мне, что стремилась выйти замуж за своего обожаемого Ландау не столько по любви, сколько из стремления устроиться поуютнее рядом с обеспеченной семьей. Вот ведь ирония судьбы! У нас была книга о Ландау, только о настоящем, написанная его женой Майей Бессараб, так в этой книге я прочитал, что настоящий Ландау любил говаривать: «Хорошую вещь браком не назовешь». А бедная моя мамусечка из задрипанной коммуналки так стремилась к этому браку. Вообще книг у нас было много, и до определенного момента я даже не задумывался — откуда? При маминой-то зарплате и при ее круге интересов... Оказалось, что в этой квартире когда-то жил мой драгоценный папаня со своими родителями, потом его мама (моя, стало быть, бабушка) умерла, и они с отцом (моим дедом, так получается) переехали к бабке, которая мне приходится уже прабабкой. А вещи оставили как есть — и мебель, и библиотеку. Вообще дети — странные существа, почти такие же отвязанные, как мои кошки. Я всегда знал, что у меня есть бабушка — мамулькина мама, она часто к нам приезжала, и в деревню мы ездили вместе. Но как не задумывался я об отце, точно так же мне в голову не приходило, что у папани, если он существует, тоже есть родители, и где-то по земле ходят мои другие родственники. Бабушки по папашиной линии, как выяснилось, у меня и не было, она умерла, когда папаня еще под стол пешком ходил, но отец-то у него был? Был. И где он? Но этот глубоко философский вопрос вылез из недр моей черепушки только в восемнадцать лет, после разговора с мамулькой и в аккурат накануне ухода в армию. Поскольку вопрос вылез, я тут же его и задал. Мамуля чуть приподняла брови и махнула рукой.

— Ой, Санёка, да что ты спрашиваешь! Он такая шишка, куда ему до нас, грешных, спускаться. Да его и в Москве-то почти не бывает, он на своих секретных объектах работает.

— А у него другие внуки есть? — живо поинтересовался я.

— Нет, ты один.

— Надо же, единственный внук — и ни грамма интереса, — фыркнул я. — Не понимаю.

Тут мамулька помялась, пожалась да и призналась мне, что дед, папашин-то отец, очень даже мной интересовался всегда, но по договоренности с мамулькой было решено, что коль я насчет отца не больно дергаюсь, то лучше меня дедом не травмировать. А то если дед будет постоянно появляться, я могу спросить, отчего же это дедушка к нам ходит, а папка родный глаз не кажет. За постановкой такого вопроса должны были последовать порожденные неуемной детской фантазией объяснения, не имеющие ничего общего с действительностью. Ребенок мог либо жутко расстроиться оттого, что папка родный в отличие от дедушки его не любит и знать не желает, либо придумать какую-нибудь сказочную фигню и свято в нее поверить, что тоже плохо, поскольку рано или поздно все выяснится и сказка рухнет, причинив неокрепшей подростковой психике непереносимые страдания.

— Дед твой действительно в Москве бывает очень редко, короткими наездами, но он всегда мне звонит и про тебя спрашивает. А когда ты был маленький, он ходил к школе на тебя смотреть, — сказала мамуля.

— Слушай, — спросил я, — а дед у меня такой же свернутый, как папаня? Тоже за чистоту родословной борется? Мамулька со вздохом кивнула:

— Тоже. Он, конечно, не такой упертый, сам из рабочих, но семейка эта его испортила. Ты бы видел его рожу, когда Ландау привел меня к отцу и бабке знакомиться! Она звонко расхохоталась, сверкая белыми зубами. — Они так меня испугались, как будто жабу увидели. Знаешь, как это бывает: вроде и не страшно, ведь жаба тебя не съест,

она маленькая, но прикоснуться к ней брезгуешь и наступить боишься. Вот и они со мной тогда как с жабой обошлись.

Именно в эту секунду я окончательно понял, что папашиных денег мне не надо. Если они моей мамулькой брезговали, тогда пошли они все...

Глава 13

КАМЕНСКАЯ

Она почти никогда не смотрела по сторонам, когда шла по улице, привычки такой не было, и уж тем более не смотрела на окна. Поэтому, подходя к своему дому, не обратила внимания на то, что ни в одном окне нет света. Темноту в подъезде Настя списала на постоянно разбитые лампочки, а неработающий лифт — на обычное невезенье. И только войдя в квартиру и ткнув пальцем в выключатель в прихожей, сообразила, что что-то не так. Во всем доме отключено электричество.

Шепотом чертыхаясь, она сняла ботинки, нашарила на полу тапочки, на ощупь проползла в кухню и зажгла плиту. «Хорошо еще, что у нас плиты газовые, — подумала она, — если бы плиты были электрическими, тогда совсем кисло пришлось бы. Даже воду не вскипятить». От горящих конфорок в кухне стало достаточно светло, чтобы ориентироваться в пространстве и не натыкаться на углы. Поставив на огонь чайник, Настя попыталась составить более или менее приемлемый план действий на ближайшее время с учетом отсутствия электричества. На компьютере не поработаешь, телевизор не посмотришь, книжку не почитаешь, с этим все ясно. Можно лечь спать, уже одиннадцать часов, Лешка сегодня ночует у родителей и в Москву не приедет. Надо бы сделать несколько телефонных звонков, но, пожалуй, поздновато. И, что самое противное, душ не принять — в ванной кромешная тьма, а в доме нет ни одной свечки. И почему она никогда не покупает свечи? Ведь продаются же на каждом углу...

Чайник закипел. Настя сделала кофе и бутерброд с

сыром и села за стол. Что интересного сказала мадам Казарян-Островерхова? Пожалуй, практически ничего. Никто из бывших общих знакомых Валентина не разыскивал ни накануне убийства, ни за неделю, ни за месяц до того. Вообще за последний год его никто не искал, а даже если бы и искал, бывшая жена ничего вразумительного сказать не смогла бы, она и сама не знала, где Валентин. И, честно говоря, не очень-то и хотела знать. Насте показалось, что Островерхова испытывает чувство вины перед мужем за то, что бросила его в трудную минуту, и потому инстинктивно хочет сделать вид, что никакого Казаряна в ее жизни как будто бы и не было. Она не хочет о нем вспоминать и не интересуется его нынешней жизнью.

— Почему он так легко сдался? — спросил Островерхову Сергей Зарубин. — Ну хорошо, с бизнесом не получилось, но это случается сплошь и рядом, и люди обычно обращаются к друзьям, родственникам, бывшим коллегам, просят помочь найти другую работу или посодействовать в бизнесе. А ваш муж, если верить вам, ничего такого не сделал. У него что, друзей не было?

— Друзей? — Островерхова чуть приподняла красиво очерченные брови. — Друзей было навалом. Только гордости у Валентина еще больше. Армянская кровь, знаете ли. Стыдно быть неудачником. Стыдно всем объявить, что начинаешь новую жизнь, а оказываешься в полном дерьме. Унижение паче гордости — вот как это называется. А у меня сын на руках, ему наплевать на папину гордость, ему кушать надо, понимаете?

— Валентин легко заводил знакомства?

— Уж конечно, — Островерхова чуть заметно усмехнулась, — потрепаться любил, только дай волю. Контактный, душа компании.

Она помолчала какое-то время и вдруг спросила:

— Вы не знаете, кто будет его хоронить?

Настя удивилась и ответила вопросом на вопрос:

— А разве не вы?

— Что вы, — испугалась бывшая жена Казаряна, — у меня лишних денег нет, мне муж только на карманные расходы дает и на продукты. Остальными деньгами сам распоряжается.

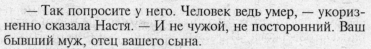

— Так попросите у него. Человек ведь умер, — укоризненно сказала Настя. — И не чужой, не посторонний. Ваш бывший муж, отец вашего сына.

— Он не даст. Вы что, шутите? Он меня до сих пор к Валентину ревнует, ему все кажется, что я только из-за денег за него замуж вышла, чтобы сына поднять, а на самом деле Валю люблю. Нет, на Валины похороны он ни копейки не даст. Кто он ему? Они даже незнакомы.

— Но это неправильно, — продолжала настаивать Настя, — у вас общий сын, он должен иметь возможность проститься с отцом. А как это будет возможно, если вы не возьмете на себя организацию похорон? Если вы этого не сделаете, телом будет заниматься государство, и вы даже не узнаете, где и когда его похоронят, и похоронят ли вообще.

— У моего сына есть отец, — надменно произнесла Островерхова, — и мальчик носит его фамилию. Я вас убедительно прошу не вмешиваться в нашу жизнь, она вас не касается. Ваше дело — раскрывать преступление и искать убийцу. А травмировать моего ребенка я вам не позволю.

Осадок от этой встречи у Насти на душе остался скверный, у Сережи Зарубина, кажется, тоже.

— Надо же, убийца как будто точно знал, какая у Казаряна жена, — вздыхал он по дороге к метро. — Деньги на похороны оставил.

— Наверное, Казарян сам ему сказал, — предположила Настя, — они же два дня подряд общались, наверное, много о чем поговорили. И о том, что вся близкая родня у Валентина погибла в Спитаке во время землетрясения. И все равно я не понимаю, зачем он это делает.

— Что делает? — не понял Зарубин.

— Деньги оставляет. Лишние они у него, что ли?

— Может, он филантроп, благотворительностью занимается.

— Ну да, такой филантроп, что прямо людей готов убивать, только бы деньги для них оставить. Нет, Сережа, у него что-то другое на уме. Понять бы его, тогда легче было бы.

Понять бы его... Вариантов на самом деле только два. Либо он оставляет деньги, потому что это для него важно, это выражает какую-то идею, либо никакой идеи нет, просто он хочет окончательно запутать следствие и заморочить всем голову. То же самое с рыбками. Зачем они? Чтобы выразить ту мысль, о которой говорила Ирочка, или чтобы усложнить мозаику? Если бы можно было придумать идею, которая связывала бы керамическую рыбку с пластмассовым пупсиком и деньги на похороны!

Рыбки одинаковые, а пупсики разные. О чем это говорит? Если Шутник заранее приготовился к задуманным преступлениям и купил сразу несколько одинаковых рыбок, то он и пупсиков купил бы сразу, и, вероятнее всего, они, как и рыбки, были бы одной модели. Однако все не так. Выглядит, словно рыбки у него уже были, а пупсиков он покупал в разных местах. Почему не в одном и сразу? Видимо, боялся, что мужчина, покупающий с десяток одинаковых куколок, может если не вызвать подозрения, то просто запомниться продавщицам. А Шутник продавщиц боится, это точно, случай со Старостенко это наглядно показал. Эксперты утверждают, что рыбки сделаны в Мексике, но были ли они в продаже в России — установить практически невозможно. Запросы во все организации, ведающие импортом, сделаны, но ответы придут еще неизвестно когда, и при этом нет полной уверенности, что ответы эти будут исчерпывающими. В таможенных документах указано «Сувениры», а какие конкретно? Даже если где-нибудь будет написано «Сувенир «Рыбка керамическая», то совершенно не факт, что это именно такие рыбки. Не говоря уж о том, что кто-то мог просто привезти целую упаковку рыбок в собственном чемодане и нигде ее не декларировал, потому что ввозил не для продажи, а для подарков. Кстати, этот кто-то мог быть и Шутником.

А что, это мысль! Шутник бывал в Мексике — это уже кое-что. Хоть и плохонький, а признак.

Из комнаты послышалось треньканье телефона. Настя вскочила, забыв о темноте, и тут же у входа в комнату натолкнулась на стройматериальный Эверест. От растерянности она никак не могла вспомнить, как что лежит, телефон звонил, и она боялась, что это что-то срочное и важное, а она не успеет снять трубку. Сделав два осторожных движения, она протиснулась между рулонами обоев и банками с краской, и в тот момент, когда ей показалось, что

самое трудное уже позади, споткнулась о сложенные на полу плинтусы и рухнула вниз. Сверху на нее посыпались обои и что-то порошкообразное, кажется, лопнул бумажный мешок с цементом. А телефон все не умолкал. Настя с трудом поднялась, чувствуя острую боль в левом колене и правой кисти. Господи, да где же этот идиотский телефон? Звенит где-то рядом, но ведь не видно же ничего! Она присела на корточки и стала шарить руками по полу в попытках найти длинный телефонный шнур. Вот он, кажется. Настя потянула шнур на себя, подтаскивая аппарат поближе.

— Але, — почти простонала она, потому что, забывшись, схватила трубку правой рукой и чуть не взвизгнула от боли.

— Ася? — услышала она встревоженный голос мужа. — Что случилось?

— Упала, — жалобно прохныкала она.

— Как упала? Почему?

— В темноте. Электричества нет во всем доме, я из кухни к телефону побежала и врезалась в нашу ремонтную кучу. Ой, Леш, больно как...

— Все ясно с тобой, — вздохнул Чистяков. — Мне приехать?

— Ну что ты, солнышко, не надо. Поздно уже. Слушай, у нас, по-моему, где-то фонарь был. Ты, помнится, его в гараж забирал. А обратно не принес случайно?

— Нет, он в гараже, я его там сегодня видел. Но ты точно справишься одна? А то ведь я приеду, я такой, ты же знаешь.

— А ты мне не угрожай. — Она через силу улыбнулась. — Очень я тебя боюсь.

— Я не угрожаю, а предлагаю помощь. А ты, дурочка, отказываешься.

— Это потому, что я гордая. А ты пытаешься меня унизить своей помощью, как будто я совсем беспомощная и глупая, — пошутила Настя.

— Это называется не гордость, а гордыня, дуреха ты, — рассмеялся Алексей. — А гордыня, как известно, большой грех. Смертный, между прочим. Где ты этих глупостей набралась?

— Да так, свидетельницу по делу сегодня опрашивала, она своего мужа обвиняла в том, что он помощи ни у кого не просил, потому что гордый.

— Ну-ну. В последний раз спрашиваю: мне приехать?

— Честное слово, не надо, Лешик. Я уже спать ложусь. А утром светло будет.

— Ладно, оставим на твоей совести. А что случилось со светом?

— Не знаю, авария, наверное.

— Что значит — наверное? — возмутился муж. — Ты что, не выяснила?

— Не-а. А зачем?

— Как то есть — зачем? Чтобы знать, что случилось и когда будет свет.

— А какая разница? Оттого, что я это узнаю, свет ведь быстрее не дадут. Верно?

— Верно, но будет хоть какая-то определенность. Может быть, авария настолько серьезная, что света не будет и завтра, и послезавтра. Тогда надо принимать меры, договариваться с людьми, у которых ты будешь ночевать, и так далее. И по крайней мере, ты будешь точно знать, сколько времени не сможешь пользоваться компьютером. Ася, нельзя же так! Ты как ребенок, ей-богу!

Настя обреченно вздохнула. Леша, как всегда, прав. Он всегда прав. Он умный, трезвый, спокойный и предусмотрительный. Вот бы ей стать такой, как он.

— Ты прав, солнышко, — грустно призналась она. — Я глупая и никудышная. Но другой я уже не стану, поэтому насчет аварии узнавать не пойду. Я ложусь спать.

Чистяков снова рассмеялся, и Насте показалось, что от его смеха даже боль в руке стихает.

— Спокойной ночи, никудышная. Утром позвоню, узнаю насчет света.

— А что, если света не будет, ты домой не вернешься?

— А что мне дома делать без электричества? Компьютер же не работает.

— Ты, выходит, только ради компьютера сюда приезжаешь? — поддела его Настя.

— Естественно, не ради тебя же, никудышная. Очень ты мне нужна. Кстати, если к утру электричество не дадут,

проверь холодильник и вытащи все, что может испортиться.

— Куда вытащить?

— Куда хочешь. На балкон, например, вынеси, на улице уже достаточно холодно. Колбасу возьми на работу, съешь на обед.

— Все указания раздал, — съехидничала она, — или еще остались?

— Пока все. Ложись спать. Целую.

Настя положила трубку и уселась на полу поудобнее, прислонившись спиной к дивану. Колено сильно болело, и она опасалась вставать. Но до утра ведь так не просидишь, надо собраться с силами, встать, постелить постель и лечь. А утром проснуться и понять, что колено распухло, кисть правой руки не работает, и по всей комнате рассыпан сухой цемент. Ничего не скажешь, приятное ее ждет пробуждение.

А может, обойдется? И колено не распухнет, и рука пройдет. И окажется, что насчет цемента ей просто почудилось. Может ведь такое быть? Может. Почему нет?

А может такое быть, чтобы утром оказалось, что никакого Шутника нет и никто больше не будет убивать бомжей и угрожать Татьяне? Нет, такого быть не может. А жаль.

СЕЛУЯНОВ

Близился День милиции. Этот праздник Коля отчего-то любил больше всех других. В отделе шло перманентное совещание на тему: как 10 ноября поздравить Колобка, чтобы начальнику было приятно, чтобы в госпиталь к нему смогли одновременно приехать как можно больше сотрудников и чтобы Гордеев при этом не сделал им выволочку за то, что весь отдел не работает, а дурака валяет. Кроме того, всем было хорошо известно, что Колобок не делает различий между праздничными днями и обычными и по текущим делам спрашивает во всех случаях одинаково придирчиво. Поэтому, составляя делегацию поздравляющих, нужно было продумать и этот тактически важный момент. В госпиталь поедут только те, кому есть чем отчитаться. При этом численность делегации не должна быть чрезмерно маленькой, ибо Колобка обмануть трудно, он сразу догадается, что явились только «отличники».

— Колян, ты возглавишь церемонию, — приказал Коротков. — У тебя девять наркоманов раскрылись, ты у нас сегодня герой.

— Так это ж не я, — замахал руками Селуянов, — это Аська его нашла. Что я, Колобку врать должен, что ли? Он же меня спросит, как шла разработка.

— Наврешь что-нибудь, не маленький, — отрезал Юрий. — Не Аську же к нему пускать, у нее с Шутником полный провал. Наша подполковница в прошлый раз от Колобка чуть не в слезах ушла, допек он ее.

Эти и подобные им разговоры велись уже третий день. Колобка любили и хотели поздравить с праздником все сотрудники, но точно так же все до единого боялись «разбора полетов». Впрочем, боялись — не то слово. «Разбор полетов» происходил ежедневно на оперативных совещаниях, все к ним привыкли и считали само собой разумеющимися, так работали все службы в уголовном розыске. Но одно дело получать выволочку в кабинете в обычный будний день, и совсем другое — в госпитале, куда ты придешь с цветами, подарками, наилучшими пожеланиями и праздничным настроением. Точно так же, как можно каждый день, морщась и кряхтя, принимать горькое лекарство, понимая, что это необходимо и неизбежно, но если тебе дать пирожное, надкусив которое ты обнаружишь там то же самое горькое лекарство, ты почувствуешь себя обиженным и обманутым. Чувствовать себя обиженным и обманутым в праздничный день не хотел никто. Ибо трудно представить себе сыщика, у которого по всем находящимся в работе делам полный и идеальный порядок. Такого нет и не может быть никогда. По определению.

Селуянов испытывал раздражающее чувство словно бы вины перед Настей Каменской. Она искала своего преступника, а нашла совсем другого, за работу по поиску которого отчитываться ему, Селуянову. Николай-то отчитается, а вот Настя так и будет маяться со своим любителем маргинального элемента. Ему искренне хотелось как-то помочь, но он не знал как. Единственное, что он мог сделать, это попробовать выяснить все досконально насчет Шувалова. А вдруг окажется, что он не только наркоманов убивал. Ведь есть же у него мотив, есть, не забыл он милиционеров, погубивших его сына, не забыл следователя Образцову. Или забыл? Нет, не забыл, на этот счет его Костя Ольшанский весь вечер после задержания допрашивал.

Николай внезапно резко остановился на бегу. Да, Ольшанский допрашивал, но ведь Шувалов ни в чем не признался. Он соглашался только с тем, что касалось хранения оружия, но больше ни слова не сказал. Конечно, Ольшанский задавал ему вопросы о следователе Образцовой и о подробностях гибели сына, и Шувалов отвечал на них спокойно и обстоятельно, но ни разу не дал понять, что испытывает к Татьяне какие-то особые чувства. Он сказал ровно столько, сколько сказал бы любой потерявший сына отец на его месте.

Совершенно очевидно, что Виктор Петрович Шувалов — преступник хладнокровный и осмотрительный, расчетливый и опасный. Ольшанский задержал его на семьдесят два часа по подозрению в убийствах бомжей и отправил оружие на экспертизу. Экспертиза показала, что бомжей убили не из этого пистолета, и Шувалова готовились освобождать из-под стражи, поскольку за одно лишь незаконное хранение оружия законом лишение свободы не предусмотрено, а стало быть, и арестовывать не положено. В этот момент и всплыла Аськина информация о пистолете, который приобретал и неизвестно куда дел первый из убитых наркоманов, а тут и заключение из пулегильзотеки подоспело: следы на стреляных гильзах, полученных во время контрольного отстрела изъятого пистолета «ческа збройовка», идентичны следам на гильзах, найденных возле трупов наркоманов. Дело об убийствах наркоманов вел другой следователь, он и вынес новое постановление о задержании Шувалова. Еще на трое суток. А там видно будет.

Теперь Виктор Петрович числился за следователем Пашутиным, ворчливым старикашкой-брюзгой, который начинал работу, кажется, чуть ли не при Сталине, в общем, так давно, что люди столько даже не живут. Пашутин истово ненавидел демократические перемены и всех адвокатов, вместе взятых, и его передергивало при словах «оправдательный приговор». Жалости к преступникам он не знал и даже, кажется, на обычное человеческое сочувствие был не способен. Но надо отдать ему должное, въедлив старик был необыкновенно. Со всякими сомнениями «а может быть, это не он» к Пашутину подъезжать было бесполезно, такого рода сомнения были ему чужды, зато с предложениями «а давайте примерим его к другим преступлениям» можно было звонить даже среди ночи. Никто не понимал, почему Пашутин до сих пор не на пенсии, но все соглашались с тем, что при нынешней ситуации лишние руки никогда не помешают, а тем более руки квалифицированные. Уж лучше пусть будет ворчливый и страдающий обвинительным уклоном старый следователь, назубок знающий и официальное законодательство, и реальную практику, чем юный, неопытный выпускник института, который работать пока еще не умеет и, что самое противное, не хочет учиться. То ли потому, что считает себя достаточно грамотным, то ли потому, что вообще не намеревается в этом кабинете надолго засиживаться.

Да, Пашутин наверняка разделит соображения Селуянова. Кто сказал, что если человек совершает одну серию преступлений, то он не может совершить другую? Почему они с самого начала уперлись в то, что преступник, убивающий бомжей и получивший прозвище Шутник, и преступник, отстреливающий наркоманов, — это два разных человека? С оружием прокололись? Так у него было два пистолета, из одного он наркоманов стрелял, из другого — бомжей. Один пистолет успел спрятать, а со вторым его взяли. Почему не может так быть? Может.

И с мотивом все логично выходит, хотя и сложно, но ведь Виктор Петрович Шувалов человек непростой. Наркоманов он убивает потому, что из-за наркотиков потерял всю семью. Ученый из университета не имеет подходов к наркодельцам, он не знает, как на них выходить и где искать, кроме того, наркодельцы очень похожи на всех крупных бизнесменов, то есть имеют свою охрану и систему безопасности, их убить не так-то просто даже профессиональному киллеру, а уж тихому интеллигенту и подавно.

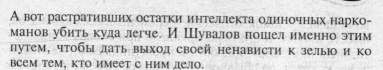

А вот растративших остатки интеллекта одиночных наркоманов убить куда легче. И Шувалов пошел именно этим путем, чтобы дать выход своей ненависти к зелью и ко всем тем, кто имеет с ним дело.

А бомжей Виктор Петрович убивает исключительно для того, чтобы отомстить следователю Образцовой, по вине которой, как он считает, погиб его шестнадцатилетний сын. Он умышленно держит ее в страхе, оставляя записки и давая понять, что помнит о Татьяне и с каждым новым преступлением приближается к ней. Последняя записка, оставленная возле тела Валентина Казаряна, была весьма красноречива. Бомжи — это изощренная месть, продуманная и жестокая, медленная и мучительная. Поэтому и оружие для этих убийств выбрано другое, и сам стиль совершения преступлений принципиально иной. Отсюда и чужие отпечатки, и чужой почерк. Шувалов понимает, что в преступлениях, направленных против следователя Образцовой, заподозрят именно его если не в первую, то уж во вторую очередь обязательно, поэтому принимает меры безопасности. И оружие держит подальше от себя. А в убийствах наркоманов никто никогда его не заподозрит, поэтому здесь можно особо не стесняться и пистолет хранить у себя дома. И уж тем более никто никогда не свяжет две такие разные, такие непохожие друг на друга серии убийств. Рассчитано грамотно, ничего не скажешь.

Пашутину идеи Селуянова понравились. Он удовлетворенно потирал сухонькие ладошки и одобрительно кивал.

— Договорились, — подытожил следователь, — я возьмусь за окружение Шувалова, особенно за его бабу, наверняка она сообщница или на худой конец в курсе дела. А ты давай действуй по своим каналам. Поглядим, что получится.

Через полчаса Николай уже звонил по всем нужным телефонам, искал необходимых ему людей и согласовывал проведение разработки в отношении задержанного Шувалова. Первым, кому он позвонил, был Сергей Зарубин.

— Серега, я знаю, ты — лучший друг всех бомжей Москвы и области, — бодро начал он.

— И проституток, — добавил Зарубин. — Чего надо-то?

— Камерника надо. Бомжеватого вида и соответствующего поведения.

— Это можно. Вот если б ты у меня бандершу попросил, тут могли бы быть проблемы. И чего ты хочешь от моего человека?

— Хочу господина Шувалова по низу поработать на предмет отношения к бомжам и лично к Татьяне Григорьевне Образцовой.

— Понятно, — протянул Сергей. — Совесть замучила, да?

— Не умничай, когда со старшими разговариваешь, — отпарировал Селуянов.

ЗАРУБИН

Человек, которого Сергей Зарубин использовал для внутрикамерных разработок в изоляторах временного содержания, носил странное прозвище Принтер. Новомодное словцо приклеилось к нему года три назад с легкой руки молодого электронщика, задержанного за изнасилование. Дело в том, что Принтер, которого тогда звали просто Митькой Сычевым, ответ почти на любое обращение к себе сопровождал метафорами одного и того же типа:

— Дай тыщонку на сигареты.

— Я деньги не печатаю.

— Дай сигаретку.

— Я их не печатаю, у самого мало.

— Что сегодня по телику?

— Я газеты не печатаю.

И так далее. Сексуально озабоченный электронщик, оказавшийся с Сычевым в одной камере, отреагировал быстро:

— Слушай, ты, печатный станок, ты что, принтер?

Прозвище прижилось моментально и закрепилось навсегда. Принтер был мужиком толковым и хотя искренне любил выпить, но ясности ума и цепкости памяти не терял. Отчитываясь перед Зарубиным по выходе из камеры, передавал диалоги с другими задержанными почти дословно, ничего не упуская и не привирая, что было особенно ценно. Ведь агент-внутрикамерник в такой ситуации —

единственный источник информации, оперативники будут тратить время и силы на то, чтобы ее проверить, и невозможно допустить, чтобы все было впустую из-за того лишь, что человек что-то придумал от себя.

Прошло три дня с того момента, как Зарубин отправил Принтера поработать с Виктором Петровичем Шуваловым. Принтер вышел из камеры аккурат 10 ноября, в День милиции, и подробно изложил Сергею историю своих взаимоотношений с Шуваловым. Картина складывалась, с одной стороны, непонятная, с другой стороны, более чем подозрительная.

Хорошо известно, что человек, впервые оказавшийся в камере, обычно стремится к общению с собратьями по несчастью. Самый мощный двигатель человеческих поступков — информационный голод. Человека снедает чувство тревоги и неизвестности, он не знает местных порядков, ему нужны советы, как вести себя со следователем, ему хочется знать, разрешают ли свидания и передачи. Ему совершенно необходимо общение, чтобы избавиться от угнетающей неопределенности. Если человек, попавший в камеру, отмалчивается и на контакт не идет, это может объясняться несколькими причинами. Он может быть бывалым сидельцем, то есть человеком опытным, в советах и разъяснениях не нуждающимся. Он может быть действительно первоходком, но насмотревшимся фильмов и начитавшимся книг, из которых вынес твердое убеждение, что в камере все сплошь подсадные, поэтому разговаривать и делиться информацией нельзя ни с кем. Или он может оказаться просто необычайно сильным психологически человеком, который взвешивает на одной чаше весов последствия недостатка информации, а на другой — свое непреодолимое нежелание общаться с кем бы то ни было, и нежелание у него перевешивает, ибо с информационным голодом он умеет бороться.

Шувалов в камере особой общительностью не отличался, но и молчуном не был, на вопросы отвечал, да и сам задавал их. Однако как только появился Принтер, Виктора Петровича будто подменили. Принтер, одетый в выразительно грязные лохмотья, легко вошел в привычную среду и с гордостью рассказывал о своих восьми судимостях за бродяжничество и мелкие кражи («Я еще при советской власти шесть раз успел отсидеть, у меня режим был четкий, год сижу — полгода гуляю, год сижу — полгода гуляю. Суки эти взяли и статью за бродяжничество отменили, куда честному человеку податься, здоровье поправить, пожрать три раза в день, поспать в тепле под одеялкой да на подушечке? Приходится теперь воровать по мелочи, много не дадут, как раз хватит, чтобы отдохнуть и сил набраться. Сами, гады, из честных людей воров делают!»). Второй байкой, которую Принтер по заданию Зарубина принес в камеру, была душещипательная история о следователе Образцовой, «за которой» он, по несчастному стечению обстоятельств, садится уже в третий раз.

— Вот она нашу душу понимает! Вот баба — поискать таких! Я раньше в Питере гулял, там она меня два раза сажала. В первый-то раз ничего не сказала, оформила и в суд послала. А во второй раз, года через три, как меня увидела, так и смеется. Что, говорит, Митя, устал гулять-то, на нары захотелось, отдохнуть? И никакой морали мне не читала насчет того, что работать надо, жить как все люди. Другие следователи прям всю плешь проедали своими нравоучениями, а Татьяна Григорьевна — ни гугу, в две минуты меня в суд определила. И надо же судьба какая! Я в Москву перебрался, тут народ побогаче, подают чаще, и на помойках есть чем разжиться. И на тебе, она тоже тут оказалась! Увидела меня — и давай хохотать. Нет, ты представляешь? Руками машет и хохочет. Ой, говорит, Митя, никуда мне от тебя не деться, ты меня и на Северном полюсе найдешь. Во мир тесен-то, а? Нет, я вам скажу, Образцова — редкой души баба. И имя мое помнит, вот что приятно. Ой, говорит, Митя...

Что на месте Шувалова сделает обычный человек, который когда-то сталкивался с Образцовой? Естественно, вступит в беседу, уточнит перво-наперво, та ли эта Образцова, которую он знал, и если та самая, расскажет о своих впечатлениях от общения с ней, обсудит ее достоинства и недостатки, порадуется, что встретил «товарища по следователю», как радуются земляку, случайно встреченному вдали от дома. А что сделает человек, который хочет скрыть свои истинные чувства, в частности, ненависть к

Образцовой и желание ей отомстить? Правильно, он промолчит, не вступая в дискуссию и делая вид, что имя следователя слышит впервые и оно ему ни о чем не говорит. Именно так и поступил Виктор Петрович, хотя на допросах у Ольшанского он спокойно отвечал на вопросы, связанные с Татьяной, и вовсе не делал вид, что забыл ее.

И кроме того, он явно сторонился Принтера. Не обращался к нему ни по какому поводу, отводил глаза, чтобы не видеть бомжа, а на вопросы Принтера отвечал или предельно кратко, или не отвечал вообще.

Все поведение Шувалова говорило о том, что он пытается замаскировать свой интерес и к бомжу, как представителю социального слоя, и к следователю Образцовой. Выходило, что Виктор Петрович вполне мог оказаться автором не только одной серии убийств, но и второй тоже.

Воодушевленный полученной информацией и сделанными из нее выводами, Зарубин кинулся искать Селуянова. Николая на месте не было, и Сергей позвонил Каменской.

— Пална, есть новости. Ты никуда не уйдешь?

— Нет, я здесь.

Голос у нее был какой-то тусклый, а может быть, просто усталый, но Сергей не обратил на это ни малейшего внимания. Мало ли какой голос может быть у сотрудника уголовного розыска! Жизнь-то не сахарная, понимать надо.

Проходя по длинному коридору к кабинету, где сидела Каменская, Сергей на всякий случай толкнул дверь, за которой обитал Селуянов, но дверь оказалась запертой. Не было на месте и Короткова. «Пьют, наверное, — с завистью подумал Зарубин, — праздник же. Только я один как дурак еще бегаю».

Зато Настя была у себя. Несмотря на сгущавшиеся сумерки, свет в кабинете не был включен.

— Ты чего в потемках, Пална? — радостно закричал Сергей. — Со светлым праздничком тебя, подполковница, всего тебе самого приятного.

— Спасибо, Сереженька, — вяло отозвалась она, — и тебя тоже.

— А где весь народ? Селуянова полдня найти не могу. Уже празднуют? Без тебя?

— Они не празднуют. У Короткова теща умерла. Коля с ним поехал, помочь там и все такое. Остальные, кто не на задании, в госпиталь к Гордееву поехали, поздравлять.

— А ты что же не поехала? — удивился Зарубин.

— Должен же кто-то в лавке остаться. Какие у тебя новости?

— Настя Пална, у меня есть все более и более сильные подозрения, что ты нашла убийцу не только Селуянову, но и себе. Я поработал Шувалова по камере, по всему выходит, что бомжей убивал тоже он. Ты понимаешь, мой человек...

— Уймись, Сережа, — тихо сказала она, — это не он.

— Что? — переспросил Зарубин.

— Я говорю, это не Шувалов.

— Почему? Ты только послушай, что мой человек рассказал...

— Нет, это ты меня послушай.

Она включила настольную лампу, и только тут Сергей увидел лежащий перед ней на столе листок бумаги. Настя пододвинула листок к нему поближе.

— Прочти.

Он нагнулся, чтобы лучше видеть, но все равно ничего не понял. Буквы были латинские, но слова явно не английские, а никакого другого иностранного языка Зарубин не знал.

«Com esta, cara signora?»

Он недоуменно поднял голову.

— Что это?

— «Как дела, дорогая синьора?» По-итальянски.

— Е-мое! При чем тут итальянский-то, я не пойму? Это что за записка?

— Это, Сережа, четвертый труп. Час назад нашли. А это — ксерокопия записки, которая была приложена к покойнику. Так что Шувалов твой никакого отношения к этому не имеет.

— Но почему по-итальянски? Что за выпендреж?

— Потому, Сережа, что я хорошо знаю итальянский, и я имела глупость сказать об этом в той телепередаче. Все это делается не против Татьяны. Это против меня.

— Ни хрена себе! — присвистнул Зарубин. — А ты-то

что ему сделала? Чего он к тебе прицепился? И вообще, ты хоть понимаешь, кто он такой?

Настя молча пожала плечами и вдруг беззвучно заплакала.

СЫН УБИЙЦЫ

Короче, отправился я нести действительную военную службу. Мне повезло, причем дважды. Во-первых, воевать не послали, хотя было куда. И во-вторых, командир танковой дивизии, где я «отбывал», оказался владельцем роскошной охренительно породистой кошки, с которой он совершенно не знал как обращаться. Такое часто случается, своими глазами видел: человеку, у которого никогда в жизни не было домашних животных, дарят котенка, или он бездомного подбирает, — это неважно, как котенок появляется, важно, что человек может к нему мгновенно прикипеть душой с просто смертельной силой, а как за питомцем ухаживать — его не научили, и любое проявление нездоровья вызывает панику, граничащую с обмороком.

Ну и вот, приезжает комдив к нам в часть и начинает всем направо и налево пистоны вставлять. Офицеры бегают белые от ужаса и на нас шипят, чтоб не высовывались лишний раз. Я-то еще совсем салага был, на моих глазах такое впервые происходило, поэтому я честно и откровенно глаза растопырил и спрашиваю:

— А с чего это комдив такой злой? Он всегда такой?

Мне объясняют, что не всегда, а только когда кошка у него болеет. И рассказывают душещипательную историю про то, как сын нашего комдива, офицер-подводник, привез полгода назад отцу двухмесячного котенка, к которому была приложена родословная длиной в три километра. В подарок, значит, привез. Погостил недельку и уехал. А через несколько дней погиб при выполнении служебного задания. Комдив у нас разведенный, семьи нет, только сын, который давно живет отдельно, и вот теперь остался он с этой кошкой, которая как есть последняя память о погибшем сыне. Понятное дело, если б сын ему книгу привез в подарок или там авторучку, так комдив и над этой вещью трясся бы, потому как последний подарок, память все-таки. А тут кошка, живое ведь существо, оно же страдает, когда ему нездоровится. Ну, думаю я себе, попал бедный мужик в переплет, породистые кошки — существа нежнейшие, микроб из воздуха вдохнут — и уже болеют. Так-то они здоровенькие, наследственность у них хорошая, но иммунитета никакого, поскольку их же выводят в тепличных условиях, чуть что — сразу к ветеринару и за лекарства хватаются, поэтому организм не приучен ни с какой хворобой бороться. По идее, эта кошечка комдивовская должна бы раз в две-три недели прибаливать. Я-то знаю, что болезни эти несерьезные и неопасные, а некоторые и вовсе не болезни, а нормальные проявления, но ежели хозяин этого не знает, то жизнь его превращается в цепь страданий и страхов. Я над этим не смеюсь, наоборот, отношусь сочувственно, потому как если хозяин вместе со своей кошкой страдает, значит, он ее любит, а для меня это главнее, чем диплом академика или звание героя.

У меня в тот момент даже мыслей никаких корыстных не было, просто мне и комдива от души жаль стало, и за кошку тревожно: ведь загубит по неопытности невинное создание. И я сказал кому следует, что если товарищ генерал желает, то я могу его проконсультировать в части ухода за любимым животным. Беспроволочный телефон, как известно, работает быстрее обычного, особенно когда пистоны не хочешь регулярно получать, посему буквально на другой день меня вызвали и отправили киску осматривать.

Через месяц я комдиву нашему стал лучшим другом, не в прямом, конечно, смысле, он генерал, а я никто, солдат-первогодок, а в том смысле, что он нашел во мне человека, которому его кошка любимая так же небезразлична, как и ему самому. За месяц я ему полный курс прочитал по уходу за Филей (по родословной она была Фелиция Таггердаун Лекс Блю, но это за сто лет не выговоришь), научил правильно вычесывать, ушки чистить и глаза промывать, расписал всю кормежку на недельный цикл и диеты на три дня на случай болезни: один вариант — если рвота и понос, другой — если только одна рвота, и третий — если понос. Но две вещи наш генерал так и не осилил: давать таблетки и изучать Филины рвотные массы с целью

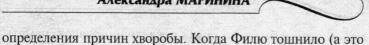

определения причин хворобы. Когда Филю тошнило (а это случалось не реже раза в две недели), комдив впадал в такой ужас, что уже не мог ничего соображать, не то что рвотные массы рассматривать.

Одним словом, обходиться без меня генерал уже не мог, и два года службы прошли в тиши и благополучии. Я эти два года внимательнейшим образом наблюдал за Филей, изучал особенности породы. Ну и, разумеется, «вел» в качестве участкового врача всех дивизионных котов, которых ко мне приносили офицерские жены и детишки.

Вернувшись домой после службы, я выдержал очередной трехмесячный наезд папаши на тему «ты должен учиться в институте и становиться лучшим в своей профессии». Армейская жизнь научила меня выдержке и корректности со старшими командирами, даже если они абсолютно не правы, поэтому моей природной вежливости хватило не на неделю, как раньше, а все-таки на целых три месяца. Я был, безусловно, согласен с тем, что нужно быть лучшим по профессии, но понимал это таким образом, что если уж берешься что-то делать, то делаешь с душой и на совесть. Вот с этой самой душой и с этой самой совестью я всю жизнь занимался кошками и готов был заниматься ими, пока не помру. Папаня же имел в виду, что я должен стать знаменитым ученым-фелинологом, а это в рамки моих жизненных установок ну никак не вписывалось. Я не собирался выводить новые породы и изобретать новые сверхмощные лекарства, я хотел помогать и облегчать страдания тем кошкам, которые оказались никому не нужны и о которых некому позаботиться. Три месяца я отбивал атаки папаши, тщательно выбирая выражения и придумывая все новые и новые аргументы. Наконец я понял, что он меня не слышит и мои аргументы ему неинтересны, ему интересно поддержать семейную традицию и сделать меня достойным его предков. И тогда я перестал выбирать выражения и сдерживать голос.

Я позволил себе это только один раз, но этого раза оказалось достаточно, чтобы папаша отстал. Вероятно, я был весьма убедителен.

Глава 14

КАМЕНСКАЯ

С Днем милиции тебя, Анастасия Павловна. С четвертым трупом. Да, праздник удался на славу. Значит, всетаки мишенью является не Татьяна...

Ей было стыдно, но она изо всех сил старалась прогнать от себя эту мысль и придумать еще какой-нибудь вариант, объясняющий поведение преступника. Почему она так решительно заявила Зарубину, что искомый убийца Шутник не Шувалов? Только потому, что новое преступление Шутника было совершено, когда Виктор Петрович находился в камере. Ситуация банальнейшая, тысячи раз случавшаяся в жизни и описанная во множестве книг. Но если допустить, что Сергей прав и Шувалов имеет отношение к убийствам бомжей...

Черт возьми, почему бомжей? Разве Надежда Старостенко была человеком без определенного места жительства? Нет, у нее была собственная отдельная квартира. Да, она не работала, да, она много пила и вела свою личную жизнь весьма беспорядочным образом, но место жительства-то у нее было. Казарян? Можно согласиться с тем, что собственного жилья, равно как и прописки, у него нет. Он жил в лагере, который охранял, но это временная работа, с которой его в любой момент могли «попросить», и тогда сторож с полным основанием мог бы считаться не имеющим определенного места жительства. Единственным истинным бомжем был только Геннадий Лукин, он же Лишай. Правильнее было бы говорить о том, что Шутник выбирает деклассированный элемент. Хотя, возможно, Сережа Зарубин недалек от истины: Казаряна убили исключительно потому, что он дружил с бомжами и пускал их на ночлег.

Но четвертая жертва Шутника все равно из этого ряда выпадала. Одинокая старуха, живущая уже много лет в обществе четырех кошек, дряхлая, почти беспомощная. Сил у нее оставалось совсем мало, их хватало только на то, чтобы раз в несколько дней медленно доковылять до магазина, купить нехитрую снедь себе и кошкам. Больше ничего она делать не могла, в том числе и убирать в квартире. Вонь там стояла такая, что осматривавшие место происшествия работники милиции с трудом сдерживали тошноту. В этот раз Шутник денег на похороны не оставил, ограничился только запиской и традиционной рыбкой с пупсиком. Пожадничал? Или деньги закончились? Что-то он начал изменять себе...

Погруженная в размышления, Настя, не замечая ничего вокруг, доехала до дома. Настроение у нее было настолько непраздничным, что она даже не обратила внимания на аппетитные запахи, витающие на лестничной площадке перед квартирой. И, только открыв дверь, поняла, что приехал Чистяков. И, кажется, не он один.

— Настенька!

Из кухни выскочила Даша и повисла у нее на шее.

— Мы тебя поздравляем с твоим милицейским праздником! Желаем тебе всего-всего-всего, и побольше! Раздевайся скорее, мы тебя ждем с ужином!

Выдавив из себя псевдорадостную улыбку, Настя расцеловала родственницу.

— Дашуня, ты продолжаешь расцветать, попирая все законы природы, — пошутила она. — В пятьдесят лет ты будешь выглядеть первоклассницей.

Сняв куртку и ботинки, она протиснулась в комнату. На столе рядом с компьютером красовался неземной красоты букет каких-то экзотических цветов и большой яркий пакет. Брат Саша, сидя на корточках, колдовал над видеомагнитофоном. Подойдя к брату, Настя ласково взъерошила волосы на его голове.

— Привет, чем занимаешься?

— Примус починяю. У тебя что-то со звуком. Сама не заметила?

— Не-а. А где профессор?

— Помчался в круглосуточный супермаркет, у него какого-то снадобья для соуса не хватило. — Саша что-то подкрутил отверткой и включил воспроизведение. — Вот, теперь нормально. Чувствуешь разницу?

Разницы Настя не почувствовала, она просто не помнила, каким был звук раньше, но из вежливости солгала:

— Еще бы! Санька Золотая Ручка, вот ты кто.

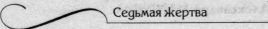

Саша не торопясь поднялся, распрямил спину и обнял сестру.

— Пока твоего мужа нет, я задам тебе неприличный вопрос. Можно?

— Валяй, — разрешила она.

— Это что такое?

Он выразительным жестом показал на сложенную у стены кучу стройматериалов.

— Это? Это, Сашенька, неоконченный ремонт.

— И сколько времени это длится?

— С августа. Ну, ты сам понимаешь.

— То есть практически три месяца, — уточнил Саша. — И как это, по-твоему, называется?

— А как? — удивилась Настя. — У юристов это называется форсмажорными обстоятельствами. Никто не мог предполагать, что банки рухнут в одночасье. Я не понимаю, что тебя обеспокоило?

Саша устроился на диване и потянул Настю за руку, усаживая рядом с собой.

— Скажи, пожалуйста, сестренка, ты что — сирота казанская? У тебя родственников нет?

Настя нахмурилась. Она понимала, к чему брат затеял этот разговор и отчего спешит поговорить с ней в отсутствие Чистякова. Лешка не одобрит такую постановку вопроса, она это знала точно, да и ей подобные варианты были не по вкусу.

— Саша, ну при чем тут...

— При том, что у тебя есть брат, который обязан тебе по гроб жизни, а ты как последняя эгоистка не даешь ему возможности сделать для тебя хоть что-нибудь, хоть самую крохотную ерунду. Почему ты не сказала мне, что у тебя проблемы с деньгами? Я что, Гобсек какой-нибудь, по-твоему? Я для чего деньги зарабатываю?

Настя пожала плечами:

— Откуда я знаю? Наверное, чтобы чувствовать себя богатым и независимым. Чтобы содержать жену и сына. Чтобы платить большие алименты первой жене и дочери. Чтобы родителям помогать. Ну что ты ко мне пристал? У меня, между прочим, праздник сегодня, а ты с глупостями лезешь.

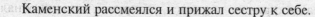

Каменский рассмеялся и прижал сестру к себе.

— Это не глупости, сестренка, это нормальные отношения между родными людьми. А деньги, чтоб ты знала, я зарабатываю для того, чтобы они мне приносили радость. Например, радость сделать тебе что-нибудь приятное или полезное. Сколько нужно добавить, чтобы закончить этот ремонт в рекордные сроки? Считай, что это мой подарок ко Дню милиции.

Она отрицательно покачала головой и встала с дивана.

— Не надо, Сашенька, это унизительно для нас. Мы сами как-нибудь справимся.

Каменский вытаращился на сестру с выражением полного непонимания.

— Это уни... Как? У-ни-зи-тель-но? — произнес он по слогам.

— Да, — твердо повторила Настя, — унизительно. По крайней мере для нас с Лешей.

— Та-ак, — протянул он, вслед за Настей поднимаясь с дивана, — значит, ты полагаешь, что принимать помощь — это унижение?

— Нет, я так не считаю. Помощь — это помощь, но это означает, что ты попал в ситуацию, из которой необходимо выбраться, и сделать это самостоятельно ты не можешь. Тогда можно принять помощь, это нормально. Но если ты попадаешь в ситуацию, которая не носит характера катастрофы и из которой по прошествии некоторого времени ты прекрасно выберешься сам, то неприлично отягощать людей, даже и близких, своими проблемами и заставлять их кидаться тебе на помощь, забыв собственные дела. Мне что, жить негде? У меня крыша протекает, окна разбиты, дыры в полу? Воды нет? Ничего подобного. Да, квартира в чудовищном состоянии, плитка ободрана, обоев нет, и все такое, да, посреди комнаты громоздится куча барахла, о которую я недавно расшибла ногу, спасибо — не голову, но это совершенно не смертельно. Ты понимаешь меня? И я не хочу ничьей помощи, я спокойно могу подождать, пока финансовое положение нашей семьи обретет какие-то четкие очертания, и самостоятельно закончить ремонт. Квартира в таком состоянии, как у меня, — это противно, тут я с тобой согласна, но не смертельно. Все, Сашенька,

дискуссия окончена, слышишь, Чистяков в дверь скребется.

От входной двери действительно раздавался скрежет ключа.

— Хорошо, — вздохнул Каменский, — от тебя толку никакого. Я с твоим мужем поговорю.

— Попробуй, — усмехнулась Настя, — услышишь то же самое, только в более грубой форме.

Она не ошиблась. Примерно через сорок минут после начала праздничного ужина Саша Каменский снова завел разговор о материальной помощи семье сестры, на этот раз адресуя свои аргументы непосредственно Леше, но Чистяков оказался более дипломатичным, чем Настя, и в то же время более жестким. Он даже не стал пытаться объяснять свою позицию, как это делала его жена, и не добивался понимания, он просто заявил:

— Саша, я благодарен тебе за доброе отношение. Я знаю, что ты нас с Аськой любишь, и прошу тебя дать мне слово: если мы к тебе обратимся за помощью, ты нам не откажешь. Ведь не откажешь?

— О чем разговор! — тут же отозвался Каменский.

— Ну и славно. И можешь быть уверен, мы к тебе обязательно обратимся, когда в этом будет настоящая необходимость. Граждане родственники, предлагаю выпить за нашу милицейскую даму, у нее сегодня праздник, и не след об этом забывать!

Чистяков решительно дал понять, что тему развивать не намерен. Настя была благодарна ему за то, что неприятный разговор заглох, едва начавшись. Не участвовать в нем она не смогла бы, это выглядело бы неприличным, а участвовать не хотелось. Ей вообще не хотелось ни в чем участвовать, и Настя испытывала смутное чувство вины за то, что тяготится обществом близких ей людей. Саша и Дашуня искренне хотели доставить ей радость, купили цветы и подарок, приехали, чтобы поздравить ее с праздником, а ей это не нужно... Ну совсем не нужно. Не вообще, а именно сейчас, в этот день, сегодня. Потому что сегодня Шутник сделал очередной шаг навстречу. ЕЙ навстречу.

«Я приближаюсь к тебе, дорогая».

Он предупредил ее об этом неделю назад. Ее, а не Та-

тьяну. А она не поняла, гнала от себя эту мысль, ей легче и проще было думать, что Шутник обращается не к ней. А сегодня он заявил об этом прямо, и мило поинтересовался:

«Как дела, дорогая?»

Он наглеет прямо на глазах...

— Как дела, дорогая?

Настя вздрогнула и выронила вилку, затравленно озираясь. Но ничего страшного не происходило, рядом с ней сидела Дашенька и улыбалась ей своей изумительной, озаряющей все вокруг улыбкой.

— Я спросила, как у тебя дела, — шепотом повторила она. — Чего ты так испугалась?

— А... Ничего... — Настя сделала над собой усилие и постаралась говорить нормальным голосом. — Я задумалась. Просто задумалась. Все в порядке, Дашунчик.

— Не ври, — так же шепотом ответила Даша. — Ты брата своего можешь обмануть, а меня — нет. Я тебя чувствую за километр. У тебя неприятности?

— Угу, — промычала Настя, делая вид, что выбирает на большой тарелке кусок кекса. — Так, обычные рабочие нестыковки. Не обращай внимания. Расскажи лучше, как мой племянник поживает. Растет?

— Дети всегда растут, — тихо и медленно сказала Даша, — а ты мне зубы не заговаривай. Мы зря пришли сегодня, да? Ты не в настроении, тебе не до нас, а тут еще Саша с этим разговором про деньги... Я его предупреждала, что вы обидитесь, а он меня не послушал.

— Ну что ты, Дашенька, ласточка моя, я страшно рада вас видеть, и мне очень приятно, что вы вспомнили про мой праздник и пришли меня поздравить. Правда-правда, честное пионерское!

Настя старалась говорить как можно искреннее, она даже пыталась заставить себя поверить в то, что говорит, но получалось у нее плохо. И Даша ей, конечно же, не поверила.

— Ты даже наш подарок не посмотрела, — укоризненно произнесла она. — А мы так старались, мы его целый месяц собирали. Готовились...

— Господи, да что же это за подарок такой, который

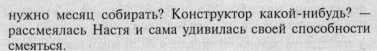

нужно месяц собирать? Конструктор какой-нибудь? — рассмеялась Настя и сама удивилась своей способности смеяться.

— Если тебе интересно, пойди и посмотри, — подал голос Алексей. — Я, например, уже обозрел это пиршество интеллектуального труда.

— Не смей над этим смеяться, — тут же горячо вступилась Даша, — ну и что, что тебе не нравится. У тебя вкусы другие. А Насте нравится, я знаю. Это ей подарок, а не тебе.

— Да бог с тобой, Дашуня, разве я смеюсь? Я рыдаю. И в ужасе рву на себе волосы. Мало того, что наша сыщица целыми днями имеет дело с убийцами и трупами, мало того, что она таскает с работы домой всякие криминальные бумажки, мало того, что она вместе с бумажками приносит еще и мысли, которые всю ночь пережевывает, так теперь мы будем иметь кровь и смерть даже в телевизоре. Моя нежная научная душа этого не вынесет.

Настя видела, что муж ерничает, но глаза у него серьезные. Неужели его действительно так «достает» ее работа с бесконечными трагедиями, смертями и ужасами? Да нет, какие там ужасы, обычная повседневная рутина, сумасшедших маньяков, расчленяющих трупы детишек, или по-настоящему сложных убийц с непонятными, «навороченными» мотивами, вроде нынешнего Шутника, бывает не так уж много, в основном ей приходится иметь дело с криминалитетом, делящим власть или деньги, что, в сущности, одно и то же.

Но Дашка права, она, Настя, ведет себя неприлично. Надо встряхнуться, улыбнуться, вступить в общий разговор и, между прочим, пойти посмотреть подарок и поохать над ним.

Она выскользнула из-за стола и, аккуратно переставляя ноги, пробралась в комнату. В ярком пакете рядом с букетом были видеокассеты. Ровно десять штук. Судя по наклейкам, некоторые фильмы переведены на русский, некоторые — на языке оригинала, английские или французские. Настя быстро пробежала глазами по аннотациям. Да, Саша и Дашенька знали, чем ей угодить! Все фильмы были

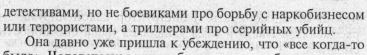

детективами, но не боевиками про борьбу с наркобизнесом или террористами, а триллерами про серийных убийц.

Она давно уже пришла к убеждению, что «все когда-то было». Человеческая жизнь богата и разнообразна в своих проявлениях, но количество стержней, на которые эти проявления нанизываются, все-таки ограничено. Это количество не такое уж маленькое, но оно не бесконечно. И поскольку человечество существует не одну тысячу лет, все эти стержни по многу раз проявляли себя и были описаны и в документальной литературе, и в художественном творчестве. Стержни — это желания, стремления, побуждения, страсти. Стержни — это мотивы. А старая истина гласит: найди мотив — найдешь убийцу. Поэтому Настя испытывала острый интерес ко всему, что придумано фантазией творцов насчет мотивов убийства, особенно мотивов патологических. Она твердо знала: любое преступление, с которым ей приходится сталкиваться, имеет под собой стержень, кем-то где-то уже описанный. И считала: чем больше она будет знать о том, что придумано, тем легче ей будет разобраться с тем, что существует в реальности.

— Спасибо вам, ребятки, — с чувством сказала она, вернувшись на кухню, — вы сделали мне классный подарок.

«И как раз по теме, — добавила она мысленно, — потому что Шутник очень напоминает мне сумасшедшего серийного убийцу».

Но говорить это вслух было нельзя, трепетная Дашка, как всегда, насмерть перепугается, а деятельный брат Саша тут же начнет предлагать помощь в виде охраны, оплаченной, разумеется, им самим. Все-таки любопытная порода людей — богатые бизнесмены! Некоторым из них, в частности, Саше, кажется, что деньги могут решить любую проблему. Вернее, не так: им кажется, что, как только возникает проблема, нужно тут же предпринимать попытки решить ее при помощи денег. Купить, заплатить, откупиться и так далее. А может быть, они правы? Может быть, действительно деньги могут решить все и распутать любую ситуацию? Нет, от смерти все равно не откупишься.

Справиться со своим настроением Настя так и не суме-

ла, и праздничный вечер был скомкан. Ей было неловко перед родственниками, ей было жаль Лешкиных трудов по подготовке праздничного ужина, но она ничего не могла поделать. В ушах постоянно звучал чей-то приглушенный голос: «Я приближаюсь к тебе, дорогая».

Утром она встала с тяжелой головой, но с вполне ясным сознанием, в котором четко проступила мысль: у Виктора Петровича Шувалова есть сообщник. Преступления были придуманы Шуваловым, но осуществлялись вдвоем. Именно поэтому четвертое убийство Шутника совершено тогда, когда Шувалов находился в камере. Этот факт якобы свидетельствует о непричастности Виктора Петровича к тем убийствам, и предполагается, что милиционеры на это клюнут.

«А записка?» — тут же спросила себя Настя. Записка на итальянском языке недвусмысленно говорила о том, что вторая серия убийств не имеет отношения к Татьяне. Ну что ж, это ловкий ход, чтобы отвести глаза сыщикам и переключить внимание на Каменскую. Раз Каменская — значит, не Образцова. Коль не Образцова — стало быть, и не Шувалов. Умно.

ДОЦЕНКО

Он почему-то был уверен, что, если сделает предложение Ире Миловановой, она ему не откажет. Ну как же она может отказать, если невооруженным глазом видно, что они созданы друг для друга. Она же не слепая! И потому Михаил методично, насколько позволяла работа оперативника, продолжал ухаживания, понимая, что это необходимый этап, без которого невозможно обойтись в приличном обществе, и ни минуты не сомневаясь, что Ира относится к этому точно так же. Конечно, история знает и другие факты. Вот, например, Стасов сделал предложение Татьяне через неделю после первого знакомства, правда, она сперва отказалась, но через три недели согласилась. И из этих трех недель две они жили вместе. Но Стасов и Таня — совсем иная песня, Владислав уже однажды был женат, а Татьяна до него побывала замужем аж целых два раза. Они

люди опытные, у них все происходит проще. А Михаилу и Ирочке надо соблюдать установленные правила.

За несколько дней у Доценко вошло в привычку звонить Ире по утрам, едва проснувшись, хотя ничего толкового он сказать ей не мог. Текст был примерно одним и тем же:

— Ириша, я совершенно не представляю, как у меня сложится день, но если появится возможность встретиться, я позвоню, хорошо?

И Ира отвечала тоже одинаково:

— Даже если возможности не будет, ты все равно позвони, ладно?

Этого ему было достаточно, чтобы целый день летать как на крыльях. Крылья эти заносили его бог весть куда, а точнее — туда, куда надо в интересах раскрытия очередного преступления. Хотя, если быть точным, процесса полета Миша не замечал. Он знал, что час назад был в одном месте, сейчас находится уже в другом, но как он здесь оказался — не помнил совершенно, ибо всю дорогу думал о своей будущей жене и о предстоящей семейной жизни, которая, если верить интуиции, сулит одни сплошные радости и удовольствия.

Сегодня Миша занимался убитой накануне одинокой старушкой, рядом с трупом которой была обнаружена очередная замысловатая записка Шутника. Ему нужно было найти ответы по меньшей мере на два вопроса: как Шутник с ней познакомился и почему, нарушая им же самим созданную традицию, не оставил денег на похороны. Строго говоря, традиция была весьма неустойчивой, ибо в самом первом случае с Надеждой Старостенко этих денег тоже не было. Но потом два раза они были, и логика в этом определенная просматривалась: у Надьки Танцорки были друзья, которые ее похоронят, и была какая-никакая собственность, продав которую, можно эти похороны оплатить. Хотя, возможно, дело вовсе не в этом, просто идея оставлять деньги появилась у Шутника уже после первого убийства. Но в любом случае непонятно, почему этих денег не оказалось у убитой совершенно одинокой, беспомощной и практически нищей восьмидесятивосьмилетней старухи Серафимы Антоновны Фирсовой.

Соседи по дому отзывались о покойнице сочувственно и тепло. Некоторые даже помнили, что, кажется, у Фирсовой когда-то была семья, но очень давно, так давно, что будто бы и не было никогда. Единственное, что знали точно: у нее был сын, который лет пятнадцать назад умер от пьянства. Жена от сына ушла через три года после свадьбы, не став дожидаться, пока ежедневная выпивка превратится в тяжелые многодневные запои, с тех пор мужик так и не женился, жил с матерью, где-то как-то работал, но больше лечился и снова ударялся в запой, пропивая все, что находил в доме. Кончилось тем, что Фирсова сына выгнала, пошла даже на то, чтобы через суд лишить его права на жилплощадь. В ближайшем отделении милиции Мише эти сведения полностью подтвердили. Что касается мужа убитой, то никакой официальной информации о нем не было, в эту квартиру Серафима Антоновна въехала тридцать с лишним лет назад вдвоем с сыном.

Михаил Доценко терпеливо ходил из квартиры в квартиру, задавал вопросы и выслушивал самые разные ответы, то краткие и скупые, то пространные, сопровождаемые длинными лирическими отступлениями о давно ушедших годах и брюзжанием по поводу нынешнего финансового «беспредела», из-за которого старики, честно отработавшие на государство всю жизнь, отдавшие ему здоровье, теперь вынуждены влачить жалкое существование на пенсию, размеры которой существуют как будто отдельно от цен на продукты и лекарства, никак с ними не пересекаясь. Из разговоров с жильцами хрущевской пятиэтажки выяснилось, что Серафима Антоновна была женщиной не особо приветливой, в гости к себе никого не звала и вполне довольна была обществом своих четырех кошек. Но справедливости ради надо заметить, что те из соседей, кто хоть однажды рискнул зайти к одинокой старушке, выскакивали из ее квартиры как ошпаренные и больше попыток сближения не предпринимали, ибо запах там для непривычного обоняния стоял поистине невыносимый.

— Как-то я встретила ее на лестнице, — рассказывала женщина лет сорока, живущая этажом выше Фирсовой. — Серафима Антоновна шла из магазина. С таким трудом она поднималась, что без слез смотреть было невозможно.

Мы к тому времени только недавно в этот дом переехали, я еще соседей не знала совсем, увидела старуху, предложила помочь сумку донести до квартиры. Она мне пожаловалась, что еле ходит, а вот Пасха скоро, так даже кулич освятить не сможет, потому что церковь далеко. Когда Пасха настала, я решила сделать соседке приятное, купила кулич для нее и освятила вместе со своими. Зашла к ней, кулич отдала, она благодарит, а я с трудом сдерживаюсь, чтобы нос не заткнуть. Нет, я понимаю, конечно, женщина старая, одинокая, убираться в квартире у нее сил нет, но тогда зачем же кошек держать? Я осторожно так спросила у нее: мол, неужели некому прийти помочь по хозяйству? Она же могла обратиться в собес, к одиноким старикам помощников присылают, я точно знаю. А Серафима Антоновна на меня зыркнула, губы поджала и говорит: я, дескать, чужих в свою квартиру отродясь не пускала и на старости лет тем более не пущу, теперь ворья развелось видимо-невидимо, никому верить нельзя.

— Ну надо же, — удивился Доценко, — а вы что на это сказали?

— Я предложила ей сделать генеральную уборку, хотя бы один раз, бесплатно. Мне не трудно, квартира у Фирсовой небольшая, за полдня управилась бы.

— А она?

— Отказалась. Да таким тоном, как будто не я ей предлагаю, а наоборот, ее прошу у меня уборку сделать. Знаете, я потом все думала, может, я что-то неприличное сделала? Уж очень она на меня злобно посмотрела.

— Странная дама, — вздохнул Доценко. — Не понимаю, почему она так болезненно реагировала. А из разговора с ней вы не поняли, в чем дело? Только ли в том, что она воров боялась? Вы же совершенно очевидно не воровка, вы — соседка, а она все равно отказалась от вашей помощи.

— Вот и я не понимаю, — согласно кивнула женщина. — Мне показалось, что Фирсова немного не в себе.

Михаил насторожился:

— Отчего так? Вам что-то показалось странным?

— Не то чтобы странным... Мне показалось, что она заговаривается. Понимаете, когда она от моего предложения

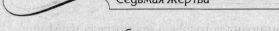

отказалась, она пробормотала что-то невнятное, про Нюрку какую-то. Вот я и подумала, что она заговаривается.

— А что про Нюрку? Что конкретно? — настаивал Миша.

— Что она на нее управу найдет. Что-то в этом роде.

— Пожалуйста, я очень вас прошу, воспроизведите всю фразу целиком.

— Да я не помню...

— Ну как помните.

Женщина задумалась, отвела глаза вправо, припоминая.

— Сейчас... А на эту суку Нюрку управа еще найдется.

— А кто такая Нюрка? — поинтересовался Доценко.

— Да откуда же мне знать? — искренне удивилась соседка. — Вот поэтому я и подумала, что она заговаривается.

«Нюрка, Нюра, Нюрочка, стройная фигурочка», — напевал мысленно Доценко, возвращаясь на Петровку. Войдя в свой кабинет, он первым делом позвонил Ирочке, обменялся с ней парой ничего не значащих фраз, тут же воспрянул духом и зашел к Каменской.

— Из длительных бесед с соседями по дому выяснилось, что старуха Фирсова недобрым словом поминала некую Нюру, сиречь Анну, причем поминала в контексте полной невозможности пускать в дом чужих людей, потому как непременно обворуют, — весело доложил он.

Настя сидела за столом вялая и безразличная ко всему. На нее навалилась неизвестно откуда взявшаяся апатия, которая окутала мозг ватным туманом и тяжелыми цепями повисла на руках и ногах.

— Нюра? — тупо повторила она. — И кто это?

— Насколько я понимаю, это бывшая невестка Фирсовой, Анна Николаевна Фирсова. Правда, они уже два десятка лет не живут вместе, с тех самых пор, как Анна Николаевна развелась с сыном Фирсовой, но вполне возможно, отношения поддерживали. Если же судить по тому, как тепло и с любовью Серафима Антоновна отзывается о невестке, между ними произошел крутой конфликт, и, по всей вероятности, не так давно. По крайней мере есть шанс, что Анна Фирсова знает о своей свекрови немного больше, чем соседи по дому. Анастасия Павловна, вы больны? — озабоченно спросил Доценко.

Она с трудом подняла голову и посмотрела на Мишу.

— Больна? Почему? Нет, я здорова.

— Вы на себя не похожи. У вас что-то случилось?

— Нет, все в порядке.

Голос ее был монотонным и невыразительным, яснее всяких слов говорившим о том, что, конечно же, не все в порядке. Но Доценко не стал допытываться. Во-первых, это неприлично, а во-вторых... Во-вторых, ему гораздо приятнее и интереснее думать об Ирине.

ЗАРУБИН

План был прост в описании, но отнюдь не легок в осуществлении. Сергей Зарубин должен был тщательнейшим образом отрабатывать всех знакомых Виктора Петровича Шувалова, в то время как Мише Доценко поручено выявить максимально возможное количество людей из окружения Валентина Казаряна и Серафимы Антоновны Фирсовой. Где-нибудь эти два круга должны пересечься. Обязательно должны. И тогда во всей полноте и красоте встанет картина связи двух серий убийств. Шувалов нанял человека, который совершал бы преступления от имени Шутника, этот человек до сих пор на свободе, вполне возможно, он даже не знает о том, что его наниматель арестован. В конце концов, даже Казаряна, не говоря уж о Надьке Танцорке и Лишае, можно было найти случайно, но вот старуху Фирсову случайно не найдешь. Трудно предположить, что некий злоумышленник ходит по улицам, заговаривает с людьми и выспрашивает у них, где тут живут одинокие беспомощные старушки. Да и с самой Фирсовой, судя по отзывам соседей, просто так в магазине или возле подъезда не познакомишься, Серафима Антоновна — дама не из доверчивых. Тот, кто к ней пришел, должен был знать, что и как ей сказать, чтобы она впустила его в квартиру. Но самое главное — он должен был знать, к кому и куда идти. Это значит, что либо у Шувалова, либо у его наемника Шутника есть источник информации, предоставивший сведения о Фирсовой. Так что круги непременно должны пересечься.

Кандидатура Анны Николаевны Фирсовой, бывшей невестки Серафимы Антоновны, выглядела в этом свете весьма и весьма перспективной. Только попробуй найди женщину с таким «редким» именем и с непонятно какой нынешней фамилией, ведь Анна могла после развода вернуть свою девичью фамилию, а могла снова выйти замуж и взять фамилию мужа.

Поиски, вопреки ожиданиям, увенчались успехом довольно быстро, Анна Николаевна Фирсова фамилию больше не меняла, хотя и находилась во втором браке. На этом, однако, все и закончилось, ибо проживала она в городе Челябинске вот уже на протяжении двенадцати лет, бывшую свекровь видела в последний раз на похоронах бывшего мужа, то есть пятнадцать лет тому назад. Очень сокрушалась о страшной смерти Серафимы Антоновны, худым словом ее не поминала и выглядела при этом вполне искренней. Так, во всяком случае, утверждали сотрудники местной челябинской милиции, которым было поручено найти и опросить Фирсову. Можно было бы продолжать подозревать Анну Николаевну в неприглядной связи с убийцей, однако ей был задан вопрос, ответ на который сразу отмел все подозрения. Фирсову спросили, не знает ли она, какую женщину по имени Анна покойная могла бы называть «сукой Нюркой».

— Конечно, знаю, — тут же отозвалась Фирсова, — это Анна Захаровна, она на первом этаже жила в том же доме, что и Серафима. Свекровь ее люто ненавидела, впрочем, Захаровна отвечала ей тем же.

— У них конфликт был? На какой почве?

— Вот уж не знаю, — покачала головой Фирсова, — но, похоже, ссора была давняя, еще до того, как я в семью к Серафиме вошла. Сколько помню, столько Серафима Анну Захаровну Нюркой-сукой называла. При этом ведь они общались постоянно, Серафима Антоновна Анне Захаровне улыбалась, в гости к ней ходила, к себе приглашала, а за глаза... Лучше не вспоминать, какие слова говорила. Тяжелый характер у свекрови был, что и говорить.

Получив сведения из Челябинска, Зарубин кинулся искать Анну Захаровну. В том доме она уже не жила, это он знал точно, сверяясь со списком жильцов, который дал

ему Миша Доценко. Может, померла старая? Но оказалось, что Анна Захаровна жива-здорова, хоть и в весьма преклонных годах, и проживает вместе с детьми и внуками в просторном загородном доме, построенном преуспевшим в делах зятем. Не откладывая дела в долгий ящик, Сергей отправился по Дмитровскому шоссе в сторону Учинского водохранилища, где и находился тот самый загородный дом.

Анна Захаровна, женщина необъятных размеров и неиссякаемого веселья, сидела на застекленной веранде в широком мягком кресле, закутав плечи цветастой шалью, и медленно, с чувством раскладывала на столе карты.

— Пасьянсом развлекаетесь? — спросил Зарубин, поднявшись по ступенькам и стоя на пороге открытой двери.

— Гадаю.

Анна Захаровна подняла голову, прищурилась, не торопясь сняла очки и тут же нацепила на нос другие, достав их из дорогого кожаного футляра.

— А ты чей же будешь? Соседских я всех знаю. Дверь-то закрывай за собой, а то холод напустишь. Видишь, обогреватель тут у меня.

Голос у нее был мягким и бархатным, словно возраст решил отыграться исключительно на фигуре и лице, оставив в покое все остальное. Услышав этот голос, Зарубин внутренне поморщился. Он готовился к разговору с простецкой бабкой, плохо ориентирующейся в настоящем, зато хорошо помнящей далекое прошлое, а нарвался, кажется, на юную душой бывшую актрису. Ничем иным, кроме как театральным прошлым, он не мог объяснить этот сохранившийся в неприкосновенности дивный голос. Вот не повезло! Творческая интеллигенция — совсем не Сережин профиль, не умеет он с ними разговаривать.

— Я из милиции, Анна Захаровна. Здравствуйте. Можно мне войти? — вежливо сказал он, прикрывая за собой дверь, но оставаясь стоять у самого порога.

— Проходи. Какой у милиции к нам интерес? Внуки? Или зятек любимый не на те деньги живет? Ты говори, не стесняйся, я уж давно ко всему готова, газеты читаю, телевизор смотрю.

— И что в телевизоре говорят?

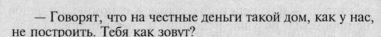

— Говорят, что на честные деньги такой дом, как у нас, не построить. Тебя как зовут?

— Сергеем. Вообще-то я старший лейтенант милиции Зарубин Сергей Кузьмич...

— Батюшки! — ахнула Анна Захаровна. — Ты не Кузьмы ли Зарубина сынок? Деда твоего Федосеем звали?

Зарубин радостно подумал, что, пожалуй, насчет голоса он поторопился делать выводы, судя по речи, старуха как раз такая, как он себе и представлял. И деда его с отцом знала, теперь и разговор легче пойдет. Нет, что ни говори, а везенье у сыщиков тоже иногда случается.

— Почему звали? Его и сейчас еще Федосеем Евграфовичем кличут, — улыбнулся Сергей.

— Неужто жив?

— Жив, — подтвердил он, — и пребывает в полном здравии. А вы, выходит, его знали?

— Ну а как же! Он в нашем театре за декорации отвечал.

— В каком театре?

Насколько Сергей знал, его дед никогда в театре не работал, был токарем на заводе. Неужели сейчас обнаружится ошибка и окажется, что никаких общих знакомых у него с Анной Захаровной нет? Обидно! А так хорошо разговор начал выстраиваться... Да к тому же выясняется, что она все-таки из театральных. Вот не везет так не везет!

— Как это в каком театре? В самодеятельном. Ты фильм «Музыкальная история» смотрел?

— Это где Лемешев играет?

— Вот-вот. Как раз про такой театр. В те времена это модно было, все увлекались, кто драмы ставил, кто комедии, кто оперы. Твой дед Федосей за декорации отвечал, это я уже сказала, а я Графиню пела в «Пиковой даме». Чего смеешься? Это я сейчас такая, а полвека назад за мной поклонники толпами бегали. Твой дедуля, между прочим, тоже, — Анна Захаровна хитро улыбнулась. — Тебе говорили, что ты сегодня — точная копия Федосея в молодости? Такой же маленький был, юркий, дивенький. Отца твоего, Кузьму, к нам на спектакли приводил. Федосей очень огорчался, что у него голоса нет, тоже петь в спектаклях мечтал, вообще театр он любил, смену на заво-

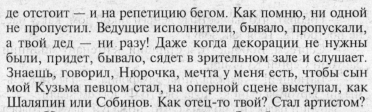

де отстоит — и на репетицию бегом. Как помню, ни одной не пропустил. Ведущие исполнители, бывало, пропускали, а твой дед — ни разу! Даже когда декорации не нужны были, придет, бывало, сядет в зрительном зале и слушает. Знаешь, говорил, Нюрочка, мечта у меня есть, чтобы сын мой Кузьма певцом стал, на оперной сцене выступал, как Шаляпин или Собинов. Как отец-то твой? Стал артистом?

— Не получилось, — рассмеялся Зарубин, — он в деда пошел, без голоса оказался. Закончил автодорожный институт, стал инженером.

— Это жаль, — вздохнула Анна Захаровна, — красивый был мальчонка, как помню, стал бы артистом — по нему бы все девки сохли. А ты, видно, не в него пошел, в деда, востроносенький, маленький... Впрочем, это я уже сказала. Так с какой печалью ты ко мне пожаловал, Сергей Кузьмич?

— Вы помните Серафиму Антоновну Фирсову?

— Симу-то? Ну а как же! Столько лет в одном доме жили. А что с ней?

— Умерла.

— Вон оно как... — протянула старуха. — Ну что ж, пора, как говорится, чай, не девочка уже. Она была меня на три года старше, мне восемьдесят пять, стало быть, ей восемьдесят восемь. Ну ладно, Сима умерла, а милиции какой в этом интерес?

— Так она не сама умерла. Ее убили.

Анна Захаровна медленно покачала головой и собрала лежащие на столе карты в колоду.

— Понятно. Допрыгалась Симка. Сто раз ее предупреждала... Все забрали?

— Что — все? — спросил Зарубин, напрягаясь, как охотничий пес. Кажется, не зря он сюда приехал.

— Ну, деньги, побрякушки, что там у нее еще было, я не знаю в точности.

— Да какие деньги, Анна Захаровна, что вы! Она совсем нищая была, еле-еле концы с концами сводила.

— Это с чего же ты такое удумал?

— Так видно ведь. По всему видно. И соседи говорят.

— А ты не верь!

С этими словами Анна Захаровна стукнула кулаком по

столу, причем весьма увесисто, даже стекла задрожали. Сила в ней, несмотря на годы, оставалась немалая, да и вес солидный.

— Не верь! — повторила она уже спокойнее. — Мало ли что люди говорят. Что они знают-то? Симка богатая была, только жадная до безумия. Смолоду над каждой копейкой тряслась, выбирала, что купить подешевле. Если за колбасой шла в магазин, так перед этим целый час высчитывала, сколько граммов нужно купить, на сколько бутербродов, чтобы лишнего, упаси бог, не взять. Ты знаешь, что она родного сына из дома выгнала?

— Знаю, — кивнул Сергей, — мне сказали, что из-за пьянства.

— Ну, это правильно тебе сказали, только не в самом пьянстве дело было, а в том, что сын наследственное богатство тягать начал. Если бы он просто пил, Сима его не тронула бы. Но он к ее деньгам руку протянул, этого она уже не стерпела.

— Откуда же у нее деньги, Анна Захаровна?

— Так Симка ж из купеческого рода. Как после революции экспроприацией запахло, ее отец быстренько всю собственность продал и в ювелирные изделия обернул. Спрятал как следует, середнячком прикинулся, горсть побрякушек большевикам пожертвовал: мол, отдаю все, что есть, на дело строительства светлого будущего. Ему поверили, даже на пост какой-то назначили, заводом управлять. А горсть та была каплей в море, остальное он схоронил и единственной любимой дочке Симочке в наследство передал.

— Ничего не понимаю. — Зарубин сокрушенно развел руками. — Иметь такое богатство и жить в такой нищете! В голове не укладывается. Может быть, она это наследство истратила на что-нибудь?

— Ну конечно! — фыркнула Анна Захаровна. — Она истратит, дожидайся! Я же тебе говорю, она жадная была такая, что тебе и во сне не приснится. По ночам сокровища свои достает и рассматривает, перебирает, руками трогает. Она ведь даже сыну про наследство не говорила, боялась, что он язык распустит, дружки соблазнятся, квартиру обчистят. Или девицы бесстыжие на богатство позарятся.

Симка по всей квартире тайников понаделала и цацки свои частями попрятала. Сын до одного тайника случайно добрался, взял пару колец, продал, пропил, так она давай его скорей выселять, жилплощади лишать как алкоголика, пока он остальное не нашел. Ты бы слышал, как она над этими кольцами причитала! Дескать, одно кольцо муж на свадьбу подарил, другое — на рождение сына, это единственная память о нем, берегла на черный день. Врала как сивый мерин, только бы сынок не догадался, что где-то в квартире еще есть чем поживиться. На моих глазах все было, потому и говорю.

— А почему Серафима Антоновна вас невзлюбила? — спросил Зарубин в лоб, решив обойтись без реверансов.

— А с чего же ей меня любить? — ответила она вопросом на вопрос. — Я-то знала про наследство, вот и пилила ее чуть не каждый день, чтобы не маялась в нищете, продавала потихоньку и жила по-человечески. Для кого хранить-то все это? Для кого беречь? Одна как перст, сын умер, внуков не народил. Ведь помрет — государству все достанется. А она ни в какую, ей эти цацки душу грели, не могла она с ними расстаться. Я, Сереженька, человек веселый, пошутить любила всегда, да и сейчас не отказываюсь. Я Симе говорила, что, если она не начнет деньги тратить, я на нее бандитов нашлю. В шутку, конечно, говорила. А она, видно, поверила. Сториниться меня начала, потом разговаривать со мной перестала. Мы с ней бывало по-соседски каждый день чай пили то у нее, то у меня, дружили даже, когда помоложе были. А потом как отрезало.

— Как вы думаете, кроме вас, кто-нибудь еще мог знать, что у Фирсовой есть деньги?

— Конечно. Она ведь поначалу-то не скрывала, что богатая. Гордилась даже, говорила, что живет скромно, каждую копеечку бережет, чтобы чисто в зарплату укладываться, а из наследства ничего не возьмет, все внукам достанется, чтобы они бабушку Симу добрым словом помянули. Потом постепенно начала осторожничать, воров бояться. Потом, когда с сыном все случилось, она вообще в маразм впала. В каждом встречном-поперечном врага видела, с людьми общаться перестала, в дом никого не приглашала, а если кто приходил, так дальше прихожей не впускала.

Я ей уж сколько раз говорила, дескать, Сима, перестань ты всех бояться, те, кто знал про твое богатство, давным-давно про это забыли, ты столько лет нищей прикидываешься, что все вокруг поверили.

— А она что?

— А она глянет так, что тошно делается, губки подожмет и отвечает: «Ты же не забыла, вот и другие, кому надо, помнят». Это мы с ней так разговаривали, когда она меня сторониться начала. А ведь подругами были когда-то!

— И последний вопрос, Анна Захаровна: вы сами кому-нибудь говорили о наследстве Фирсовой?

— Я-то? Ну а как же! Еще тогда, много лет назад, говорила, что Симка у нас сдвинутая, на деньгах сидит и с картошки на хлеб перебивается. Всем говорила.

— А в последнее время?

— Никому. В последнее время мне о Симке и поговорить-то не с кем. Дети и внуки ее не знают, им про мою соседку слушать неинтересно, да и мне, честно сказать, вспоминать про нее не больно надо. В последнее время мы все больше новости обсуждаем, кто кому в Думе что сказал, да кто кому по морде надавал, да почем нынче за доллар дают.

— А в доме, где вы жили с Фирсовой, есть люди, которые знали про наследство?

— Откуда я знаю? — Старуха пожала могучими плечами. — Думается мне, что никого уже не осталось, все попереезжали кто куда, старики поумирали. Мы в тот дом в шестьдесят восьмом году въехали, а где-то году примерно в восемьдесят пятом мы с Симой, помнится, чай пили и пальцы загибали, кто еще из первых жильцов тут живет. Оказалось, что, кроме нас с ней, еще двое, остальные все новенькие.

— А кто эти двое — не припомните?

— Помню, ну а как же! Лебедевы и Стороженко.

Зарубин вынул из кармана блокнот и заглянул в список, который взял у Доценко. Ни Лебедевых, ни Стороженко в нем не было. Значит, и эти переехали. Ну что ж, стало быть, придется отрабатывать еще и знакомства всех бывших жильцов дома. Может быть, кто-то еще помнит о богатстве старухи Фирсовой, и эта информация дошла до

Шутника. Поэтому он и денег на похороны не оставил, знал, что убитая — человек не бедный. Да-а, работенки — мало не покажется.

— Ты все вопросы задал, Сергей Кузьмич? — поинтересовалась Анна Захаровна.

— Вроде все.

— Тогда давай чай пить. А может, ты покушать хочешь? У меня обед готов, только разогреть. Ты как?

Зарубин взглянул на часы. Надо позвонить Ольшанскому насчет обыска в квартире Фирсовой, необходимо выяснить, есть ли там тайники с ювелирными изделиями, или остались только одни тайники, или там вообще ничего нет, в том числе и тайников, а огромное наследство — не более чем миф, выдуманный самой Серафимой Антоновной. А есть вообще-то хочется, время к вечеру, а он за весь день только стакан чаю выпил да бутерброд утром съел.

— У вас телефон есть?

— Там, в комнате, проходи.

— Тогда я, с вашего позволения, позвоню на службу, а потом с удовольствием с вами пообедаю.

ИРИНА

Была пятница, и Ира с раннего утра, как обычно перед выходными, завелась с выпечкой. Пироги с двумя видами начинки и обязательный торт входили в непременную программу субботнего обеда, а к пятничному ужину полагались маленькие пирожные. Правило это было заведено ею же самой и соблюдалось неукоснительно.

К середине дня, оглядев уставленный кондитерскими шедеврами стол, Ирочка решила, что негоже жадничать. Опять пирогов получилось много, за вечер пятницы и субботу они все не съедят, а к воскресенью тесто станет совсем невкусным. Но это не беда, когда есть такой замечательный сосед, как Андрей Тимофеевич, которому и стряпня Ирочкина нравится, и аппетит у него отменный.

Сложив пирожки и пирожные на большое блюдо и накрыв его хрустящим от чистоты полотенцем, она позвонила в дверь соседней квартиры. Моментально откликнулся басовитым лаем черный дог Агат, но шагов хозяина, спешащего открыть дверь, Ира так и не дождалась. В какой-то момент ей показалось, что она слышит звуки, доносящиеся из квартиры соседа. «Может, спит? — подумала молодая женщина. — Мой звонок его разбудил, но он не понял, отчего проснулся». Она еще два раза старательно нажала кнопку звонка, но безрезультатно.

Уже закрывая свою дверь, Ира услышала, как у соседа зазвонил телефон. Звонок оборвался на середине второй трели — очевидно, трубку сняли. Или сработал автоответчик, который Андрей Тимофеевич иногда включал, когда уходил из дому. Поставив блюдо с угощением в кухне, Ира решительно сняла телефонную трубку и набрала номер. Сосед ответил сразу же, и голос у него был совсем не сонный.

— Слушаю вас... Алло! Вас не слышно, перезвоните.

Ира быстро отключилась и заметила, что у нее почему-то дрожат руки. Ей было неприятно. Андрей Тимофеевич дома, но дверь не открывает. В чем дело? У него дама? Но тогда бы он и к телефону не подходил. Впрочем, что за глупости? Может быть, у него действительно женщина, и он не открывает дверь, потому что оба не полностью одеты, но это совершенно не мешает отвечать на звонки.

Пожав плечами, Ирочка постаралась выбросить все это из головы и занялась домашними делами, но мысли то и дело возвращались к странному соседу, и чем дальше — тем больше мысли эти становились тревожными.

Ведь сосед действительно странный. Просто когда ни о чем плохом не думаешь, то странностей не замечаешь, или замечаешь, но не придаешь им ни малейшего значения. А когда есть чего бояться, то поневоле становишься и внимательнее, и осторожнее, и наблюдательнее. Вот, к примеру, квартира соседа. Сколько бы раз Ирочка туда ни заходила, видела она только кухню и одну комнату. Двери других двух комнат всегда плотно закрыты, более того, в эти двери врезаны замки, Ира сама их видела. Почему? Что Андрей Тимофеевич там прячет? И, главное, от кого? Ведь живет-то он один.

Поневоле вспоминались и другие странности в поведении соседа. Иногда он исчезал на два-три дня, забирая с собой собаку, и по возвращении на встревоженные вопросы отвечал со смехом, что ездил на рыбалку или на охоту. На охоту с догом! Просто смешно. И ни разу — ни разу! — не угостил соседей ни рыбой, ни дичью. Даже не похвастался добычей. Настоящие рыбаки и охотники так себя не ведут. Однажды Ира из окна увидела, как сосед уезжает. В костюме и с «дипломатом» в руках Андрей Тимофеевич садился в «Волгу», устроив Агата на заднем сиденье. Вернулся через три дня и объявил: «Рыбачить ездил». Это в костюме-то и с «дипломатом» вместо удочек?

Ирина в тот раз промолчала, потому что была человеком воспитанным и деликатным. В конце концов, сосед — мужчина красивый, еще не старый и вдовый, иными словами — свободный, наверное, он провел эти три дня с женщиной, и кто сможет упрекнуть его в том, что он не сказал правду? Да, в тот единственный раз Ира точно знала, что Андрей Тимофеевич солгал, но нашла для этой лжи вполне приемлемое оправдание. Теперь же, покопавшись в памяти, она пришла к выводу, что сосед солгал не только в тот единственный раз. Он врал насчет своих отлучек всегда, никакой он не рыбак и не охотник. Просто у него есть женщина, и женщина эта появилась давно, наверное, сразу после смерти жены, скончавшейся два года назад, а может, и раньше была, при жене еще. Соседу не хочется, чтобы о нем говорили: «Только-только жену похоронил и уже другую завел», вот он и скрывает. А может быть, эта дама — человек известный, например, знаменитая актриса, лицо которой всем хорошо знакомо, поэтому Котофеич не хочет, чтобы о ней знали соседи.

Придя к такому выводу, Ирочка облегченно вздохнула. Ну вот, зря она человека подозревает, бочку на него катит. Все нормально, все вполне объяснимо.

Она уже успела погулять с Гришенькой и замариновать мясо для ужина, когда подозрения вновь зашевелились в ее голове. А комнаты? Почему он их запирает? Почему ни разу не показал Ире всю квартиру целиком, как это обычно делают все хозяева? И еще вспомнилось, что несколько раз он выгонял Иру, когда ему звонили по телефону. Ну, не то чтобы грубо так выгонял, нет. Он снимал трубку, го-

ворил: «Одну минуту», потом поворачивался к Ирочке и мило улыбался со словами:

— Я вас провожу, дорогая?

Да-да, именно так, с вопросительной интонацией, которая не оставляла пространства для маневра. Что можно было ответить на такой вопрос? Только два варианта. Либо:

— Да-да, конечно, всего доброго, спасибо за чай.

Либо:

— Ну что вы, не затрудняйтесь, я найду дорогу к своей квартире.

Третьего варианта не было. Не отвечать же:

— Да вы разговаривайте, не стесняйтесь, я посижу, послушаю.

Вежливая Ира использовала в таких случаях первый вариант и уходила. Что за таинственные переговоры вел Котофеич? Впрочем, если все дело действительно в женщине, тогда понятно. Не станет же он при Ирочке ворковать со своей возлюбленной, роман с которой так тщательно скрывает.

Под мерный шум пылесоса (исправленного, кстати, рукодельным соседом) подозрения снова отступили, но остался непроясненным вопрос с запертыми комнатами. Ах, если бы Ирочке удалось придумать логичное объяснение этим дверям с замками, ей стало бы в тот же миг легко и радостно. Подозревать милого пожилого соседа в чем-то дурном не хотелось, он такой славный человек, всегда готов прийти на помощь. Но объяснение все не находилось, и от этого настроение у Иры Миловановой немного испортилось.

Глава 15

КАМЕНСКАЯ

Этого никто не ожидал. В самый разгар утренней оперативки, которую проводил Коротков, дверь открылась и на пороге возник лично полковник Гордеев. Собственной персоной. Вид его нельзя было назвать цветущим, но уж болезненным-то он не был, это точно.

— Картина Репина «Не ждали», — шепотом прокомментировал Доценко, наклонясь к Насте.

— Тебе видней, — улыбнулась она, — ты у нас теперь крупный спец по части живописи.

— Это почему?

— Потому. Не ты один тут сыщик.

Настя даже не заметила, что впервые за все время совместной работы обратилась к Михаилу на «ты». Он, кажется, тоже этого не заметил, потому что был полностью поглощен мыслью о том, как это Каменская узнала о его культпоходе на выставку живописи.

Колобок несколько секунд постоял в дверях, внимательно оглядывая присутствующих, потом удовлетворенно кивнул.

— Продолжайте. Не буду мешать. После совещания попрошу зайти ко мне Короткова, Каменскую и Доценко.

Он вышел, но совещание так и не было продолжено. Коротков, оглядев сотрудников, спросил:

— Кто-нибудь знает, что случилось? Почему Гордеев здесь?

Ответом ему был гул голосов, из которого следовало, что для всех сие явление оказалось полной неожиданностью.

— Может, его выписали? — предположил кто-то.

— Не может, — отрицательно мотнул головой Юрий, — я только вчера вечером с ним разговаривал, о выписке и речи не было.

— Он мог просто не предупредить, — сказала Настя. — Знал, что сегодня его выпишут, но специально промолчал, чтобы застать нас врасплох и посмотреть, чем мы по утрам занимаемся.

— Ладно, все свободны. Миша, Ася, вперед за орденами.

Втроем они вошли в кабинет Колобка и застыли у двери, вопросительно глядя на начальника. Все правильно, с хмурой усмешкой подумала Настя, нужно успевать с самого утра получить выволочку от начальника, чтобы потом весь день чувствовать себя свободным.

Гордеев, сидя за столом, перебирал бумаги. Кинув быстрый взгляд на подчиненных, он снова уткнулся в какой-то документ, коротко бросив:

— Рассаживайтесь. Поговорим.

Они молча уселись вокруг длинного приставного стола, не ожидая ничего хорошего. Ожидания полностью оправдались.

— Я бы хотел услышать подробный и последовательный отчет о работе по убийствам, связанным с телепередачей, — жестко произнес Гордеев. — Сегодня утром мне позвонил генерал и вежливо поинтересовался, когда я смогу ему доложить о результатах. Я надеюсь, вы понимаете, что когда ставится такой вопрос, ответ может быть только один: сегодня. Преступлениями интересуется пресса, дело получило широкую огласку, у Образцовой берут интервью, уже потоком идут публикации, которых вы, конечно, не читаете, вы же так ужасно заняты, вы же всех убийц в Москве переловили, пока я болел. Из всего, что вы мне рассказываете, когда приезжаете в госпиталь, вытекает неутешительный вывод: докладывать нечего. С этой интересной мыслью я не могу идти к генералу. А теперь я вас слушаю.

Докладывали по очереди, сначала Коротков, потом Настя, последним — Миша Доценко. Гордеев почти не перебивал, только изредка задавал уточняющие вопросы и все время что-то записывал.

— Печально, — подвел итог полковник, — прошло больше месяца, за это время вы чуть не задержали невиновного, поймали убийцу наркоманов и сделали вывод о том, что ваш Шутник скорее всего как-то связан с Шуваловым. Говоря нормальным русским языком, по делу не сделано ничего. Ни-че-го, — раздельно повторил он. — Как прикажете это понимать? Причина в том, что Коротков не справляется с руководством отделом? Или в том, что вы его обманываете, пользуясь многолетней дружбой с ним, и не работаете, а занимаетесь черт знает чем в рабочее время?

— Виктор Алексеевич, — начала Настя, — вы несправедливы, Коротков хороший руководитель, и старая дружба здесь ни при чем.

— Тогда в чем дело?

— Дело в преступнике. В Шутнике. Он не так прост,

его невозможно быстро вычислить, его с жертвами не связывают личные отношения...

— Ты мне ликбез не устраивай! — взорвался Гордеев. — Я сам знаю, что просто, а что сложно! Я не спрашиваю, почему Шутник до сих пор не пойман. Я спрашиваю, почему так мало сделано и чем мне через час отчитываться перед генералом. Полмесяца вы разрабатывали Горшкова и оказались не правы. Еще полмесяца вы угробили на Шувалова, и снова интуиция вас подвела. Я что, должен генералу про вашу интуицию никуда не годную рассказывать?

— Но, Виктор Алексеевич, с Шуваловым мы еще не закончили, я уверена, что у него есть сообщник...

— Все свободны, кроме Каменской, — оборвал ее Колобок. — Идите. Работайте, черт вас возьми, если вы еще не разучились это делать.

Коротков и Миша Доценко мгновенно испарились из кабинета. Гордеев снял очки, швырнул их на стол и начал расхаживать у Насти за спиной. Она терпеливо ждала продолжения, понимая, что ничего приятного не дождется. Наконец полковник остановился и сел за стол для совещаний напротив нее.

— Что происходит, Стасенька? — негромко спросил он. — Неужели ты так сильно испугалась?

Она молча кивнула, чувствуя, как слезы закипают в уголках глаз. Только бы не расплакаться, этого еще не хватало!

— Вам всем словно глаза кто-то закрыл, — продолжал Гордеев, — вы изо всех сил стремитесь подтянуть любую информацию к версии о том, что преступления Шутника направлены против Образцовой. Ну хорошо, я готов это понять, если бы речь шла только о тебе. Если главная цель Шутника не Татьяна, значит, это ты. Тебе эта мысль неприятна, она тебя пугает, и ты стараешься от нее избавиться. Это неправильно, но хотя бы понятно. Но Коротков-то куда смотрит? А Селуянов? А Доценко? А мальчик этот из округа, Зарубин? У них-то взгляд должен быть более трезвым, сторонним, почему же они ничего не видят?

Настя постаралась улыбнуться, хотя ей было вовсе не до улыбок.

— Наверное, меня жалеют, — сказала она.

— Жалостливые нашлись! А тех, кого Шутник за это время угробил, они не пожалели, а? Ты тоже хороша, сколько времени прошло с тех пор, как мы с тобой в госпитале разговаривали, я тебе русским языком велел не кивать на Татьяну, а искать собственного врага. А ты? Обрадовалась, что подвернулся Шувалов, который может иметь зуб на Татьяну, и все внимание переключила на него. Я понимаю, тебе страшно, я понимаю, тебе не хочется думать, что все это против тебя, но кого, моя девочка, в этой жизни интересует, отчего тебе страшно и чего тебе хочется? Никого. Никого! Даже меня это не интересует. Я — начальник, в том числе и твой, и меня интересует, чтобы работа, которой занимается мой отдел, выполнялась добросовестно и результативно. А эмоции — это там, — он махнул рукой в сторону окна, — это дома, сколько угодно. Хочешь, я расскажу тебе, что произошло? Или сама знаешь?

— Не знаю. Расскажите.

Она была уверена, что сейчас Колобок поведает ей всю историю преступлений Шутника, как она выстроилась у него в мозгу после их доклада, и история эта будет выглядеть совсем иначе, нежели в ее глазах. Гордеев всегда умел нестандартно посмотреть на ситуацию.

— А вот что. У Короткова медленно умирает теща, и он постоянно мыслями возвращается ко всяким проблемам, связанным с ее смертью. Например, он думает о том, у кого занять денег на похороны и поминки, как купить место и на каком кладбище, хоронить ее или кремировать. Я даже допускаю, что по этому поводу по вечерам ведутся длительные дискуссии с женой, которые заканчиваются очередным скандалом. Селуянов занимается серией убийств наркоманов, он к твоему Шутнику никакого отношения не имел до тех пор, пока случайно не срослось. Мишка Доценко влюбился в родственницу Образцовой и бегает к ней на свидания. Такова диспозиция. А ты, девочка моя, позволила себе роскошь испугаться, дала себе поблажку и решила, что мысль — вещественна. То есть ты решила, что если очень чего-то захотеть, то так оно и будет. Ты очень сильно захотела, чтобы Шутник противостоял Образцовой, а не тебе, что это ей, а не тебе он с самого начала предлагал угадать, где состоится встреча со смертью, это к ней он приближается с каждым новым трупом, а не к тебе. Ты так сильно этого захотела, что перестала быть сыщиком и превратилась в обыкновенного начетчика, подтасовывающего факты в угоду желаемому результату. А мальчики наши послушно пошли у тебя на поводу, во-первых, потому, что ты старшая по званию, во-вторых, потому, что ты всегда была для них генератором идей, и они к этому привыкли, а в-третьих, по уже изложенным выше причинам. У каждого из них своя головная боль, и они воспользовались тем, что ты за них якобы думаешь, а они просто выполняют, думая при этом о своем. Они просто пошли у тебя на поводу, относясь к твоим идеям без критики, а ты и рада. Ну что, я прав?

Ей было стыдно и не хотелось признаваться в том, что начальник прав, но и не признаться было невозможно. Она и сама давно уже понимала, что позволяет слабости и страху управлять собой, но не могла найти в себе душевных сил исправить положение. Быть слабой так удобно...

— Да, — она набрала в легкие побольше воздуха и медленно выдохнула, — да, Виктор Алексеевич, вы правы.

— Значит, так и договоримся.

Он встал и пересел на свое привычное место, туда, где стояло начальственное кресло с высокой спинкой и где под рукой были телефонные аппараты.

— Иди и начинай нормально работать. Сделай наконец то, что я тебе давно уже велел: перебери всех своих клиентов, подумай, подбери наиболее подходящие кандидатуры на роль Шутника. Составь план их отработки. Созвонись с психологами, передай им все материалы, пусть подумают над психологическим портретом преступника. Не понимаю, почему до сих пор это не сделано! Бардак, ей-богу!

Настя вышла из кабинета Гордеева и внезапно почувствовала, что голова болит так сильно, что еще немного — и она начнет задыхаться. Ей не хватало воздуха, и, преодолевая дурноту, она спустилась по лестнице по внутренний двор. Сырой холодный воздух облепил ее, как мокрая тряпка, ее зазнобило, но стало немного легче. Постояв на пронизывающем ветру, она вернулась к себе. Гордеев прав, она непростительно распустилась. Если бы она не подда-

лась страху, если бы сразу, с самого начала, всерьез допустила мысль о том, что Шутник играет против нее, как знать, быть может, она бы уже успела что-то придумать, что-то такое, что остановило бы его. Неужели из четырех его жертв хотя бы одна — на ее, Настиной, совести? Эта мысль невыносима, но нельзя больше гнать ее от себя и делать вид, что все происходящее ее не касается. Касается. И не кого-то, а именно ее.

Ей удалось, хоть и не без труда, настроиться на работу. К вечеру перед ней лежал список из четырех человек, от каждого из которых можно было бы ожидать столь неординарных действий.

УБИЙЦА

— Если бы одни из нас умирали, а другие нет, умирать было бы крайне досадно, — усмехнулась бабушка.

Я с грустью смотрел на ее морщинистое усталое от беспрерывной боли лицо, с которого даже тяжелая болезнь не смогла стереть породистости, и впервые в жизни подумал о том, что мне будет ее не хватать. Всего два человека остались в моей жизни — отец и бабушка, жена не в счет, она слишком молода и глупа, чтобы значить хоть что-нибудь для моей души. А отец и эта старая сильная женщина составляли два главных стержня, на которых я держался. Отец был для меня примером служения Родине и настоящим Мужчиной, на которого я должен был равняться. Бабушка же являла собой образец стойкости, несгибаемости и бесстрашия. Она поистине ничего не боялась. Даже, как оказалось, смерти. Ей оставались считанные дни, она прекрасно знала об этом и все-таки умудрялась шутить.

— Сколько нужно прожить на свете, чтобы прийти к такому выводу? — спросил я, стараясь не показывать, как мне горько.

— Не знаю, дорогой. Одному мудрому человеку удалось додуматься до этого к сорока годам, а я только повторяю за ним следом. Но повторяю, надо признаться, с чувством абсолютного согласия.

— И кто сей мудрец?

— Лабрюйер. Жан де Лабрюйер. Он жил во времена Людовика XIV и был воспитателем внука принца Конде. А тебе, потомку рода Данилевичей-Лисовских, стыдно этого не знать. Сейчас укол подействует, и я усну, а ты возьми томик Лабрюйера и прочти, тебе это будет полезно. Он стоит на той полке, где французские философы.

Я не знал тогда, вернее, не почувствовал, что это наш последний разговор. Укол подействовал, бабушка уснула и больше не проснулась. Она спала и умирала, а я сидел рядом в глубоком кожаном кресле и читал: «Жизнь отделена от смерти длительным промежутком болезни для того, по-видимому, чтобы смерть казалась избавлением и тем, кто умирает, и тем, кто остается». От этой фразы я вздрогнул, она показалась мне беспредельно циничной и жестокой. Но уже в следующий момент я собрался с силами, заглянул внутрь себя и понял, что это — при всей своей циничности — правда. Я не хотел, чтобы бабушка умирала. Но и не хотел просиживать возле ее постели все свое свободное время. Я хотел, чтобы бабушка была здоровой и полной сил, а беспомощная и умирающая, она стала для меня обузой. Мне нужно было заканчивать докторскую диссертацию и проводить множество экспериментов в лабораториях.

Мучивший меня после убийства мамы вопрос о соответствии жизни и смерти окрасился отныне новыми оттенками. Смерть неизбежна, и с этим надо смириться. На этот счет у Лабрюйера тоже нашлось высказывание: «Неизбежность смерти отчасти смягчается тем, что мы не знаем, когда она настигнет нас; в этой неопределенности есть нечто от бесконечности и того, что мы называем вечностью». Но вот тут я с французским философом согласен не был. Просто категорически не был согласен. Ему, в его семнадцатом веке, казалось, вероятно, что вечность и бесконечность — понятия божественные и потому разумом неохватываемые, а коль так, то надо принять сие как благодать небесную и радоваться, что не знаешь, когда умрешь. Мне же, выросшему в двадцатом веке и получившему высшее техническое образование, понятия вечности и бесконечности были понятны и близки, я имел с ними дело ежедневно на протяжении многих лет и ничего данного «свыше», «от бога», в них не видел. Мы не знаем, когда смерть настигнет нас? Верно. Но это-то и плохо. Мама не знала, и что вышло? Какую смерть она заслужила? Чудовищную, грязную, непристойную. Смерть, недостойную ее самой и той жизни, которую мама прожила. И ничто, никакие представления о вечном и бесконечном не могут меня с этим примирить, как обещает личный гувернер маленького наследника — принца Конде.

Говорят, человек является хозяином своей судьбы. Для меня это означало, что я являюсь хозяином не только своей жизни, но и своей смерти. Ибо смерть — это тоже судьба, часть ее, конечный пункт, завершающий акт, точно так же, как знак препинания «точка» является неотъемлемой частью предложения. И если уж я стараюсь жить так, чтобы быть достойным своего рода и своих предков, то и умереть я должен достойно.

Не думайте, что все это я понял сразу, в один момент, пока сидел в кресле возле умирающей бабушки. На это ушли годы. Смешно? Наверное. Долгие годы додумываться до того, что можно рассказать в две минуты... Впрочем, все научные открытия можно изложить в две минуты, а сколько лет на них уходит! «Уступить природе и поддаться страху смерти гораздо легче, чем вооружиться доводами рассудка, вступить в борьбу с собою и ценой непрерывных усилий преодолеть этот страх». Тоже, между прочим, Лабрюйер сказал. Не глупее нас с вами был дядечка. Вооружиться доводами рассудка, признать, что смерть неизбежна, абсолютно неизбежна, и ничего здесь нельзя придумать. Это первый этап. Бороться с собой и ценой непрерывных усилий преодолевать страх смерти. Это второй этап. И на каждый нужно время и душевные силы. Много времени и много сил. Но я сумел, я сделал это. Я перестал бояться смерти.

ИРИНА

Ира постоянно ловила себя на том, что думает о Мише Доценко. Но столько позади осталось неудачных романов, слез и горьких разочарований, что она боялась довериться и самой себе, и новому кавалеру. Ей и в голову не приходило, что Доценко отнюдь не считает себя обычным кавалером-поклонником, намерения его куда как серьезны. Она видела, что Миша ищет любой повод для телефонного звонка и любую малейшую возможность для встреч, ее это радовало, но о большем она и не думала. Миша очень ей нравился. Очень.

Поэтому Ира с восторгом отнеслась к очередному предложению Михаила, хотя звучало оно довольно необычно.

— Ириша, — сказал он по телефону, позвонив ей около полудня, — ты помнишь, в тот день, когда мы с Сережкой Зарубиным были у вас в гостях, Татьяна ходила к какому-то специалисту по кошкам?

— Ходила, — подтвердила Ира.

— Ты не могла бы узнать у Татьяны его адрес и телефон?

— Зачем? — удивилась она. — Ты хочешь купить котенка?

— Никогда! Понимаешь, Ириша, тут недавно убили одну старую леди, совершенно одинокую, у нее никого не было, кроме четырех кошек. Теперь эти кошки остались без хозяина, их временно соседи к себе взяли, но предупредили, что всего на несколько дней, а что с ними потом делать — никто не знает. Я вот подумал, а что, если я возьму этих кошек, и мы с тобой подъедем к тому специалисту, посоветуемся. Может быть, он знает адрес какого-нибудь кошачьего приюта. Как ты смотришь на такое предложение?

Ира смотрела на предложение положительно, речь шла о том, чтобы поехать к специалисту по кошкам вечером, после того, как Миша закончит работу, и ее это вполне устраивало. Вечером дома будут и Татьяна, и Стасов, и проблема «с кем оставить Гришеньку» не возникнет. Она пообещала узнать у Татьяны номер телефона и даже взяла на себя труд дозвониться до «кошатника» и договориться с ним о встрече.

В восемь вечера Ирочка уже стояла возле подъезда, сияя красиво подведенными глазами. Михаил немного опаздывал, но она отнеслась к этому с пониманием. Ему нужно где-то достать специальную сумку-переноску, забрать кошек у сердобольных соседей, поймать машину.

Трудно рассчитать время с точностью до минуты. В четверть девятого у дома затормозила белая «Волга». Ира с радостным лицом шагнула к машине, но, когда дверь открылась, из нее вышел не Михаил, а сосед Андрей Тимофеевич. Ей показалось, что, увидев ее, он поспешно захлопнул дверь. Даже слишком поспешно. И лицо его выглядело недовольным.

— Добрый вечер, дорогая, — поздоровался он как обычно, но Ире показалось, что голос его был слегка напряженным. — Кого-нибудь ждете?

— Мишу. Здравствуйте, Андрей Тимофеевич.

— На свидание собрались? — усмехнулся он, как Ире показалось, недобро.

— Не столько на свидание, сколько по делу. Четыре несчастные кошечки остались без хозяина, и мы с Мишей договорились отвезти их к специалисту, который может посоветовать, куда их девать.

— Кошек куда девать? — переспросил сосед и с неожиданной злостью ответил: — На помойку отнести, им там самое место. Впрочем, — он неожиданно улыбнулся, — не обращайте внимание, это я ворчу. Мой Агат терпеть не может кошек, вероятно, я от него заразился этой нелюбовью. А вообще-то они забавные существа, очень милые. Ну, всего вам доброго, дорогая. Не простыньте на ветру.

Он вошел в подъезд, и Ира с недоумением поглядела ему вслед. Надо же, оказывается, соседушко Котофеич способен на злобные выпады. А с виду не скажешь, такой милый человек... Милый-то он милый, а вот двери в квартире запирает.

Ей снова стало неприятно и тревожно, но в этот момент подъехал Михаил на такси.

ДОЦЕНКО

Когда Ира назвала адрес, по которому следовало везти кошек, Доценко про себя чертыхнулся. «Кошатник» жил в центре Москвы, в том же районе, что и Фирсова, буквально на соседней улице. Это ж надо было забрать здесь кошек, потом переться в такую даль, в Бутово, чтобы встретить Иру, и потом ехать обратно. И почему он, дурак, сразу у Иришки не спросил, по какому адресу живет этот «кошатник»! Можно было бы договориться совсем по-другому, и время сэкономить, и деньги. Михаил не был жадным, но милицейская зарплата, как известно, к излишним тратам не располагает.

Специалист по кошкам Александр Казаков встретил их приветливо и радушно.

— Проходите, проходите, сейчас мы посмотрим ваших кошек, — приговаривал он, забирая у Доценко сумку-переноску. — Может быть, они больны, тогда я сначала оставлю их у себя, подлечу, приведу в порядок, потом подумаем, кому их пристроить. Ох, какая ты красавица, ну иди ко мне, иди, моя хорошая, иди, моя лапушка. Вот так!

Он ловко извлек из сумки одну кошку, оставив остальных в переноске. Доценко хотел вытащить их, но Казаков жестом остановил его.

— Не могу рисковать, пока не посмотрю их, — пояснил он. — Пусть пока побудут в изоляции, у меня ведь в квартире не только свои кошки, но и чужие, я за них отвечаю.

Квартира у Казакова была небольшая, но уютная. Доценко обратил внимание на огромную библиотеку — книги занимали здесь все пространство, оставляя лишь самые минимально необходимые углы для мебели. Мебель, кстати, была не новой, хотя и не ветхой. Во всем чувствовалась крепкая хозяйская рука, аккуратная и заботливая. И даже кошками в этом доме отчего-то не пахло совсем.

Осмотр первой кошки прошел быстро, девочка оказалась здоровенькой, хоть и немолодой. Взяв в руки второго питомца покойной Серафимы Антоновны, огромного раскормленного рыжего кота, Казаков поставил его на стол под лампу и присвистнул:

— А мы знакомы с тобой, дружочек. Вот это твое рваное ушко я сам лично зашивал, еще когда в школе учился, а ты тогда был шестимесячным котенком. Экий же ты вымахал огроменный, я б тебя и не узнал, если бы не ухо. Погодите, — он обернулся к Доценко и глянул на него с острой подозрительностью, — откуда у вас этот кот?

— А что? — с невинным видом спросил Михаил. — Какие-то проблемы?

— Это кот бабки Серафимы, я его отлично помню. Как он к вам попал? И остальные кошки... Откуда они?

— От Серафимы Антоновны, тут вы не ошиблись. Видите ли, Саша, Серафима Антоновна умерла, и я пытаюсь пристроить ее кошек. А что, вы знали Фирсову?

— Да я всех кошек в округе знаю, — рассмеялся Казаков, — и их хозяев тоже, соответственно. Ко мне с детства все своих питомцев носили, кто на лечение, кто оставлял под присмотром, когда уезжал.

— Серафима Антоновна часто вас навещала? — спросил Доценко.

— Частенько. Она бедная совсем, как принято говорить — неимущая, я с нее денег не брал, а она над кошками своими тряслась, она ведь одинокая, у нее никого нет, кроме этих кошек, вот она и ходила ко мне по всякому поводу. Очень боялась, что какая-нибудь серьезная болезнь с ними приключится, тогда на лекарства тратиться придется, на операцию, а у нее денег нет. Смешная она старуха!

— Почему смешная?

Казаков отвечал, не прерывая осмотра. Он ловко раскрывал коту пасть, рассматривал зубы и язык, проверял лапы, щупал живот, разбирал шерсть.

— Да денег у нее навалом, говорят, а все бедную из себя строила. Не знаю, может, она и вправду совсем нищая была, а насчет денег — так, досужие сплетни. Но я ее кошек всегда бесплатно обслуживал, я вообще со стариков никогда денег не беру, у них кошка — единственная радость, если им придется за лечение платить, то при их-то пенсии они экономить начнут и болезнь совсем запустят. Так, рыжий бандит, с тобой тоже все в порядке, погуляй пока. Следующий, пожалуйста!

Доценко с нетерпением ждал, пока Казаков закончит осмотр Серафиминых кошек. И вправду, жизнь полосатая, сначала не повезло с плохо продуманным маршрутом, зато теперь удача свалилась, появился еще один свидетель, который может что-то знать о Серафиме Антоновне. Пока Казаков возился с кошками, в комнату заглянула симпатичная женщина лет сорока пяти, стройная и светловолосая.

— Санёк, ты гостям чай предложил?

— Не успел, мамуля, — отозвался Казаков, — я пока пациентов осматриваю.

Чай... Это хорошо, подумал Доценко, посидим в теплой семейной обстановке, побеседуем. Посмотрим, что это за мамуля такая молодая и красивая, небось поклонников полны карманы, кому-нибудь из них вполне могло приглянуться золотишко старухи Фирсовой. Сам взять не смог, а кому надо рассказал. Если в этой семье о богатстве Серафимы Антоновны разговоры ходили, то надо тщательно проверить, кто еще в этих разговорах участвовал.

— Предложите нам чаю, пожалуйста, — быстро произнес Михаил, обаятельно улыбаясь.

Стоящая рядом с ним Ирочка толкнула его локтем в бок и укоризненно прошептала:

— Ты что, Миша, неудобно же.

— Удобно, удобно, — тут же откликнулся Казаков, демонстрируя отличный слух. — Мамуля любит гостей чаем поить. Она вообще любит, когда в доме гости.

— Но мы не гости, — упрямо возразила Ира, — мы по делу пришли.

— А это не имеет значения. Все равно нам нужно обсудить, что делать с Серафимиными кошками, вот за чаем и поговорим. А вы что, соседи?

— Нет, мы... — начала было Ирочка, но Доценко не дал ей договорить.

— Да, мы с Серафимой Антоновной в одном доме живем. Вернее, я живу, — тут же поправился он, — а Ира живет в другом месте.

Перехватив возмущенный взгляд Ирины, Доценко легонько коснулся ее руки и кивнул. Казаков, однако, оказался человеком внимательным, небольшой сбой в показаниях от его слуха не ускользнул. Он снова бросил на Иру и Михаила острый взгляд и покачал головой.

— Путаетесь вы что-то, господа хорошие, ну да ладно, — он весело улыбнулся, — дело ваше. Моя невеста тоже иногда путается, она у нас через день ночует, так когда ее спрашивают, где она живет, она то свой адрес назовет, то мой.

Так, подумал Доценко, мамулиными поклонниками дело явно не ограничится, у нашего героя есть невеста, а раньше, наверное, разные девушки захаживали. Что ж, парень он видный, красивый, профессия у него необычная, ничего удивительного, что девушки внимание обращают.

— Вы по образованию ветеринар? — спросил Миша.

— Я-то? — Казаков подхватил последнюю из кошек Серафимы Антоновны под передние лапки и опустил на пол. — Я по образованию никто. Школа, потом армия, вот и все мое образование.

— А как же кошки? — удивилась Ира. — Вас на выставке в Сокольниках рекомендовали как известного специалиста, мы думали, вы специально учились...

— Чему? Кошачьему делу? Я ему всю жизнь учился, но не в институтах, а на практике. Книжки читал, не без этого, но в основном на собственном опыте все постигал. А что касается выставки... — Он рассмеялся, подхватил с дивана пушистого белого кота, прижал к плечу и начал ласково поглаживать. — Вам меня кто рекомендовал? Кто-то из клубных?

— Н-нет, — растерялась Ира, — кажется, это был кто-то из посетителей.

— Вот именно. Клубные меня не признают, потому что я чистотой породы не увлекаюсь, селекцией не занимаюсь и выставками не интересуюсь. Я люблю кошек как таковых, для меня брошенная хозяином бездомная кошка дороже самой породистой, потому что она несчастная и нуждается в помощи. Клубные этого не понимают, они меня считают шарлатаном. И потом, тут есть еще один нюанс. Заводчику нужно продать котенка, и он покупателю на выставке чего только не наговорит. Некоторые так попадались, купят кошку, которую им продали как беспроблемную, спокойную и всеядную, а через месяц выясняется, что она то не ест, это не ест, а хочет каждый день сырого мяса, шерсти от нее полный дом, прививки нужно делать, с течками как-то справляться, цветы оберегать, окно и балконную дверь не открывать, а в квартире душно и жарко, и теперь сетки нужно ставить или тратить огромные деньги на кондиционер... В общем, хлопот и трат больше, чем удовольствия. Я на эту выставку хожу регулярно, и пару раз так случилось, что заводчик при мне с покупателем разговаривал. Я послушал в сторонке, потом покупате-

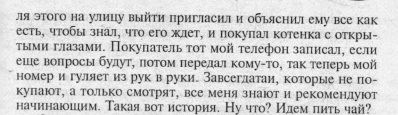

ля этого на улицу выйти пригласил и объяснил ему все как есть, чтобы знал, что его ждет, и покупал котенка с открытыми глазами. Покупатель тот мой телефон записал, если еще вопросы будут, потом передал кому-то, так теперь мой номер и гуляет из рук в руки. Завсегдатаи, которые не покупают, а только смотрят, все меня знают и рекомендуют начинающим. Такая вот история. Ну что? Идем пить чай?

Они прошли в другую комнату, более просторную и нарядную, хотя обставленную такой же старой мебелью пятидесятых годов. Если маленькая комната, из которой они только что вышли, больше напоминала кабинет с книжными стеллажами, узкой кушеткой и смотровым столом, освещенным яркой лампой, то большая комната походила на настоящую гостиную с большой старинной люстрой, нависающей над стоящим посередине круглым столом, и с портретами и фотографиями на стенах.

— Знакомьтесь, это моя мама.

— Елена, — приветливо произнесла стройная блондинка, протягивая руку Михаилу.

— Очень приятно, я — Михаил, а это — Ирина, моя невеста.

Ира бросила на него испуганный взгляд, потом не удержалась и прыснула.

— Да вы не смущайтесь, — весело сказала Елена, — у Санёки тоже есть невеста. Сейчас это не модно, сейчас сначала знакомятся, потом или сразу женятся, или никогда, и в том, и в другом случае невестой побыть не приходится. А когда у вас свадьба? Скоро?

— Скоро, — быстро ответил Доценко. — Вот кошек Серафиминых пристроим — и в загс. Да, Ириша?

Ира ошеломленно молчала, и Михаил сперва подумал, что поторопился и совершил ошибку, нельзя при посторонних людях говорить как о решенных о тех вещах, о которых даже и не заикался прежде. Но потом, увидев, что Ира совсем не обиделась, успокоился. Так даже лучше. Он бы сам еще долго собирался с мыслями для официального предложения, а так все получилось легко и непринужденно.

За чаепитием разговор шел плавно, Михаилу без труда удавалось направить его в нужное русло, тем более что основной темой так или иначе должны были быть Серафимины кошки, а значит, и сама Серафима Антоновна. Записывать ничего нельзя, ему приходилось напрягаться, запоминать имена, фамилии, указания на место проживания, чтобы завтра с утра начать присматриваться к тем людям, которые знали о наследстве Фирсовой. «Вот болван, — несколько раз сказал себе Доценко, — знал бы, что так дело обернется, диктофон захватил бы».

КАМЕНСКАЯ

Дома она проверила при помощи компьютера все данные на тех четверых, которых отобрала днем. Да, память ее не подвела, все они находились сейчас на свободе, двое уже освободились, а двоих так и не удалось довести до скамьи подсудимых. Все четверо были когда-то прописаны в Москве, об их нынешнем местопребывании данные были неполными, просто не было острой необходимости их собирать. В глубине души Настя не верила, что кто-то из них может оказаться Шутником, она слишком хорошо помнила каждого из этой четверки и знала, что по особенностям мышления и складу характера они, конечно, вполне способны задумать и осуществить такую сложную многоходовую пакость, но в соответствии все с тем же складом характера крайне маловероятно, что они захотят мстить или сводить с ней счеты. Все они разумные люди, с хорошим интеллектом, все они понимали, что Настя выполняет свою работу, и в процессе этой работы она не сделала в отношении их ничего такого, чего они не заслужили бы. Нет, не верила она, что это кто-то из них. И потому не стала затеваться с проверками, когда Гордеев в первый раз велел ей это сделать. Однако после повторного приказа не делать уже было нельзя. Ну что ж, машина запущена, их начали отрабатывать. Посмотрим, что получится.

Выключив компьютер, она уселась в кресло и стала разбирать пакет с видеокассетами, подаренными ей на День милиции. Голова продолжала болеть, хоть и не так сильно, как утром, но противно и тягомотно, таблетка «Саридона» не помогла, и Настя подумала, что, пожалуй, не станет смотреть фильм на языке оригинала, сил нет напрятаться и воспринимать иностранную речь. Она выберет что-нибудь переведенное на русский. Быстро рассортировав кассеты по языковому признаку, она стала вчитываться в аннотации и вдруг вздрогнула как от удара током. На одной из коробок ей в глаза бросилась репродукция картины Босха «Глаз Господа Бога наблюдает за совершением семи смертных грехов». Или ей кажется? Да нет, ошибки быть не может, эту круглую картину-рондо она разглядывала много раз после того, как Ирочка вспомнила насчет рыбы, пожирающей человека. Поднеся коробку к самым глазам, Настя стала вчитываться в набранную мелким шрифтом аннотацию: «...полицейское расследование серии кровавых убийств, совершенных маньяком. Каждое убийство «наказывает» жертву за определенные смертные грехи. В Библии описано семь таких грехов...» Фильм так и называется «Семь». Перевернув коробку, Настя увидела перечень грехов: Чревоугодие, Алчность, Леность, Гордыня, Гнев, Похотливость, Зависть. Вот черт! Неужели она нарвалась на такого же психа?

Стоп, не надо поспешных выводов, посмотрим, что мы имеем. Надежда Старостенко, бывшая балерина, ныне опустившаяся пьяница. Какой у нее грех, за который ее мог бы наказать Шутник? Вероятно, похотливость. Сведения, добытые Сережей Зарубиным, говорят об этом достаточно красноречиво. Геннадий Лукин. Трижды судимый за хулиганство и грабежи. Таких грехов в списке нет. Не алчность же сюда приплетать... Нет, конечно, совершенные им преступления свидетельствовали не о корыстолюбии, а скорее о глупости и вспыльчивости, когда бьешь по морде первого, кто под руку попадается, и хватаешь то, что плохо лежит. Какой же грех у Лишая?

Настя вскочила с кресла и снова включила компьютер. Найдя сведения об убийстве Лукина, пробежала их глазами. Перед смертью плотно поужинал. А вот и перечень блюд, составленный на глазок Сережей Зарубиным после посещения ресторана, в котором за тридцать минут до гибели поужинал Лукин. Да, плотно поужинал — это мягко сказано. Если бы речь шла не о покойнике, можно было бы сказать «обожрался». Похоже, грех Лукина — это чревоугодие. Но с натяжкой, с большой натяжкой... Разве про бомжа, подбирающего объедки на помойках, повернется язык сказать, что он чревоугодник? Бред! Он постоянно недоедает. А вот убийца явно спровоцировал его, дал денег, повел в ресторан, сказал: «Ешь, чего душа пожелает». Душа Лукина пожелала многого, но это ведь от голода, а не от обжорства. Значит, Шутник не наказывал беднягу Лишая, а всего лишь использовал его для демонстрации той картинки, которая ему была нужна. Ну и мразь! Был бы честным психом, возомнившим себя палачом и учителем человечества, еще бы ладно. Но действовать так цинично...

Что дальше? Валентин Казарян. Если верить тому, что про него рассказала бывшая жена, здесь речь идет о грехе гордыни.

Серафима Антоновна? Грех алчности.

Что же остается? Леность, гнев и зависть. Как минимум еще три жертвы, каждая из которых будет демонстрировать один из этих грехов. И ее, Настина, задача сейчас постараться понять, как и где он будет искать тех людей, смертью которых продемонстрирует наказание за эти грехи. Как и где Шутник будет решать задачу поисков ленивого, гневливого и завистливого?

Но тут есть еще один момент: он использовал символ Босха, чтобы подсказать Насте, в чем состоит его замысел. Он видел этот фильм и использовал его идею. Остается вопрос: зачем? Зачем он это делает? Увидел фильм, понял, что идея ему близка, решил осуществить ее в собственном исполнении и на территории России. До этого места все логично, хотя и попахивает психопатологией. Но зачем он оставляет рыбку с пупсиком? Ведь именно благодаря этому символу Настя обратила внимание на кассету с фильмом. Если бы не он, Настя никогда, вероятно, не сопоставила бы характеристики убитых с перечнем семи смертных грехов. Он подсказал ей. Зачем?

Ответ пришел сам собой и был настолько ошарашивающим, что верить в него не хотелось. Шутник запугивал ее. Его слова о том, что он приближается, — не пустой звук. Будет еще два убийства, за гнев и зависть, а потом он убьет ее саму. За леность. Ведь она сама, идиотка, сказала об этом своем недостатке в прямом эфире. Конечно, в Библии имелся в виду совсем другой грех, грех безделья, а уж бездельницей-то Настю Каменскую никто назвать не сможет, но она ленива, этого не отнять, а Шутник уже показал, что не намерен твердо придерживаться духа Библии, ему вполне достаточно буквы. Ведь Геннадий Лукин не был чревоугодником, а умер именно из-за этого, вернее, для того, чтобы продемонстрировать этот грех.

Осталось всего три убийства, два из которых Настя увидит. А третье — уже нет.

Ей стало настолько жутко, что она вскочила и включила в квартире все освещение, даже в ванной и в туалете. Почему-то казалось, что, если будет много света, страх уйдет. Хоть бы Лешка скорей приехал, но он сегодня задержится, еще с утра предупредил. «Надо посмотреть фильм, — сказала она себе, — это меня отвлечет. И потом, в нем может оказаться еще какая-нибудь подсказка».

Настя вставила кассету в видеомагнитофон и устроилась в кресле, закутавшись теплым клетчатым пледом. Фильм «Семь» произвел на нее странное впечатление, наверное, оттого, что она никак не могла отстраниться от собственной жизни и смотреть его просто как художественное произведение. Что бы ни происходило на экране, она примеряла это к преступлениям Шутника и к действиям своим и своих коллег. Финал картины ударил ее как обухом по голове: последней жертвой маньяка стал он сам. Он собственными действиями умышленно спровоцировал полицейского, убив его молодую беременную жену: убей меня, говорил он, потому что мой грех — зависть, я завидовал тебе и той жизни, которой ты живешь. Что ж, если в кино седьмой жертвой стал не посторонний человек, а лицо, «включенное» в ситуацию, то вполне логично, что в цепи преступлений Шутника седьмой жертвой тоже станет не кто-то с улицы, случайно найденный убийцей, как, например, тот же Лишай, а человек «включенный». Кто включен в процесс поиска убийцы? Сам убийца и оперативники. Вариант убийцы обыгран в кинофильме. В жизни же роль седьмой жертвы уготована кому-то из работников милиции. Кому-то... Нечего делать вид, что это ее не касается. Не кому-то, а ей, Насте.

Все сходится. Шутник объяснил свою позицию предельно ясно.

Глава 16

ПЯТАЯ ЖЕРТВА

Этому нет конца. И не будет. Сколько еще я смогу прожить с чувством вины? Врач старается изо всех сил, он занимается со мной каждый день по два часа, я киваю ему в ответ, выдавливаю из себя некое подобие улыбки и делаю вид, что внимаю его уговорам. Но я ему не верю. Я не верю, что можно жить так, как живу я. Я не верю, что можно смириться с тем, что случилось.

Они считают меня сумасшедшей. А все из-за чего? Из-за того, что я хотела убить себя. Я хотела уйти из жизни тихо, незаметно, потому что не могла больше справляться со своей виной. Меня спасли. Зачем? Разве я их просила? Зачем они это сделали? А теперь они считают меня сумасшедшей. Врач долго объяснял мне, что у здорового человека сильно развит инстинкт самосохранения, который заставляет человека выживать во что бы то ни стало. Если этот инстинкт умолкает, значит, человек болен. О господи, разве они могут меня понять? При чем тут инстинкт самосохранения? Любой человек стремится облегчить собственные страдания, избавиться от боли. Разве это ненормально? Я не могу больше выносить эту боль. А они заставляют меня терпеть. Жить и терпеть. Почему я должна? Зачем?

Я ничего не слышу, кроме крика: «Чей ребенок?!!!» Почему Я не услышала, как мой сын зовет на помощь? Как ты, Господи, допустил, чтобы я не услышала его голосок? Почему ты закрыл мне уши и отвел глаза? Я силюсь вспомнить, я зажмуриваюсь и вызываю в памяти тот страшный день, тот солнечный красивый день на южном берегу Испании. Мы с сынишкой приехали туда на две недели, муж отправил нас одних, он должен был прилететь через пять дней. Я словно оказалась в другом мире, сказочном и великолепном, неправдоподобном и ошеломляющем. Я впервые отдыхала за границей, до этого я ничего не видела, кроме шести дачных соток, грязной подмосковной речки и, когда везло, Черного моря, мутного и облепляющего

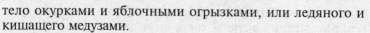

тело окурками и яблочными огрызками, или ледяного и кишащего медузами.

Замуж я вышла совсем молоденькой, польстилась на деньги и импозантную внешность. У своего мужа я была четвертой женой, меня все отговаривали, предупреждали, что ничего хорошего из этого брака не выйдет, но я никого не слушала, мне казалось, что я уже достаточно взрослая и умная, чтобы разбираться в жизни. Ухаживание было коротким и стремительным, цветы — охапками, шампанское — литрами, украшения — горстями. Конечно, муж сделал все возможное, чтобы брак зарегистрировали в течение недели. Он немедленно заставил меня уйти с работы и посадил дома. Почти сразу я забеременела, муж порхал надо мной, крыльями размахивал, витамины, надзор врачей, режим, диета, прогулки. Потом родился ребенок. Сын.

Из дому я почти не выходила. Для хозяйства муж нанял домработницу, она делала покупки, стирала, готовила, убиралась в нашей огромной квартире. Иногда мне велели одеться, сделать прическу, нацепить украшения. Меня выводили в свет. На приемы или на банкеты по случаю завершения переговоров. Меня брали примерно так же, как берут с собой золотой портсигар. Мне казалось, что меня надевали, как надевают перед выходом парадный костюм или дорогие часы. Мужчины обращали на меня внимание, но мне строго запрещалось не то что кокетничать, а даже разговаривать с ними, если, конечно, это не была общая беседа нескольких человек. В общей беседе мне участвовать разрешалось. Однажды я позволила себе потанцевать с кем-то, после чего муж учинил мне жуткий скандал. Нет, он не ревновал, он и мысли не мог допустить, что я променяю его на кого-то другого. Но для него важно было, чтобы никто — понимаете, никто! — не мог подумать, что я флиртую. Он считал, что это бросает на него тень и делает в глазах окружающих чуть ли не рогоносцем.

Вот так я прожила пять лет. И вдруг — такое счастье! — мы едем отдыхать. Разумеется, с самого начала не предполагалось, что мы поедем раздельно, мы должны были вылетать все вместе, но буквально накануне отъезда вдруг выяснилось, что у мужа не хватает дней по визе. У него была многократная виза в Шенгенскую зону на год со сроком пребывания в три месяца, он много ездил за границу по делам и сам запутался в расчетах. Он был уверен, что у него остается пятнадцать дней, как раз столько, сколько надо, чтобы отдохнуть. За день до отъезда мы стали собирать вещи и документы, и он решил еще раз проверить даты въезда и выезда, чтобы пересчитать дни. Тут и выяснилось, что у него осталось не пятнадцать дней, а всего восемь. Так и получилось, что мы с сыном улетели вдвоем, а муж должен быть присоединиться к нам на оставшиеся восемь дней.

Я оказалась в Испании. Одна. Без надсмотрщика. Одетая в немыслимые тряпки, со стрижкой из самого дорогого салона, в купальниках, которые стоят столько же, сколько вечернее платье от Живанши. Молодая, неопытная, жадная до впечатлений, истосковавшаяся по обычному женскому кокетству, по мужскому вниманию. Мне хотелось нравиться, мне хотелось, чтобы со мной заигрывали, флиртовали. У меня не было намерения изменять мужу, я была вполне довольна сексуальной жизнью в супружестве и ни о чем большем не мечтала. Но ведь чувствовать себя женщиной — это не только знать, что муж тебя хочет.

У меня закружилась голова. Вечером я с очередным поклонником сидела в баре на набережной. Играла музыка, мы танцевали, пили какой-то вкусный пряный коктейль, он нежно гладил меня по руке и заглядывал в глаза, и мне хотелось, чтобы эта сказка никогда не кончалась. Завтра должен был прилететь муж, и я понимала, что это последний вечер моей свободы. Может быть, я слишком много выпила. Может быть, музыка была слишком громкой. Может быть, я слишком увлеклась... Не знаю, что случилось. Не знаю, как это произошло. Я ничего не видела и не слышала, я ни о чем не помнила и не думала, кроме того, что есть настоящая нормальная красивая жизнь, которую мне судьба подарила на пять дней, а дальше снова тюрьма. Хоть и в золотой, но в клетке.

«Чей ребенок?!!!»

Этот крик до сих пор стоит у меня в ушах. Почему я не заметила, как сынишка убежал из бара и спустился на пляж? Почему я не хватилась его? Почему не услышала,

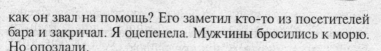
как он звал на помощь? Его заметил кто-то из посетителей бара и закричал. Я оцепенела. Мужчины бросились к морю. Но опоздали.

На другой день прилетел муж. Он оформил все документы, мы забрали тело сына и вернулись в Москву. За все время он поговорил со мной только один раз. Спросил, как это случилось. Потом, я знаю, он нашел людей, которые в тот вечер были в баре, и спрашивал у них. Догадываюсь, что они ему рассказали. С тех пор он замкнулся в молчании. Он даже не пытался разделить со мной горе. Как будто сын погиб у него, а не у меня. Как будто все это меня не касается.

Он молчал три месяца. Потом начал говорить. О господи, уж лучше бы он продолжал молчать! Он называл меня безмозглой потаскухой, которая растеряла остатки стыда при виде чужих мужиков. Он обвинял меня во всех грехах. Разве я сама не знала, что виновата? Разве я винила себя меньше, чем он? Он не хотел видеть, как мне больно. Потом я поняла, что он видел, но ему казалось, что этой боли недостаточно. Он хотел, чтобы мне было еще больнее.

Я пыталась покончить с собой. Резала вены. К несчастью, домработница явилась раньше обычного. Меня откачали. И засунули в больницу. Врачи уговаривали меня смириться, объясняли, что моя смерть ничего в этой жизни не изменит и сына не воскресит. Ну почему они не понимали, что я не стремлюсь ничего менять в жизни, она сложилась так, как уже сложилась. Я просто не хочу этой жизни. Пусть она, такая, как сложилась, идет дальше без меня. Я не могу больше выносить эту боль...

В больнице меня держали полгода. Каждый день приезжал муж, привозил продукты, лекарства. И говорил. Я старалась не слышать, но ничего не получалось. Через полгода меня выписали. Накачали какими-то препаратами. Боль осталась, она никуда не ушла. Жить по-прежнему не хотелось. Изменилось только одно: я поняла, что у меня нет сил самостоятельно покончить со всем этим. Полгода меня лечили гипнозом и добились-таки своего. Теперь я не смогу по собственному желанию прервать свою жизнь.

Я выходила на улицу и мечтала о том, чтобы меня переехал грузовик. Или чтобы меня убил грабитель. Несколько раз я пыталась выскочить на проезжую часть, стояла на тротуаре и выбирала момент, когда поток машин будет самым плотным, и в последнюю секунду понимала, что не смогу. Гипнотизеры, будь они прокляты! Они не убили мою боль, они не убили мою душу, зато лишили меня возможности самой уйти от невыносимого страдания.

Но сегодня этому придет конец. Уже совсем скоро. Сегодня я встретила Его. Встретила случайно, на улице. Он подошел ко мне и спросил, как я себя чувствую. Он улыбался мне понимающей и сочувственной улыбкой. Я ответила, что чувствую себя превосходно.

— Я вас понимаю, — сказал он. — Это был глупый вопрос, женщина в вашем положении вряд ли вообще что-то чувствует, кроме огромной всепоглощающей боли.

— Откуда вы знаете?

— Я все знаю. Разве вы еще не поняли?

И тут меня прорвало. Я увидела перед собой человека, который способен понять. Который не собирается обвинять меня. Я говорила и говорила, я не могла остановиться, кажется, я при этом плакала, потому что потом обнаружила в руке насквозь мокрый носовой платок. Мы куда-то шли с ним, но я не видела куда, мне было все равно. Главное — я могла говорить, не боясь, что меня снова упрячут в психушку.

— Хотите, чтобы я вам помог? — спросил он, когда я наконец остановилась.

— Хочу.

Я не спросила, что он имеет в виду и как собирается мне помогать, я просто нуждалась в помощи, нуждалась отчаянно, я готова была стоять на перекрестке и орать: «Убейте меня, ну убейте же меня кто-нибудь!!!» Отчего-то я была уверена, что он не врач, и помощь его — не в лечении и не в очередном гипнозе. Я поверила ему сразу, с первой же минуты, как только увидела его глаза. Я поверила, что он знает все, потому что... Потому что он должен знать все. Этому не было логического объяснения. Просто я так чувствовала.

— И вы готовы поехать со мной?

— Да.

— Вы не спрашиваете куда?

— Мне все равно. Я хочу, чтобы вы мне помогли.

— И вы можете поехать со мной прямо сейчас?

— Когда угодно. Хоть сейчас, хоть завтра.

— А когда для вас лучше?

— Лучше прямо сейчас. Я больше не могу терпеть. Я не вынесу.

Он внимательно посмотрел на меня и легонько погладил по щеке.

— Да, вы совершенно готовы. Теперь я это вижу. Что ж, поехали.

И вот мы едем. Я не знаю, куда он меня везет, но знаю, что скоро наступит конец. Мне становится легче, боль словно притупляется, я понимаю, что терпеть осталось уже немного. Совсем немного.

УБИЙЦА

Итак, я перестал бояться смерти. И что же дальше? Живя в лесу, можно заставить себя перестать бояться диких зверей, но это вовсе не означает, что звери на тебя не нападут. Искоренив в своей душе страх смерти, я решил только половину задачи. Вторая же половина состояла в том, чтобы умереть достойно.

По моим тогдашним преставлениям, достойная смерть — это смерть в собственной постели или в хорошей больнице, желательно во сне, чтобы не мучиться и не понимать происходящего. Но это, так сказать, теоретически. Ибо практически все выглядит не совсем так, как хотелось бы. Для того чтобы умереть «идеально», нужно не иметь никаких серьезных заболеваний, кроме слабой деятельности сердца, тогда есть реальный шанс тихо скончаться во сне в собственной (в крайнем случае — в больничной) постели. К этому можно стремиться, и существует достаточно высокая вероятность достичь желаемого. Вести здоровый образ жизни, заниматься спортом, не пить и не курить, разумно питаться и устраивать разгрузочные дни, следить за весом, регулярно и добросовестно проходить диспансеризацию в ведомственной поликлинике, не пытаясь отделаться от

врачей коротенькой фразой «жалоб нет» и рассказывая им о любых проявлениях физического неблагополучия, дабы вовремя перехватить зарождающийся недуг, не дав ему развиться до размеров хронического заболевания.

Решение показалось мне простым и надежным, и несколько лет я свято выполнял все, что необходимо для его реализации. Пока однажды, честно пожаловавшись врачу на периодически возникающие боли в желудке, не попал в госпиталь для проведения гастроэнтерологического обследования. Этих двух недель, проведенных на больничной койке, мне хватило для того, чтобы внести коррективы в представления о достойном финале моей жизни. Во-первых, я понял, что ни о какой смерти в больнице не может быть и речи. Даже в самой лучшей больнице. Я не принадлежу к руководству страны и не могу рассчитывать на действительно хорошие условия, а все остальные варианты никоим образом не соответствуют понятию «достойная кончина». Грязные санузлы, вонь, нищета, полупьяные санитарки, малограмотные врачи, нехватка лекарств, отсутствие медицинской аппаратуры, лежачие и источающие смрад больные на соседних койках и в коридорах, скудная невкусная еда — вот удел тех, кто вздумал поболеть, не добравшись до вершин власти. И вдобавок ко всему — витающая в воздухе аура горя, боли и страха. Конечно, я не хочу сказать, что в госпитале военного ведомства было именно так, нет, там было куда приличнее, но даже там мне было плохо. А ведь я отдавал себе отчет, что при той жизни и той смерти, которые я себе запланировал, умирать я буду престарелым пенсионером, и положат меня вовсе не сюда, а в обычную горбольницу, на которые я уже насмотрелся, навещая по разным случаям родственников и знакомых. Но самое главное — я своими глазами увидел болезни, соединенные со старостью. И представил на мгновение, что меня разобьет паралич, и нужно будет выносить из-под меня судно, и тот, кому придется это делать, станет морщиться от отвращения и желать мне скорее подохнуть. Кто это будет? Жена? Сын? Дальний родственник? Или пьяная санитарка? Кто бы он ни был, я такого конца себе не желал.

Поэтому следующим этапом в моей борьбе за достойную смерть была идея эвтаназии. Если мне, тяжело больному и беспомощному, дадут возможность самому принять решение об уходе из жизни и помогут сделать это легко и безболезненно, то меня такой финал вполне устроит. Я начал читать специальную литературу, перелопатил уйму газет и журналов, в которых поднимался вопрос об эвтаназии, и, к своему прискорбию, убедился, что замечательная идея эта в нашей стране не приживется. Я искренне недоумевал — почему? Почему человек может броситься из окна или под машину, повеситься, утопиться, застрелиться, но не может рассчитывать на то, что ему сделают безболезненный укол, от которого он уснет и не проснется? Это варварство! Да, когда человек еще может двигаться самостоятельно, он решает свою судьбу сам. Но если он прикован к постели, если он не только не может выйти из дому, но и встать, то почему необходимо обрекать его на мучительное и неопределенно долгое угасание, при котором он страдает и физически, и морально, и причиняет страдания своим близким?

Я хотел иметь гарантии быстрой и легкой смерти в случае внезапной болезни, которая лишит меня самостоятельности и сделает беспомощным и полностью зависимым от окружающих, которым я буду в тягость. Хорошо, если хворь начнет одолевать меня постепенно, тогда в предвидении надвигающейся беспомощности я еще успею сам принять и осуществить последнее решение, но если она обрушится на меня внезапно, как инсульт? Или я попаду в аварию и стану прикованным к постели калекой? Мне придется сдаться на милость врачей, а ее, милости этой, вовек не дождешься.

Прошло еще какое-то время, прежде чем я усвоил, что пускать это дело на самотек никак нельзя. Болезней и несчастий много, природа не поскупилась на разнообразные способы вырывания человека из нормального бытия, тихая смерть от сердечного приступа во сне — это только один шанс из тысячи, и мне, доктору технических наук, не пристало на этот шанс надеяться, все-таки что-что, а вероятности рассчитывать я умею. Да и дружок мой Лабрюйер поддакивал: «С точки зрения милосердия смерть хороша

тем, что кладет конец старости. Смерть, упреждающая одряхление, более своевременна, чем смерть, завершающая его». Он прав, не нужно ждать дряхлой немощности, надо брать бразды правления своей жизнью и смертью в собственные руки.

Другой стороной того же вопроса была смерть от руки преступника. Говорят, что бомба дважды в одно и то же место не падает, если в семье кто-то погиб от руки убийцы, то другим членам семьи это уже не грозит. Может быть... Но жизнь показывает, что это не так. Я знал истории о семьях, где одна и та же беда поражала двоих или даже троих ее членов. И речь шла вовсе не о болезнях (в этом как раз ничего удивительного не было, так как существуют законы наследственности), а именно о несчастьях вроде преступлений, аварий или несчастных случаев. В какой-то газете я даже читал о совершенно невероятном с житейской точки зрения совпадении: двое братьев по очереди попали под машину в одном и том же месте, причем за рулем в обоих случаях сидел один и тот же человек. Стать жертвой спившегося алкаша, маньяка или обколовшегося наркомана? Умереть от руки тупых, безмозглых бандюков, готовых расстрелять толпу ради сотни долларов? Погибнуть под колесами машины, за рулем которой сидит бесшабашный, не знающий правил идиот? Разве это достойный конец для представителя рода Данилевичей-Лисовских-Эссенов? Как человек, умеющий просчитывать вероятность, я отдавал себе отчет в том, что правильным, безопасным и грамотным поведением я могу свести риск такой смерти до минимума. Но минимум этот окажется в итоге не столь уж мизерным, чтобы им можно было пренебречь. Сделать его нулевым возможно, только запершись в собственной квартире, никуда не выходя и никому не открывая дверь. Это не решение проблемы.

Оставалось только два пути, позволяющих избежать той смерти, которую я считал недостойной. Первый — покончить с собой уже сейчас, не дожидаясь, пока меня подстережет несчастный случай или тяжкая болезнь. Этот путь по зрелом размышлении я отмел. Во-первых, я не могу собственными руками лишить себя жизни. Ну не могу — и все тут! Инстинкт самосохранения у меня развит нормально. Во-вторых, самоубийство (и это ярко показал пример моей второй супруги Натальи) вызывает у знавших тебя людей не только недоумение, но и сильные подозрения в твоей психической неполноценности, а этого я допустить не мог. Не хватало еще, чтобы обо мне говорили, будто я впал в депрессию и свихнулся! Это я-то! Никогда в жизни этого не будет.

Но есть и второй путь...

КАМЕНСКАЯ

Все стены в ее кабинете были увешаны большими листами ватмана. На этих листах Настя карандашом записывала по определенной схеме данные о Викторе Шувалове и его окружении, о Серафиме Антоновне Фирсовой, ее соседях и знакомых, о фелинологе Казакове и его связях, о стороже Валентине Казаряне, а также о тех четверых, которых она наметила как возможных (хотя и крайне маловероятных) кандидатов на роль Шутника. Уж если проверять версии, так все подряд, а не сообразуясь с собственными вкусами и пожеланиями. Доценко, Сережа Зарубин и подключенный к работе Коля Селуянов приносили Насте эти сведения, и она терпеливо и методично заносила их в схемы и таблицы, надеясь на то, что когда-нибудь и где-нибудь эти сведения если не пересекутся, то хотя бы прикоснутся друг к другу.

Одновременно Настя, выполняя приказ Гордеева, готовила подробную справку для психологов. В какой день недели и время суток совершено убийство, где, каким способом, характеристика потерпевшего, описание места преступления и оставленных улик, фотографии фигурок, ксерокопии записок. Дойдя до убийства Фирсовой, Настя задумалась, нужно ли прилагать к материалам видеокассету с фильмом «Семь». С одной стороны, все это может оказаться ее собственными домыслами, не имеющими ни малейшего отношения к преступлениям Шутника, и это только запутает специалистов, но, с другой стороны, если Шутник действительно находится под влиянием этого фильма, то психологам необходимо его посмотреть.

По мере составления справки факты становились на свои места, и Настя не переставала удивляться тому, что не выстроила их подобным же образом раньше. Не выстроила, потому что не хотела. Потому что очень страшно было верить в то, что игра идет против нее, а не против Татьяны. И очень хотелось интерпретировать их по-другому. Никому не нравится признаваться себе в неприятных вещах, а уж если это вещи не просто неприятные, а пугающие, тогда тем более. Она всегда так гордилась своей рациональностью, своей способностью отстраниться от эмоций и мыслить четко и последовательно, а оказалось, что она обычный человек, с развитым инстинктом вытеснения. То, что вызывает тревогу, вытесняется из сознания и замещается различными оправданиями, надуманными объяснениями или искусственными фактами.

— Юра, ты мне велишь обращаться к какому-то конкретному психологу из наших, на Петровке, или тебе все равно? — спросила она Короткова, когда справка наконец была закончена.

— Без разницы, — ответил он. — А у тебя есть на примете кто-то получше наших?

— Ларцев.

Коротков вскинул на нее удивленные глаза, помолчал, доставая сигарету из пачки, закурил.

— Не боишься?

— Юрочка, нельзя бояться до бесконечности. Мы с тобой оба знаем, что Володя хороший психолог, кроме того, он разбирается в нашей работе и в наших трудностях. И кроме того, нашей вины нет в том, что случилось. Он сам пошел туда и сам угодил под пулю.

— Но мы его спровоцировали, — заметил Коротков. — Я же помню. Гордеев его вел, как рыбу за приманкой, и заставил сделать то, что он сделал.

— Неправда, — возразила Настя, — Колобок вынудил его пойти на контакт с преступниками, это верно, но искать адрес Натальи Дахно и идти к ней домой его никто не заставлял. Наша вина была только в том, что мы узнали правду о Ларцеве и не захотели с ней мириться. Неужели ты думаешь, что он держит на нас зло за это? Пять лет прошло.

— Ну хорошо, допустим, — сдался Коротков, — а ты уверена, что он продолжает заниматься психологией?

— Продолжает. Я узнавала. С тех пор, как его комиссовали, он закончил специальный курс в университете и занимается тем, что консультирует различные фирмы по вопросам подбора и расстановки персонала.

— А вдруг он тебя поганой метлой погонит? Учти, у него было черепное ранение, люди после таких травм становятся вспыльчивыми и неуправляемыми. Неужели рискнешь?

Настя засмеялась:

— Я могла бы, конечно, сказать, что рискну, и ты меня зауважал бы за мою феерическую смелость. Но врать не стану, я ему уже звонила.

— Серьезно? — почему-то обрадовался Коротков. — И как он? Я с ним в последний раз общался, по-моему, года два назад.

Вот так, с грустью констатировала Настя. Работаешь с человеком бок о бок, делишь с ним и опасности, и радости, и неприятности, а потом он уходит, ты еще некоторое время поддерживаешь с ним отношения, но это тянется недолго. С каждым месяцем вы перезваниваетесь все реже и реже, потому что вместе не работаете и обсуждать вам уже вроде бы и нечего. И настает момент, когда ты пытаешься вспомнить, когда же в последний раз звонил ему, и оказывается, что это было два года назад.

— Юра, как ты думаешь, это мы с тобой утратили человеческий облик на своей работе или все люди такие? — спросила она.

Коротков передернул плечами, словно продрог, подошел к окну и закрыл форточку. Налив из графина воду в электрический чайник, воткнул вилку в розетку и принялся с сосредоточенным видом доставать из стола чашки.

— Кофе будешь?

— Буду. Юра, я задала вопрос, — настойчиво повторила Настя.

— Только не делай вид, пожалуйста, что тебе необходим мой ответ, — раздраженно откликнулся Коротков. — Мы сейчас с тобой начнем морализаторством заниматься и охать, какие мы плохие и бесчувственные, Володьку забыли, а ведь он остался один с маленькой дочкой на руках, да к тому же больной. Вот я тебе на примере тещи скажу: на похороны человек пятьдесят пришло, из них только трое или четверо все годы, пока она болела, регулярно звонили и справлялись о ее самочувствии, из этих троих-четверых всего один предлагал помощь. А остальные откуда взялись? Когда-то они с ней вместе работали, виделись каждый день, общались, делали одно дело. А потом, когда ее паралич разбил, — он сделал выразительный жест и прищелкнул пальцами, — фьюить! Растворились в небытие. Однако проститься пришли. Так что не вали все на наши с тобой головы и на нашу работу. У всех так.

Вода в чайнике закипела, Юра приготовил кофе и пододвинул Насте чашку с умилительной розочкой, увитой голубыми листочками. Сам он пил из высокой кружки, на которой был изображен свирепого вида бульдог.

— Ты что, посуду по половому признаку раздаешь? — осведомилась Настя, скептически разглядывая узор на чашке. — Девочкам — розочки, мальчикам — служебные собаки.

— Не хочешь — могу поменяться, — отпарировал он. — Мне без разницы, из какой чашки пить. Ты когда к Ларцеву поедешь?

— Сегодня. Вот кофе допью и поеду.

— Привет передашь от меня?

— Давай свой привет, только упакуй как следует, — пошутила Настя.

Некоторое время они молча пили кофе. Коротков исподтишка разглядывал Настю, она чувствовала его взгляд, но никак на него не реагировала. Обычно в таких ситуациях она начинала злиться, потому что терпеть не могла молчания, во время которого ее разглядывают, но сегодня она с удивлением понимала, что ее это нисколько не трогает. Какая разница? Разглядывай не разглядывай, а все равно получишь еще два посторонних трупа, а потом третий, ее собственный. Острый страх, пережитый во время просмотра фильма «Семь», сменился бесчувственностью и ледяным спокойствием. Настя знала, как опасно это спокойствие, оно притупляет внимание и остроту восприятия, и человек в таком состоянии часто сам идет навстречу соб-

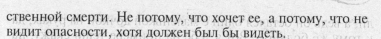

ственной смерти. Не потому, что хочет ее, а потому, что не видит опасности, хотя должен был бы видеть.

— Ася, почему ты не хочешь, чтобы тебя охраняли? — внезапно спросил Коротков, будто прочитав ее мысли. — Если ты уверена, что Шутник собирается тебя убить, то ведешь себя чудовищно легкомысленно.

— У него на повестке дня еще два убийства, за грех гнева и грех зависти. Вот когда он их совершит, тогда придет пора меня охранять. Знаешь, — медленно сказала она, отставляя чашку, — мне кажется, что я схожу с ума. Знать, что должны погибнуть два человека, два ни в чем не повинных и ни о чем не подозревающих человека, и не иметь возможности их спасти, — это тяжкий груз. Я его не вынесу. Этот Шутник почему-то хочет меня убить, предварительно заставив потерять рассудок от страха и ожидания смерти, и для этого ему нужно уничтожить какое-то количество людей. Ты только вдумайся, Юра: чтобы отомстить мне, он убивает других людей. Если посмотреть на эту картинку с другой стороны, то получается, что я сделала что-то плохое, за что мне причитается страшная месть, и в результате будут уничтожены шесть человек. Четверо уже умерли, двоим это еще предстоит. Все эти шесть смертей — на моей совести. Если бы я не сделала то плохое, за что Шутник сводит со мной счеты, все эти люди были бы живы.

— Но ведь ты никогда ничего не делала, кроме своей работы. А все, что ты сделала по службе, было правильным и оправданным, потому что такова служба и таков твой долг, — очень серьезно ответил Коротков. — Государство платит тебе за это зарплату. А разве может так быть, чтобы государство официально разрешало и платило зарплату за то, чтобы люди делали то самое «плохое», о котором ты говоришь? Перестань казниться, Ася, это не дело.

Она сидела на стуле, раскачиваясь из стороны в сторону и уставившись ничего не видящими глазами в край стоящего в углу комнаты сейфа.

— Я не могу, Юра, — пробормотала она едва слышно, — я не могу перестать казниться. Я постоянно чувствую свою вину.

— Глупости! — резко оборвал он Настю. — Это особенности нашей работы, это ее издержки, если хочешь. Все так живут. И все так работают. Не морочь себе голову, поезжай лучше к Ларцеву, может, он что-нибудь умное скажет.

Настя знала, что Коротков отнюдь не черств и не туп, он прекрасно понимал все, что она ему сказала. Но он ее начальник и должен вести себя как начальник, а не как задушевный друг, каким был для нее много лет. Начальник не имеет права жевать сопли на пару со своими подчиненными, когда они раскисают, он должен прикинуться железным Феликсом и мобилизовать личный состав на подвиги, ну в крайнем случае — на добросовестную повседневную работу.

Ларцева она не видела пять лет, с тех самых пор, когда его комиссовали из органов по ранению, хотя несколько раз разговаривала с ним по телефону. «Интересно, как он выглядит?» — мысленно задавала Настя себе вопрос, поднимаясь в лифте, и тут же отчетливо понимала, что ей это совсем неинтересно. Ей, похоже, теперь вообще мало что интересно, кроме двух вещей: Шутника и собственной смерти.

Дверь ей открыла красивая шестнадцатилетняя девушка — дочь Ларцева Надя.

— Здравствуйте, тетя Настя, проходите, папа сейчас придет, — сказала она.

— Его нет? — удивилась Настя. — Мы же договаривались с ним...

— Он вышел в магазин за кассетой, у него чистой кассеты не оказалось, — пояснила Надя таким тоном, словно Настя обязательно должна понимать, о какой кассете идет речь и почему необходимо так срочно приобретать ее перед Настиным приходом. — Я хотела сама сбегать, но у меня пирог в духовке, за ним надо присматривать, а папа не умеет. У него обязательно сгорит.

Настя прошла в комнату, в то время как Надя скрылась на кухне. Да, с тех пор, как Настя была здесь в последний раз, изменилось многое. Практически все. Другая мебель, другие обои, даже пол другой. Раньше был измученный многократными циклевками паркет, теперь под ногами лежит мягкий пушистый ковролин. Ларцев не бедствует,

это хорошо. Может быть, и вправду, что бог ни делает — все к лучшему? Увольнение из милиции явно пошло на пользу благосостоянию, да и с дочерью Володя теперь может проводить больше времени.

Однако когда появился Ларцев, Настя усомнилась в правильности своих мыслей. На пользу-то на пользу, да только... Володя был совершенно седым, лицо изрезали глубокие морщины, он сильно сутулился, и, что самое ужасное, у него дрожали руки и мелко тряслась голова. Глаза, однако, искрились весельем и жили как будто отдельно от совершенно больного, разрушенного тяжелым ранением организма.

— Привет, Настюха! — радостно закричал он, входя в комнату и обнимая Настю. — Если бы ты знала, как я рад тебя видеть! Черт с ним, что по делу, а не по любви, все равно я по тебе ужасно соскучился. Надюшечка! Как там чай с пирогом? Шибко сильно кушать хочется!

У Насти отлегло от сердца. Ларцев все тот же, не озлобился и не замкнулся в себе. Хотя если судить по внешнему виду, чувствовать себя он должен не лучшим образом.

— Твоя дочка — отменная кулинарка, — похвалила Настя, съев маленький кусочек пирога.

Ларцев неопределенно хмыкнул, а Надя покраснела и смутилась.

— Это не я, — призналась девушка. — Тесто готовое в магазине покупаю, а начинка — это обычное варенье, нам бабушка присылает каждую осень. Я пробовала несколько раз сделать тесто сама, но у меня ничего не выходит. Папа говорит, что для этого талант нужен.

— Это верно, — согласилась Настя, — мой муж тоже так говорит. Он мне не разрешает мясо готовить, потому что все равно испорчу, даже если буду очень стараться. Знаешь, тут есть такая странная закономерность: если у тебя нет таланта к приготовлению пищи, то чем больше стараешься, тем хуже выходит.

— А кем ваш муж работает? — поинтересовалась Надежда.

— Профессором, — пошутила Настя. — Он математикой занимается.

— Неужели профессор математики сам готовит? — в

ужасе всплеснула руками девушка. — Так не бывает! Вы, тетя Настя, меня, наверное, разыгрываете, да?

— Бывает, бывает, — вступил Ларцев, отрезая себе третий кусок пирога. Похоже, болезненное состояние на его аппетите никак не отразилось, — я сам неоднократно видел это душераздирающее зрелище. Правда, тогда он еще не был мужем тети Насти. Все, Надюшечка, мы наелись, спасибо тебе, доченька. Мы пойдем поработаем, ты нас не отвлекай, ладно?

— Хорошо, папа. Я все уберу. А можно я потом пойду погуляю?

— С кем? — строго спросил Володя.

— С Никитой.

— Куда?

— Ну... Я не знаю... — растерялась она. — Куда он пригласит. В парк, наверное.

Ларцев недобро прищурился, теперь в его глазах плясали злые огоньки.

— В парк? В такую погоду? Когда уже стемнело? Нет, я не разрешаю.

— Ну, папа...

— Нет. И не спорь. Если хочешь общаться с Никитой, пусть он придет к нам. Угостишь его пирогом. Кино какое-нибудь посмотрите по видику.

— Папа, но...

— Я сказал — нет! — отрезал Ларцев таким тоном, что даже Настя не рискнула бы ему возражать. — Позвони Никите и пригласи к нам в гости. Гулять я тебе не разрешаю.

Они вернулись в комнату, часть которой была обставлена как кабинет. Большой письменный стол с креслом для хозяина и двумя креслами для гостей создавали вполне удобную обстановку как для делового разговора, так и для дружеской болтовни. Ларцев занял одно из «гостевых» кресел и жестом пригласил Настю сесть напротив него.

— Ну ты крут, — смеясь, сказала она вполголоса. — Держишь девочку в железных рукавицах, вздохнуть не даешь.

— Я не ее держу, а этого Никиту, — строго ответил Володя. — Она-то девочка правильная, после того случая... ну, ты понимаешь, о чем я говорю, Надя твердо усвоила, что папу надо слушаться, он плохого не посоветует. Если папа предостерегает от чего-то, то, значит, опасность на самом деле существует, это не пустой звук и не глупые родительские страхи. Но Никита — это совсем другой коленкор. Он юноша, у него другое воспитание. Я за него поручиться не могу. Поэтому пусть лучше у меня на глазах будут вертеться, чем по паркам шляться.

— Ты уверен, что это правильно? — с сомнением спросила Настя.

— Меня не интересует, правильно это или нет, мне важен результат. А результат налицо — Надя выросла хорошей девочкой, послушной, и в голове у нее нет всяких глупостей. Ты знаешь, что у них в классе больше половины ребят принимают наркотики? А ведь это самая обычная школа, не какая-нибудь там специальная для трудных подростков. Как только я выпущу Надюшку из-под своего влияния, мое место тут же займет кто-нибудь другой. Свято место, сама знаешь, пусто не бывает. Ну, рассказывай свою страшную историю.

— Я справку привезла. — Настя полезла в сумку за папкой.

— Справку ты оставь, я ее прочту, когда ты уйдешь. А пока рассказывай своими словами и со своими комментариями. Я диктофон включу, не возражаешь?

И, перехватив ее удивленный взгляд, Ларцев добавил:

— Ты же видишь, что у меня с руками. Трясутся так, что ручку держать не могу. Поэтому и не записываю на бумагу, а пользуюсь диктофоном.

«Так вот в чем дело, — подумала она, — теперь понятно, зачем нужна была чистая кассета. Бедный Володька!»

— Это после ранения? — осторожно спросила Настя.

— Руки-то? Да, после него. И руки дрожат, и голова трясется, как у древнего старика. Я в свои сорок пять выгляжу на все сто пятнадцать, верно? Седой, морщинистый... Красота!

Он расправил плечи, потянулся и весело подмигнул Насте.

— Знаешь, чем хороша наука психология?

— Тем, что помогает понять людей.

— Ничего подобного, Настюха! Ни хрена она не помогает людей понимать. Другого человека понять все равно невозможно, именно потому, что он другой, он мыслит по-другому и чувствует по-другому, а ты пытаешься понять его при помощи своих мерок. Психология хороша тем, что позволяет понять самого себя и избавиться от собственных комплексов. Принять ситуацию такой, какая она есть, и не сходить с ума из-за того, что она не такая, как тебе хотелось бы.

— Шутишь? — недоверчиво спросила Настя.

— Я-то? Естественно, шучу, — со смехом ответил он. — Но если серьезно... Конечно, мне хотелось бы быть красивым молодым офицером, сделать успешную карьеру в нашем сыщицком деле, дослужиться до полковника и начальника, быть счастливым мужем и отцом двоих детей, и так далее. А что я имею? Старый больной инвалид, которого выгнали из органов по состоянию здоровья в звании майора, вдовец, потерявший жену и одного ребенка и чуть не лишившийся Надюшки. Все сложилось не так, как хотелось и как мечталось. Ну просто все! А я продолжаю жить нормальной жизнью, работаю и, между прочим, хорошо зарабатываю, считаюсь ценным специалистом, пестую дочку. И ты знаешь, что самое удивительное?

— Что? — послушно повторила она.

Ларцев понизил голос до трагического шепота и сделал страшное лицо:

— Самое удивительное, что я продолжаю нравиться женщинам. Отбою нет. Как посмотрю на себя в зеркало, так недоумеваю: что они во мне находят? А как вспомню, что я психолог, так задаю себе другой вопрос, правильный: зачем я им? И нахожу ответ на этот вопрос легко и просто. Ладно, Настюха, это все базарный треп. Давай о деле.

Он включил диктофон, и Настя стала рассказывать. Говорила она долго и за все время только один раз потянулась к папке: Володя попросил показать фотографию керамической рыбки с пластмассовым пупсиком, засунутым ей в пасть. Все остальное она воспроизводила по памяти. Краем уха она слышала, как хлопнула входная дверь, из прихожей донесся приглушенный юношеский голос — значит, Надя сделала так, как велел отец, и пригласила своего друга домой. Ларцев слушал ее, ни на что не отвле-

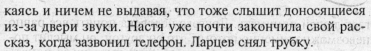

каясь и ничем не выдавая, что тоже слышит доносящиеся из-за двери звуки. Настя уже почти закончила свой рассказ, когда зазвонил телефон. Ларцев снял трубку.

— Да, слушаю... А, здорово, Юрка! Рад слышать. Принесла, принесла твой привет, не потеряла. — Он бросил на Настю лукавый взгляд. — Да, конечно.

Он протянул ей трубку:

— Это тебя. Коротков.

Нехорошее предчувствие зашевелилось в ней. Неужели что-то опять случилось? Неужели Шутник продолжает свои выходки?

— Ася? Возьми ручку и бумагу, я тебе продиктую, — раздался в трубке голос Юры.

— Я так запомню, — машинально ответила она, с облегчением переводя дыхание. Кажется, обошлось. Ничего пока не случилось.

— Ты не запомнишь, — голос Короткова стал сердитым, — сделай, как я сказал.

— Хорошо, — прижав трубку плечом к уху, она потянулась за ручкой и бумагой. — Диктуй, я готова.

— Эн, о, эн, пропуск, си...

— Что это? — прервала его Настя. — Что за бред?

— Это латинские буквы. Я их произношу как в английском алфавите. Давай пиши. Си, ар, и, ди, и, пропуск...

Настя автоматически записывала, с первых же нескольких букв поняв, что это снова итальянский текст. Значит, все-таки случилось...

— ...ар, ай, ти, эй, вопросительный знак. Записала?

— Да, — мертвым голосом ответила она.

— Что получилось?

— Non crede, cara mia, che sarebbe ora di ammettere la mia superiorita?

— И что это означает?

— «Не кажется ли тебе, моя дорогая, что пришло время признать мое превосходство?» — перевела Настя. — Юра, откуда это взялось?

— Оттуда, — зло бросил Коротков. — Откуда и все остальное. Никак он не уймется, этот придурок. Вы там скоро закончите?

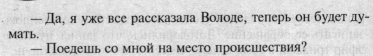

— Да, я уже все рассказала Володе, теперь он будет думать.

— Поедешь со мной на место происшествия?

— Нет.

— Как хочешь, тогда завтра увидимся.

Она и сама не понимала, почему отказалась поехать с Коротковым на место обнаружения пятого трупа. Отказалась инстинктивно, не задумываясь, отказалась так, словно уже заранее решила, что не поедет, если что-то опять случится. Может быть, это и есть проявление того ледяного спокойствия, которое так опасно и коварно? А может быть, Шутник прав, действительно настало время признать его превосходство, перестать дергаться в бесплодных попытках вычислить его и найти, опустить руки, отступить и тупо ждать смерти?

Глава 17

КАМЕНСКАЯ

Ей казалось, что все это уже было в какой-то другой жизни, много веков назад. Она точно так же шла по длинным путаным коридорам Останкинского телецентра, не понимая, куда ее ведут и как она будет выбираться обратно. А ведь это действительно было, только не в другой жизни, а всего полтора месяца назад, в середине октября. За эти полтора месяца Настя словно прожила целую жизнь.

— Сначала на грим, — сказала ей девушка-администратор, открывая дверь в гримерку.

Настя поморщилась. Настроение было совсем неподходящим для того, чтобы делать макияж.

— Это обязательно? — спросила она.

Девушка глянула удивленно и неодобрительно:

— Конечно. Там освещение... Вы же не хотите выглядеть мертвенно-синюшной. И лицо будет блестеть.

«Черт с ним, пусть синюшное и пусть блестит», — подумала Настя, но послушно вошла в открытую дверь. Не станет она настаивать ни на чем, хорошо уже то, что руководство одного из ведущих телеканалов пошло навстречу руководству Управления уголовного розыска и согласилось записать ее обращение. Договорились, что запись пустят в эфир трижды, в семь вечера, в десять, а потом в полночь.

Сев в кресло, она прикрыла глаза и стала про себя повторять текст обращения. Ей дали всего сорок секунд, за эти сорок секунд она должна успеть сказать все, что считает нужным, при этом постараться достучаться до этого урода. Гример накладывала тон на лицо, а Настя все решала, как ей обращаться к нему, на «ты» или на «вы». Правильнее, конечно, было бы на «вы», если речь идет о признании превосходства, то надо демонстрировать уважение к противнику. С другой стороны, в обращении на «ты» есть нечто доверительное, адресованное лично близкому человеку. Может быть, он на это купится?

— Все, — гример сняла коротенький синтетический пеньюар с Настиных плеч, — можете идти в студию.

В студии ее усадили за низкий стол и прицепили микрофон к лацкану форменной куртки. Это был совет Ларцева — выступать по телевидению в форме. Каждый, кто будет смотреть это выступление, должен понять, что Настя — офицер милиции, а не просто случайный человек, а сам Шутник, если повезет и он увидит это обращение, оценит всю серьезность ее шага. Она выступает не как частное лицо, а как представитель государственной структуры.

— Готовы?

— Да.

— Когда загорится красная лампочка — начинайте. И смотрите в камеру.

Лампочка загорелась, и Настя заговорила:

— Я обращаюсь к тому, кто убил пять ни в чем не повинных людей. Я получила ваше послание. Мне нелегко было решиться на это выступление, но я признаю вашу правоту. Я признаю ваше превосходство, вы действительно умнее меня, я не в состоянии постичь вашу логику и понять ваш образ действий. Вы необыкновенный человек. Я сдаюсь. И прошу вас только об одном: пожалуйста, не убивайте больше никого. Вы уже все мне доказали, и не нужно платить за это такую страшную цену. Я знаю, вы со-

бираетесь убить еще двоих. Прошу вас, оставьте их в живых. Спасибо за то, что вы меня выслушали.

Красная лампочка погасла.

— Тридцать пять секунд, — сказал режиссер. — Если хотите, можно повторить запись, вы сможете добавить еще какую-нибудь фразу.

— Не нужно, я сказала все, что хотела.

— Хорошо, это пойдет в эфир сегодня же. Люся вас проводит. Подводку к выступлению мы сделаем, как договорились, напомним о ситуации с телемостом, сделаем ссылку на интервью Образцовой, укажем вашу должность и звание.

— Спасибо.

Идя вслед за администратором Люсей по длинным, плохо освещенным коридорам к выходу, Настя снова возвращалась к своему выступлению и думала о том, не сделала ли она ошибку, сказав: «Я знаю, вы собираетесь убить еще двоих. Прошу вас, оставьте их в живых». Правильнее было бы сказать: «Я знаю, вы собираетесь убить еще одного человека, а потом меня. Прошу вас, оставьте нас в живых». Она думала над этим вчера и сегодня до записи, но решила, что коль уж она признает его превосходство, то нужно быть достоверной. Если она говорит, что он умнее, то должна показать это на деле. Она не догадалась о том, что ей уготована участь седьмой жертвы. Пусть Шутник думает, что она не так уж умна, что она действительно не понимает и не постигает его замысел. Может быть, это заставит его сжалиться хотя бы над шестым. Такие рассуждения казались ей разумными, но сейчас она снова начала сомневаться. Правильно ли она построила выступление? И вообще, права ли она, что затеяла эту историю с обращением к Шутнику по телевидению?

На улице Настю ждал Коротков. Ей не хотелось ехать в форме в общественном транспорте, и Юра вызвался ее отвезти.

— Ну как? — спросил он, когда Настя села в машину.

— Не знаю. Вечером посмотрим, что получилось.

Она закурила, пальцы у нее дрожали.

— Думаешь, это поможет?

— Не знаю, — повторила Настя. — Но нужно же что-то делать. Юра, у тебя есть знакомый нотариус?

— Нотариус? Надо подумать. А тебе зачем?

— Хочу проконсультироваться насчет завещания.

Коротков слегка сбавил скорость и изумленно взглянул на нее:

— Какое еще завещание?

— Мое.

— Не понял...

— Если со мной что-то случится... Я хочу сказать, если Шутник доведет задуманное до конца, мне бы не хотелось, чтобы Лешка и родители имели проблемы с моей квартирой. Я знаю, это жуткая тягомотина, кучу документов надо собрать, чтобы доказать, что ты имеешь право наследовать и других наследников нет. И ждать шесть месяцев, пока наследство откроется. Со счетами в сбербанке тоже морока начнется.

— А у тебя деньги в сбербанке лежат?

— Ну а где им еще лежать-то? Вон Лешкины гонорары лежали в Инкомбанке, теперь локти кусаем. Знаешь, что самое обидное? Он ведь в Инкомбанке счет открыл вовсе не потому, что там процент по вкладу выше. Ему держать деньги в сбербанке было в сто раз удобнее, потому что отделение в соседнем доме. Он открыл там валютный счет, чтобы зарубежные гонорары зачисляли, а денег все нет и нет. Он запросил Чикаго, ему оттуда должны были двадцать пять тысяч долларов перевести, а из Чикаго отвечают, что деньги давным-давно переведены, и копию платежки по факсу ему выслали. Лешка кинулся в сбербанк, платежку показывает, а там плечами пожимают, не знаем ничего, говорят, нужно искать. И что же ты думаешь? Проходит еще два месяца, звонят ему из Чикаго и сообщают, что деньги вернулись обратно. То есть какая-то сволочь в сбербанке эти деньги на Лешкин счет не зачислила, а крутила их почти полгода, заработала на этом, а потом на голубом глазу вернула обратно: дескать, не можем найти бенефициария. Чистяков мой плюнул на этот сбербанк и открыл счет в Инкомбанке. Так туда деньги на второй же день поступили. Теперь имеем результат. — Она вздохнула. — К коммерческим банкам стали бояться и близко

подходить. Откладываем, сколько можем, копим на уплату налогов. У Лешки свой счет, в Жуковском, у меня — свой, в Москве.

— А зачем два-то? — не понял Коротков.

— Чтобы деньги класть удобнее было. У кого время есть, тот и идет. И потом, у меня еще отдельный счет для оплаты коммунальных услуг. Знаешь, удобная штука для таких разгильдяев, как я. Открываешь счет, кладешь на него деньги и оставляешь поручение ежемесячно перечислять столько-то за квартиру, столько-то за телефон, столько-то за электричество. Я же вечно забываю вовремя платить. За квартиру-то еще ладно, там только пеня набегает, а телефон вообще отключить могут за неуплату. Помню, когда я счета эти открывала, там такая бумажка была, на которой можно было написать, кому завещаешь вклад. Я тогда глазами скользнула и про себя засмеялась, дескать, меня не касается. И не написала ничего. Дура была. Надо будет зайти узнать, как это оформить. И еще одна проблема у меня со сбербанком, я же там сейф арендую, Лешкины подарки храню. Ну, помнишь, браслет с изумрудами, серьги — короче, все, что он мне дарил. Если квартиру обворуют или пожар случится, хоть не так обидно будет. Если... ну, ты понимаешь, о чем я говорю, так вот, Лешка не сможет это забрать из сейфа просто так. Это все тоже нужно решать через завещание.

Коротков остановил машину возле тротуара и повернулся к Насте:

— Ты серьезно все это говоришь?

— Абсолютно.

— И тебе не стыдно?

— Почему мне должно быть стыдно?

— Потому что ты веришь в то, что Шутник до тебя доберется, а мы тебя не защитим.

— Но ведь он доберется, — спокойно возразила Настя. — Если на него не подействует то, что сегодня покажут по телевизору, то в скором времени мы будем иметь шестой труп. Тогда уж и мой не за горами. Чего ты остановился? Поехали.

— Нет уж, подруга дорогая, мы никуда не поедем, пока

не поговорим и не разберемся. Ты что, не веришь, что мы тебя убережем?

Настя слабо улыбнулась, погладила Короткова по плечу.

— Юрочка, в тебе сейчас говорит начальник, который не имеет права сомневаться в своих подчиненных и должен поддерживать в них уверенность и силу духа. Ты все делаешь правильно. Но меня-то не нужно обманывать, достаточно того, что я сама себя обманывала почти полтора месяца. И потом, вся эта история с завещанием не имеет прямого отношения к Шутнику и к твоей способности организовать мою защиту. Шутник — это только повод, толчок к тому, чтобы подумать о возможности смерти. Мне совсем не обязательно становиться седьмой жертвой этого ублюдка. Вполне достаточно попасть в автокатастрофу, получить удар током, отравиться плохими консервами или угодить к недобросовестному стоматологу и заразиться СПИДом. Каждый из нас может умереть в любой момент, Юра. Это неприятная мысль, мы гоним ее из сознания, потому что она делает нашу жизнь невыносимой и лишает ее перспективы, но оттого, что мы прогоняем мысль, само устройство жизни не меняется. Она такая, понимаешь? Человек — хрупкое создание, организм может оказаться разрушенным вследствие множества причин, такими нас создала природа, и никто из нас не имеет права быть уверенным, что доживет до глубокой старости. Почему считается, что думать о завещании приличествует не раньше лет семидесяти? А многие и в девяносто о нем не думают. Когда я поняла, что Шутник собирается меня убить, у меня словно глаза открылись. Я вдруг ясно представила себе, что действительно могу скоро умереть. Могу. Скоро. Умереть, — повторила она медленно, как будто прислушиваясь к своим словам. — С одной стороны, надо постараться это предотвратить. Но, с другой стороны, я должна сделать все возможное, чтобы моя смерть, если она все же случится, причинила моим близким как можно меньше хлопот и беспокойства. Идеально было бы еще купить место на кладбище или в колумбарии, чтобы Лешка с этим не колотился. Ты не знаешь, как это делается?

Коротков сидел с посеревшим лицом и ввалившимися

глазами. Он смотрел на Настю с таким ужасом, словно перед ним был оживший покойник.

— Ты что говоришь? — произнес он, с трудом подбирая слова. — Ты хоть слышишь сама себя?

— Слышу, Юрочка. У меня со слухом все в порядке.

— С головой у тебя не все в порядке! — взорвался он. — Ты что себя хоронишь? Совсем охренела?!

— Юра, — укоризненно протянула Настя, улыбаясь, — фу, как некрасиво, разговариваешь с дамой, к тому же со своей подчиненной, и употребляешь такие грубые слова.

— Я еще не такие слова употреблю, если ты не перестанешь дурака валять! Я тебя... Я тебя... — Он задыхался от ярости. — Я тебя в квартире запру и никуда не выпущу, пока мы Шутника не выловим, поняла?

— А он весь дом взорвет, ему-то что, — спокойно возразила она.

— Вокруг дома охрану выставим.

— Да ну? И кто же тебе это позволит? Я что, министр обороны? Президент страны? И потом, ты мог бы заметить, что наш Шутник — человек весьма целеустремленный и изобретательный. Знаешь, что он сделает в ответ на твою охрану? Он понаблюдает за домом, присмотрит подходящего человечка, познакомится с ним и попросит за вполне солидную плату пронести в подъезд сумочку. И такую песню при этом пропоет, что человек ничего не заподозрит. Твоя хваленая охрана не сможет не пропустить в дом жильца. И досматривать сумки она тоже не будет. Вот и вся история. Все, Юра, хватит читать мне мораль на тему вечной жизни, поехали на работу.

Коротков завел двигатель и всю дорогу до Петровки угрюмо молчал.

УБИЙЦА

Вторым путем, позволяющим избежать той смерти, которую я считал недостойной, была гибель от руки врага. Не как будто бы врага, которым может предстать и преступник, а самого настоящего врага, который пытается нанести ущерб моей Родине. Уж что-то, а любить свою Родину я умел. Этому научил меня отец, беззаветно преданный интересам своей (и моей!) страны и готовый служить ей до последней капли крови. Само слово «Родина» было для меня святым, а фраза «если Родина потребует» была отнюдь не пустым звуком.

С самого детства я слышал от отца о том, что наша страна — самая лучшая, самая справедливая, самая добрая и красивая, и я должен гордиться тем, что родился в ней и живу, и быть счастлив оттого, что мне судьба подарила возможность сделать хоть что-нибудь на благо своей Родины. И у меня не было ни малейших сомнений в словах отца. Бабушка, разумеется, этих взглядов не разделяла, но узнал я об этом только тогда, когда стал взрослым. В детстве же моем и в юности я ни разу не слыхал от нее ни одного слова о том, что страна, в которой мы живем, не так уж хороша и справедлива, как принято считать официальной моралью. Единственный раз, когда мне довелось ознакомиться с бабушкиным мнением на сей счет, был тот самый разговор с отцом, в котором она просила его сменить место службы, перебраться в Москву и быть поближе к сыну, то есть ко мне. Но беседа эта, во-первых, велась в кабинете с глазу на глаз с папой, и предполагалось, что я ничего не слышу, а во-вторых, не оставила во мне ни малейших впечатлений о бабушкиной антипатриотической позиции, потому что главным в этом подслушанном мною разговоре была информация об отце. Я узнал тогда, что мой папа вовсе не землекоп и не грузчик, а заслуженный ученый, занимающийся разработкой новых видов вооружения, и это наполнило мою десятилетнюю мальчишескую душу такой радостью и гордостью, что все остальное прошло мимо моего внимания. Бабушка, несмотря на сложный характер, была человеком, несомненно, мудрым и отчетливо понимала, что коль мне все-таки придется жить в этой стране, то не стоит вкладывать мне в голову мысли и чувства, которые помешают успешной адаптации к ненавистной старой дворянке действительности.

Адаптация и в самом деле была успешной, даже более чем. Я искренне любил свою Родину и всей душой хотел быть ей полезным. Несмотря ни на что, несмотря на смены власти и отмены старой системы моральных ценностей, несмотря на экономические и политические перипетии, которые явно ставили под сомнение идею о том, что «мы — самые». Как принято говорить у англичан: «My Motherland, right or wrong». Права она или не права, но это моя Родина. Я люблю ее и горжусь ею. И никакими экономическими и политическими потрясениями этого не искоренить и не поколебать.

Так вот, в свете вышесказанного я понял, что достойной смертью будет гибель от руки врага, посягнувшего на интересы моей Родины.

Афганистан к тому времени бесславно закончился, но начались вооруженные конфликты в «горячих точках». Уехать туда самовольно я не мог, ибо привитая бабушкой и отцом дисциплина, отточенная годами службы в военном ведомстве, этого не позволяла. Я обивал пороги и составлял бесчисленные докладные записки, из которых явствовало, что мне непременно нужно побывать в боевых условиях. Но явствовало это почему-то только для меня. Мне отказывали, объясняя, что я хорошо умею делать оружие, но не пользоваться им. На войне нужно пушечное мясо, а не специалисты-оборонщики, которым применение находится в мирное время. Этого мне, конечно, впрямую не говорили, но надо быть полным идиотом, чтобы не понять. Постепенно конфликты гасли, из мест, где можно было героически отдать жизнь в интересах Родины, остались только Чечня и Таджикистан. К тому же и само понятие «интересы Родины» как-то странно трансформировалось. Я мог бы закрыть на это глаза, оставаясь горячим и преданным патриотом, души не чаявшим в своей Отчизне, если бы не леденящие подробности гибели наших ребят. Меня могут убить из-за угла или похитить и подбросить через месяц с отрезанной головой и без гениталий. И никто никогда не сможет меня опознать, я упокоюсь в безвестности, а еще хуже — буду считаться сбежавшим на сторону противника. Такой ли смерти я жаждал? Нет, нет и нет.

Месяцы мучительных раздумий принесли свои плоды. Я придумал наконец, как уйти из жизни с соблюдением всех необходимых мне условий. Это должно быть красиво.

Это должно запомниться всем и не дать мне сгинуть в безвестности. Более того, это должно заставить людей задуматься о собственной смерти и подготовке к ней. Это должно случиться достаточно скоро, пока я еще относительно здоров и не превратился в зловонную беспомощную рухлядь. И наконец — самое главное — это должно случиться именем моей Родины, по ее воле и желанию. Только из ее рук я готов принять смерть. И только в этом случае смерть будет достойной.

ДОЦЕНКО

Пятой жертвой Шутника стала некая особа по имени Светлана Ястребова, двадцати пяти лет. Убийца вновь оставил рыбку с пупсиком и записку, но денег на похороны и на этот раз не оказалось. Впрочем, немудрено: Ястребова была замужем за очень состоятельным бизнесменом, уж на похороны средства, во всяком случае, нашлись бы. Похоже, Шутник покончил с неимущим классом и перешел к уничтожению людей далеко не бедных. Сначала старуха Фирсова, теперь жена бизнесмена.

— Слушай, а может быть, у него псевдокоммунистические идеи? — высказал предположение Сережа Зарубин. — Не должно быть ни бедных, ни богатых... Что-то в этом роде.

— Ну ты и сказал! — рассмеялся Доценко. — Даже самые коммунистические коммунисты до такого апофеоза не доходили.

— Но ведь он псих, — настаивал Зарубин. — Мало ли как у него в голове это могло преломиться. Что ты смеешься? Должна же быть какая-то логическая цепь. Трое бедных, двое богатых. Помнишь, в детстве была книжка Айзенка «Проверьте свои способности»? Там были всякие задачки, в том числе выстраивался ряд чисел или букв, и его нужно было продолжить. Тогда у нас получается два варианта. Или трое бедных и трое богатых, или трое бедных, двое богатых и один еще какой-то. Вот и надо придумать, какой именно.

Они медленно расхаживали по второму этажу дорогого

московского магазина «Бритиш хаус». Михаил договорился с Ириной о встрече перед входом в расположенный на Новом Арбате магазин, ко Дню милиции ему дали солидную премию, и у него была задумка начать покупать подарки к Новому году, пока есть деньги, а Ира должна была, по Мишиному замыслу, выступить в роли консультанта по части подарков, предназначенных женщинам. С Сережей Зарубиным Доценко встретился за час до свидания с Ирой, чтобы обсудить сведения, собранные по пятой потерпевшей, они вместе дошли до Нового Арбата и стояли в условленном месте, решив пообсуждать рабочие вопросы до прихода дамы. Однако Ира вовремя не появилась, встревоженный Доценко позвонил ей домой, и подошедшая к телефону Татьяна, принеся ему кучу извинений, объяснила, что Ира вышла из дома буквально четверть часа назад, поскольку она, Татьяна, задержалась, а Гришеньку нельзя оставлять одного.

— Мне ждать еще как минимум минут сорок, — объявил Доценко, вернувшись к Сергею, который на всякий случай оставался у входа в магазин, чтобы не пропустить Ирочку. — Ты как, пойдешь или со мной останешься?

— Останусь, — решительно ответил Сергей, — давай еще в деталях покопаемся. Только здесь холод собачий. Может, внутрь зайдем? А через сорок минут выйдем.

— Дело говоришь, — согласился Михаил.

Первый этаж магазина их не воодушевил, там продавалась одежда и обувь, дарить которые на Новый год в планы Доценко никак не входило. На втором этаже им показалось куда интереснее.

— Смотри-ка, какая штуковинка! — восхищенно присвистнул Сергей, крутя в руках маленькую деревянную грушу, источающую экзотический аромат. — Это для чего? Пахнет обалденно!

— Понятия не имею. Ну-ка дай глянуть.

Доценко протянул руку и взял у него деревянную ароматную вещицу. Поднеся ее к лицу, несколько раз вдохнул и блаженно улыбнулся.

— Да-а, пахнет — будь здоров. Девушка, — окликнул он продавщицу, — а это что такое?

Продавщица, давно уже вышедшая из того возраста,

при котором прилично называться «девушкой», снисходительно улыбнулась. На ее лице огромными буквами было написано все, что она думала по поводу таких вот покупателей, которые приходят в дорогой магазин неизвестно зачем, даже не представляя, что в нем продается.

— Это ароматические шарики для шкафов, — пояснила она, глядя в сторону, словно двое молодых людей были ей совершенно неинтересны, — кладете на полку, где лежит белье, и все пропитывается запахом.

— О-о! — воодушевился Михаил. — Это класс! Смотри, Серега, тут много всяких, наверное, запахи тоже разные. Хороший подарок, а?

Они с азартом сбежавших с уроков школьников принялись перебирать лежащие в больших корзинах деревяшки разных форм и калибров и изучать запахи.

— А вот этот понюхай...

— А этот классный какой...

— Вот этот — вообще...

Удовлетворенные одорологическими изысканиями, они двинулись дальше, туда, где на стендах была выставлена посуда. Гениальную мысль о «последовательном ряде: трое бедных — двое богатых — один еще какой-то» Зарубин высказал в тот самый драматический момент, когда Доценко разглядывал белые с бледно-зеленым выпуклым узором большие тарелки «под горячее».

— Умный ты, Серега, не по годам, — покачал головой Михаил, со всех сторон разглядывая тарелку, словно пытаясь увидеть на ней что-то необыкновенное. — Как ты думаешь, если я буду жениться, такой сервиз пойдет в качестве свадебного подарка?

— Смотря на ком жениться, — разумно уточнил Зарубин.

— На Ирке.

— Если на Ирке — то нормально, она хозяйственная, оценит.

— Заметано, куплю, когда время придет. Так вот, возвращаясь к нашему Шутнику, замечу вскользь, что во время наведения справок о пятой покойнице выплыл один любопытный факт. Светлана Ястребова на протяжении полугода лечилась в психиатрической клинике в связи с суицидальными попытками. И врач, который наблюдал ее после выписки, сказал мне не далее как сегодня, что усилиями медиков в процессе лечения у нее была блокирована способность причинить себе вред, а тем более лишить себя жизни. Но сама установка на то, чтобы не жить, так и не подверглась коррекции. Тебе на русский перевести?

— Не совсем же я тупой, — обиженно буркнул Зарубин. — Иными словами, жить она не хочет, а умереть не может. Правильно я понял?

— Я ж говорю, умный ты не по годам, — хмыкнул Доценко. — А знаешь, почему она жить не хотела?

Пока Доценко рассказывал Сергею горестную историю Светланы Ястребовой, они успели обозреть всю имеющуюся в наличии посуду и плавно перешли в секцию товаров для ванных комнат.

— Ты только глянь, Серега, какая мочалка! Не жить — не быть, чтоб такой мочалкой мыться. Ее в музей надо, а не в ванную вешать. Так вот, друг Серега, раскинул я своим мозгом и попробовал представить, как могло получиться, что приличная во всех отношениях дамочка Светлана Ястребова отправилась незнамо куда с неизвестным мужиком? При этом пьяной она не была, судебные медики ни малейших следов алкоголя не обнаружили. Ой, блин, ты посмотри, какие полотенца-то!

— Да погоди ты с полотенцами, — рассердился Зарубин, — давай о деле поговорим.

Доценко отложил полотенце и взялся за щетки на деревянных ручках.

— Дельные штуки, — одобрительно сказал он. — А ты — салага еще, вот когда надумаешь жениться, тогда меня поймешь. Я еще посмотрю, как ты будешь носиться по магазинам как ошпаренный. Вернемся к мадам. Почему она пошла с Шутником? Отвечай, холостяк.

— Потому что она была с ним знакома.

— Верно. А еще какие варианты?

Зарубин задумался, стараясь не глядеть по сторонам, ибо великолепное изобилие предметов домашнего обихода отвлекало его внимание и настырно соблазняло помечтать о приятном и несбыточном. Например, о собственном двухэтажном доме...

— А еще он должен был быть в курсе ее проблем. Он знал, как с ней разговаривать и о чем, и знал, что ей жить не хочется. Кстати, при этом совсем не обязательно, чтобы она его знала. Даже скорее всего он не был в числе ее знакомых, потому что иначе его легко вычислить. А он у нас гражданин осторожный, явных глупостей не делает.

— Я ж говорю, умен, — поддел его Доценко. — Правильно, мне тоже так показалось. А вот теперь тебе, Серега, самый главный вопрос: откуда он мог все это знать? Отвечай быстрее, по моим расчетам, Ирка через три минуты будет внизу.

— Тогда пошли, — вздохнул Зарубин. — Неудобно заставлять ее ждать.

— Отлыниваешь? Не знаешь ответа и поэтому вежливым прикидываешься? — не удержался и съехидничал Доценко.

Зарубин мельком взглянул на него и отвернулся. Они почти бегом спустились по эскалатору на первый этаж и выскочили на улицу. Ирина уже стояла возле входа и тревожно оглядывала текущую по улице толпу.

— Ириша, мы здесь! — окликнул ее Михаил.

Ира кинулась к нему и повисла на шее.

— Ой, как хорошо, Мишенька, а я боялась, что ты не дождался и ушел. Здравствуй, Сережа.

— Привет. Ну ладно, я пошел. А тебе, жених, на прощание скажу: Шутник знал про беду Ястребовой, потому что был там, где эта беда случилась. Трагедия произошла на глазах у большого числа людей, и далеко не всех из них Светлана знала лично. И еще, жених, прими от меня свадебный подарок: трагедия с сыном Ястребовой произошла в Испании, а в Испании говорят на том же языке, что и в Мексике. У них торговые связи, я так думаю, очень даже крепкие. Позвольте припасть к ручке, мадемуазель.

Ничего не понимающая Ира покорно протянула ему руку, которую Зарубин поцеловал не без некоторой элегантности. Сделав Михаилу ручкой, он повернулся и скрылся в толпе.

Доценко покачал головой, глядя ему вслед.

— Ну я ж говорю, умен не по годам.

ИРИНА

— Повтори, пожалуйста, еще раз, что было в записках, — попросила Ира.

— Зачем? — удивился Михаил.

— Ну пожалуйста, я прошу тебя.

— Все равно не понимаю. Ты что, следователь? Ириша, мы с тобой собирались заняться таким приятным делом, погулять по интересному магазину, выбрать подарки, а ты все портишь. Я только что с Сережкой два часа об этом разговаривал, а теперь ты хочешь...

— Я прошу тебя, — твердо повторила Ира.

— Ну ладно, — сдался Доценко.

Он вытащил блокнот, полистал его и процитировал ей тексты записок, оставленных Шутником возле трупов Казаряна, Фирсовой и Ястребовой.

— Ты удовлетворена? — сердито спросил он, пряча блокнот.

— Спасибо, — коротко ответила Ира.

— Теперь объясни, в чем дело.

Объясни... Разве она может объяснить? Он будет над ней смеяться, назовет доморощенным Шерлоком Холмсом или недоразвитой мисс Марпл. Именно так называли ее Стасов и Татьяна, когда прошлой зимой она дала волю своим страхам и подозрениям. Как они хохотали! Надо признаться, правда, что и сама Ира смеялась вместе с ними.

История и впрямь получилась забавной. Дни стояли для зимы слишком теплые, температура воздуха поднялась выше нулевой отметки, а топили в доме так, словно за окном было по меньшей мере минус пятьдесят. В квартире не продохнуть, а форточек в новеньких стеклопакетах почему-то не предусмотрели. Ира открыла настежь окно в кухне, где при включенной электроплите вообще невозможно было находиться, и хлопотала над обедом. Внезапно ее внимание привлекли громкие голоса, доносящиеся из квартиры соседа. Слышно было хорошо, видимо, сосед, с которым Ира еще не была знакома, тоже не выдержал жары и открыл окно.

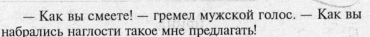

— Как вы смеете! — гремел мужской голос. — Как вы набрались наглости такое мне предлагать!

Ему отвечал другой голос, тоже мужской, но не такой звучный, и Ира не могла разобрать слов.

— Убирайтесь отсюда!.. Я вам запрещаю даже думать об этом!.. Мерзавец!

И снова в ответ журчали чьи-то неразборчивые слова. Потом все стихло буквально на несколько секунд, и вдруг раздался грохот, как будто тяжелое тело свалилось на пол безвольным мешком. Еще через несколько секунд хлопнула дверь и залился истошным лаем соседский дог.

Ире стало не по себе. Обтерев выпачканные мукой руки о фартук, она осторожно открыла дверь квартиры, выглянула на лестничную площадку и оцепенела от ужаса. От двери соседа до двери лифта тянулись следы крови. Свежей крови, не засохшей. Сердце заколотилось так, что мешало думать. Что случилось? Соседа убили? Или он сам убил своего гостя, посмевшего ему что-то такое страшное предложить? Или покалечил его, но не до смерти?

Не раздумывая, Ира подскочила к двери соседней квартиры, стараясь не наступить на кровь, и что было сил надавила на кнопку звонка. Собака продолжала лаять, но дверь ей не открыли. Она звонила еще и еще, думая, что, может быть, сосед только ранен, он сейчас соберется с силами и если не откроет, то хотя бы скажет, нужна ли ему помощь. Из-за громкого лая она, сколько ни силилась, не могла расслышать, есть ли в квартире еще кто-нибудь, кроме дога. Через десять минут безрезультатных попыток Ира вернулась к себе и в панике позвонила сначала Татьяне, потом Стасову, потом — на всякий случай — Насте.

— Случилось что-то страшное! — задыхаясь, кричала она в телефонную трубку. — Кто-то убил нашего соседа! У нас вся лестница в крови! Сделайте что-нибудь.

Первым примчался Стасов, его иномарка бегала быстрее, чем старенькие «Жигули» Короткова, который без долгих раздумий вызвался поехать вместе с Настей. Стасов, оставив Иру в квартире, на всякий случай позвонил в соседскую дверь. И к полному его изумлению, дверь открыли. Сосед стоял перед ним в старом спортивном кос-

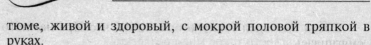

тюме, живой и здоровый, с мокрой половой тряпкой в руках.

— Вы насчет крови? — сразу спросил он. — Я сейчас вымою лестницу, вы не беспокойтесь.

Ира, не выдержав, подкралась к открытой двери и слушала затаив дыхание.

— Я не то чтобы беспокоюсь, — ответил Стасов, незаметно стараясь протиснуться подальше в квартиру соседа и оглядываясь, — но, знаете ли, вызывает тревогу, когда из квартиры раздаются крики, потом падает тело, а потом вся лестница в крови. Согласитесь...

Его тираду прервал оглушительный хохот. Сосед смеялся так, что даже тряпку выронил. Ире этот хохот казался зловещим эхом преисподней. «Он маньяк, — думала она, содрогаясь от ужаса, — он убил человека и теперь как ни в чем не бывало замывает кровь. И еще смеется! Ему весело! О господи, он сейчас еще Владика зарежет, а потом меня».

— Вас, простите, как величать? — спросил он, немного успокоившись.

— Владислав Николаевич.

— Душевно рад. А я — Андрей Тимофеевич. Дорогой Владислав Николаевич, я искренне приношу извинения за то, что своим несдержанным поведением побеспокоил вас. Ко мне, видите ли, явился некий молодой человек, который отчего-то решил, что глубоко мне обязан. Я действительно оказал ему помощь, но ничего выходящего за рамки обычного человеческого дружелюбия. Он, по-видимому, считает иначе и думает, что должен меня отблагодарить. И в виде такой вот благодарности он приволок мне привезенную с охоты часть лосиной туши, только что освежеванной. Заходит, понимаете ли, ко мне в дом, сваливает завернутый в полиэтилен мешок с мясом на кухонный стол и начинает рассказывать, как он мне благодарен и как много я для него сделал. И просит принять в знак вечной признательности окровавленное содержимое этого мешка. Конечно, я сорвался. А что, я очень громко кричал?

Стасов замялся — он ведь не слышал этих криков, но тут Ира высунула голову.

— Очень, — с вызовом произнесла она. — Это произвело довольно странное впечатление, надо вам сказать.

Сосед выглядел таким огорченным, что Ира немного смягчилась.

— Так я и вас потревожил? Сожалею, честное слово, я не думал, что у нас такая слышимость.

— А что у вас упало? — продолжала допытываться Ира, вошедшая во вкус допроса. — Похоже, как будто человек.

— Голубушка, лосиная туша весит больше, уверяю вас. Я, как вы сами видите, человек не хрупкий, физической силой не обделен, а тем более когда рассержусь. Я просто-напросто схватил этот мешок со стола, швырнул на пол и велел своему гостю убираться, пока я его не прибил. Да-да, признаюсь, — он снова оглушительно расхохотался, — угрожал, высказывал намерение. Но до дела не дошло. Он схватил свой мешок и поволок подобру-поздорову.

— А почему вы дверь не открыли, когда я звонила? Я потому и решила, что вас... — Она замялась. — Ну... что с вами что-то случилось.

— Я был уверен, что этот мерзавец вернулся с еще каким-нибудь подарком, потому и не открыл. Я ответил на ваши вопросы, голубушка?

— А кровь? — все еще подозрительно спросила Ира. — Кровь откуда?

— Дорогая моя, когда туша освежевана, из нее должна течь кровь. Так, знаете ли, природой устроено. Мешок-то изначально был в полиэтилене, а когда я его со злости на пол сбросил, полиэтилен развернулся, а мой гость так испугался, что почел за благо не тратить времени на обертывание и поволок свой трофей в мешке, сквозь который сочилась кровь.

Иру тогда покоробило это обращение «дорогая», но она быстро забыла о неприятном впечатлении, потому что выглядела в глазах и соседа, и Стасова чрезвычайно глупо, и мысли ее были заняты в основном этим. К тому моменту, когда подоспели Настя с Коротковым, ситуация полностью разъяснилась, а к приходу Татьяны все вместе с соседом уже сидели в квартире Стасова, весело подтрунивали над Ирочкой и пили чай с ее знаменитыми пирогами. Именно тогда и произошло знакомство их семьи с Андреем Тимофеевичем.

Впоследствии Ира прониклась к соседу симпатией и

уже не обращала внимания на ставшие привычными обращения «голубушка» или «дорогая». Ну привык человек так говорить — и ладно. Какая разница, в конце концов? Ничего обидного в этом нет, просто необычно немножко.

Теперь же она думала совсем по-другому. В том-то все и дело, что человек привык так говорить. Привык настолько, что сам себя не слышит и не замечает того, что говорит. И того, что пишет.

Держа Михаила под руку и болтая с ним о приятных пустяках, она какой-то частью сознания все время перебирала обрывки фраз, содержавшихся в записках, оставленных убийцей:

«Я приближаюсь к тебе, дорогая...»

«Как дела, дорогая?»

«Не кажется ли тебе, дорогая...»

Глава 18

КАМЕНСКАЯ

Пожалуй, впервые в жизни Настя вдруг начала смотреть по сторонам. Высокая вероятность близкой смерти пробудила в ней интерес к тому, что происходит за рамками привычной и любимой работы. «Меня не будет, — думала она, медленно шагая от здания на Петровке к станции метро «Чеховская», —а в киноконцертном зале «Пушкинский» по-прежнему будут проходить премьеры новых фильмов, и в казино каждый вечер будут приходить любители поиграть, и каждый день кто-то будет уходить отсюда разоренным, а кто-то — окрыленным неожиданной удачей. И магазин этот будет работать, в нем будут появляться все новые и новые товары, в него будут приходить все новые и новые покупатели. Только я этих товаров уже не увижу и не приду их покупать».

Она обращала внимание на автомобили, нарядно одетых людей, витрины киосков, и в ней просыпалась жажда увидеть и узнать то, чего она не видела и не знала, потому что еще вчера это было ей неинтересно. Что чувствует

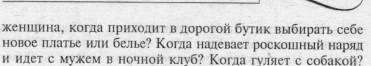
женщина, когда приходит в дорогой бутик выбирать себе новое платье или белье? Когда надевает роскошный наряд и идет с мужем в ночной клуб? Когда гуляет с собакой? Когда ездит на дачу и копается в земле?

«Мне тридцать восемь лет, — говорила она себе, трясясь в вагоне метро, — а что я видела в этой жизни? Школа, университет, служба. Кабинеты, трупы, лица потерпевших, свидетелей, преступников. Метро. Собственная квартира. С тем, что я, возможно, скоро умру, я уже примирилась, но ужасно жаль умирать, не увидев и не прочувствовав массы вещей, которые мне вполне доступны, но которые я всегда откладывала «на потом», потому что времени жалко. Конечно, отдохнуть на курортах Майами я уже не успею, да и не по деньгам, и в Лувр тоже не попаду, но все равно есть что-то, что еще можно успеть. Ну, например, посмотреть в театрах несколько хороших спектаклей».

Она не подозревала, что испытываемые ею чувства называются жаждой жизни, она лишь хотела хотя бы отчасти эту жажду утолить.

Придя домой, она деловито посмотрела на часы — до прихода Чистякова оставалось полчаса. Настя решительно открыла шкаф. Боже мой, сколько тряпок навезла ей мама из своих бесконечных зарубежных командировок! И из всего этого изобилия она использовала, кажется, только вот этот серый костюм, когда замуж выходила, да еще узкие черные брюки, тоже один раз надела. Все остальное так и висит невостребованным. Хоть успеть поносить...

Взгляд ее упал на заготовленные, но не использованные стройматериалы. Сколько еще они так пролежат? А потом Лешке придется маяться с ремонтом. Может быть, наплевать на принципы и попросить денег у брата? Тогда можно было бы быстро отремонтировать квартиру, чтобы не оставлять мужу после своей смерти еще и эти хлопоты. Что еще осталось? Надо бы сесть и подумать, какие дела следует привести в порядок или доделать до конца, чтобы они потом не повисли грузом на ее близких.

К приходу Чистякова Настя успела не только выбрать наряд, но и накраситься.

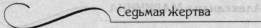

— Это что такое? — с ужасом спросил Алексей, замерев на пороге комнаты.

— Лешик, давай пойдем куда-нибудь поужинать, — попросила она.

— Почему?

Он закашлялся, болезненно наморщив нос.

— Я имею в виду: в честь чего?

— Просто так. Продуктов в холодильнике нет...

— Я принес, — прервал ее Алексей. — На рынок заезжал, купил еды на неделю.

— Я не хочу, чтобы ты сейчас начинал возиться с ужином. Ну пожалуйста, солнышко, давай сходим куда-нибудь.

Чистяков не торопясь снял куртку, достал из кармана очки и, надев их, стал пристально разглядывать жену.

— Что ты на меня так смотришь? Мне это не идет? — тревожно спросила Настя.

— Идет. Сидит хорошо.

— Тогда в чем дело?

— Это я тебя хочу спросить, в чем дело. Когда ты в нормальном состоянии, тебя в ресторан никаким калачом не заманишь, а уж о том, чтобы заставить тебя прилично одеться, и речи быть не может. Я смотрю, ты даже глаза накрасила.

— И губы, — добавила Настя.

— Вот я и хочу знать, что происходит. У нас с тобой какая-то годовщина, о которой я благополучно забыл?

— Нет.

— У тебя произошло какое-то событие, которое ты хочешь отметить?

Событие? Да, пожалуй. Разве изменение отношения к собственной жизни — это не событие? Происходит редко, да и то не с каждым. А тем более изменение отношения к собственной смерти. Но разве можно объяснить это Леше? Вообще-то можно, но нужно ли? Он испугается, начнет переживать, волноваться. С другой стороны, и не объяснять нельзя, если любишь человека, негоже держать его за болвана и играть втемную. Но, с третьей стороны, разговор этот серьезный и долгий, не затевать же его вот так, наспех, стоя на пороге.

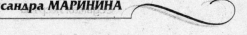

— Да, Лешенька, произошло одно событие, о котором мне хотелось бы тебе рассказать. Но не в двух словах. Пойдем куда-нибудь, и за ужином я тебе все объясню.

Чистяков вздохнул и опустился в кресло, скрестив руки.

— Асенька, я ценю твой порыв к выходу в свет, но, честное слово, давай отложим до другого раза. Во-первых, у меня нет настроения. Во-вторых, я сегодня вечером жду звонков как минимум от трех человек, я с ними уже договорился и обещал, что буду дома. Это деловые звонки, и я не могу ими пренебречь.

Глаза у Насти потухли, плечи опустились. Конечно, это надо было предвидеть, разве Лешка обязан подстраиваться под ее непредсказуемые порывы? Не только она устает на работе, другие люди тоже не баклуши бьют. Как жаль... Ну что ж, завтра тоже не поздно, Шутнику еще предстоит найти и убить свою шестую жертву. Если он не передумает, посмотрев сегодняшние выпуски новостей.

— Ладно, — вяло произнесла она, — не сегодня — так не сегодня. Пойду смою косметику.

Настя стянула с себя темно-зеленый шелковый костюм с длинной юбкой и ушла в ванную. Включив воду, она хотела только умыть лицо, но передумала и встала под душ. Она с остервенением терла лицо маленькой круглой губкой, смоченной специальным гелем, и думала о том, что, коль ей все-таки предстоит умереть, хоть скоро, хоть не скоро, как бы сделать так, чтобы как можно меньше переполошить родных и друзей. Вот первый же вопрос: если она хочет изменить образ жизни в ближайшие несколько дней, можно ли это сделать, не ставя в известность Алексея о своих траурных планах? Ответ очевиден: нет, нельзя. Лешка не идиот и вообще человек дотошный, он никогда ничего не станет делать, не понимая, зачем это нужно. Придумать какое-нибудь правдоподобное вранье? Можно попытаться и скроить историю, но прилично ли обманывать мужа в таких серьезных вещах? И потом, Лешка все равно догадается, он проницательный и тонкий, он знает свою жену как облупленную, недаром же они вместе вот уже... Да, двадцать три года. За двадцать три года даже полный придурок изучит характер и привычки близкого чело-

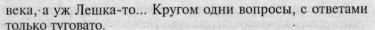

века, а уж Лешка-то... Кругом одни вопросы, с ответами только туговато.

Сквозь шум льющейся воды она услышала, как зазвонил телефон. И буквально через полминуты — еще раз. Наверное, это те звонки, которых Чистяков ждал, подумала она. Обидно, знать бы, что позвонят прямо сейчас, можно было бы не раздеваться и не умываться и все-таки попытаться вытащить мужа на ужин. И чего ей так приспичило идти в ресторан ужинать? Собственно, Настя знала, почему эта идея назойливо лезла ей в голову. Много раз она слышала, как люди, не желая возиться с приготовлением еды, идут в ресторан в самые обычные будние дни, а вовсе не по праздникам и не по случаю торжественных событий. Ей казалось, что эти разговоры и эти люди из какой-то другой жизни, не московской, не российской и уж точно не из жизни государственных служащих, каковыми являлись и она, и ее муж. Ее удел — жизнь в режиме жесткой экономии, особенно после того, как сложилась эта чудовищная ситуация с пропавшими гонорарами и необходимостью платить за них налоги. Но так вдруг захотелось попробовать хотя бы один вечер прожить такой жизнью! Просто из любопытства.

Вытеревшись насухо большим махровым полотенцем, Настя закуталась в теплый халат и вышла в комнату. Чистяков сидел в кресле перед включенным телевизором и слушал новости. Вернее, ей сначала так показалось. Потому что уже через секунду она поняла, что Лешка ничего не слышит. Он сидел с мертвенно-белым лицом и смотрел куда-то в угол.

— Что случилось? — обеспокоенно спросила она. — Плохие новости?

Алексей вздрогнул, перевел глаза на нее и нажал на пульте кнопку, выключая телевизор.

— Ты могла бы мне сказать, — произнес он негромко.

— О чем?

— О выступлении по телевидению. Или ты считаешь нормальным, что я узнаю об этом от совершенно посторонних людей? Мне позвонили двое — двое! — и сказали, чтобы я срочно включил телевизор, потому что там говорят что-то про мою жену. Я включил и как раз успел по-

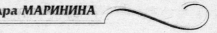

слушать твое обращение. Но ты почему-то не сочла нужным поставить меня в известность.

— Леша, я...

— Что — Леша? — Он повысил голос. — Вся твоя служба проходила на моих глазах, ты работаешь в уголовном розыске больше десяти лет, и за все эти годы ты ни разу не обращалась по телевизору к преступнику, которого ищешь. Какой вывод я должен сделать из этого?

— Лешенька, только не делай поспешных выводов, — как можно спокойнее сказала Настя. — Обращение по телевидению — это мое ноу-хау, попытка внедрения новых технологий в работу по поимке преступника, не более того. Если ты хочешь сказать...

— Да, — загремел Чистяков, — именно это я и хочу сказать! Ты говоришь об убийце, который уже угробил пять человек и собирается порешить еще двоих, а после этого надеваешь нарядное платье, красишь глаза и просишь сводить тебя в ресторан. Я что, по-твоему, дегенерат безмозглый? Меня можно как слепоглухонемого барана на веревке водить? Я твой муж и имею право знать, что происходит.

Она присела на подлокотник кресла рядом с Алексеем в надежде на то, что он ее обнимет, как это бывало всегда, но Чистяков слегка отстранился.

— Ты так кричишь... — начала она.

— Извини, — буркнул он, понижая голос, — но согласись, ты это заслужила.

— Не перебивай меня. Ты так кричишь, что мне совершенно понятно: ты и без моих объяснений знаешь, что происходит. Лешенька, ты же умница, неужели ты не понимаешь, что мне трудно говорить об этом. Трудно, больно и страшно. Я не могу заставить себя произнести все нужные слова, потому что не хочу тебя пугать напрасно. Может быть, все обойдется, а ты испереживаешься и наживешь себе лишние седые волосы. Раз уж ты и без моих слов все понял, так не заставляй меня говорить об этом вслух.

Чистяков некоторое время помолчал, словно обдумывая услышанное. Наконец он слегка сдвинулся в сторону Насти и обнял ее. Она поняла, что мир восстановлен.

— Из чего ты сделала вывод, что он собирается убить тебя? — спросил он совершенно будничным тоном, как если бы спрашивал, с чего это она взяла, что у них есть сливочное масло, которое кончилось еще два дня назад.

— Я посмотрела фильм, на который он мне делал намеки, и в этом фильме маньяк убивает шестерых человек, олицетворяющих шесть смертных грехов, а потом провоцирует полицейского на собственное убийство, потому что сам он носитель седьмого греха.

— И что? Почему ты решила, что это имеет отношение к твоей смерти?

Он говорил по-прежнему спокойно и деловито, точно так же, Настя это слышала неоднократно, он разговаривал с аспирантами, которые приезжали к нему получать замечания по своим диссертациям. Она поняла, что Чистяков отбросил эмоции и приступил к нормальному обсуждению проблемы, отгородившись от тягостной мысли о том, что речь, собственно говоря, идет о возможной смерти его жены. Настя всегда ценила в нем это качество, которого сама была лишена: в критический момент сохранять полное хладнокровие и способность к здравому логическому осмыслению задачи. Соскользнув с подлокотника кресла, она пересела на диван и повернулась так, чтобы ей было видно лицо мужа.

— Понимаешь, Лешик, этот человек — мы называем его Шутником — каждый раз оставляет рядом с трупом керамическую рыбку с пластмассовым пупсиком, засунутым ей в рот. Я хотела сказать, в пасть, — поправилась она. — Я долго не могла понять, зачем он это делает и что эта рыбка означает, пока Ирочка Милованова не вспомнила, что это один из любимых образов Босха. Мы все равно ничего не поняли: при чем тут Босх? Но запомнили. А тут мне в руки попал американский фильм «Семь», и я...

— Я понял, — перебил ее Алексей, — я видел этот фильм, тебе же его Саша с Дашей подарили. Ты имеешь в виду оформление коробки?

— Ну да, — горячо заговорила Настя, — и оформление коробки, и само содержание фильма. На коробке — картина Босха, то есть своими рыбками он пытался привлечь мое внимание к фильму.

— Сомнительно, — покачал головой Леша, — откуда он

мог быть уверен, что ты поймешь такой сложный ход? Ты должна, во-первых, догадаться, что рыбка с человечком имеют отношение к Босху. Во-вторых, ты должна хотя бы подержать в руках эту кассету, а этого никто гарантировать не может. Может быть, ты не поклонница такого жанра и вообще подобные фильмы не смотришь никогда. А может быть, у тебя нет видеомагнитофона, и ты не проявляешь интереса к видеокассетам. В-третьих, ты должна обратить внимание на оформление коробки и понять, что там тоже присутствует отсылка к Босху. В-четвертых, ты должна додуматься посмотреть сам фильм. И в-пятых, посмотрев фильм, ты должна правильно его интерпретировать. Не слишком ли много допущений, Асенька? Человек, который хочет каким-то образом управлять твоим поведением, должен быть уверен, что ты услышишь команду. А в этой схеме достаточно много препятствий, из-за которых команда может не дойти до тебя. Ты чего-то не додумала. Или что-то не так поняла. Давай попробуем разобраться спокойно.

Настя опустила голову и задумалась. А ведь он прав, слишком много допущений. Для того чтобы с ними согласиться, нужно сделать еще несколько допущений, совсем уж невероятных. Преступник должен позаботиться о том, чтобы хоть кто-нибудь из Настиного окружения знал творчество Босха и имел возможность обсуждать убийства, совершаемые Шутником. Нужно сделать так, чтобы у Насти в руках гарантированно оказалась кассета, то есть иметь хоть какой-то подход к Саше или Дашеньке. Уж больно сложно, так не бывает. Если признать, что все именно так и было, то нужно идти дальше и признавать, что Шутник — человек из ее окружения, человек, знакомый и с Ирочкой, и с семьей Саши Каменского. И, вероятно, с самой Настей тоже. Приятный вывод, ничего не скажешь.

— Леша, но это ведь не может быть кто-то из наших знакомых, правда? — спросила она, удивляясь тому, что голос ее звучит отчего-то жалобно.

— Почему не может? — усмехнулся Чистяков. — Разве наши с тобой знакомые какие-то особенные? Ты мне тысячу раз втолковывала, что преступники точно такие же люди, как и все остальные, они ходят в те же школы, читают те же книжки, смотрят те же фильмы по телевизору, покупают газеты в тех же киосках, а хлеб и сахар — в тех же магазинах, что и мы, у них точно так же болит голова, и они, как и мы, ходят в аптеки за анальгином. Твои слова?

— Мои, — согласилась она.

— Но если преступники такие же, как и все остальные, то почему они не могут оказаться среди наших с тобой знакомых? С точки зрения теории вероятностей — могут, и с точки зрения статистики — тоже могут. Ничто этому не противоречит. Другое дело, что тебе противно так думать. Но это отнюдь не означает, что сама мысль неправильна. Но мне, честно признаться, по душе другая логика.

— А именно? — с надеждой спросила Настя.

— Мне больше нравится думать, что твой Шутник — не из нашего с тобой окружения. А это неизбежно означает, что все допущения неправомерны. Ну а коль так, стало быть, твои умопостроения неправильны. Он вовсе не собирается тебя убивать. И никакое кино он в виду не имел.

Настя улыбнулась, ей вдруг стало спокойно и уютно. Какое счастье, что судьба подарила ей Лешку! Такого надежного, такого уверенного, за которого можно спрятаться, как за каменную стену, и ни о чем не беспокоиться. Что это она себе понапридумывала? Если случится это, если то, если другое, третье... Не бывает так много «если» у серьезных людей, а Шутник — человек, несомненно, серьезный. Не мог он полагаться на такое количество случайностей и совпадений, а это означает, что он и в самом деле не собирается ее убивать. И почему у нее мозги так по-дурацки устроены? То отталкивают страшные мысли, то вдруг бросаются в другую крайность и начинают придумывать кошмары один ужаснее другого. Нет бы им работать в режиме золотой середины, хладнокровно и размеренно, как у Лешки. Отличные у него мозги, не за просто так, не за красивые глаза он все свои ученые звания получил.

— Леш, пойдем чаю выпьем, а?

— Так отчего же-с только чаю? — шутливо ответил он, вставая с кресла. — Я там много чего принес. Но ты все

это получишь только в том случае, если отменишь собственные похороны.

Она собралась сказать что-нибудь веселое в ответ, но не успела. Истошно заверещал дверной звонок. Кто-то давил на кнопку, не отнимая пальца. Алексей вопросительно глянул на Настю:

— Мы кого-то ждем?

— Я — нет, — быстро сказала она.

Чистяков пошел открывать.

— Аська дома? — послышался знакомый голос.

В квартиру ввалился запыхавшийся Селуянов.

— Ну и реакция у этого типа! — с трудом переводя дыхание, сказал он. — В семичасовом выпуске в первый раз показали твое обращение, а в десять мы уже получили шестой труп.

Ноги у нее подогнулись, и Настя безвольно опустилась обратно на диван.

— Как?.. Уже?.. — только и смогла она выдавить.

— Ага, уже. Профессор, будь другом, налей водички, а то помру на ходу. У вас лифт не работает, ножками пришлось вверх бежать. Я чего примчался-то? Труп он нам устроил тут неподалеку, на Байкальской улице. Спасибо, профессор. — Он буквально вырвал из рук Чистякова стакан и залпом осушил его. — При трупе записочка, ее эксперты тут же захапали, но я переписал для тебя. На, почитай.

Николай протянул Насте листок бумаги, исписанный его крупным, с сильным наклоном почерком.

— Целое послание. Чего-то он разошелся сегодня, глянь, сколько понаписал. Сегодня он вообще в ударе, и рыбка, и пупсик, и денежки на похороны — весь джентльменский набор.

Настя уткнулась в записку.

«Ты умна и проницательна, это бесспорно. Ты не тщеславна, это меня радует. Мне нравится иметь с тобой дело, дорогая. В следующий раз я подойду к тебе еще ближе. Это твой последний шанс заглянуть в мои глаза. Хватит ли у тебя интеллектуальных способностей, чтобы не упустить его? Постарайся, дорогая, иначе тебе придется пожалеть».

— И как тебе это нравится? — спросил Селуянов, который уже успел отдышаться.

— Ну-ка дай сюда.

Чистяков взял у Насти записку и пробежал глазами.

— Нам не нравится, — сухо сказал он.

— Погоди, Леша, — остановила его Настя. — Кто потерпевший на этот раз?

— Даун.

— Кто-кто?

— Парень с болезнью Дауна. Двадцать шесть лет, жил с хронически больной матерью, которая сначала отдала его в специнтернат, а когда мальчишка подрос, не стала устраивать его в дом инвалидов. Почему-то ей хотелось, чтобы он жил вместе с ней. Кстати, она спокойно восприняла его смерть.

— Почему? — удивился Чистяков. — Она до такой степени сумасшедшая и не понимает происходящего?

— Да нет, она вообще не сумасшедшая, — пояснил Селуянов, — у нее хронические заболевания сердца, почек и еще чего-то. Просто люди с болезнью Дауна долго не живут, даже двадцать шесть лет — это очень много для них. Мать давно готова была к тому, что сын в любой момент мог умереть. Вот и умер. Я даже думаю, что она испытала некоторое облегчение, она и так вся насквозь больная, а ей еще за сыном ухаживать. Где силы-то взять? Ладно, люди, я побежал обратно, там Ольшанский рвет и мечет, процессом руководит. С трудом уломал его отпустить меня на двадцать минут записку тебе отвезти. Завтра в пятнадцать ноль-ноль тебе велено явиться к нему.

— Завтра, между прочим, суббота, — недовольно заметил Алексей.

— А ему по фигу, — махнул рукой Селуянов. — Закройте за мной. Общий привет.

Ужинали молча, обменявшись за полчаса всего парой фраз типа «Подай соль, пожалуйста» или «У нас есть майонез?». Настя боялась начинать первой и терялась в догадках, почему Леша тоже ничего не говорит. Закончив ужин, она вымыла посуду, разложила принесенные мужем продукты в холодильнике и беспомощно посмотрела на Алексея.

— Пойдем спать? — осторожно произнесла она.

— Пойдем.

По-прежнему молча они разложили диван и постелили постель. Настя быстро скинула халат, скользнула под одеяло и вжалась в стенку, свернувшись клубочком. Через несколько минут из ванной вышел Алексей и тоже лег, выключив свет.

— Ася, я был не прав, — негромко сказал он.

— Я знаю, — еле слышно отозвалась она.

— Он выразил удовлетворение тем, что ты сказала по телевизору в своем обращении. Значит, ты поступаешь и думаешь так, как он того захотел.

— Да.

— Значит, ты правильно поняла намек на Босха и на кинофильм.

— Да, — повторила она.

— Значит, осталось только одно убийство, седьмое.

— Да, — в третий раз согласилась она.

— Седьмое, последнее.

— Да. Спокойной ночи, солнышко.

— И это кто-то, кто знает тебя.

— Да. Как ни грустно это признавать. Давай спать, пожалуйста.

УБИЙЦА

Решение было принято, но пока только теоретически. Открытым оставался вопрос: когда? У меня была работа, которую я любил и в которой сделал блестящую карьеру. Я был еще относительно здоров, по крайней мере никаких признаков того, что внезапно меня может сразить тяжелый недуг, не наблюдалось. Оставались непредвиденные случайности, не зависящие от состояния здоровья, но они могли произойти в любой момент, и это был тот минус, который мне пришлось сравнивать по весомости с двумя имевшимися плюсами. Первый — работа, которая давала мне радость и которая нужна была моей Родине. Второй — сын от первого брака, в отношении которого у меня еще теплилась надежда. Конечно, я упустил его воспитание в первые годы жизни, но, возможно, не все еще потеряно, и

я смогу сделать из него наследника традиций рода Даниле-вичей-Лисовских-Эссенов.

Мальчик, как мне показалось вначале, подавал надеж-ды, и это даже наполняло меня гордостью. Кровь нашего рода давала себя знать, несмотря на неправильное воспи-тание, точнее, отсутствие такового, со стороны моей пер-вой жены. Она сама так и осталась полуграмотной легко-мысленной дурочкой, и я не без оснований опасался, что на Александре скажется ее дурное влияние. Однако сын при первой после длительного перерыва встрече мне по-нравился, он был увлечен идеей, у него был вполне сфор-мировавшийся стойкий интерес, и при таких отличных за-датках из него мог получиться превосходный специалист, уникальный и широко известный, за которого мне не было бы стыдно перед предками. Правда, Александр наотрез от-казался начинать раннюю специализацию и переходить в школу с биологическим уклоном, и это меня огорчило, но надежда не покидала меня. В конце концов, я тоже закон-чил не физико-математическую школу, а языковую, с уг-лубленным изучением немецкого и со вторым иностран-ным языком, но это ведь не помешало мне с первой попытки поступить в технический вуз и с блеском окончить его.

Я строго контролировал развитие сына, проверял его успехи не столько в учебе, сколько в избранной специаль-ности, и на протяжении нескольких лет мне казалось, что все должно получиться. Тем не менее, несмотря на все приложенные мною усилия, Александр не захотел продол-жать образование и даже не попытался поступить в вуз. Он ушел служить в армию, а я набрался терпения и ждал его возвращения. Я был уверен, что армия научит его уму-ра-зуму и выбьет из головы дурь, он придет домой повзрос-левшим и осознает необходимость учиться. Два года на-прасных и глупых иллюзий... Сын вернулся действительно повзрослевшим, но это выражалось лишь в том, что он на-учился разговаривать резко и грубо. Очень скоро я понял, что мне не удастся его переломить, он такой же умственно ленивый, как и его мать, и так же, как она сама, не испы-тывает интереса к систематизированным глубоким знани-ям и к собственной карьере.

Разочарование было болезненным, на сына потрачены годы и усилия, которые не дали результата. Если бы я мог это предвидеть, я не стал бы возлагать на него столько надежд, вместо этого я попробовал бы найти себе еще одну жену, которая родила бы мне ребенка, и уж этого ребенка я никому не отдал бы на воспитание. Но я снова ошибся...

Возвращение Александра из армии и мой разрыв с ним совпали по времени со свертыванием научных исследований в области новых технологий. Конверсия коснулась не только оборонного производства, но и научных разработок. Мою лабораторию сначала сократили на тридцать процентов, потом еще на пятьдесят, потом вовсе закрыли. Я, со всеми своими знаниями и опытом, оказался не нужен своей Родине, а ведь я так любил ее и продолжал любить.

Сначала я даже не осознал масштабов катастрофы. Трудности казались мне временными и несерьезными, но чем дальше — тем больше я убеждался, что мое научное направление закрывается за ненадобностью и нет ни малейших перспектив на его возрождение. «Ну и что, — уговаривал я себя, — можно сменить специальность, можно найти себе применение, чтобы это шло на благо Родины». Но со сменой специальности все оказалось не так просто, как я думал вначале. Наука сокращалась всюду, и те, кому удалось уцепиться и остаться, вовсе не жаждали уступать свое место мне. И потом, у меня была научная гордость. В своей отрасли я достиг больших высот, я составил себе имя, признанное не только в нашей стране, и что же теперь, я должен отказаться от всего этого только ради куска хлеба? Или начать интриговать, задействовать связи и знакомства, чтобы выбить себе место, равное тому, которое я потерял? Или согласиться на должность младшего научного сотрудника? Все эти варианты недостойны представителя нашего рода. И кроме того, я совершенно не умел и не хотел делать то, что мне неинтересно.

Деньги у меня были, и немалые, поэтому о проблеме куска хлеба можно было не задумываться. Задумался я о другом. К чему я пришел? Научная карьера оборвалась, и нет никаких шансов на ее возобновление без того, чтобы поступиться своими принципами. Родине я оказался не нужен, но она в этом не виновата. Просто так сложилось. Теперь я не смогу окончить свои дни в ранге достойного продолжателя традиций рода Лисовских. И я не смог сде-

лать ничего для того, чтобы мои потомки с честью поддержали эти традиции. Сын не удался, а сегодня начинать все сначала, подыскивать жену и растить еще одного ребенка уже поздно. Пока он вырастет, я состарюсь, не успев вовремя уйти, и тогда меня подстережет та самая недостойная смерть, которую я так хочу обмануть.

Прошел почти год, прежде чем я со всей ясностью осознал: уже пора. Ждать больше нечего, нужно заниматься подготовкой своей смерти.

Что такое смерть? Как она выглядит? Что она означает? Эти вопросы долгое время казались мне, воспитанному в строго материалистическом духе, праздными и никчемными. Но многие годы и огромный опыт работы с техникой подсказывали, что вдолбленное нам материалистическое учение — не более чем миф, который не может объяснить огромное множество явлений, но который, сталкиваясь с непонятным и необъяснимым, возводит это в ранг либо научной и экспериментальной ошибки, либо строго секретных сведений, закрытых многочисленными грифами. Мысль о неизбежности смерти сформировалась в моем сознании раньше, чем вопрос о том, а что же такое, в сущности, смерть. Но поскольку вопрос возник, я должен был получить на него ответ, прежде чем приступать к выполнению принятого решения.

Я обложился литературой и углубился в изучение предмета. Я читал работы Лаврина и Уотсона, Доброхотовой и Моуди, Ландсберга и Файе. С удивлением и удовлетворением я понял, что не одинок в своих воззрениях и опасениях. Особенно меня порадовал следующий пассаж:

«Когда вы собираетесь совершить путешествие, вы обязательно планируете его, проверяете, все ли в порядке с билетами и жильем, есть ли у вас подходящая для путешествия одежда. По иронии судьбы, большинство людей совершенно не готовится к самому важному и неизбежному путешествию в жизни — к смерти. Отсутствие такого рода подготовки, в основе чего лежит страх смерти, характерно для большинства людей западной цивилизации. В восточных и африканских культурах, где смерти предшествует тщательная подготовка и существует школа умирания,

дающая возможность узнать, чего ждать, люди не знают танатофобии».

Что ж, я был прав, мысль о том, что уход из жизни нельзя пускать на самотек, имеет множество приверженцев. Но число их — песчинка в пустыне по сравнению с теми, кто панически и неосознанно боится смерти и потому не желает ни думать о ней, ни тем более готовиться к встрече с кончиной. Из всего прочитанного наибольшее впечатление произвел на меня пересказ тибетской «Книги мертвых». Я понял, что смерть «не более чем мгновение в бесконечном потоке опыта от «до рождения» к «после смерти» и что, если сохранять спокойное и ясное состояние ума во время умирания, опыт смерти может оказаться духовным и освобождающим, а печаль друзей и близких людей затрудняет умирание, затягивая уход души и мешая духовному освобождению».

Таким образом, для правильного ухода из жизни мне необходимо было соблюсти три условия.

Первое: я должен был обучиться науке «осознанной смерти», по Гоулду, чтобы суметь продержаться в сознании в течение всего процесса смерти-перехода-возрождения. Если следовать этому учению, то под возрождением надо понимать возникновение сознания заново на более высоком уровне существования. Во время «перехода» интеллект подвергается разложению, и необходимо иметь глубокую подготовку, чтобы не оказаться ошеломленным и бессознательно перенесенным в новое рождение. Гоулд полагал, что именно различия в уровне подготовки и объясняют, почему одни люди, побывавшие в состоянии клинической смерти, способны пережить некоторый опыт и потом о нем рассказать, а другие — нет. Я нашел труды Гоулда на английском и немецком и тщательнейшим образом проштудировал их, внимательно и дотошно изучая предлагаемые им методики такой подготовки.

Второе: чтобы я мог сохранить ясность ума в критический момент, смерть не должна быть неожиданной. Я должен точно знать время встречи с ней.

И третье: нужно избежать печали и скорби друзей и близких, собравшихся вокруг моего смертного одра. Или у моего гроба.

Выведя для себя эти три условия, я стал составлять план, который позволял бы их соблюсти. Наконец план был готов. Оставалось только подобрать исполнителей в этом спектакле и ждать подходящего момента.

КАМЕНСКАЯ

До самого утра Настя и Алексей старательно делали вид, что спят, стараясь поменьше вертеться, чтобы не разбудить другого. Около шести утра Чистяков все-таки уснул. Услышав его ровное дыхание, Настя осторожно выползла из-под одеяла, вытащила из шкафа очередной «ненадеванный» костюм и на цыпочках прокралась в кухню. Плотно закрыв двери в комнату и в кухню, она наспех выпила две чашки кофе, выкурила три сигареты, оделась, сделала макияж и, стараясь не шуметь в прихожей, вышла из дома.

В семь утра в субботу улицы были совсем пустынны. Дождь, моросивший весь вчерашний день, прекратился, облака понемногу рассеивались, и город напоминал еще до конца не проснувшегося ребенка, который засыпал весь в слезах, но поутру забыл о своем вчерашнем горе и, открыв глазенки, готовится улыбнуться всем своим опухшим от слез личиком. Настя шла пешком, плохо понимая, куда направляется, но зная, что должна дойти до метро.

«Вот этого со мной тоже никогда не было, — думала она, неторопливо шагая по улице, — ранним субботним утром я не сплю в своей постели и не бегу на работу в джинсах и кроссовках, а не спеша прогуливаюсь в приличной одежде и туфлях на каблуках. Как хорошо дышится после дождя, пока машин еще мало и они не успели окончательно отравить атмосферу! Кажется, я таким воздухом тысячу лет не дышала».

Возле нее притормозил черный устрашающего вида джип.

— Красавица, тебя не подвезти?

Настя повернула голову и увидела сидящих в джипе троих парней быкоподобного вида.

— Спасибо, пешочком дойду, — миролюбиво улыбнулась она.

— С работы, что ли, топаешь? — поинтересовался тот, который сидел за рулем.

— Да нет, для такой работы я уже старенькая, — засмеялась она. — Наоборот, на работу.

— Ну гляди, а то подвезем. Мы парни бравые, нам возраст не помеха. Может, телефончик оставишь?

Она отрицательно покачала головой, снова улыбнулась им и пошла вперед. Джип еще какое-то время медленно ехал рядом, парни пытались с ней заговорить, потом водитель на прощание пару раз нажал на клаксон и рванул вперед. «Ну надо же, — с усмешкой подумала Настя, — я, оказывается, еще могу привлекать чье-то внимание, когда прилично выгляжу».

В восемь утра Настя вышла из метро в центре Москвы, на станции «Площадь Революции», и неторопливо пошла через Красную площадь к Большому Москворецкому мосту. Перейдя мост, она свернула на Кадашевскую набережную, потом по Большому Каменному мосту вернулась на Кремлевскую набережную и побрела мимо Библиотеки имени Ленина к гостинице «Националь», потом по Тверской дошла до Пушкинской площади. Еще десять минут — и она окажется на Петровке, в здании, где работает. Но сегодня она туда не пойдет. Сегодня она просто гуляет, бессмысленно и бесцельно, гуляет именно ради того, чтобы гулять, идти куда-то, осознавая, что хорошо выглядишь, и порой ловя на себе заинтересованные мужские взгляды, о существовании которых она уже как-то подзабыла.

Ровно в девять она подошла к телефону-автомату и позвонила Ларцеву. Голос у Володи был сонным — видно, по выходным дням он не утруждал себя ранним подъемом.

— Я могу приехать? — спросила Настя.

— Угу, — невнятно промычал Ларцев. — Не спится тебе... Тебя с завтраком ждать?

— Жди, я буду через двадцать минут.

Когда Ларцев открыл ей дверь, он был еще в халате, но чисто выбрит и с влажными после душа волосами.

— Ну ты даешь! — охнул он, увидев Настю. — Я только-только в себя пришел от изумления, что ты в такую рань поднялась, а ты меня вообще в шок вгоняешь своим видом. Что это с тобой?

— Ты же психолог, — усмехнулась Настя, снимая теплый плащ с меховой отделкой, тоже когда-то привезенный матерью и бестолково провисевший на вешалке почти два года, — вот и ответь на свой вопрос.

— Когда женщина резко меняет внешний вид, это означает, что она готовится коренным образом изменить свое отношение к жизни, это всем известно.

— Вот я и готовлюсь. Где обещанный завтрак?

— Пошли на кухню. У нас сегодня самообслуживание, Надюшка уехала с классом на три дня на экскурсию по Золотому кольцу.

Давно уже она не пила кофе с таким наслаждением. Утренняя прогулка пробудила в Насте здоровый аппетит, а история с пассажирами джипа все еще вызывала у нее веселье.

— Ты представляешь, Володя, меня с утра пораньше попытались склеить трое юных амбалов, — сообщила она, закуривая.

— Я их понимаю, ты сегодня выглядишь на все сто. У тебя есть новости или будем работать со старым материалом?

— Есть шестой труп с рыбкой, деньгами на похороны и запиской. Ознакомьтесь, сэр. — Она протянула ему принесенную накануне Селуяновым записку.

Ларцев внимательно прочел записку и покачал головой.

— Все ясно, Настасья. Случай тяжелый, но спешу тебя обрадовать, это не патология. Он совершенно нормален. Мозги у него набекрень, что очевидно, мышление настолько своеобразное, что привычными стереотипами его не постичь. Но психических заболеваний, насколько я могу судить, там нет. И, кстати сказать, готовиться к изменениям тебе не нужно.

Настя вскинула голову и тревожно посмотрела на него.

— Что ты хочешь сказать?

— Только то, что сказал. Ты же мне в прошлый раз говорила, что собираешься стать седьмой жертвой этого придурка. Говорила?

— Ну да.

— Вот и успокойся. Он не собирается тебя убивать. У него и в мыслях этой глупости не было. Он гораздо умнее, хитрее и тоньше. Кто стал шестой жертвой?

— Юноша с болезнью Дауна.

— Возраст?

— Двадцать шесть.

— У-у, для такого диагноза он уже может считаться долгожителем, — покачал головой Ларцев. — Погоди, я за твоими бумагами схожу, буду в них поглядывать, чтобы в фамилиях и фактах не запутаться.

Он вышел из кухни и через минуту вернулся, держа в руках справку, подготовленную Настей.

— Смотри, что мы имеем. Первая жертва — Надежда Старостенко, никому не нужное спившееся существо, в прошлом красавица, балерина, кумир многих мужчин. Вторая жертва — ранее неоднократно судимый Геннадий Лукин, без определенного места жительства и без каких бы то ни было средств к существованию, больной, одинокий и опять же никому не нужный. Третья жертва — Валентин Казарян, обнищавший бывший мент, погнавшийся за феерическими доходами, а получивший шиш с маслом и по шее в придачу, живущий на скудную зарплату сторожа и опять-таки никому не нужный. Четвертая жертва — Серафима Фирсова, восьмидесяти восьми лет, старая, больная и снова никому не нужная. Пятая жертва — несчастная молодая женщина, красивая и благополучная в социальном плане, но пережившая страшную трагедию и мечтающая только о том, чтобы умереть. О ней, заметь себе, Настася, нельзя сказать, что она никому не нужна. У нее есть муж, есть родители, братья и сестры. И, наконец, шестая жертва — неизлечимо больной от рождения юноша, который не понимает кошмара своего существования, но превращающий в кошмар жизнь своих близких. У него есть родственники?

— Есть, мать. Немолодая и с кучей хронических заболеваний.

— Вот видишь, все одно к одному. От его смерти матери, глядя правде в глаза, одно облегчение.

— А как же быть с грехами? — спросила Настя. — Похоть, чревоугодие, гордыня, алчность — эти грехи он отработал. Что касается Ястребовой, то она демонстрирует собой грех праздности, то бишь лени. Не работает вот уже сколько лет, живет на деньги мужа. Я думала сначала, что лень — это мое, но, видимо, Шутник собирается вменить мне зависть. А скорее всего — гнев. Он меня уже до ручки довел, я в любой момент могу сорваться на истерику. Но какой грех у этого несчастного парня?

— Да при чем тут грехи?! Забудь ты о них. Ты мне поставила задачу нарисовать психологический портрет человека, который совершил пять... теперь уже шесть убийств. Для этого нужно понимать, на кого у него поднимается рука.

— На тех, кто грешит, — упрямо возразила Настя.

— Слушай! — Ларцев начал сердиться. — Не ты ли мне всегда твердила, что если хотя бы одно явление не укладывается в схему, то причина не в том, что явление неправильное, а в том, что схема неверна. Человек с болезнью Дауна не может согрешить по определению, потому что не понимает и не может понимать, что такое хорошо и что такое плохо. Раз среди жертв Шутника есть такой человек, значит, не в грехах дело.

— А в чем?

— В смерти, Настенька. Общее у этих людей — не их грехи, а тот единственный и неопровержимый факт, что они умерли. И будут похоронены достойным образом, а не брошены в моргах невостребованными. Твой Шутник зациклен на проблеме смерти. В своих преступлениях он рассматривает ее с разных сторон. Вот приличный во всех отношениях Казарян, но, если он умрет, никто о нем не заплачет и не даст денег на его похороны. Вот спившаяся Танцорка, у которой все в прошлом — и слава, и красота, и внимание мужчин, и богемная жизнь, впереди ее ничего не ждет, правда, у нее куча друзей-собутыльников и любовников, но кому нужна такая жизнь? Вот совсем уж никудышный Генка Лишай, его, как и приличного Казаряна, некому будет похоронить, и никто по нему не заплачет. Вот вполне достойная бабулька Фирсова, пусть и жадная, но не опустившаяся, но ведь и ее похоронить будет некому. Если она умрет, то сгниет в своей квартире, пока ее обнаружат. А вот совсем другой феномен — Светлана Ястребова, она хочет умереть, хочет добровольно уйти из жизни, а ей не дают, заставляют лечиться, подвергают гипнозу, то есть мешают сделать то, чего она хочет сама. Она имеет право самостоятельно решить свою судьбу, но никто за

ней этого права не признает. Справедливо ли это? И вот, наконец, парень с болезнью Дауна. Зачем ему жить? Он никому не приносит радости, наоборот, всем мешает, всем в тягость. Более того, он все равно не жилец. Может ли мать решить его судьбу? А он сам? Короче, твой Шутник своими убийствами предъявляет вам разные образцы ситуаций, связанных с уходом человека из жизни. Теперь понятно?

— Но зачем? Зачем он это делает?

— Ну, Настасьюшка, ты же смотрела кино, ты сама мне эту кассету принесла, а теперь вопросы задаешь.

— Но фильм про убийства за грехи...

— Да оставь ты их в покое, грехи эти! — закричал Ларцев, потом, смутившись, отвернулся. — Прости, я после ранения стал раздражительным, иногда срываюсь. Да, фильм про убийства за грехи, но в нем есть одна совершенно замечательная фраза, которую ты упустила. Собственно, ради этой фразы все и затевалось. Шутнику нужно было, чтобы ты ее услышала и поняла. А ты не услышала, все про грехи думала.

— Какая фраза?

— «Если ты хочешь, чтобы люди тебя услышали, недостаточно просто похлопать по плечу. Нужно стучать кувалдой».

Да, Настя помнила эту фразу, но действительно не придала ей значения. Ей тогда казалось важным совсем другое. Неужели Володя прав, и все дело вовсе не в грехах, а именно в этих словах?

— И что же люди должны услышать?

— Пока не знаю, у меня слишком мало информации, чтобы догадаться. В любом случае понятно, что Шутником овладела некая идея, которую он пытается нам всем растолковать таким вот страшным способом.

— Хорошо, я подумаю. А почему ты все-таки уверен, что я не стану следующей жертвой?

Ларцев рассмеялся:

— Настюша, у тебя мания величия! На кой черт ты ему сдалась? У него есть собственная проблема, и при помощи твоей смерти он эту проблему никак не решит.

— Но ведь он согласился с тем, что я правильно угадала ход его мыслей. Я сказала в своем выступлении по теле-

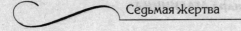

визору, что он собирается убить еще двоих, и он это признал. Ты же читал записку, — не сдавалась Настя.

— Читал, — согласился Ларцев. — И прочитал там только одно: он действительно собирается убить еще двоих, и на этом все закончится.

— Что закончится? — не поняла она.

— Все. Или ты его поймаешь, или нет. После седьмой жертвы он никого больше убивать не будет.

— Даже если я его не поймаю?

— Вот именно.

— Тогда я не понимаю!

Она в отчаянии обхватила руками голову и зажмурилась.

— Я не понимаю, почему он все это делает! Я не понимаю! Был бы он маньяком, который убивает до тех пор, пока до него не доберутся, это еще куда ни шло, это хоть понять можно. Но наметить себе семь убийств, чтобы кому-то что-то доказать, совершить их и остановиться, не будучи уверенным, что цель достигнута и что ему удалось доказать то, что он хотел, — я не понимаю этой логики. И ты мне после всего этого говоришь, что он нормальный?

— Абсолютно. Абсолютно нормальный. Настюша, все же очевидно, как божий день. Он хочет, чтобы его поймали. И чтобы это сделал не кто-нибудь, а именно ты. А если ты не сумеешь этого сделать, то он не хочет, чтобы его поймали. Или ты — или никто.

Глава 19

ИРИНА

Звонок Насти Каменской застал ее врасплох. В этот субботний полдень она, отправив Стасова с Татьяной и маленьким Гришенькой на долгую, до вечера, прогулку, готовилась к свиданию с Мишей Доценко.

После визита к фелинологу Саше Казакову вопрос о свадьбе обсуждался ими как дело давно решенное, Михаил вполне серьезно прикидывал, когда лучше идти в загс, чтобы бракосочетание попало на удобный день, ни в коем случае не на период Великого поста, а лучше всего — на

Красную горку. Ира со всем соглашалась, но окончательно поверить не решалась, хотя и чувствовала, что влюблена в Доценко как юная девочка. Они уже были близки, но сегодняшнее свидание, помимо интимных радостей, было запланировано Мишей как очередной этап в обсуждении даты свадьбы и, что самое главное, для психологической подготовки Ирины к знакомству с будущей свекровью. Это знакомство Доценко хотел приурочить ко дню рождения своей мамы, которое будет иметь место в начале декабря.

Разумеется, Ира не отнеслась к Насте как к помехе своей личной жизни, они были слишком давно и хорошо знакомы, чтобы стесняться друг друга, но все-таки неожиданное желание Насти заехать поговорить вызвало легкое недоумение. В субботу? В отсутствие Татьяны? Странно.

Вид Насти поразил ее до глубины души, Ира, как ни силилась, не могла припомнить, чтобы Настя так одевалась не по случаю торжественного выхода.

— Ты в гости собралась? — спросила она. — Или в театр?

— Нет, просто экспериментирую над собой, — уклончиво ответила Настя. — Когда Мишка придет?

— Мы договаривались — к обеду, часам к двум. А что, он тебе нужен?

— Пока не знаю, может быть, и нет. Ирочка, у меня к тебе вопрос, который может показаться странным, но поверь мне, это очень важно. Так что ты уж постарайся не отмахиваться, ладно?

— Господи, ты меня пугаешь! — всплеснула руками Ирина. — О чем таком страшном ты собираешься спросить? Погоди, прежде чем мы начнем разговаривать, скажи-ка, кофе тебе сварить?

— Сварить, — кивнула Настя, — и покрепче, а то я засыпаю на ходу. Всю ночь глаз не сомкнула.

Ира сварила кофе и, подав его в красивой изящной чашечке, уселась за стол напротив Насти, подперев рукой подбородок.

— Ну, теперь задавай свой страшный вопрос.

— Откуда ты так хорошо знаешь творчество Босха?

Ира оторопела. Она ожидала любого вопроса, только не этого.

— А при чем тут Босх?

— Ты сначала ответь, потом я тебе объясню.

— Ну... — Она замялась, но не от смущения, а от попытки сформулировать ответ как можно точнее и без лишних слов. — Я вообще люблю живопись, но традиционную: портреты, натюрморты. Всегда альбомы собирала, мне нравилось рассматривать репродукции. Когда в Питере жили, я постоянно в Русский музей бегала, в Эрмитаж. А тут мы с соседом разговорились, с Андреем Тимофеевичем, ты должна его помнить...

Настя молча кивнула.

— Заговорили о живописи, — продолжала Ирина, — он надо мной посмеялся, но так необидно, по-дружески, сказал, что у меня вкус неразвитый, и стал про Босха рассказывать. Знаешь, он так интересно рассказывал, я прямо заслушалась! И показал мне два альбома, подробно все объяснял по каждой картине. А недавно подарил мне альбом Босха.

— В связи с чем?

— Ни с чем. Просто так, взял и подарил. А что в этом такого? Это же альбом живописи, а не бриллианты.

— И давно это случилось?

— Нет, где-то в середине октября.

— То есть после телемоста?

Ира задумалась. Да, кажется, это было после той передачи. Точно, это произошло на следующий день после истории с рынком. Котофеич зашел к ней днем, принес завернутый в подарочную упаковку альбом и сказал, что живопись — лучшее лекарство от стрессов.

— Да, — уверенно ответила она, — после телемоста.

— Теперь второй вопрос. Ты помнишь моего брата Сашу Каменского?

— Конечно, — удивилась Ира. — А какая связь между Босхом и твоим братом? Я что-то не улавливаю.

— Погоди, Ириша, дай мне сначала задать все свои вопросы, потом я буду отвечать на твои. Ты много общаешься со своим соседом?

— Можно сказать, что много. Особенно в последнее время, после того как случилась эта история с телемостом. Он очень озаботился моей безопасностью и настаивал на

том, чтобы я была осторожной и при любой возможности пользовалась его помощью.

Настя нахмурилась:

— Помощью какого рода?

— Например, не открывала дверь посторонним. Он хотел, чтобы каждый раз, когда в дверь звонит кто-то чужой, я предварительно звонила ему по телефону. Ну и вообще... Настя, я не понимаю, что мы тут с тобой обсуждаем. Ты можешь говорить открытым текстом?

— Могу, только сначала еще один вопрос, последний. В разговорах с соседом никогда не всплывал намек на то, что он знаком с моим братом?

— Нет, — твердо ответила Ира. — Я бы обратила внимание. Это был последний вопрос, теперь объясняй, в чем дело.

Она очень старалась казаться спокойной и ничего не понимающей, но беспокойство, которое периодически грызло ее на протяжении последнего времени, становилось все сильнее. Вот теперь и Настя заговорила о Котофеиче. Неужели подозрения ее не беспочвенны?

— Видишь ли, — неуверенно начала Настя, — мы с этим Шутником совсем запутались, и в голову стали лезть всякие бредовые идеи. Мне ни в коем случае не хотелось бы бросать тень на уважаемого человека, поэтому я просто поделюсь с тобой некоторыми своими соображениями. Не принимай их за окончательное решение, хорошо?

— Хорошо.

— Так вот, в результате долгих размышлений я пришла к выводу, что преступник должен быть знаком одновременно и с тобой, и с моим братом. Или с его женой. Поэтому я пытаюсь найти такого человека. Что ты вообще знаешь о своем соседе?

— Он пенсионер, — быстро начала Ира, — вдовец, жена умерла два года назад, у него есть сын...

И запнулась. Собственно говоря, на этом ее информация о соседе была исчерпана. Только сейчас она сообразила, что даже фамилии его не знает.

— А чем он занимался до того, как вышел на пенсию?

— Я не знаю. Он сам не рассказывал, а я не спрашива-

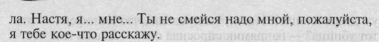

ла. Настя, я... мне... Ты не смейся надо мной, пожалуйста, я тебе кое-что расскажу.

— Да почему же я должна смеяться?

— Потому что ты уже смеялась, помнишь? Тогда, зимой, когда я вас всех переполошила насчет криков и крови. Вы все надо мной смеялись. Я давно хотела поговорить с Таней об этом, но мне казалось, что я полная дура и делаю из мухи слона. Но раз уж ты заговорила о Котофеиче, то я тоже скажу.

Она набралась храбрости и подробно рассказала обо всем, что ее тревожило. О странных отлучках соседа и явном вранье насчет рыбалки и охоты. О постоянно запертых дверях. О том, что он частенько не открывает дверь, хотя находится у себя в квартире. О том, что, бывало, недвусмысленно выпроваживал ее, когда ему кто-то звонил по телефону. О его непонятном, но назойливом стремлении быть в курсе всего, что связано с расследованием преступлений Шутника, о том, как он ловит каждое слово, сказанное Татьяной или Стасовым в этой связи, и ничего не упускает и не забывает. О том, как часто употребляет он обращение «дорогая». И даже о том, как он дважды солгал, сказав, что видел ту телепередачу, хотя Ира точно помнила, что его в этот момент не было дома.

— Ты уверена, что его не было дома? — строго спросила Настя. — Ира, я прошу тебя, не спеши с голословными утверждениями, это очень важно.

— Я уверена, — нетерпеливо повторила Ирочка, — потому что я тогда так разнервничалась, что мне необходимо было с кем-то поговорить об этом. Стасов на работе, Таня на телевидении, ты тоже там, тебе не позвонить, вот я и кинулась к соседу, хоть какая-то живая душа. Я звонила и в дверь, и по телефону. Не было его дома, это точно.

— Но ведь ты сама сказала, что он иногда сидит дома, а дверь не открывает, — возразила Настя.

— Дверь не открывает, но к телефону всегда подходит. А в тот раз он и к телефону не подходил. И потом, я слышала, как он вернулся. Это всегда слышно, потому что его собака громко лает от радости, когда хозяин возвращается. Она его слышит, когда Котофеич еще только в подъезд входит, и начинает лаять. Потом лифт подъезжает, а потом

уж дверь хлопает. Настя, ты думаешь, что Котофеич — это тот убийца? — напрямик спросила она. — Скажи мне честно, ведь ты так думаешь?

Ира сама не знала, какой ответ хотела бы услышать. С одной стороны, ей неприятно было думать, что она опять выглядит сверхподозрительной идиоткой, готовой в самых невинных поступках видеть проявления преступных намерений. Но, с другой стороны, признавать, что ее милый, такой славный, всегда готовый прийти на помощь сосед Котофеич — жестокий убийца...

Настя отодвинула чашку и устало оперлась лбом о руки.

— Я уже не знаю, что думать, Ириша. Я тыкаюсь в разных направлениях, как слепой котенок, я пытаюсь что-то сделать, но у меня ничего не получается, а люди гибнут один за другим. И я все время чувствую, что виновата в их смерти, потому что не могу поймать этого Шутника. А поймать я его не могу, потому что не могу его понять. Я бессильна перед его логикой, я не понимаю, чего он хочет. Сегодня с утра я была у психолога, которому показала все материалы о преступлениях Шутника. Знаешь, что он мне сказал? Что Шутник хочет, чтобы я его поймала. Но как я могу его поймать, если не понимаю смысла его действий? Мне приходится искать его традиционным способом, искать так, как все ищут убийц, — отрабатывать связи, отслеживать движение информации. И я это делаю, а сама все время чувствую, что делаю не то. Не то! Не так его надо искать. Впрочем, извини, я тебя гружу своими служебными проблемами, а ты в них вникать не обязана.

Она посмотрела на часы:

— Половина второго. В три я должна быть в прокуратуре, у следователя. Твой сосед сейчас дома?

— Не знаю. Можно позвонить ему...

— Давай зайдем к нему в гости. Если его нет, тогда я сразу поеду.

— Но ведь ты подозреваешь, что он убийца, — с ужасом произнесла Ира. — Как же ты пойдешь к нему домой?

— А что такого? — Настя улыбнулась и погасила сигарету. — Если он убийца, так к нему уж и в гости зайти нельзя? Он убийца только тогда, когда стреляет в человека,

а в остальное время он обычный сосед. Ты же бывала у него?

— Да...

— Ну вот, и ничего с тобой не случилось. Пошли, попробуем явочным порядком без предварительного звонка. Посмотрим, что получится.

Ире стало не по себе. Конечно, она много раз заходила к Котофеичу, но тогда он в ее глазах не был преступником, а это совсем другое дело. Впрочем, почему другое? Может быть, Настя права, если не знать, что человек — убийца, то с ним вполне можно общаться как с обычным человеком. У него же на лбу не написано... И все-таки ей хотелось, чтобы Котофеич сейчас не открыл дверь.

Но он был дома.

КАМЕНСКАЯ

Трепетная и обязательная Ирочка решила непременно оставить на дверях записку для Миши Доценко, если он придет, пока они будут находиться у соседа. Она схватила лист бумаги и принялась писать, а Настя вышла в прихожую и бодро сунула ноги в туфли. Боль оказалась такой резкой, что даже в глазах потемнело. Отвыкшая от узкой колодки и высокого каблука нога наотрез отказывалась снова втискиваться в модельную обувь. «Сама виновата, — сердито подумала Настя, — забыла старое правило: если с обувью проблемы, нельзя ее снимать, пока не дойдешь до дома. Потому что снимешь, дашь ноге отдохнуть и потом уже не наденешь. Ну и что теперь делать? Понятно что: терпеть».

— Ира, у вас в доме есть пластырь? — страдальческим голосом спросила она, с тоской разглядывая багрово-красную вспухшую пятку, чудесный цвет которой не могли скрыть даже колготки.

— Конечно.

Ирочка с готовностью полезла в аптечку, но Настя внезапно передумала:

— Погоди, пока не надо. Ну, ты готова? Написала послание своему ненаглядному?

— Да, пошли, — обреченно вздохнула Ира и тут же ис-

пуганно охнула, увидев, что Настя стоит босая, держа туфли в руке.

— Ты что, так и пойдешь?

— Так и пойду.

Прихватив с собой снятый с холодильника магнитный держатель в виде аппетитного кусочка сыра, Ирина открыла дверь и позвонила к соседу.

Андрей Тимофеевич открыл им сразу же. Стройный, подтянутый, с красивой сединой и аккуратно подстриженной бородой, он выглядел актером, играющим роли благородных отцов.

— Какие гости! — радушно воскликнул он, увидев Иру, но, заметив стоящую за ее спиной Настю, немного притушил улыбку. — Чему обязан? — сдержанно спросил он.

Настя незаметным движением отстранила Ирину и выступила вперед.

— Ради бога извините за беспокойство, у нас совершенно дурацкий вопрос. Вы не знаете, по какому телефону можно вызвать такси, чтобы машину дали не в течение часа, а побыстрее? — смущенным тоном произнесла она.

— Двести тридцать восемь — десять — ноль один, — не задумываясь ответил сосед. — Я всегда пользуюсь их услугами, они очень быстро дают машину, и вообще фирма надежная, приезжают без опозданий. Это «Московское такси». А что, у вас какие-то проблемы?

— Увы! — горестно сказала Настя, протягивая вперед туфли. — Я так стерла ноги, что не могу идти. Видите, что делается?

Сделав вид, что никогда прежде не слышала ни слова о хорошем воспитании, она приподняла ногу и продемонстрировала Андрею Тимофеевичу выразительные следы обувного изуверства.

— Вот это да! — протянул сосед. — А пластырь? Вам необходимо заклеить ноги пластырем.

— У меня нет с собой.

— А у вас, Ира? Неужели в доме нет пластыря?

Ирочка беспомощно развела руками, признавая свою аптечно-хозяйственную безалаберность.

— Присядьте, — не терпящим возражений тоном приказал сосед, — я сейчас поищу, у меня, кажется, должен быть. Проходите в комнату.

Пока Ира, выйдя на площадку, прикрепляла держателем адресованную Доценко записку, Настя быстро огляделась по сторонам. Да, похоже, Иришка не ошиблась, из просторной прихожей двери вели в три комнаты, и на двух из них отчетливо видны были врезанные замки. Только в одну из комнат дверь была распахнута настежь, туда Настя и вошла.

— Если хотите, позвоните пока, вызовите машину, — донесся из кухни голос Андрея Тимофеевича. — Телефон стоит возле дивана.

Настя воспользовалась предложением и, разговаривая с диспетчером, внимательно осматривала комнату. Ничего особенного, обычное жилище одинокого мужчины, в меру опрятное, в меру неприбранное. Книг совсем мало, собрания сочинений Чехова, Толстого, сказки «Тысячи и одной ночи» в восьми томах и два десятка разрозненных изданий советских писателей — Белов, Астафьев, Распутин, Богомолов, Васильев... На книжных полках за стеклом — несколько любительских фотографий.

— Ира, а кто у него на фотографиях? — шепотом спросила Настя.

— Не знаю, — так же шепотом ответила Ирочка, — на одной, кажется, его покойная жена, а про остальные я не спрашивала.

Неожиданно лицо ее напряглось, брови сдвинулись. Она подошла поближе к одной из полок и стала пристально разглядывать стоящую на ней фотографию. Насте с ее места не видно было, что именно привлекло внимание Ирины. Она собралась было задать вопрос, но не успела — в комнату вошел Андрей Тимофеевич с коробкой пластырей в руке.

— Вот, нашел! — торжествующе воскликнул он. — Держите. Такси вызвали?

— Да, спасибо. Пойдем, Ириша, я ноги заклею.

Настя встала и взяла из рук Андрея Тимофеевича картонную коробочку, стараясь держать ее только ногтями и при этом так, чтобы он не заметил.

— Что вас так заинтересовало, дорогая? — недовольно спросил сосед, заметив, что Ира как вкопанная стоит перед книжной полкой, не сводя с нее глаз.

— Какая красивая женщина. Кто это?

— Так... одна знакомая.

Сосед явно не расположен был к обсуждению, видно было, что он хочет как можно быстрее выпроводить своих незваных гостей. Горячо благодаря Андрея Тимофеевича за услугу, Настя и Ирина поспешно ретировались. Вернувшись в квартиру Стасова, Настя стала торопливо стягивать колготки, чтобы прикрепить пластырь. Вытряхнув полоски пластыря на стол, она осторожно положила коробку в полиэтиленовый пакет и сунула в сумку.

— Ну что? — дрожащим голоском спросила Ирочка. — Как он тебе показался?

— Никак. Мужик как мужик. Я же тебе говорила, у преступников на лбу не написано, что они преступники. Обычный сосед.

— Зачем же тогда мы к нему ходили? Если на лбу не написано, то что ты хотела там увидеть?

— Хотела посмотреть, как он на меня отреагирует. Хотела увидеть обстановку, в которой он живет.

— Увидела?

— Увидела. Что за фотографию ты там рассматривала? По-моему, твой сосед рассердился. Ему явно не понравилось.

— Там... Настя, только ты не думай, что я мнительная, что мне все время всякие ужасы мерещатся.

— Не буду я ничего такого думать. Говори. Не тяни, Ирка, через пять минут такси приедет.

— Там на фотографии женщина, очень молоденькая, лет двадцати пяти. Она похожа знаешь на кого?

— На кого?

— На мать того специалиста по кошкам, к которому мы с Мишей ходили котов пристраивать.

Вот это номер! Неужели сосед знаком с этой семьей? Тогда понятно, что у него могла оказаться информация о старухе Фирсовой и ее несметных сокровищах. Неужели все сходится? И Босх, и Фирсова, и странности в поведении. И даже привычное словечко «дорогая». Пока рано делать выводы, сейчас она поедет к Ольшанскому, отдаст ему коробочку из-под пластыря, пусть эксперты посмотрят отпечатки пальцев.

— Ты уверена насчет фотографии? — строго спросила она Ирину.

— Не уверена. На фотографии ей лет двадцать пять, я же говорю, а на самом деле у этой женщины сын такого же возраста. Просто есть какое-то сходство. Настя, я... Я боюсь. Ты сейчас уйдешь, а я одна останусь. А за стенкой — убийца.

— Во-первых, с минуты на минуту придет Миша, так что ты не одна. Во-вторых, тебе ничего не грозит. Зачем ему тебя убивать? Его же поймают в две минуты. Выбрось из головы эти глупости.

Настя ни одной секунды не верила в то, что говорила. Если Володя Ларцев прав, Шутник как раз и хочет, чтобы его поймали. Более того, последнее послание этого мерзавца совершенно отчетливо давало ей понять, что поймать его можно только на седьмой жертве. Значит, в качестве таковой он наметил себе человека, которого Настя знает. Почему этим человеком не может быть Ира? Только потому, что она никак, ни по каким показателям не становится в один ряд со всеми предыдущими жертвами? Но ведь закономерность, лежащая в основе этого ряда, Настей пока так и не понята. Может быть, Ира как раз и подходит...

Она втиснула ноги в туфли и непроизвольно сморщилась. Саднящая боль в заклеенных пластырем пятках стала меньше, но стопу ломило так, что хоть криком кричи. Ничего не поделаешь, надо бежать, пока не пришел Доценко. Настя хотела дождаться его внизу, чтобы поговорить в отсутствие Ирины. Будем надеяться, что он не заставит себя ждать слишком долго, и она успеет к Ольшанскому вовремя.

Ей повезло. Такси еще не подъехало, а с Михаилом она столкнулась прямо в подъезде.

— Анастасия Павловна? — изумился Миша. — Вы у Иры были?

— Мишенька, — торопливо заговорила Настя, — у нас изменения обстановки. Во-первых, сидите с Ирой и никуда не уходите, пока не вернутся Стасов с Татьяной. Даже если они вернутся очень поздно. Не оставляйте Иру одну ни в коем случае. Во-вторых, когда придете к ней, сразу же позвоните Короткову, пусть даст команду собрать максимально возможные сведения о соседе.

— О Котофеиче?! Да вы что, Анастасия Павловна!

— Мишенька, лучше быть перестраховщиком, чем дураком, согласны? Ира вам все объяснит, она в курсе. Я еду к Ольшанскому, если что — звоните мне туда.

Неудача с туфлями и ногами уравновесилась еще одним везеньем: таксист оказался пожилым дядькой, погруженным в глубокую задумчивость. Он не пытался разговаривать со своей пассажиркой и, что самое главное, не слушал радио. В тишине Насте удалось сосредоточиться.

Как сказал Ларцев? Шутник предъявляет им различные ситуации, связанные со смертью и похоронами. Он ясно дал понять, что у него в планах осталось только одно убийство. Осталась только одна жертва, которая должна продемонстрировать собой последнее звено в логической цепи рассуждений. Это первое. Осталась жертва, которую Настя имеет возможность вычислить, это второе. Ну что ж, начнем все сначала, опираясь на то, что предложил Ларцев.

Надежда Старостенко, она же Надька Танцорка — все лучшее в жизни осталось позади, впереди только пьянство и бессмысленный блуд. Можно уходить. Танцорку похоронят в чистой новой одежде, а не в грязных обносках.

Геннадий Лукин по кличке Лишай — в жизни, похоже, вообще не было ничего хорошего, жалкое существование нищего бомжа, роющегося в помойках окрестных домов. Вполне можно уйти в мир иной. И Лукин будет похоронен должным образом и в приличном виде.

Валентин Казарян, бывший работник милиции, из ложной (или не из ложной, а из истинной?) гордости порвавший все связи со своим окружением и скатывающийся на самое дно. Достаточно молодой, пока еще здоровый, но из-за своего характера не имеющий перспективы. Может быть, ему пора уйти уже сейчас, не дожидаясь, пока он дойдет до жизни Генки Лишая? А ведь дойдет, это несомненно.

Серафима Антоновна Фирсова, одинокая пенсионерка, в квартире которой при тщательном обыске нашли ювелирные изделия и золотые монеты на огромную сумму, — жизнь прожита, впереди все будет только хуже и тяжелее. Зачем тянуть с уходом? Деньги не сделали ее старость легче, но обеспечат ей достойные похороны.

Светлана Ястребова, жена бизнесмена, при трагичес-

ких обстоятельствах и по собственной вине потерявшая маленького сына, — она вообще жить не хочет, почему надо ей мешать?

Юноша с болезнью Дауна, его имени Настя пока не знает, Селуянов вчера не сказал, — он так и так умрет, а мать страдает и мучается. Ей себя-то обслужить едва по силам, и денег в обрез... Несчастный парень прожил свою недолгую жизнь в счастливом неведении и будет похоронен так, как нужно, Шутник на это деньги оставил.

Шесть ситуаций, оправдывающих преждевременную смерть. Умереть, потому что все лучшее осталось позади. Умереть, потому что жить трудно. Умереть, когда все еще сносно, не дожидаясь, пока не стало совсем плохо. Умереть, потому что уже сейчас плохо и дальше будет еще хуже. Умереть, потому что не хочется жить. Умереть, потому что ты со своим психическим заболеванием в тягость своей семье.

Осталось еще одно «умереть». Какое? Ответ пришел сразу, он показался Насте настолько очевидным, что она даже удивилась, почему не поняла этого раньше. Седьмой жертвой должен стать инвалид, но не по психическому заболеванию, а по соматическому.

Инвалид, которого Настя может вычислить. Которого она знает.

Терехины... Три сестры и маленький брат. Четверо несчастных детей несчастной матери, которая не смогла смириться с мыслью о том, что их отец — ее любовник — ставил над ними медицинские эксперименты. Мать выбросила детей из окна девятого этажа и сама прыгнула за ними следом, только старшая девочка нашла в себе силы вырваться и убежать. Остальные разбились, но остались живы. Они все инвалиды. Кто из них?

УБИЙЦА

Готовился я долго и тщательно. Для задуманного мной спектакля нужны были статисты и один главный исполнитель. Статистов я подбирал, собирая информацию из самых разных источников, а также просто гуляя по городу. На это ушли месяцы, но в результате улов оказался неплохим. В сети попали и конкретные люди, вроде Светланы, трагедию которой я наблюдал своими глазами в Испании, когда отдыхал там в прошлом году (кстати, я и рыбок керамических оттуда привез, увидел в сувенирной лавке и купил десять штук сразу, очень уж они мне понравились), и старуха Фирсова попалась, и люди случайные, и вообще неконкретные. Например, я нашел нескольких человек с болезнью Дауна и путем простых наблюдений выяснил, где они живут. Потолкался на вокзалах и понял, что необходимых для моего плана бомжей можно в любой момент без проблем найти, хоть мужчин, хоть женщин, любого возраста и вида. Прогулки по городу дали мне многие полезные знания, в частности, и об алкоголиках, которых пруд пруди в районах старой застройки. Алкоголики тоже были мне нужны. Попали в мои сети и люди совершенно непредвиденные, но я решил ими не пренебрегать, пригодятся. Таким был, например, Казарян, информацию о котором я получил, слоняясь по Подмосковью в поисках мест концентрации все тех же алкашей и бомжей. Почему я заинтересовался пригородами? Я предусмотрительно запасался разными вариантами, потому что не знал, кто окажется моим главным исполнителем. Когда я его выберу, тогда и станет ясно, каких статистов из пространного списка я введу в спектакль.

Искать главного исполнителя было сложнее. Его не найдешь, гуляя по Москве. И справки открыто наводить нельзя. Но есть такая замечательная вещь, как пресса, а также телевидение. На протяжении нескольких месяцев я регулярно, каждый день без исключения, смотрел передачи с криминальными новостями, в них частенько давали интервью работники следствия и уголовного розыска. Я присматривался к ним, вслушивался в их речь, вникал в смысл сказанного, следил за мимикой и жестами в поисках того, кто мог бы достойно сыграть главную роль в моем спектакле. Я читал в газетах и журналах материалы криминального толка все с той же целью — найти его, достойного. Иногда находились вполне подходящие кандидаты, явно неглупые, с хитрыми глазами, с хорошо поставленной и вполне осмысленной речью. В конце концов в моем списке претендентов на главную роль оказалось две-

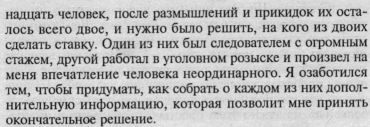

надцать человек, после размышлений и прикидок их осталось всего двое, и нужно было решить, на кого из двоих сделать ставку. Один из них был следователем с огромным стажем, другой работал в уголовном розыске и произвел на меня впечатление человека неординарного. Я озаботился тем, чтобы придумать, как собрать о каждом из них дополнительную информацию, которая позволит мне принять окончательное решение.

Как вдруг...

КАМЕНСКАЯ

— Терехины? — недоверчиво переспросил Константин Михайлович Ольшанский. — Почему ты уверена, что это они?

— Потому что о них тогда писали многие газеты. И это было единственное дело, которое оказалось публично связано с моим именем. Больше моя фамилия не мелькала в прессе никогда, — пояснила Настя. — Если он хочет убить инвалида, которого я лично знаю, то это может быть только кто-то из Терехиных. Или все четверо вместе.

— Ну хорошо, допустим, — кивнул следователь. — Допустим, ты права. А как же семь смертных грехов, про которые ты мне голову морочила? Куда грехи-то подевались?

— Понимаете, Константин Михайлович, у этого Шутника странная прихоть — он хочет, чтобы его поймала именно я, но чтобы я при этом доказала свою интеллектуальную состоятельность. Босх — это был ложный ход. Шутник пытался запутать меня, завести в тупик. Проще говоря — проверить на вшивость. Я путано излагаю, да?

— Да уж, — хмыкнул он, поправляя очки, — ты бы постаралась все-таки говорить внятно. Погоди, я криминалистам звякну.

Ольшанский снял трубку, чтобы позвонить эксперту, которого полчаса назад попросил на скорую руку посмотреть привезенную Настей коробку из-под пластыря.

— Не сделал еще, — буркнул он недовольно, закончив разговор. — Минут через двадцать обещает. Ты пока рассказывай.

— В общем, Шутник помешан на идее смерти в тот момент, когда человек сам этого пожелает. Вероятно, он этого пожелал, захотел умереть, но при этом у него была еще одна цель — донести свою идеологию до нас всех. Не шепотом пробормотать, а прокричать во весь голос. Я не знаю, почему в качестве марионетки он выбрал меня. Когда мы его поймаем, вы сможете у него спросить об этом. Но ему нужно было убедиться, что я достойный противник и со мной можно в эти игрища играть. Он совершенно не был уверен, что я пойму символ Босха и что мне в руки попадет фильм «Семь». Но ему и не нужно было быть уверенным, понимаете?

— Нет, не понимаю, — рассердился Ольшанский. — Выражайся яснее, будь любезна.

— В той телепередаче прозвучало, что я знаю пять иностранных языков. Какой может быть реакция? Ах, так ты такая образованная? Вот если ты действительно образованная, то, помимо своей милицейской науки, ты должна знать огромное множество вещей, ты должна знать литературу, историю, живопись, философию, географию и так далее. Если ты знакома с живописью, то ты поймешь про Босха, если же нет, значит, твоя образованность — пустой звук. Идем дальше. Я в передаче сказала, что человечество ничего в психологическом плане изобрести не может, потому что все уже когда-то было, и по многу раз. Невозможно совершить преступление, которого еще никогда не было. Оно может быть оригинальным по техническому исполнению, но по мотивации оно будет старым как мир. Что можно сказать в ответ на это? Ах, ты такая умная? Но если ты действительно так думаешь, а не брякнула ради красного словца, то должна и действовать в соответствии с этой заявкой. Ты должна читать множество детективов и смотреть фильмы о преступлениях, чтобы иметь полный перечень возможных мотивов и психологических перекосов. Значит, ты обязательно увидишь фильм «Семь», а может быть, ты его уже видела. Это очень известный фильм, все любители и знатоки жанра его видели. А если ты с этим фильмом незнакома, значит, ты просто болтушка и говоришь не то, что думаешь. А вот если ты необразованная болтушка, то ты меня, конечно, не поймаешь, но мне и не нужно. Я хочу, чтобы меня поймал достойный противник, которому не стыдно проиграть. Если ты сможешь меня поймать, если ты окажешься такой, какой выглядишь, тогда я готов отдаться в твои руки. Вот как он рассуждал. Мы с Лешкой вчера долго судили-рядили, все пытались понять, почему Шутник сознательно пошел на такое множество допущений, в каждом из которых мог произойти срыв. Я не догадаюсь про Босха, я не увижу фильм и так далее. И пришли к выводу, что это должен быть кто-то из моего окружения, кто имеет возможность проконтролировать ситуацию. Поэтому я и побежала сегодня к Ирине выяснять, откуда она знает живопись Босха, сама или кто подсказал. А теперь я думаю, что Шутнику не обязательно быть в моем окружении и контролировать ситуацию, потому что ситуация сама себя контролирует, понимаете? Если я достойный противник, то я его поймаю, а если нет — то он не хочет, чтобы его поймали. Он затаится на какое-то время и придумает еще какую-нибудь комбинацию, выберет себе новую марионетку и будет ее проверять на вшивость. То есть, я хотела сказать — на интеллект. Он одержим своей идеей и будет проводить ее в жизнь, чего бы это ему ни стоило. В этом смысле Иркин сосед вполне подходит, вам не кажется? Он знал о предстоящем телемосте заранее, за несколько дней, он был у Стасова, когда и я там была, мы с Татьяной обсуждали, как и что будем говорить. Во время телемоста его не было дома, так утверждает Ира. Он постоянно в разговоре употребляет обращение «дорогая», так же как и в своих записках. Он держит дистанцию с соседями, не пускает их в свою жизнь, не рассказывает биографию, не показывает комнаты в квартире. Они даже фамилии его не знают!

Ее монолог был прерван телефонным звонком. Ольшанский молча выслушал то, что ему говорили, и нахмурился.

— Спасибо, — он положил трубку. — Это не он.

Настя ушам своим не поверила.

— Как не он? Точно?

— Эксперты, конечно, иногда ошибаются, — усмехнулся Ольшанский, — но не в таких примитивных вопросах. На коробке нет отпечатков пальцев Шутника.

Опять прокол... Сколько же можно? Ей захотелось плакать от досады. Сказывалась бессонная ночь, да и ноги болели нестерпимо. А может быть, она все-таки не ошиблась?

— Подождите, Константин Михайлович, помните, как мы рассуждали насчет Шувалова? Наркоманов убивал он сам, а для других убийств нанял человека, который писал записки своим почерком и оставлял свои отпечатки на фигурках. А вдруг Шутник именно так и сделал? Может, он и не нанимал никого, он сам все делает: сам убивает, но оставляет на месте преступления записки, выполненные чужой рукой, и фигурки с заранее полученными чужими отпечатками? Тогда ему никакие экспертизы не страшны.

Следователь неодобрительно покачал головой и укоризненно посмотрел на Настю.

— Слушай, Каменская, а ты не перемудрила? Уж очень у тебя сложное построение получается, а дыр в нем больше, чем связок. Кстати, вот насчет грехов ты мне так и не объяснила.

— Насчет грехов все просто, — вяло сказала Настя. На нее вдруг навалилась такая усталость, что даже говорить было трудно. — Если я посмотрю фильм и увижу на коробке иллюстрацию из Босха, то я не смогу не обратить внимания на перечень семи смертных грехов. Если я глупее, чем Шутнику хочется, то я начну искать эти грехи у каждой из уже состоявшихся жертв и буду думать, что последующие убийства тоже будут связаны с грехами. Начну вычислять предполагаемых потерпевших и пойду по ложному пути, на котором я Шутника уже точно не поймаю. Если же я умнее и соответствую его требованиям, то соображу, что дело не в грехах. Он специально убивает мальчика с болезнью Дауна, чтобы показать мне, что грехи к его жертвам отношения не имеют. Он все время подбрасывает мне ложные приманки и смотрит, попалась я на них или нет. А я каждый раз попадалась. У меня такое впечатление, что Шутник мне устраивает перманентный экзамен. Константин Михайлович, можно, я домой поеду? У меня сил больше нет.

— Потерпишь, — ответил Ольшанский, как обычно не стараясь быть излишне вежливым. — Где Коротков?

— На работе, наверное. Он всегда по субботам на работе сидит. И по воскресеньям тоже.

— У-гм, — промычал он, глядя куда-то в пространство, — ладно, Каменская, подведем итоги. Говоришь, Шутник одержим идеей своевременной смерти?

— Мне так кажется, — осторожно ответила Настя.

Она уже вообще боялась настаивать на чем бы то ни было, потому что все время выходило, что она ошибается.

— Говоришь, он теперь намылился на семью Терехиных?

— Мне так кажется, — повторила она. — Но, может быть, я ошибаюсь. Может быть, есть еще какие-то инвалиды, которых я знаю, но пока не вспомнила.

— Сосед, говоришь, у Татьяны Образцовой подозрительный?

— Мне так показалось.

— Ох, мать честная, до чего ты осторожно выражаешься, Каменская! Расслабься, ты не на допросе.

— Но все-таки в кабинете у следователя, — слабо улыбнулась Настя.

— Вот коль я следователь, тогда пусть твой дружок Коротков и получит от меня поручение и обеспечит его быстрейшее выполнение.

Поручение, которое следователь Ольшанский дал уголовному розыску, было сформулировано предельно ясно.

1. Обеспечить круглосуточную охрану семьи Терехиных: Ирины и Натальи, проживающих по адресу... Ольги и Павла, находящихся в больнице по адресу...

2. Подполковнику Каменской представить исчерпывающий перечень лиц, которых она знает лично и которые имеют физические недостатки или тяжкие соматические заболевания, влекущие стойкую утрату трудоспособности.

3. Собрать информацию о жильце кв... в доме номер... по улице... Выяснить паспортные данные, род занятий, источники дохода, проверить на причастность к убийствам гр.гр. Старостенко, Лукина, Казаряна, Фирсовой...

4. Отработать средства массовой информации на предмет участников дискуссий по проблемам: захоронений, государственной поддержки инвалидов и престарелых, суицидов, эвтаназии.

Глава 20

КАМЕНСКАЯ

Она не была здесь два года, даже чуть больше, с тех самых пор, как закончилась история с похищением Наташи Терехиной. И дело было вовсе не в том, что Настя забыла об удивительной семье и поистине удивительных людях — Ирине Терехиной, ее сестре Наташе, Наташином женихе Мироне. Она помнила и часто думала о них, но съездить все времени не было, а о том, как они живут, Настя регулярно узнавала от Стасова. Именно в этом доме Владислав когда-то жил вместе с первой женой Ритой, которая проживает здесь и по сей день, а поскольку Стасов постоянно общается с дочерью, то непременно заглядывает к Терехиным каждый раз, когда бывает в Сокольниках. Дела у них шли неплохо, Наташа оказалась действительно очень способной девушкой и училась заочно в престижном техническом вузе, Ирина по-прежнему работала не покладая рук, хотя с появлением в их жизни Мирона с деньгами стало несравнимо легче. Просто Ира Терехина была так устроена, что не работать не могла, как бы плохо себя ни чувствовала. Сумму, необходимую для лечения младшего мальчика, Павлика, за границей, они пока не собрали, но надежды не теряли. Собственно, надежда и вера в будущее — это и был тот стержень, на котором держалась вся семья. Стасов уверял, что Наташа Терехина стала еще красивее, и даже тот факт, что она прикована к инвалидной коляске, этой красоты не омрачает, Мирон любит ее без памяти, и поскольку Наташе совсем недавно исполнилось восемнадцать, они вот-вот зарегистрируют брак, буквально со дня на день.

Настя поехала к ним прямо из прокуратуры, хотя, когда сидела в кабинете у Ольшанского, ей казалось, что она способна только добраться до дома, упасть и уснуть. В тот момент, когда она поняла, что не ей самой уготована участь стать седьмой жертвой Шутника, напряжение, державшее ее в тонусе, отступило, и она чувствовала себя как надувная игрушка, из которой быстро выходит воздух. Однако, едва выйдя из здания на Кузнецком мосту, она ре-

шила, что поедет в Сокольники к Терехиным. «Опять придется брать такси, — с досадой подумала Настя, — на своих двоих не дошлепаю. Одно разорение с этой работой! Впрочем, я не права, как всегда. Работа тут ни при чем, это все из-за моей глупости. Нечего было наряжаться и туфли надевать, ушла бы из дома как обычно, в кроссовках и в джинсах, сейчас была бы как человек».

Дверь ей открыл Мирон и радостно заулыбался.

— Анастасия Павловна! Какими судьбами! — шепотом прокричал он, схватив Настю за руки и буквально втягивая ее в квартиру.

— А почему шепотом? Горло болит? — поинтересовалась Настя.

— Натка спит.

— Понятно. — Настя тоже понизила голос. — А Ирина где?

— На работе, где ж ей быть.

— Это хорошо, что нас никто не слышит. Мирон, нам надо поговорить.

— Пойдемте в большую комнату, там удобно, и Натка не услышит, если вдруг проснется, — с готовностью отозвался молодой человек.

Обстановка в квартире кардинально изменилась с тех пор, как Настя бывала здесь. В те времена Наташа, как и двое младших детей, находилась в больнице, никакого Мирона в этой семье еще не было, и Ирина, старшая из четверых, занимала самую маленькую комнатку, а две другие сдавала жильцам, чтобы заработать лишнюю копейку. После похищения Наташа в больницу не вернулась, к ним переехал Мирон и было твердо постановлено, что никаких посторонних людей в этой квартире больше никогда не будет. Маленькая комната по-прежнему осталась за Ириной, среднюю заняли Наташа и ее жених, а большая превратилась в общую гостиную. Даже невооруженным глазом было видно, сколько сил и труда за два года вложил Мирон в эту квартиру, своими руками полностью отремонтировав ее и отреставрировав ту мебель, которая еще подлежала реставрации, а остальную заменив на новую. Даже занавески на окнах были новыми, сшитыми по затейливой выкройке.

— Как красиво у вас стало! — не сдержала восхищения Настя.

— Мы стараемся, — с гордостью откликнулся Мирон. — А занавески Натка сама сшила. Я походил по магазинам, где шторы шьют, срисовал идеи, а Натка раскроила и сшила на машинке. Я ей хорошую машинку купил, она теперь нас всех обшивает. Если бы вы знали, Анастасия Павловна, какая Натка талантливая! За что ни возьмется — у нее все получается, хоть математика, хоть шитье. Может, этот ее папаша и подонок был, но спасибо ему за то, что Натка такая получилась.

— Но ведь она не может ходить, — осторожно заметила Настя, — и это благодаря его стараниям. Вряд ли стоит его благодарить за это.

— Ничего подобного! — горячо возразил Мирон. — Она не может ходить, потому что ее мать из окна с девятого этажа выбросила. Впрочем, что мы старое ворошить вздумали... Вы ведь по делу пришли.

Она спокойно и подробно рассказала Мирону о своих опасениях, не беспокоясь о том, что он переполошится и впадет в панику. Парень уже доказал, что с ним можно иметь дело, во всяком случае, при вызволении Наташи из лап похитителей он продемонстрировал незаурядные ум и выдержку, фантазию и умение терпеть и ждать. Мирон выслушал ее, не перебивая, только изредка озабоченно потирая щеку.

— Анастасия Павловна, самое слабое звено у нас — Ирина, — сказал он, когда Настя закончила свой рассказ. — Дети в больнице, они с преступником никуда уйти не смогут, а прямо в больнице он их не убьет, вы же сами сказали, что он все делает без свидетелей. Правильно?

— Правильно, — согласилась Настя.

— Ну вот, Натка всегда дома, а на улице она одна не бывает. Правда, она может открыть дверь постороннему, когда дома никого нет, но с этим легко справиться. Я возьму отгулы на работе, у меня много накопилось за праздничные дни, и буду сидеть с ней. А Ирина работает, тут не уследишь. Значит, так или иначе придется с ней поговорить и все ей рассказать. Конечно, не хотелось бы ее тревожить, но выхода другого я не вижу.

— Приятно иметь с тобой дело, — искренне сказала Настя. — Редко встречаются такие рассудительные люди, как ты.

Но составить план разговора с Ириной они не успели, как раз в этот момент хлопнула дверь. Старшая Терехина пришла с очередной работы, которых у нее было по-прежнему три: утром — дворник, днем — разносчица продуктов и напитков на вещевом рынке, вечером — посудомойка и уборщица в ресторане. При виде Ирины у Насти сжалось сердце. Она выглядела куда хуже, чем два года назад, стала совсем прозрачной, только огромные прыщи, вызванные заболеванием крови, ярко алели на бледной тонкой коже. Однако глаза ее сияли, устремленные в одной ей видимую цель: вылечить брата. Раньше целей было две: кроме лечения Павлика, стояла проблема памятника на могиле отца, не того, биологического отца, который ставил над детьми эксперименты, а человека, который был мужем матери и растил их в любви и заботе, искренне заблуждаясь и считая всех четверых своими родными детишками. Усилиями Мирона эта проблема была решена, и теперь Ира Терехина с еще большей силой верила в то, что если трудиться и надеяться, не отвлекаясь на отчаяние и всяческие переживания, то все сбудется. Эта вера давала ей силы жить, хотя, по всем медицинским параметрам, жить она уже не должна была.

Ира выслушала Настю и Мирона внешне спокойно, но это только казалось. Просто она уже не могла бледнеть, лицо ее и без того было бескровным.

— Господи, — только и смогла выдохнуть она в отчаянии, — ну почему на нашу семью все несчастья сыплются? Кому мы помешали? Мы же никому зла не делаем, ни у кого ничего не отбираем. Почему так?

Мирон тут же вскочил и обнял ее, словно пытаясь защитить от любого, кто посмеет приблизиться.

— Тише, Ирочка, тише, не надо так, все обойдется, все будет хорошо, — заговорил он ласково. — Мы не позволим никому нас обижать, даже и не думай ни о чем плохом. Анастасия Павловна нас предупредила, теперь мы будем готовы, и нас врасплох не застанут.

— И потом, вас одних с этой бедой никто не оставит, — добавила Настя. — Следователь уже распорядился

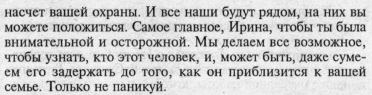

насчет вашей охраны. И все наши будут рядом, на них вы можете положиться. Самое главное, Ирина, чтобы ты была внимательной и осторожной. Мы делаем все возможное, чтобы узнать, кто этот человек, и, может быть, даже сумеем его задержать до того, как он приблизится к вашей семье. Только не паникуй.

Она кривила душой, потому что все было далеко не так просто. Если Шутник пользуется чужими отпечатками пальцев и чужой рукой для написания своих записок, то просто прийти и арестовать его — дохлый номер. У него может не оказаться при себе того оружия, из которого он убивает, и тогда его никаким образом к шести убийствам не прицепишь. Поэтому, даже зная точно его имя и адрес, придется ждать, пока он не приступит к выполнению своего плана в отношении семьи Терехиных. Если он вообще именно эту семью имел в виду, говоря, что в седьмой раз приблизится к Насте почти вплотную. А если другую? Они будут охранять Терехиных, поджидая Шутника, а он убьет совсем другого человека. Это и было одним из заданий Ольшанского — вспомнить и перечислить всех возможных кандидатов на роль седьмой жертвы.

Настя решительно подошла к телефону и позвонила Короткову.

— Юра, приезжай, пожалуйста, к Терехиным, — сказала она. — Нужно разработать план и жестко проинструктировать Ирину и Мирона. Да, я тебя дождусь. И еще, Юра. У тебя есть ключ от моего кабинета? Будь добр, зайди ко мне, у меня там под шкафом стоят старые туфли, черные такие, страшненькие... Ага. Захвати, пожалуйста. Все, жду.

— Сейчас Юрий Викторович приедет, — бодро заявила она, стараясь разрядить обстановку. — Вы его помните?

Ирина и Мирон помнили Короткова очень хорошо, и на их лицах проступило явное облегчение. Конечно, сейчас приедет настоящий милиционер, мужчина, и все встанет на свои места. Настя понимала, что при всем уважении к ней эти славные ребята не верят в «настоящесть» женщины-оперативника. Ну что ж, многие не верят, так сложилось. Не вешаться же теперь из-за этого.

Проснулась Наташа, которую дружно решено было не тревожить дурными вестями, и вплоть до приезда Короткова их общение напоминало дружеские посиделки давно не встречавшихся, но когда-то очень близких приятелей.

Как водится в таких случаях, разговор то и дело вращался вокруг общих знакомых, среди которых главное место занимали Стасов и его дочка Лиля, а также первая жена.

— Не понимаю, как Маргарита Владимировна растит ребенка, — с нескрываемым осуждением говорила Ира. — Я иногда вижу ее, когда из ресторана с работы возвращаюсь. Это почти в час ночи, представляете? Как можно так поздно приходить, зная, что девочка дома одна! Я тут на днях Лилю встретила, она мне сказала, что хотела завести котенка, потому что ей очень одиноко дома.

— А почему «хотела»? — удивился Мирон. — Потом расхотела, что ли? Или мама не разрешила?

— Нет, Маргарита Владимировна разрешила, но потом Лиле кто-то сказал, что котенок не спасет ее от одиночества, ей нужен щенок, который станет ей настоящим другом. Так она теперь мучается, не знает, кого хотеть, щенка или котенка, — пояснила Ира.

— А я где-то читала, что есть такие кошки, которые по характеру как собаки, а уход за ними требуется как за кошками, — оживилась Наташа, подняв глаза от рукоделия — во время беседы она вязала старшей сестре длинный толстый свитер к зиме. — Надо вспомнить, как эта порода называется, и Лиле сказать. Это будет как раз то, что нужно.

Коротков ворвался в тихую обитель как ураган, кинулся пожимать руку Мирону и целовать девушек, которых не без оснований считал своими крестницами. Проницательная Наташа пыталась было задавать вопросы о причинах столь внезапного визита работников уголовного розыска, но предупрежденный Настей Коротков, громко хохоча, рассказал байку о том, что им по долгу службы нужно быть вечером в районе Сокольников, но когда и где — пока неизвестно, им должны позвонить и сообщить дополнительную информацию, так что они, если хозяева не возражают, посидят здесь до наступления полной ясности. Хозяева не возражали.

Первым прорезался Сережа Зарубин, которому Коротков оставил телефон Терехиных с указанием звонить, как только появится хоть какая-то информация. Поговорив с ним, Коротков озадаченно посмотрел на Настю.

— С соседом мы проехали мимо станции, — удрученно сказал он. — Казаков Андрей Тимофеевич — уважаемый человек, крупный ученый в области стратегических вооружений, в настоящее время действительно находится на пенсии, но продолжает активно работать, его систематически вызывают то на консультации, то на испытания. Знающие его люди говорят, что у Казакова есть пунктик — секретность. Очень старательно всегда выполнял инструкции по работе с секретными документами, и вообще... В те времена, когда он начинал работать, оборонщикам даже заикаться нельзя было о том, где и кем работаешь, чем занимаешься. Можно было запросто в тюрягу угодить. Болтун — находка для шпиона, помнишь, был такой лозунг. Казаков все правила свято соблюдал, он искренне верил, что акулы империализма спят и видят, как бы украсть у нашей бедной Родины ее оборонные секреты. И вот таким он остался и по сей день.

— Ясно. И запертые двери нашли свое объяснение, — прокомментировала Настя, которой стало немного легче при мысли, что Ирочке Миловановой опасность, пожалуй, не угрожает. Или все-таки угрожает? — И отлучки, которые он прикрывал россказнями о якобы рыбалке. Но, строго говоря, Юрик, эта информация объясняет странности в поведении, но не избавляет Котофеича от подозрений в убийствах. Кто сказал, что известный ученый-оборонщик не может стать убийцей? Шувалов — яркий тому пример. Тоже ученый, правда, социолог, но что это меняет? Убивал как миленький.

Она немного помолчала, разрезая на тарелке сваренные Ириной сосиски. Какая-то мысль мешала сосредоточиться, назойливо выпячивалась вперед, но, как только Настя пыталась ухватить ее, исчезала.

— Юра, а как фамилия того фелинолога, которого Доценко разрабатывает?

— Что есть фелинолог? Не выражайся, пожалуйста, нецензурно, здесь молодые девушки.

— Специалист по кошкам. Мне кажется, его фамилия

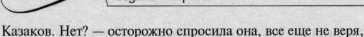

Казаков. Нет? — осторожно спросила она, все еще не веря, что поймала наконец ту коварно ускользающую мысль.

— Казаков, — подтвердил Юра. — Мало ли Казаковых в Москве, почти как Ивановых.

— И зовут его Александром Ильичем, — задумчиво продолжала Настя.

И вдруг как ошпаренная выскочила из-за стола и бросилась к телефону. Только бы Зарубин оказался дома, только бы не убежал никуда после того, как отзвонился сюда с докладом!

— Сережа, — быстро заговорила она, когда Зарубин подошел к телефону, — быстро найди Казакова Илью Андреевича. Срочно, Сережа! Год рождения — примерно начало пятидесятых. Больше ничего о нем не знаю, кроме того, что у него должен быть отец Андрей Тимофеевич и сын Александр Ильич. Только очень аккуратно. И фотографию обязательно. Привезешь в Сокольники, записывай адрес.

Зарубин появился в двенадцатом часу ночи. Глаза у Насти слипались, но она мужественно боролась со сном. Ирина ушла на свою вечернюю работу в ресторан, вместе с ней на всякий случай отправился Мирон, чье присутствие в ресторане было обычным и не вызвало бы ни у кого подозрений — он частенько приходил к концу ее смены, чтобы встретить и проводить домой. Коротков дежурно флиртовал с красавицей Наташей, а Настя мучилась, притулившись в уголке дивана, в попытках не уснуть.

— Вот, — Сергей протянул ксерокопию формы номер один, добытую в паспортном столе одного из отделений милиции, — Казаков Илья Андреевич, как заказывали.

Сон как рукой сняло. Форма номер один заполняется владельцем паспорта собственноручно. Вот она, характерная буква «д». А вот и горбатая запятая. И тщательно выписанные округлые буквы, стоящие отдельно друг от друга.

Настя долго всматривалась в красивое правильное лицо. Фотография была явно свежей, Илья Андреевич, как и полагается по закону, вклеивал в паспорт новый снимок в сорок пять лет. Сейчас ему сорок восемь.

— Вот ты какой, Шутник, — пробормотала она вполголоса. — Или я опять ошиблась и это не ты? Ты общался со своим отцом как раз в тот день, когда я была в гостях у Татьяны и готовилась к телепередаче. Отец мог рассказать тебе о нас. И ты был предупрежден о нашем участии в телемосте. У тебя была возможность подготовиться. Может быть, ты и не любитель живописи, но твой отец — большой поклонник Босха, и у него ты мог листать альбомы и выбирать крючки, на которые меня ловил. Ты сын своего отца, и ты, совершенно естественно, перенял некоторое его привычки, в частности, обращаться к женщинам со словом «дорогая». Ты общался со своим сыном и мог знать о ценностях старухи Фирсовой. Более того, ты мог даже познакомиться с ней у сына, поэтому она и впустила тебя в свою квартиру, хотя была крайне подозрительной и недоверчивой ко всем незнакомцам. Но почему, хотела бы я знать, ты выбрал меня? Или все-таки это не ты Шутник?

Они дождались благополучного возвращения Ирины с работы. Никто не пытался сегодня с ней познакомиться, и можно было отдыхать до завтра. На всякий случай показав ей фотографию Ильи Андреевича Казакова и попросив запомнить лицо, Настя в сопровождении Короткова и Зарубина покинула квартиру Терехиных.

Воскресенье прошло в томительном ожидании. Доценко и Селуянов мотались по редакциям газет и журналов в поисках фамилий тех, кто писал статьи или письма в редакцию на темы захоронений, инвалидов, малоимущих и по проблемам суицидов и эвтаназии. Зарубин по указанию Короткова пытался осуществить самую простую комбинацию по негласному дактилоскопированию Казакова Ильи Андреевича, но у него ничего не получилось: Казаков исчез из Москвы. Ирина Терехина ходила на свои три работы, за ней тенью следовал Мирон, старательно разглядывая всех приближающихся к ней мужчин. Указание следователя об охране Ольги и Павлика Терехиных в больнице выполнить не успели, но надеялись, что туда Шутник все-таки не сунется. Наташа Терехина сидела дома в компании знакомой, Зои Ташковой, которая по просьбе Насти приехала якобы навестить семью друзей.

Но ничего не произошло. И Настя снова начала сомневаться: правильно ли она его вычислила? Правильно ли определила направление седьмого удара, который собирал-

ся нанести Шутник? Там ли его ждут? Того ли ждут? Как ни силилась, она не смогла вспомнить больше ни одного инвалида, которого знала бы лично. Кроме Соловьева, своего бывшего возлюбленного. Но, наведя справки, она узнала, что Соловьев уже полгода живет в Швейцарии, проходит лечение в какой-то клинике. Значит, остаются только Терехины.

С утра в понедельник Коротков написал официальную бумагу об организации наружного наблюдения за Казаковым. Ему ответили, что людей не хватает и «наружку» за фигурантом смогут выставить не раньше чем дня через два. Злобно чертыхнувшись, Юра попытался задействовать неформальные связи, после чего ему пообещали, что работать начнут уже сегодня, но к вечеру.

К девяти вечера на Петровку вернулся Коля Селуянов с длинным списком участников газетных дискуссий.

— Все, что смог, — устало сказал он, кладя список перед Настей. — Это только тридцать два издания. Начинай пока, а я завтра продолжу.

От напряженного сидения в прокуренном кабинете у Насти так болели глаза, что она не смогла прочесть даже первые пять фамилий — сразу потекли слезы.

— Коля, там есть фамилия Казаков? — только и спросила она, прижимая к лицу носовой платок.

Селуянов взял список и быстро пробежал глазами.

— Есть.

— Илья Андреевич?

— Не знаю, мать. И. А. какой-то. Может, он Иван Александрович.

— На какую тему он выступал?

— Он числится как автор двух писем по проблемам эвтаназии. Одно из них было даже опубликовано в рубрике «Мнение наших читателей».

— Значит, Илья Андреевич. Все, Коленька, отбой, завтра можешь никуда не ездить.

Селуянов пододвинул к себе стул и уселся напротив Насти.

— Это он?

— Должен быть он.

— Что-то я уверенности в голосе не слышу, — насмешливо сказал Николай. — Опять на кофейной гуще нагадала?

— На картах раскинула, — грустно усмехнулась она. — Мой слабый мозг пасует перед злобным гением этого типа. Или это Казаков, или я не знаю... В общем, я больше ничего придумать не могу. Либо мы поймаем Илью Андреевича, либо мы Шутника не поймаем никогда. Вот так карта легла.

— Так поехали к нему, задержим его, к чертовой матери, и вся недолга, — предложил Селуянов. — Чего так-то сидеть и груши околачивать? Адрес есть?

— Есть.

— Ну?

— Его наружники пасут. Ждем, когда он за седьмое убийство возьмется.

— А пальцы потихоньку взять?

— Вчера пытались, но его в Москве не было, найти не смогли. А сегодня, по здравом размышлении, решили не рисковать, не светиться. Он умный, сволочь, и хитрый, он ждет, что мы близко подойдем, и должен быть настороже. Все дело завалим, если неаккуратно сработаем, а на тщательную проработку комбинации времени уже нет. Лучше подождать, пока он за дело примется.

Телефонный звонок заставил ее подняться и начать одеваться.

— Коротков звонил. Наружники сообщили, что Казаков двигается в сторону Сокольников. Поехали, Коля, посмотрим, что он там задумал.

В коридоре их догнал Коротков, на ходу застегивающий куртку.

— Быстрее, быстрее, ребята, не спите на ходу. Машина внизу ждет.

Все дальнейшее Настя помнила плохо. Она очень устала, она безумно хотела спать, у нее болели глаза и ноги. В субботу она явилась домой около двух часов ночи, а в шесть утра уже поднялась, потому что первая работа Ирины Терехиной — дворницкая — начиналась в пять, и Настя не сводила глаз с телефона в ожидании звонка. Потом опять ждала до часу ночи, пока Ирина не вернулась из ресторана. И в понедельник снова вскочила ни свет ни заря. В теплой машине ее укачало, и она провалилась в тяжелый, наполненный кошмарами и чьими-то голосами сон, привалившись к широкому плечу Юры Короткова. Очнулась она только тогда, когда Коротков стал ее тормошить:

— Ася, проснись. Проснись же! Освободи место гражданину Шутнику.

Она судорожно распахнула глаза и вывалилась бы из машины прямо на землю, если бы Коротков не подхватил ее. Перед ней стояли трое ребят из группы захвата и Коля Селуянов, а между ними с руками, скованными наручниками, человек, чью фотографию она тупо и безнадежно разглядывала последние два дня. Радости не было, было опустошение и огромная, давящая усталость.

— Здравствуйте, Илья Андреевич, — сказала она. — У меня к вам только один вопрос: почему я? Почему вы именно меня выбрали?

— А больше вас ничего не интересует? — насмешливо спросил Казаков. — Странно, я полагал, что ваша любознательность должна простираться намного дальше. Не заставляйте меня разочаровываться в вас.

— Все остальное я и так знаю. Кроме деталей, конечно. Но детали могут подождать до завтра. Вы меня вымотали, Илья Андреевич. Если бы вы знали, как вы меня вымотали...

Казакова запихнули в машину. Настя отошла в сторонку и присела прямо на тротуар. Куртку было не жалко. Вообще ничего не жалко. Кроме тех шестерых, которых угробил этот подонок ради своей идеи. Никакая идея, даже самая гениальная, не стоит того, чтобы за нее убивать.

Она даже не заметила, что плачет.

УБИЙЦА

Я встретил ее случайно. Даже не встретил, а сперва узнал о ней. Заехал за отцом, чтобы вместе посетить могилу его второй жены в годовщину смерти. После убийства мамы отец очень долго вдовствовал, и только лет в пятьдесят пять женился во второй раз. И снова овдовел. По дороге отец рассказывал о соседях, упомянул о какой-то женщине из уголовного розыска, которой предстоит выступать в прямом эфире во время телемоста. Расхваливал ее, не жалея слов. Я сначала особо не прислушивался, потом заинтересовался. Интеллигентная, с хорошими мозгами, знает пять языков. Неужели в родной милиции такие водятся? Отец и о соседке своей отзывался очень хорошо, говорил, что она работает следователем и в свободное время книжки пишет. Пока я выслушивал его восторги, в голове забрезжила идея.

К утру того дня, когда должна была состояться телевизионная передача, план был готов, но для его осуществления мне нужно было еще одно: я хотел сначала сам посмотреть на этих милицейских дам, послушать, что они говорят. Может быть, они не годятся для моего плана... Но всю подготовительную работу я провел так, чтобы можно было начать в ту самую секунду, когда я приму решение.

Стоял изумительный солнечный день, один из тех, благодаря которым москвичи примиряются с необходимостью переживать слякотную мокрую осень, за которой неотвратимо следует безрадостная гнилая московская зима. В такие дни исчезает тоскливое ожидание предстоящей пятимесячной пытки лужами, потоками грязи, сугробами и перепадами давления. В такие дни глупое человечество верит, что солнце и радость будут всегда. Впрочем, почему непременно глупое? Обычное. Все мы такие. Еще Солженицын много лет назад написал коротенькое, на страничку, эссе под названием «Мы-то никогда не умрем!», где ясно объяснил всем нам, что в силу общечеловеческой глупости и недальновидности мы считаем себя бессмертными и очень сильно в этом ошибаемся. Хотя, если быть точным, теперь я должен говорить не «мы» и «нам», а «они» и «им». Потому что я-то как раз принял неизбежность собственной смерти и смирился с ней. В отличие от «них».

Но я отвлекся... День был действительно чудесным, и меня это радовало. Вовсе не оттого, что мне нравится хорошая погода, я вообще к погоде безразличен, даже порой не замечаю, дождь на улице или снег. Но в плохую погоду, например, при проливном дожде, телемост мог не состояться. То есть передачу с эфира никто не снял бы, но «эту» сторону моста могли организовать где-нибудь в закрытом помещении, например, в кинотеатре «Художественный», как это бывало раньше. Тогда осуществление моего плана оказалось бы затруднительным. Нет, я бы все равно придумал, как преодолеть сложности, но хорошо, что обошлось без этого.

Толпа собралась приличная, люди друг на друга внимания не обращали, и мне удалось пристроиться так, чтобы видеть монитор. Как только на экране появились обе героини передачи, я сразу выделил ее. Даже не то чтобы выделил... Просто узнал. Их было двое, но вторая для меня словно не существовала, хотя выглядела не в пример ярче и говорила увереннее. Вторая оказалась соседкой отца, я это понял, когда ведущий ее представил, назвав «следователем и писательницей». А вот первая... Изящная, вся в полутонах, со сдержанной улыбкой, длинными нервными пальцами, она смотрела в камеру бездонными светлыми глазами, и несколько раз мне почудилось, что она глядит прямо на меня. Длинные светлые волосы, забранные на затылке в тяжелый узел, напомнили мне маму. Через минуту, когда она начала говорить, я понял, что эта женщина удивительно похожа на мою покойную маму. А еще через минуту я сказал себе, что это судьба. Принять смерть из рук мамы и по велению Родины — вот тот идеальный вариант, к которому я стремился.

Но я не хотел обманываться. Достаточно того, что я делал глупость, пытаясь добиться от Натальи, моей второй жены, того, чего она не могла. Мне казалось, что я только помогаю ей, но потом понял, что я пытаюсь скрыть от самого себя правду и не желаю признаваться в ее несостоятельности. Но второй раз я такую ошибку не повторю. Я должен быть уверен, что приму смерть от достойного противника, только так я смогу сохранить уважение к себе. Я не стану особенно прятаться от нее, а она... Пусть попробует вычислить и найти меня в многомиллионном городе, наводненном приезжими. Я устрою ей испытание, экзамен на интеллект и характер, и если она сумеет меня поймать, значит, она достойна того, чтобы я принял смерть из ее рук. Она поймает меня, а Родина вынесет мне смертный приговор. Меня расстреляют, около меня не будет плачущих родственников и горюющих друзей, которые помешают моему переходу в другой мир. Меня расстреляют в точно известный мне момент, и я смогу собраться и приготовиться к тому, чтобы умереть правильно. Все условия достойной смерти будут соблюдены.

ДИКТОФОННАЯ ЗАПИСЬ

— Илья Андреевич, вы использовали меня как марионетку, чтобы добиться своей цели. Для меня это оскорбительно, но я это как-нибудь переживу.

— Да, грех гордыни вам несвойствен, это я уже отмечал.

— Спасибо, но ваши комплименты мне не нужны. Я хочу понимать, какова была ваша цель. Ради чего вы затеяли весь этот кошмар?

— Не лукавьте, Анастасия Павловна, вы отлично понимаете, ради чего. Ведь если бы вы этого не понимали, вы не нашли бы меня.

— Я не уверена, что поняла правильно. Мне нужно знать точно. В конце концов, вы сами должны быть заинтересованы в том, чтобы все поняли вас правильно, иначе все бессмысленно. Шесть человек погибли напрасно.

— Вы правы. Я должен быть уверен, что докричался до всех вас. Я хотел, чтобы вы все задумались о своей смерти. Я хотел, чтобы не только каждый отдельный человек задумался о том, где, как и при каких обстоятельствах он будет умирать, но чтобы и государство задумалось об этом. Если государство считает себя обязанным заботиться о жизни своих граждан, то оно точно так же обязано заботиться и об их смерти. О том, чтобы облегчить ее. О том, чтобы сделать ее достойной. Легкой, безболезненной, своевременной. Человек должен иметь право уйти из жизни тогда, когда пожелает, и таким образом, каким пожелает, и государство обязано предоставить ему возможность это право осуществить. Не упекать в психушку тех, кто неудачно попытался покончить с собой. Разрешить врачам делать специальные уколы тем, кто уже не в состоянии самостоятельно решить свою судьбу. Обеспечить достойные похороны даже неимущим и ничтожным. Я хотел, чтобы вы все

задумались и вникли в существующую в других цивилизациях науку умирания. Я еще не умирал, поэтому не могу на собственном опыте оценить результаты научных изысканий тех, кто занимался этой проблемой долгие десятилетия. Может быть, смерть — это конец. Но, может быть, и нет. Как знать? А вдруг смерть — это действительно не точка, а только запятая? Я слишком давно имел дело с физикой и техникой и могу заявить вам со всей ответственностью, что ортодоксальный материализм не в состоянии объяснить абсолютно все, с чем я сталкивался. Это доказывает, что наше знание несовершенно и далеко не полно. А коль это так, ни за что прочее ручаться нельзя. Я имею в виду наши представления о процессе умирания.

— Правильно ли я поняла вас? Вы хотите сказать, что человек должен иметь право и возможность избежать страданий, связанных с физической и душевной болью. Старость, тяжкие, неизлечимые болезни, психические травмы — все это делает жизнь невыносимой, и людям должно быть предоставлено право от этого уйти в любой момент по собственному желанию. Верно?

— Верно. Вы поняли меня абсолютно правильно. Это было главным, с чего начались мои размышления о смерти. Все остальное пришло позже.

— А почему вы решили, что человек не должен страдать? Кто вам это сказал?

— Но это же естественно! Конечно, если человек живет неправильно, недостойно, грешит, совершает преступления, тогда пусть страдает, он должен заплатить за свою жизнь. Но когда человек живет достойно и честно, добросовестно трудится, никого не обманывает, то почему он должен страдать? За что? Это несправедливо!

— Вы не правы, Илья Андреевич.

— Почему? Докажите мне это.

— Вряд ли я смогу вам что-то доказать. Я могу только предложить вам свою точку зрения.

— Я вас слушаю.

— Если следовать вашей логике, то страдания — это плата за недостойную жизнь, а легкая и приятная смерть — награда за жизнь достойную. Здесь кроется ошибка и формально-логическая, и смысловая. У жизни есть только одна цена — смерть. Смертью можно расплатиться только за жизнь, так устроена природа. Тот, кто имеет счастье родиться, будет иметь несчастье умереть. Нельзя родиться и не умереть, так же как и нельзя умереть, не родившись. С такой посылкой вы согласны?

— С такой — да. Что дальше?

— А дальше — следующий ход в рассуждениях. Страдания — это плата за удовольствие. Понимаете? Смерть — за жизнь, страдания — за счастье. Не имеет значения, какую жизнь прожил человек, праведную или нет. Он творил добро и был этим счастлив, он убивал невинных и получал от этого удовольствие. Он трудился и радовался, он воровал и радовался. Что бы человек ни делал, как бы ни жил, он получал в жизни радость, не от одного, так от другого. Одни люди — больше, другие — меньше, одни — чаще, другие — реже, одни — только в детстве, другие — на протяжении всей жизни. Но счастливыми и довольными бывали все. И вот за это они должны расплатиться страданием. А вы хотите, чтобы человек ушел из жизни не расплатившись. Этим нарушается гармония мироздания. Вы не находите?

— В ваших рассуждениях есть слабые звенья, Анастасия Павловна, и я вам с легкостью это докажу. Есть люди, которые были счастливы всего три минуты за всю жизнь, а судьба обрушивает на них бесконечные и непереносимые страдания. Разве это соразмерная плата? Есть и другие, те, кто получал удовольствие от жизни много и щедро, а страданий ему судьба не уготовила. Разве это проявление гармонии мироздания? Такой гармонии нет, вы не можете этого не признать.

— Могу. Гармония есть. Все зависит от индивидуального восприятия. Вы говорите, есть люди, которые были счастливы только три минуты за всю жизнь? Я вам с такой же легкостью докажу, что таких людей нет. Разве такой человек ни разу не ощутил на своей щеке поцелуй собственного ребенка? Разве такой человек ни разу в жизни не получал подарков? Разве он ни разу не слышал слов если не любви, то хотя бы признательности, дружбы, нежности, тепла? Разве ему ни разу в жизни никто не помог, не выручил? Разве сам он никогда не сделал ничего полезного, от чего мог бы испытать чувство удовлетворения? Разве он ни разу не прочел книгу, которая принесла бы ему удовольствие? Разве ему не знакомо чувство сексуального удовлетворения? Я могу перечислять до бесконечности, вы прекрасно понимаете, о чем я хочу сказать. В жизни человека есть огромное число событий и вещей, которые могут сделать его счастливым. Но далеко не каждый человек в состоянии это понимать и чувствовать. Есть люди, и их немало, тут я с вами согласна, которые всегда всем недовольны, они постоянно чувствуют себя несчастными, обделенными, жалуются на то, что не видели в жизни ничего хорошего, одно плохое. Справедливы ли они? Нет. Жизнь дала им все, что могла, они просто не умеют это ценить. Они не умеют наслаждаться вкусом воздуха после грозы, они не умеют слышать прекрасную музыку, они не умеют радоваться чужому счастью. Поэтому им кажется, что хорошего в жизни не было, зато все плохое они чувствуют очень остро. Что тут можно сказать? Их душевная глухота не освобождает и не может освобождать их от страданий, от необходимости заплатить за то, что им было предоставлено. Они этим не воспользовались? Это их проблемы. Когда человек приходит в театр и не получает удовольствия от спектакля, ему ведь не приходит в голову требовать обратно деньги за билет, правда? Он просто понимает, что не сумел получить от этого спектакля удовольствие. А другие — сумели.

— На уровне театра ваши рассуждения, может быть, и справедливы, а на уровне жизни — нет.

— Почему же?

— Потому что жизнь — это не театр.

— Шекспир считал иначе. «Весь мир — театр, все люди в нем актеры...»

— Шекспир не эталон для меня.

— Жаль. Он был необыкновенно мудр. Я не призываю вас сравнивать жизнь с театром, я предлагаю вам посмотреть на театр как на элемент жизни, созданный человечеством по собственному подобию и по подобию жизни. Ведь в театре не происходит ничего такого, что не происходило бы с людьми в реальной жизни. Впрочем, мы удалились от темы. Страдания даются человеку в противовес счастью, а если человек не сумел быть счастливым, это его

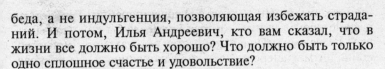
беда, а не индульгенция, позволяющая избежать страданий. И потом, Илья Андреевич, кто вам сказал, что в жизни все должно быть хорошо? Что должно быть только одно сплошное счастье и удовольствие?

— Вы задаете странный вопрос. Нас так всегда воспитывали, нам говорили, что если жить честно, трудиться добросовестно и не нарушать закон, то все будет хорошо. А разве вас воспитывали иначе? Мне кажется, вы не намного моложе меня, значит, нас в школе учили примерно одинаково.

— Точно так же. Разница между нами состоит в том, что я видела больше горя, страданий и слез, чем вы. И это заставило меня понять, что жизнь устроена немножко не так, как нам рассказывали в школе.

— А как же она, по-вашему, устроена?

— В жизни вообще гораздо больше плохого, тяжелого и неприятного, чем хорошего и приятного. Она так устроена, понимаете? Это не неправильная жизнь, она просто так устроена. Таково мироздание. С этим трудно примириться, но сделать это необходимо. Поэтому не следует отчаиваться, сталкиваясь со страданиями, и думать, что тебе не повезло, и что на тебя все сыплется, и что тебя бог наказывает неизвестно за что. Неприятности — это нормально. И страдания — это нормально. А вот все хорошее нужно уметь видеть, ценить и радоваться этому, сколько есть сил, радоваться каждую секунду, понимая, что по законам мироздания завтра может начаться черная полоса, и желая успеть насладиться счастьем сегодня и запомнить это чувство надолго. Хорошего — меньше, плохого — больше. Так устроен мир, и вы, Илья Андреевич, не в состоянии изменить это устройство.

— Значит, этот мир устроен неправильно.

— Может быть, может быть... Но он уж таков, каков есть. И сделать с этим ничего нельзя.

— Я вам не верю.

— И не нужно. Я не собираюсь убеждать вас в том, что вы не правы. Для меня вы не оппонент в философском споре, для меня вы преступник, убийца. И я буду искать не аргументы, а доказательства вашей вины. Впрочем, насколько я понимаю, это не будет проблемой. Вы сделали

все возможное для того, чтобы ваша вина была бесспорной в том случае, если вас все-таки поймают.

— Анастасия Павловна...

— Да?

— Скажите... То, что говорил ваш коллега насчет признания невменяемым и психиатрической лечебницы, — это реально?

— Успокойтесь, вам психушка не грозит. Хотя как знать... Врачи непредсказуемы. Совершенно сумасшедшего Ионесяна по кличке Мосгаз признали вменяемым. Психически здоровых диссидентов признавали больными. Так что ничего гарантировать не могу.

— Мне не хотелось бы такого исхода.

— Я понимаю. Вам нужен громкий процесс, который войдет в учебники. Вам нужна возможность выступить на суде и сказать во всеуслышание то, что вы сказали сейчас мне. Что еще вам нужно?

— Мне нужен смертный приговор.

— Хотите своевременной и легкой смерти?

— Я хочу, чтобы меня убило государство, а не малограмотный врач и не обезумевший бандит.

— Ну да, и чтобы оно сделало это сейчас, пока вы еще ничем страшным не заболели и не стали слабым и беспомощным. Не слишком ли многого вы хотите, Илья Андреевич? Вы прожили яркую жизнь, вы достигли больших высот в своей профессии, вы насладились признанием и уважением. Вы любили женщин и были любимы ими. Вы были хорошо обеспечены материально и даже позволяли себе ездить за границу отдыхать. И теперь хотите скрыться от кредиторов, не заплатив за все это. Вынуждена вас огорчить, Илья Андреевич, в нашей стране введен мораторий на смертную казнь. Вы этого не знали? Смертные приговоры выносятся, но не исполняются. У вас хорошая перспектива — пожизненное заключение. Это обеспечит вам такой масштаб страданий, что вы расплатитесь сполна. Легкой смерти вам не видать.

— Вы злорадствуете?

— Отнюдь. Я просто радуюсь. Без всякого зла.

— Чему же вы радуетесь?

— Тому, что гармония мироздания на этот раз не нарушится.

Эпилог

В апреле 1999 года Президент России обратился к Комиссии по помилованию с просьбой в кратчайшие сроки рассмотреть дела всех осужденных к исключительной мере наказания. Поскольку мораторий на исполнение смертной казни действует, Комиссия должна будет решить судьбу каждого из примерно трехсот осужденных, заменив им расстрел на лишение свободы либо на длительный срок, либо пожизненно. Когда дело дошло до материалов на И. А. Казакова, Комиссия с недоумением констатировала, что этот осужденный был единственным, кто не подавал прошения о помиловании. Тем не менее, поскольку исполнить смертную казнь было нельзя, Казакову было назначено лишение свободы сроком на двадцать пять лет.

Октябрь 1998 — апрель 1999

Адрес официального сайта Александры Марининой
в Интернете http:www.marinina.ru

Совершенно уникальное собрание сочинений Александры Марининой — впервые романы известной писательницы выходят в той последовательности, в которой они создавались.

Жизнь во всей ее неповторимости и полноте — вот тема произведений А. Марининой. Размышления о жизни, о человеке и тех обстоятельствах, в которых раскрываются свойства его натуры, вплетены в блистательную напряженную интригу, разворачивающуюся в финале каскадом неожиданных развязок. Главная и любимая героиня автора Анастасия Каменская — замечательный аналитик, но прежде всего она человек, что и доказывает от романа к роману.

Литературно-художественное издание

Маринина Александра Борисовна
СЕДЬМАЯ ЖЕРТВА

Издано в авторской редакции
Художественные редакторы *А. Стариков, С. Курбатов («ДГЖ»),*
М. Левыкин
Технический редактор *Н. Носова*
Компьютерная верстка *Т. Комарова*
Корректор *Н. Понкратова*

На первой сторонке обложки использован рисунок *С. Яковлева*

Налоговая льгота — общероссийский классификатор
продукции ОК-005-93, том 2; 953000 — книги, брошюры

Подписано в печать с готовых монтажей 19.07.2000
Формат 84 × 108 $^1/_{32}$. Гарнитура «Таймс».
Печать офсетная. Усл. печ. л. 21,84. Уч.-изд. л. 21,31.
Доп. тираж I 10 100 экз. Заказ 476.

Отпечатано в полном соответствии
с качеством предоставленных диапозитивов
в ОАО «Можайский полиграфический комбинат».
143200, г. Можайск, ул. Мира, 93.

ЗАО «Издательство «ЭКСМО-Пресс»
Изд. лиц. № 065377 от 22.08.97
125190, Москва, Ленинградский проспект, д. 80, корп. 16, подъезд 3.
Интернет/Home page — www.eksmo.ru
Электронная почта (E-mail) — info@ eksmo.ru

Книга — почтой:
Книжный клуб «ЭКСМО»
101000, Москва, а/я 333. E-mail: bookclub@ eksmo.ru

Оптовая торговля:
109472, Москва, ул. Академика Скрябина, д. 21, этаж 2
Тел./факс: (095) 378-84-74, 378-82-61, 745-89-16
E-mail: reception@eksmo-sale.ru

Мелкооптовая торговля:
Магазин «Академкнига»
117192, Москва, Мичуринский пр-т, д. 12/1
Тел./факс: (095) 932-74-71

ООО «Дакс». Книжная ярмарка «Старый рынок».
г. Люберцы Московской обл., ул. Волковская, д. 67
Тел.: 554-51-51; 554-30-02

Всегда в ассортименте новинки издательства «ЭКСМО-Пресс»:
ТД «Библио-Глобус», ТД «Москва», ТД «Молодая гвардия»,
«Московский дом книги», «Дом книги на ВДНХ»

ТОО «Дом книги в Медведково». Тел.: 476-16-90
Москва, Заревый пр-д, д. 12 (рядом с м. «Медведково»)

ООО «Фирма «Книинком». Тел.: 177-19-86
Москва, Волгоградский пр-т, д. 78/1 (рядом с м. «Кузьминки»)

ГУП ОЦ МДК «Дом книги в Коптево». Тел.: 450-08-84
Москва, ул. Зои и Александра Космодемьянских, д. 31/1